I0610435

Veröffentlicht von
DREAMSPINNER PRESS

5032 Capital Circle SW, Suite 2, PMB# 279, Tallahassee, FL 32305-7886 USA
www.dreamspinnerpress.com

Dies ist eine erfundene Geschichte. Namen, Figuren, Plätze, und Vorfälle entstammen entweder der Fantasie des Autors oder werden fiktiv verwendet. Ähnlichkeiten mit lebenden oder verstorbenen Personen, Firmen, Ereignissen oder Schauplätzen sind vollkommen zufällig.

Liebe, die wie Wasser fließt
Urheberrecht der deutschen Ausgabe © 2017 Dreamspinner Press.
Originaltitel: Love Like Water
Urheberrecht © 2013 Rowan Speedwell.
Original Erstausgabe. Juli 2013
Übersetzt von Heike Reifgens.

Umschlaggestaltung
© 2013 Angsty G.
http://www.angstyg.com
Umschlagbild: TomCoolPix.
Model: Nicko Morales.
Die Illustrationen auf dem Einband bzw. Titelseite werden nur für darstellerische Zwecke genutzt. Jede abgebildete Person ist ein Model.

Alle Rechte vorbehalten. Dieses Buch ist ausschließlich für den Käufer lizensiert. Eine Vervielfältigung oder Weitergabe in jeder Form ist illegal und stellt eine Verletzung des Internationalen Copyright-Rechtes dar. Somit werden diese Tatbestände strafrechtlich verfolgt und bei Verurteilung mit Geld- und oder Haftstrafen geahndet. Dieses eBook kann nicht legal verliehen oder an andere weitergegeben werden. Kein Teil dieses Werkes darf ohne die ausdrückliche Genehmigung des Verlages weder Dritten zugänglich gemacht noch reproduziert werden. Bezüglich einer entsprechenden Genehmigung und aller anderen Fragen wenden Sie sich an den Verlag Dreamspinner Press, 5032 Capital Cir. SW, Ste 2 PMB# 279, Tallahassee, FL 32305-7886, USA oder unter www.dreamspinnerpress. com.

Deutsche ISBN. 978-1-63533-508-8
Deutsche eBook Ausgabe. 978-1-63533-509-5
Deutsche Erstausgabe. Januar 2017
v 1.0

Gedruckt in den Vereinigten Staaten von Amerika.

Liebe,
DIE WIE
WASSER FLIEßT

ROWAN SPEEDWELL

Für Vicky Childs, für all die Gespräche, die mit „Und, hast du in letzter Zeit was geschrieben?" anfingen und mit „Schreib weiter!" endeten. Ein halbes Jahrhundert ist nicht lang genug, um mit dir befreundet zu sein.

DANKSAGUNG

MUCHAS GRACIAS an Manuel Elizondo für die Einblicke in die puerto-ricanische Kultur und das Leben in Humboldt Park; an Lynda Fitzgerald, Betaleserin der Extraklasse; und an JP Barnaby, die beste Rezensionspartnerin, die es gibt. Und an Vic und Lin, die nicht eher ruhten, bis sie mich in den Sattel gesetzt hatten.

No podria haberlo hecho sin su ayuda.

PROLOG

ES WAR immer derselbe Traum. Das Lagerhaus, das nach Zigaretten, Diesel und Verzweiflung stank; das gelbe Aufblitzen der sich langsam drehenden Signallampen des im Leerlauf vor sich hin tuckernden Gabelstaplers, das sich in den Ölflecken auf dem Boden spiegelte; das Schwappen von Wasser gegen die Kaimauer des Hafenbeckens; die lauten, zornigen Stimmen der Männer.

Und die Frau – mehr ein Mädchen als eine Frau, ihr enges T-Shirt spannte sich über dem gerundeten Bauch, den sie mit beiden Händen umklammerte. Sie war im vierten, vielleicht fünften Monat schwanger, man konnte es ihr gerade erst ansehen. Sie lag vor dem zornigsten der Männer auf den Knien. „Du kleine Schlampe!" Er schlug sie mit dem Griff seiner Pistole; sie fiel der Länge nach zu Boden, und ihr langes, dunkles Haar floss um ihr blutverschmiertes Gesicht, verschmolz mit den Ölspuren auf dem Boden. „Wie viel hast du genommen?"

„Nicht viel, 'Chete", weinte sie und versuchte, aufzustehen. Er trat sie in den Oberschenkel und sandte sie erneut zu Boden. „Nur ein bisschen, ein paar Dollar – *para el niño* ..."

„Quatsch *el niño*", sagte Machete Montenegro und trat sie erneut.

„Boss", sagte Joshua – *José* – leise.

„Halt's Maul, *pendejo*. Lina, wie viel?"

„Zweitausend", gab sie weinend zu. „Nur zweitausend. Für das Baby ..."

„Scheiß auf das Baby. Es war nicht fürs Baby, sonst wärst du längst weg. Wo ist es?"

„Adelicio hat es", gab Lina zu. „Ich hab es Adelicio gegeben."

„Scheiße", sagte 'Chete. Er sah zu José und dem Rest seiner Männer. „Ich bin fertig mit ihr. Erledige sie."

„Boss ..."

„*Tu es.*"

JOSHUA SETZTE sich im Bett auf, das T-Shirt schweißnass, und weitere Schweißtropfen rannen ihm bei der Erinnerung an das Geräusch des Pistolenschusses den Rücken hinunter. Gottverdammt noch mal – es war jetzt vier Monate her, und er träumte verflucht noch mal immer noch davon. Es war doch nicht so, als ob 'Chete nicht schon vorher den Befehl zum Mord gegeben hätte. Es war ja nicht einmal so, als ob er selbst nicht schon Menschen getötet hätte. Aber es waren vorher immer Männer gewesen – Mitglieder rivalisierender Banden, Verräter, wen auch immer 'Chete oder einer der anderen Bosse zu töten befohlen hatte. Nie eine Frau.

1

Nie eine schwangere Frau. Er strich sich mit den Fingern über die Stoppeln seiner nachwachsenden Haare und sehnte sich nach einer Zigarette, nach einem Drink. Sehnte sich nach dem Heroin, das einst sein Blut zum Summen gebracht und das ihn so verlässlich in der Hölle festgehalten hatte, die so lange sein Leben gewesen war.

„Geht es Ihnen gut?" Die blecherne Stimme drang aus dem Lautsprecher an der Tür. Sie hatten angefangen, nachts sein Zimmer zu überwachen, nachdem die letzten Albträume ihn in ein hysterisches Wrack verwandelt hatten. Sie waren keine Gefängniswärter, erinnerte er sich selbst. Sie versuchten, ihm zu helfen.

Das Problem war, dass er nicht wusste, ob überhaupt noch genug von ihm übrig war, dem man helfen konnte.

SCHLIESSLICH KAM der Morgen, und mit ihm der wöchentliche Besuch seiner Mutter. Er hasste es, wie sie aussah, um so vieles älter, als es sich mit den drei Jahren seines Exils, wie er es bei sich nannte, erklären ließ. Sie war in sich zusammengesunken, eine große, schlanke Schönheit, die sich wie in Erwartung eines Schlages zusammenkrümmte, das glatte, dunkle Haar von Silberfäden durchzogen. Er wusste, dass sie ihn in den ersten Tagen, an die er keinerlei Erinnerung hatte, besucht hatte, und er fragte sich, ob das der Grund war, warum sie ihn mit solch ängstlichen, besorgten Augen beobachtete, obwohl er sich immer Mühe gab, sich in ihrer Gegenwart langsam zu bewegen und sanft mit ihr zu sprechen. Sie sprachen über simple Dinge – den neuen Freund seiner Schwester, die Firma seiner Mutter, die Ranch seines Onkels – schlichte, belanglose Neuigkeiten ohne emotionalen Widerhall. Ein oder zwei Mal hatte sie im Lauf der letzten Wochen den Prozess erwähnt, aber immer beiläufig, so als wäre das etwas, das keine besonders große Rolle spielte. Was es auch nicht wirklich tat. Sein Teil war vorbei. Es war nicht so, als ob er würde aussagen müssen – das FBI hatte mehr als genug Beweismaterial, sie alle miteinander einzubuchten.

Aber wenn der Prozess zu Ende war, dann war das auch sein Ende. Danach kam nichts mehr, konnte nichts mehr kommen. Es war, als ob die Welt geendet und nur leeren, endlosen Raum hinterlassen hätte. Er konnte sich nicht vorstellen, was danach sein würde.

An diesem Morgen trug seine Mutter einen Frühlingsblazer in hellem Gelb, das ihr dunkles Haar zum Leuchten brachte. Sie hatte sich die Haare getönt, sodass man das Grau nicht sah, und sie hatte sich die Fingernägel maniküren lassen. Sie sah so hübsch aus, dass er trotz seiner Müdigkeit und Erschöpfung lächeln musste. „Du siehst gut aus", sagte er.

„Danke, mein Schatz." Sie reckte sich hinauf und küsste seine Wange, strich ihm über die Haarstoppeln, wie er es letzte Nacht getan hatte. „Sie werden länger. Das ist gut. Mir hat der rasierte Schädel gar nicht gefallen. Das hat dich so gemein und niederträchtig aussehen lassen."

„Das war der Sinn der Sache", sagte er sanft. Er wusste, was sie meinte – es hatte ihn wie ein Skelett aussehen lassen, mit seinen eingefallenen Wangen und leeren Augen. Er hatte, seit er hier war, etwas zugenommen, aber nicht viel mehr als ein Kilo. Er hatte keinen Appetit. Er wollte eigentlich nur die Droge. Er wollte eigentlich nur vergessen. „Und, was ist der Anlass?"

„Ich habe gestern Abend mit Onkel Tucker gesprochen."

Er lächelte höflich und hielt ihr den hölzernen Besucherstuhl, dann setzte er sich ihr gegenüber auf die Kante des schmalen Bettes. „Wie geht's Onkel Tuck?"

„Oh, ihm geht's gut. Er redet davon, dass er alt wird, aber das tut er ja immer." Sie rutschte auf ihrem Stuhl hin und her, dann sagte sie: „Der Anwalt hat mich besucht. Und Mr Robinson."

Alle Freude darüber, sie zu sehen, schwand. „Er hat dich nicht zu besuchen", sagte er knapp. „Er soll dich in Ruhe lassen."

„Das ist schon in Ordnung, Joshua", versicherte sie ihm. „Er wollte mich wissen lassen – wollte *dich* wissen lassen –, dass die Anhörung vorbei ist. Dein Teil ist vorüber. Der Albtraum ist vorbei. Sie haben mehr als genug Beweise, um die Mistkerle für immer einzusperren, und das Große Geschworenengericht sieht das genauso. Sie werden nicht gegen Kaution freigelassen. Jetzt bleibt nur noch der eigentliche Prozess, und das kann noch Jahre dauern."

Er sah sie starr an, sah die neue Fröhlichkeit in ihren Augen, die Freude, die Erleichterung, und spürte selbst nur die altbekannte Leere. „Das ist gut."

„Gut? Das ist fantastisch. Sobald sie dich hier rauslassen, kannst du neu beginnen ..."

„Ma."

Sie verstummte. Er spreizte seine Hände – diese langfingrigen Hände, immer noch breit, aber mit den unter der dünnen Haut scharf hervortretenden Sehnen: die Hände eines Junkies. Die Hände eines Mörders. „Ich kann nirgendwo hin."

„Mr Robinson hat gesagt ..."

„Mr Robinson kann zum Teufel gehen." Es lag keine Schärfe in den Worten, kein Zorn – es waren nur Worte. „Glaubst du, ich hab auch nur die geringste Chance da draußen? Ja, sie haben Montenegro geschnappt. Aber das Kartell ist weiter im Geschäft. Sobald sie erfahren, dass ich hier raus bin, werden sie hinter mir her sein. Ich mache einen Schritt auf die Straße, und sie werden wissen, dass ich es war, der Montenegro hintergangen hat. Und dann bin ich tot."

„Sie werden nicht nach dir suchen. Sie denken, du sitzt hier in Cincinnati im Gefängnis. Mr Robinson hat gesagt, dass du dich, dass sie sich alle sehr darum bemüht haben, uns nicht mit hineinzuziehen. Die kennen nicht einmal deinen richtigen Namen, also sind wir vor Vergeltung sicher. Du kannst gehen und sicher sein."

Er legte den Kopf schief, sah sie an. Die Worte ergaben für ihn keinen Sinn. „Was?"

„Das ist es, was ich dir sagen wollte. Als Mr Robinson gesagt hat, dass alles vorbei ist, und dass es dir freisteht, zu gehen, habe ich deinen Onkel angerufen. Er wünscht sich schon seit Langem, dass du zur Ranch kommst und dort lebst und vielleicht eines Tages das Ruder übernimmst, wenn es dir dort gefällt. Diese schrecklichen Männer können dich dort nicht finden. Du kannst dein altes Leben wiederhaben. Du kannst wieder mein Joshua sein und all das hinter dir lassen. Cathy und die Kinder können dich in den Schulferien besuchen – sie erinnern sich nicht einmal mehr an dich." Sie strich ihm mit der Hand über die Wange. „Ich erinnere mich kaum mehr an dich. Ich will meinen Joshua wiederhaben."

Er blickte starr in ihre leuchtenden, dunklen Augen und dachte: *Dein Joshua ist tot, gute Frau.*

1

ELI LEHNTE am Zaun und beobachtete den Teenager, der mit der Fuchsstute arbeitete. Sie genoss das kühlere Wetter, das der September mit sich brachte, und tänzelte ausgelassen um den geduldigen Jungen herum. Es tat gut, sie so lebhaft zu sehen. Eli erinnerte sich daran, wie sie ausgesehen hatte, als sie hergekommen war: das Fell stumpf und struppig, von Missbrauch und Vernachlässigung gezeichnet, ihr verknoteter Schweif schlaff herabhängend und ihre Augen eingesunken und hoffnungslos. Jetzt wehte ihr Schweif wie eine seidige rote Fahne hinter ihr her, und die Art, wie sie ihn trug, deutete auf Araberblut hin. Ihre feuchten Augen glänzten, ihr Fell war sauber und gesund, auch wenn weiße Streifen darin immer noch auf Narben darunter hindeuteten. Sie war eine der Glücklichen; zu viele der geretteten Tiere, die herkamen, lebten nur noch so kurze Zeit, bevor die Jahre der Vernachlässigung und Misshandlung ihren Tribut forderten. Als sie hergekommen war, hatte er sie auf etwa zwanzig geschätzt, und er war schockiert gewesen, als der Tierarzt gesagt hatte, dass sie nicht älter war als fünf. Jetzt sah sie auch so aus. „Jesse", rief er leise und mit ruhiger Stimme, um weder die Stute noch den Jungen zu erschrecken, „probier mal, ob du ihr Zaumzeug anlegen kannst. Gestern ging's – ich möchte, dass sie sich dran gewöhnt, es zu tragen."

„Sir", bestätigte Jesse mit einem vagen Nicken, die Stimme leise und ruhig, genau so, wie Eli es ihm beigebracht hatte. Langsam bewegte er sich auf die Stelle zu, wo das Zaumzeug über dem Zaun hing, die Aufmerksamkeit fest auf die Stute gerichtet. Als er das Zaumzeug hochhob, klimperte es leise, und die Stute machte einen Hopser zur Seite weg, nicht so sehr aus Angst als vielmehr aus Freude über das neue Spiel. Gott, sie war so jung – sie und Jesse würden ein gutes Team abgeben, sobald der Junge mit dem Zureiten fertig war. Die Pueblo waren traditionell kein Reitervolk, aber Jesse – ein Mitglied der Isleta Pueblo in der Nähe von Albuquerque – hatte sich davon nicht beirren lassen. Er war ein Naturtalent, gerade mal fünfzehn und bereits einer von Elis vielversprechendsten Schülern.

Jesse begann, ganz leise mit der Stute zu sprechen. Die Stute blieb stehen und drehte die Ohren interessiert nach vorn. Er bewegte sich nicht, ließ das Pferd zu sich kommen, und sie kam auch, in winzigen Schritten, die so taten, als würde sie nur ihr Gewicht verlagern, als würde sie nicht langsam näherkommen, selbst, als sie sich von der melodiösen Stimme des Jungen und seinen Unsinnsworten – oder vielleicht war es auch Tiwa, Eli konnte das nicht auseinanderhalten – anlocken ließ. Als sie schließlich vor ihm stand und durch Jesses Haar schnoberte, hob der Junge langsam die Hände, ließ sie an dem Zaumzeug schnuppern und es befühlen, bevor er das Gebiss behutsam in ihr Maul schob. Er hielt es einen Moment lang still, dann zog er ihr langsam das Zaumzeug über den Kopf, ließ sie sich Stück für Stück daran gewöhnen, bis das Gebiss in die Lücke hinter ihren Zähnen glitt. Das einzige, was Jesse tun musste, war, den Kinnriemen zuzuschnallen. Er sprach leise murmelnd mit ihr, während seine Hand sie auf dem Weg zur Schnalle des Kinnriemens unterm Kinn kraulte, und nachdem er die Schnalle geschlossen hatte, rieb er der Stute neben Leder und Stahl die Wange. „Schönes Mädchen", sagte er, gerade laut genug, dass Eli es hören konnte. „Schönes, wunderschönes Mädchen."

Sie warf wie zustimmend den Kopf, dann sprang sie zur Seite weg, und der Moment war vorüber. Sie beobachteten die Stute aufmerksam, aber das Zaumzeug schien sie nicht zu stören. Sie versuchte nicht, es sich am Zaun abzustreifen, wie manche andere es taten, mit Schaden für Pferd und Zaumzeug. „Gut", sagte Eli zu Jesse, der zu ihm kam und sich neben Eli an den Zaun lehnte. „Du machst dich."

„Sie ist ein Schatz", sagte Jesse.

„Jepp. Ich finde, ihr seid ein gutes Gespann – mal sehen, was Tucker dazu sagt, sie dir zuzuteilen, sobald du fertig bist. Auf die Art könntet ihr euch vorm nächsten Mustang Roundup des NFS an die Eigenarten und Marotten des anderen gewöhnen." Die Triple C, Tucker Chastains Ranch, war eines der Vertragsunternehmen des National Forestry Service, die für die Mustangherden auf staatlichen Weideflächen zuständig waren. „Sie lassen einen zwar erst ab sechzehn im Roundup mitreiten, aber wenn ich mich recht erinnere, nimmst du diese Hürde im Frühjahr. Allerdings müsstest du bis dahin noch ein paar Projekte wie Sallee hier übernehmen."

„Dazu bin ich mehr als bereit", sagte Jesse.

„Weiß ich doch, *chico*." Eli schob seinen Hut in den Nacken und kratzte sich die Stirn. „Okay, gib ihr noch zwanzig Minuten mit dem Zaumzeug, dann möchte ich, dass du sie mit den Zügeln bekannt machst. Knot' sie zusammen, dass sie nicht runterbaumeln, aber leg sie ihr über den Widerrist, damit sie sich an das Gefühl gewöhnt."

„Ja, Sir", sagte Jesse.

„Eli!"

Eli lächelte den Jungen an. „Ich muss los, der Big Boss ruft." Jesse lächelte zurück, dann wandte er seine Aufmerksamkeit wieder der Stute zu. Eli schob seinen Hut zurecht, dann drehte er sich um und ging hinüber zu der Scheune, wo Tucker wartete. „Boss."

„Eli. Der Junge macht sich."

„Ja, er ist ein echtes Naturtalent."

„Scheint eine Affinität zu dem Tier zu haben."

„Ja, Sir. Sallee und er passen gut zusammen, von der Persönlichkeit her. Sie würd' ein gutes Reitpferd für ihn abgeben – aus Charlie ist er ziemlich rausgewachsen, und er ist bereit für etwas mit ein bisschen mehr Temperament, etwas, das ihn herausfordert."

„Jepp." Tucker deutete auf die Bank neben der Scheunentür. Sie lag im Schatten, und Eli sank dankbar darauf nieder. Chastain ließ sich neben ihn fallen, streckte seine langen Beine aus und verschränkte die Arme über der Brust. Sie saßen einen Moment lang schweigend da; Eli hatte nichts zu sagen, und Tucker, das wusste er, nahm sich Zeit, das zu sagen, was er sagen wollte.

Schließlich richtete Tucker sich auf und sagte: „Was hältst du von den Männern, die wir beschäftigen?"

Eli runzelte die Stirn. „Es sind gute Männer. Kann nicht sagen, dass ich mit einem von ihnen schon mal ein Problem gehabt hätte. Im allgemeinen. Ein paar haben eine ziemlich große Klappe, aber seit wir diesen Säufer, Leon, losgeworden sind, sind sie ein recht ordentlicher Haufen, finde ich. Warum? Willst du jemanden entlassen?" Ihm gefiel der Gedanke nicht, aber Chastain war der Inhaber der Ranch, und er kannte ihre finanzielle Lage besser als Eli.

„Nein. Ich will jemanden dazuholen."

Das Stirnrunzeln wurde tiefer, und Eli saß nachdenklich da. Er kannte vielleicht die finanzielle Lage nicht im Detail, aber als Vorarbeiter kannte er das Arbeitspensum, und das erforderte keinen zusätzlichen Rancharbeiter. Es sei denn, Chastain hatte vor, für mehr Arbeit zu sorgen. „Willst du mehr Tiere aufnehmen?"

„Nicht in absehbarer Zukunft. Nicht, bis die Bank und ich uns nicht drüber einig sind, was mit dem zusätzlichen Land ist. Aber das wird wohl noch Monate dauern."

„Dann haben wir nicht genug Arbeit für einen zusätzlichen Rancharbeiter. Jedenfalls nicht so viel, dass es sich lohnen würde, dafür Gehalt zu zahlen."

„Er ist nicht wirklich ein Rancharbeiter." Tucker stieß den Atem aus. „Mein Neffe kommt hier raus. Ich brauch Hilfe bei dem ganzen geschäftlichen Kram, und ich spiel' mit dem Gedanken, ihm beizubringen, wie man den Laden führt, wenn ich in Ruhestand gehe."

„Du denkst noch nicht über Ruhestand nach", sagte Eli. Das wusste er ganz genau – Tucker liebte die Ranch und die Arbeit, und er war erst Ende fünfzig. Viel zu jung, um über den Ruhestand nachzudenken.

„Nein. Aber ich verbring mehr und mehr Zeit damit, mich mit dem geschäftlichen Kram rumzuschlagen, und immer weniger Zeit damit, Pferde zuzureiten. Josh ist ein cleverer Bursche, ein Großstadtjunge, und ich schätze mal, dass er Ahnung hat von so Sachen wie Websites und Facebook und Twitter und so."

„Ich dachte, er wär' ein hohes Tier beim FBI", sagte Eli träge.

„Das war er. Ich kenn' die Fakten nicht, aber ich weiß, dass sein letzter Einsatz irgendwie schiefgelaufen ist, und dass er gekündigt hat. Er war eine Zeit lang im Krankenhaus, und Hannah will ihn aus der Stadt raus haben und irgendwohin, wo er sich in Ruhe erholen kann."

„Ist er angeschossen worden oder was?"

„Keinen blassen Schimmer. Du kennst doch diese Feds – die sagen dir nichts, das du nicht unbedingt wissen musst."

Die einzigen Feds, die Eli kannte, waren die beim NFS und die im Bureau of Indian Affairs, und das waren alles ziemlich anständige Jungs, also sagte er nichts. Er nickte nur und sah hinaus auf den Paddock.

„Also, dachte ich mir, schlag ich zwei Fliegen mit einer Klappe. Josh kann rauskommen und wieder gesund werden, und während er das tut, kann ich ihm alles übers Führen einer Ranch beibringen. Und ein bisschen Büroarbeit kann vermutlich auch nicht schaden."

„Ich glaub nicht, dass ich ihn schon mal getroffen hab", grübelte Eli. „Ich kenne deine Nichte und ihre Kinder – sie waren vor ein paar Jahren mal im Sommer hier –, aber soweit ich mich erinnern kann, ist er noch nicht hier draußen gewesen."

„Nicht, seit er noch klein war. Sie sind früher jeden Sommer rausgekommen. Hannah lebt ja seit der Uni wieder im Osten." Er sagte nicht mehr. Eli wusste, dass es keinen Mr Hannah gab, und dass Josh und Cathy den Namen ihrer Mutter trugen (obwohl Cathy, nach dem, was Tucker ihm erzählt hatte, verheiratet und geschieden war), aber mehr als das wusste er nicht. Ging ihn auch nichts an.

„Also warum fragst du wegen der Männer? Glaubst du, dass sie ein Problem damit haben werden, einen vom FBI in ihrer Mitte zu haben?"

„Dass er vom FBI ist, ist eher nicht das Problem. Ich dachte mehr, weil er mein Neffe ist, und weil er keine Ahnung vom Ranchbetrieb hat. Könnte eine Menge Ärger und Feindseligkeit verursachen."

Eli schüttelte den Kopf. „Glaube nicht, dass das ein Problem ist. Solang er sich nicht aufführt wie ein Arsch, sollte er hier keine Probleme haben. Kann er reiten?"

„Teufel wenn ich das weiß", sagte Chastain. „Als Kind konnte er es."

„Dann sollte's in Ordnung sein. Es wird ein bisschen Gerangel geben, so wie immer, wenn wir jemand Neues einstellen, aber das wird sich geben. Solang er keine zimperliche Mamsell oder ein Arschloch ist – und da er beim FBI war, glaub ich irgendwie nicht, dass er zimperlich ist. Oder eine Mamsell."

„Er sollte besser auch kein Arschloch sein", sagte Chastain. „Ich brauch keinen Ärger auf meiner Ranch, und es würd' mich wirklich freuen, die Ranch in guten Händen zu wissen. Klar, die Entscheidung kann ich erst wirklich dann treffen, wenn ich ihn besser kenne."

„Bist du krank oder so? Ruhestand, die Ranch in guten Händen wissen ... Himmel, Tuck, du machst mir Angst."

„Nee, mir geht's gut. Es ist nur ... Scheiße, Eli, mein nächster Geburtstag ist mein neunundfünfzigster. Noch ein Jahr, dann bin ich sechzig. Sechzig ist verdammt alt hier draußen."

„Ja, ist es", sagte Eli und grinste, als Tucker ihn mit dem Ellbogen anstieß.

„Sagt der Knabe, der halb so alt ist wie ich."

„Nein, ich wär' halb so alt wie du, wenn du sechsundsechzig wärst. Grundgütiger, alter Mann, kein Wunder, dass du beim geschäftlichen Kram Hilfe brauchst, du kannst ja nicht mal richtig rechnen."

„He, ich bin vielleicht alt, aber ich kann dich immer noch rausschmeißen."

„Nein, kannst du nicht, weil du nämlich keinen findest, der's mit dir nörgeligem Alten aushält."

Sie grinsten sich einen Moment lang an, dann schüttelte Tucker den Kopf. „Also. Wir quartieren Josh im Haus ein, du musst also keinen Platz für ihn im Schlafhaus finden. Du kannst aber von Glück sagen, dass ich ihn nicht in deinem Haus einquartiere."

„Das ist das Vorarbeiterhaus", betonte Eli. „Ich bin der Vorarbeiter. Steht nicht zur Debatte."

„Ich bin immer noch der Boss."

„Ja, und du lebst im Bosshaus. Willst du deinen FBI Neffen, der schon wer weiß wie lang nicht mehr auf einer Ranch war, zum Vorarbeiter machen?"

Tucker schauderte. „Oh, Teufel, nein. Okay. Du bist sicher. Wie auch immer, Hannah wusste noch nicht, wann er kommt – sie muss das erst mit ihm besprechen und die Sache arrangieren. Ich sag dir Bescheid, sobald ich was weiß. Nicht, dass es da was für dich zu tun gäbe. Außer deinem Job."

„Und den tu ich sowieso. Aber danke für die Vorwarnung. Willst du, dass ich's die *vaqueros* wissen lasse?"

„Bitte. Wir können sie genauso gut auf dem Laufenden halten." Chastain seufzte. „Schätze, das wird eine Menge Spekulationen über meine Gesundheit geben."

Eli grinste. „Da kannst du drauf wetten, alter Mann. Du solltest dich besser ab und zu mal hier draußen blicken lassen und ihnen zeigen, dass du noch lebst, sonst schließen sie noch Wetten über deine voraussichtliche Lebensdauer ab."

„Schlaumeier." Tucker stand auf, trat ihm leicht gegen den Stiefel und schlenderte zum Haus zurück.

2

SEINE ANKUNFT aus Chicago überschnitt sich mit einem Treffen der Rancher in Colorado Springs, also konnte sein Onkel Joshua nicht, wie es ursprünglich geplant war, am Flughafen abholen. Er hatte angeboten, seinen Vorarbeiter nach Albuquerque zu schicken, um ihn zu holen, aber Joshua wollte den Mann nicht für die insgesamt vier Stunden dauernde Hin- und Rückfahrt von der Arbeit abhalten. Stattdessen hatte er sich eine Greyhound Busstrecke herausgesucht, mit der er bis nach Miller kam, was die der Ranch am nächsten liegende Stadt war, und sein Onkel hatte versprochen, jemanden zu schicken, der ihn dort abholte.

Joshua hatte nichts dagegen einzuwenden. Die lange Busfahrt erlaubte es ihm, sich an den Gedanken zu gewöhnen, die Straßen der Stadt, die in den letzten drei Jahren sein Leben gewesen waren, hinter sich gelassen zu haben, und gleichzeitig einen Eindruck von der Gegend zu bekommen, die auf absehbare Zukunft seine Heimat sein würde. Die Wüste war eine interessante Mischung aus trockener, verdorrter Vegetation, zahllosen kleinen Büschen, die wie Flusen eine Decke aus gelbem Staub überzogen, und, seltener, größeren Pflanzen, entlang der Flussufer sogar Bäumen. Hier und da hob sich ein Stück Waldland schwarz von den sonnenbeschienenen Hängen der Berge in der Ferne ab. Stunden und Meilen flogen vorbei, ohne dass er einen Menschen oder auch nur ein anderes Auto sah. Joshua, der an das beständige Trommelfeuer aus visuellen Eindrücken in den menschengefüllten Straßen, die er gerade erst hinter sich gelassen hatte, gewöhnt war, empfand die leere Straße und die ebenso leere Landschaft als wunderbar ruhig und beruhigend.

Die anderen Reisenden im Bus störten ihn ebenso wenig. Es schienen hauptsächlich Indianer und Lateinamerikaner zu sein, müde aussehende Mütter mit unruhigen Kindern und Arbeiter in Jeanshemd und Schirmmütze, auf denen die Logos von Erdbaumaschienen und Saatfirmen prangten. Einige von ihnen beäugten fragend die schwarze Jeansjacke, die seine spindeldürren Arme verbarg, aber die Klimaanlage war sehr kalt, und er fror dieser Tage immer.

Die meisten der Passagiere stiegen an staubigen, einsam daliegenden Haltestellen entlang des Highways aus; hier und da stiegen auch ein paar Leute zu, aber der Bus war nicht einmal halb voll, als er an einer Haltestelle kurz vor einer staubigen, kleinen Stadt hielt. „Miller", rief der Fahrer ihm zu, und Joshua stand auf, zog seinen Rucksack aus der Gepäckablage, ging die Stufen hinunter und trat hinaus in die heiße, trockene Luft. Sie fühlte sich gut an nach der eisigen Kälte im Bus. Der Fahrer war vor ihm ausgestiegen; er öffnete die Gepäckluke und zog die Reisetasche mit Joshuas Gepäckanhänger heraus. Joshua gab ihm zehn Dollar

Trinkgeld, schwang sich die Reisetasche auf die Schulter und sah sich erschöpft um auf der Suche nach jemandem, der ihn, wie sein Onkel versprochen hatte, abholen würde.

Er sah nur eine Person, die zu warten schien, und das war ein waschechter Cowboy, der auf der heruntergelassenen Heckklappe eines großen, verbeulten Pickup Trucks döste, den Kopf an die Ladefläche des Trucks gelehnt und den grauen Hut über die Augen geschoben. Trotz der Hitze trug er ein langärmeliges Hemd, dessen Ärmel heruntergekrempelt waren, staubige Jeans, die er sich in die Stiefel geschoben hatte, und an den Händen abgenutzte Handschuhe. Es war unter der Staubschicht nur schwer zu erkennen, wo die Jeans aufhörte und die Stiefel begannen. Der Cowboy war offenbar an die Hitze gewöhnt – er sah kühl und entspannt aus. Joshua betrachtete ihn einen Augenblick lang, dann setzte er sich in Richtung des Trucks in Bewegung.

NUR EIN Mann stieg an der Miller Bushaltestelle aus dem Bus aus. Eli beäugte ihn unter der Krempe seines alten Resistols und dachte: *Das kann er nicht sein.* Er war sich bewusst, dass seine Erwartungen auf der Darstellung von FBI Agenten in Film und Fernsehen basierten, und es war nicht sehr wahrscheinlich, dass Tucks Neffe einen schwarzen Anzug mit schwarzer Krawatte über dem vorschriftsmäßigen weißen Hemd tragen würde, aber trotzdem hatte er das irgendwie erwartet. Aber dieser Mann – nein. Keine Chance, das war kein Regierungsfuzzi.

Nun, er trug immerhin schwarz – schwarze Jeans, schwarzes T-Shirt, trotz der Hitze eine schwarze Jeansjacke. (Eli war an die Hitze gewöhnt. Er war davon ausgegangen, dass ein Typ aus dem Osten das nicht sein würde, aber wie es schien, hatte er sich geirrt.) Seine extrem kurz geschnittenen Haare waren ebenfalls schwarz. Seine Haut hatte jenen verblasst-gelblichen Ton wie die Mexikaner ihn hatten, wenn sie krank waren, aber seine Gesichtszüge waren nicht mexikanisch. Lateinamerikanisch, ja, aber weiter östlich – puerto-ricanisch oder kubanisch vielleicht.

Und er war *dürr*. Nicht einfach schlaksig oder hager, sondern dürr. Dürr wie nach einer Krankheit. So groß, wie er war, hätte er neunzig Kilo oder mehr wiegen sollen, aber Eli schätze ihn auf maximal fünfundsechzig. Die Handgelenke, die aus den Ärmeln der Jeansjacke hervorragten, waren dünn wie Stöckchen, und das T-Shirt unter der offenen Jeansjacke konnte die hervorstehenden Rippen nicht verbergen. Er schlurfte auf den Truck zu wie ein alter Mann, aber seinen Oberkörper hielt er steif und angespannt, wie in Erwartung eines Schlages. Er ging wie die menschliche Version eines der misshandelten Tiere, die die Triple C manchmal aufnahm – wie ein Pferd, das zu lange ohne jeden Grund geschlagen worden war.

Und dann sah Eli die toten Augen des Mannes und dachte erschüttert: *Wenn ich ein Pferd mit solchen Augen sehen würde, ich würd's eigenhändig erschießen.*

„Triple C?", fragte der Typ.

Eli schwang seine Beine von der Heckklappe und streckte eine behandschuhte Hand aus. „Elian Kelly", sagte er. „Nenn' mich Eli."

Der Handschlag des Mannes war fest, aber ohne viel Kraft dahinter. „Joshua Chastain. Mein Onkel sagte, Sie wären der Vorarbeiter der Ranch?"

„Jepp." Eli nahm die Reisetasche, warf sie auf die Ladefläche des Trucks und schloss die Heckklappe, dann wies er auf die Beifahrertür. „Spring rein. Von hier aus sind's knapp vierzig Minuten bis zur Ranch – zum Abendessen sollten wir zu Hause sein. Tut mir leid, dass du die lange Strecke mit dem Bus nehmen musstest. Tuck wollte dich wirklich gern am Flughafen abholen kommen, aber bei dem Treffen in Colorado geht's um Regierungsaufträge, und da muss er dabei sein. Er regelt den ganzen geschäftlichen Kram. Ich kümmer' mich nur um die Ranch."

„Schon in Ordnung", sagte der Mann. Seine Hände zitterten, als er sich anschnallte. Er fluchte unterdrückt, schlang die Arme um den Rucksack auf seinem Schoß und sah starr durch die Windschutzscheibe hinaus auf die Straße vor ihnen.

Eli startete den Motor und warf ihm einen Blick zu. „Bist du okay?", fragte er leise. „Tuck sagte, dass du im Krankenhaus warst – noch nicht wieder ganz auf den Beinen?"

„Nein." Der Typ starrte mit ausdruckslosem Blick geradeaus.

„Ja, dann, die Triple C ist ein guter Ort, um sich zu erholen und wieder zu Kräften zu kommen", sagte Eli fröhlich. „Frische Luft, jede Menge Bewegung, und dazu haben wir eine verdammt gute Köchin. Tuck jammert immer, dass er zunimmt. Ich sag ihm dann, er soll rausgehen und mehr mit den Tieren arbeiten. Wir können immer Hilfe gebrauchen. Reitest du?"

„Früher mal."

„Ist wie Radfahren. Und wir haben so viele Pferde, da finden wir schon ein passendes für dich."

Joshua nickte. Eli wartete darauf, dass er etwas sagte, aber dann wurde ihm klar, dass er das nicht tun würde. Verdammt. Das würde eine lange Fahrt werden.

„Ich weiß nicht, wie gut du dich an die Triple C erinnerst", sagte er in dem Versuch, eine Unterhaltung in Gang zu bringen. „Tuck sagte, du wärst noch ein Kind gewesen, als du das letzte Mal hier warst."

„Ja."

„Ja. Dann. Was weißt du über die Ranch?"

„Nichts. Es ist eine Pferderanch. Ich hätte nicht gedacht, dass es noch Leute gibt, die so was machen."

„Na, wir machen's. Ich will nicht sagen, dass es einfach ist, den Kopf über Wasser zu halten, besonders bei der momentanen Wirtschaftslage, aber dein Onkel Tuck hat unter Pferdeleuten einen guten Ruf für seine Trainingsmethoden. Besonders mit Problempferden. Er bildet Menschen genauso aus wie Pferde – wir haben normalerweise immer eine Handvoll Schüler auf der Ranch. Im Moment zwar gerade nicht, aber in ein paar Wochen kommt eine neue Gruppe."

Schweigen.

Eli fuhr hartnäckig fort: „Wir bekommen Pferde von Privatleuten, um sie zu trainieren. Und wir nehmen auch Tiere auf, die die ASPCA gerettet hat, und rehabilitieren sie. Und dann machen wir auch bei den Mustang Roundups mit, die die Regierung veranstaltet, um die Population der Wildpferde unter Kontrolle zu halten."

„Sie brechen sie für die Regierung?"

Eli zuckte zusammen. „Wir ,brechen' keine Pferde. Wir zähmen sie und reiten sie zu und, wie heißt das noch gleich, sozialisieren sie. Dann werden sie an Privatleute und an Organisationen verkauft, die mit ihnen arbeiten. Lass es ja Tuck nicht hören, wie du von ,brechen' redest – zu viele Leute tun das, und dann darf er die Pferde wieder in Ordnung bringen."

„Klingt mir nicht so, als ob damit viel Geld zu machen wäre. Klingt mehr wie ein sozialer Dienst."

„Nun, nein, mit dem Teil unsrer Arbeit nicht. Aber Tuck trainiert auch Leistungspferde. Hauptsächlich fürs Rodeo und für Western Shows, Barrel Races, Cutting, so was in der Art. Manchmal auch Filmpferde. Die Erlöse aus den Verkäufen finanzieren quasi die anderen Sachen. Und das private Training. Die Ranch ist im Grunde genommen mehr eine Art Schulungszentrum als eine richtige Pferderanch."

JOSHUA SASS da und hörte zu, was der Mann über die Ranch erzählte. Er entdeckte in sich ein leises Interesse, von dem er nicht gedacht hätte, dass dergleichen in seiner schwarzen Seele noch existierte. Der Mann hatte eine angenehme, träge Stimme, leise und ruhig, als würde er innerlich lächeln. Sie gab Joshua das Gefühl, in einem komplett anderen Universum zu sein, in einem Universum, wo es den Leuten nicht egal war, was passierte. Gerettete Tiere? Gebrochene Pferde rehabilitieren? Der Typ ließ Onkel Tucker wie den Heilige Franziskus dastehen, von dem einige der Mamas in den Bodegas sprachen. Niemand war so. Joshua würde wetten, dass selbst der Heilige eine Schar Imageberater hatte, die rund um die Uhr für ihn arbeiteten. Er fragte sich, wie es auf der Ranch wohl sein würde, und wie dieser lakonische Mann mit der leisen Stimme als Vorarbeiter dort hin passte.

Er hatte kaum noch Erinnerungen an Onkel Tucker – nur das vage Bild eines großen Mannes mit einem großen Hut, der immer nach Pferden roch, war geblieben. Damals hatte Joshuas Großvater die Ranch noch geführt. Joshua musste etwa elf gewesen sein, als er das letzte Mal hier gewesen war, also war das jetzt sechzehn Jahre her, denn sein Großvater war gestorben, als er noch in der Mittelschule gewesen war. Damals hatten sie nicht viel Geld gehabt; seine Mutter war alleine zur Ranch gereist für die Beerdigung, und nachdem sie wieder zurückgekommen war, hatte sie lange Zeit nicht über die Ranch gesprochen. Es war nicht schwer gewesen, sich zusammenzureimen, dass sie und Onkel Tucker sich über etwas gestritten haben mussten. Aber offenbar war das Kriegsbeil jetzt begraben, und seine Mutter und Tucker hatten irgendwann innerhalb der drei Jahre, die er im Einsatz gewesen war, wieder Kontakt miteinander aufgenommen. Das war gut. Sie brauchte einen Mann, auf den sie sich verlassen konnte. Auf *ihn* konnte sie sich weiß Gott nicht verlassen.

Während einer Pause in dem Monolog, als der Fahrer gerade eine scharfe Kurve nahm und auf eine unmarkierte Straße abbog, fragte Joshua: „Warum hat er Sie geschickt?"

„Wie bitte? Und du reicht, wir sind hier nicht so förmlich."

„Gut, dann, warum hat er dich geschickt? Du bist der Vorarbeiter, und es ist eine große Ranch – warum nicht jemanden schicken, der weniger wichtig ist, um mich abzuholen?" Er war sich nicht sicher, was ihn dazu gebracht hatte, diese Frage zu stellen. Vielleicht hatte die träge Stimme sein Interesse geweckt. Es kam Joshua nur eigenartig vor.

„Na ja, du bist Tucks Neffe."

„Und?"

„Und, du bist sein Neffe. Wäre nicht richtig gewesen, einfach irgendjemand zu schicken, als wärst du ein Fremder oder so."

„Ich bin ein Fremder", betonte Joshua. „Er hat mich seit sechzehn Jahren nicht mehr gesehen."

„Egal. Du gehörst zur Familie. Wäre unhöflich gewesen. Die Männer wissen das. Tuck schickt einen von denen, dich abzuholen, das bedeutet für sie, du bist nicht wichtig. Wäre kein guter Start für dich."

Joshua dachte schweigend darüber nach, während sie weiterfuhren. Status. Ehre. Das verstand er. Auf der Straße waren sie ebenfalls wichtig. Vielleicht wichtiger als alles andere. Außer der Habgier.

Entlang der Straße standen Zäune, und einmal kamen sie an einem verblassten Schild vorbei, auf dem ein zur Seite geneigtes J abgebildet war. Kelly bemerkte seinen Blick und sagte: „Die Rocking J. Ist vor ein paar Jahren an die Bank zurückgefallen, als der Besitzer gestorben ist. Keine Kinder, niemand, dem er sie hätte hinterlassen können. Ist Tuck ziemlich an die Nieren gegangen, glaub ich. Er hat damals angefangen, wieder mehr mit seiner Schwester – deiner Mutter – zu sprechen. Schätze, dass er damals schon drüber nachgedacht hat, dich herzuholen, sich aber wohl dachte, du würdest nicht vom FBI weggehen." Er sprach jeden Buchstaben einzeln aus, F-B-I, anstatt sie zu *Efbeye* zusammenzuziehen, wie die Leute im Osten es taten. „Tuck ist in Verhandlung mit der Bank, um rauszufinden, ob er nicht einen Teil des Landes bekommen kann, aber's ist ihm zu teuer. Noch. Andererseits, es gibt Wasser auf dem Land, und das macht viel aus. Er wird's vermutlich bekommen, das Land, wenn er's wirklich will. Ist immer so. Er kann einem Eichhörnchen die Nüsse abschwatzen." Sie fuhren ein paar Minuten schweigend weiter, dann sagte Kelly: „Eine Schande wegen der Ranch. Ich hasse es, sie verschwinden zu sehen. Es bleiben immer weniger der alten Ranches übrig – zu schwer, es hier draußen zu schaffen. Vielleicht kauft ja jemand den Rest und macht eine Ferienranch draus oder so – das wär' gar nicht so schlecht. Wir haben ein paar ihrer Pferde für die Triple C gekauft. Den Rest haben sie versteigert, glaub ich, um einen Teil der Hypothek abzudecken."

„Gibt es eine Hypothek?"

„Auf die Triple C? Nein. Bis vor ein paar Jahren gab's eine, aber Tuck hat einen Haufen Pferde an die Filmranch in der Nähe von Cupertino verkauft und konnte sie so ablösen. Tuck ist nicht gern verschuldet."

Ich auch nicht, dachte Joshua, *und jetzt schau, wo mich das hingebracht hat*. Er zuckte die Schultern und wandte sich wieder zum Fenster, schloss die Arme enger um seinen Rucksack. Er war müde; zwei Stunden am Flughafen in Chicago, dann drei Stunden Flug, gefolgt von vier Stunden Busfahrt und jetzt die Autofahrt. Die Sonne näherte sich langsam dem Horizont, und der Schatten des Trucks auf der Beifahrerseite wurde länger. Er war müde, aber nicht schläfrig – seine Nerven summten vor nervöser Anspannung, und ihm war schlecht. Gestresst von der langen Reise und der Notwendigkeit, Konversation mit einem Fremden zu machen; gestresst vom Umzug in einen völlig anderen Teil des Landes und in einen völlig anderen Lebensstil. Müdigkeit und Stress waren nicht gut; sie gaben dem Hunger und der Schwäche Vorschub. Er wollte die Droge – er wollte sie immer, aber wenn er müde und angespannt war, dann wollte er sie umso mehr.

Ein Teil seines Gehirns nahm das, was der Fahrer sagte, auf und verarbeitete es, so wie es das immer tat. Es würde die Informationen abspeichern, sodass er Zugriff darauf haben würde, wenn er sie brauchte. Diese ungewöhnliche Eigenart seines Gehirns war eines der Dinge, die ihn so gut in der verdeckten Ermittlung machten: Er musste sich nie Notizen machen, die gefunden werden konnten, oder Anrufe tätigen, die überhört werden konnten, oder Informationen hochladen, die gehackt werden konnten. Alles, was er sah, alles, was er hörte, wurde gewissermaßen von seinem Gehirn hochgeladen, selbst dann, wenn er dem keine Beachtung schenkte, selbst dann, wenn er in einer Situation war, die seine volle Aufmerksamkeit erforderte, während diese Dinge irgendwo im Hintergrund abliefen. Er konnte in seiner Rolle als José eine Unterhaltung führen und sich mit Bossen, Dealern, Junkies und Huren herumschlagen, und Joshuas Gehirn registrierte und speicherte alles. Selbst, wenn er zugedröhnt oder high oder kaum bei Bewusstsein war, sammelte und speicherte es weiter Informationen.

Das Problem daran war, dass er niemals etwas vergaß.

„Weißt du?"

Joshua spulte zurück, fand die Bemerkung „Kann Tuck nichts sagen", und erwiderte: „Ja." Das reichte. Der Fahrer sprach weiter. Joshua hörte weiter nicht zu.

Aber die Stimme des Mannes war angenehm, leise und träge und weich, eine sanfte Stimme. Eine einfühlsame Stimme. Die Art Stimme, die Tiere dazu bringen konnte, ihr zu vertrauen. Zu schade, dass Joshua kein Tier war, und dass jede Art von Vertrauen ihm schon lange ausgetrieben worden war. Aber die Stimme war angenehm.

„… hier."

Joshua öffnete die Augen just in dem Moment, als sie unter einem Holzbogen durchfuhren, ähnlich dem mit dem schrägen J, an dem sie vorbeigekommen waren, aber dieser hier war frisch gestrichen und sah neu aus. Die drei Cs der Triple C – für Joshuas Großvater Charles und *seine* Eltern Claude und Catherine –, dunkelgrün auf hellbeigem Hintergrund, waren so gedreht, dass die offenen Seiten einander zugewandt waren, was sie wie eine Art keltischer Knoten aussehen ließ. Unter dem Holzbogen befand sich ein Tor aus Draht, aber es stand offen, sodass sie unter dem Bogen hindurch und auf das Haus zufahren konnten. Der Wagen rumpelte über eine hölzerne Brücke, die sich über einen der Bäche spannte, die die Ranch bewässerten.

Das Haus war kleiner als in Joshuas Erinnerung, aber dennoch vergleichsweise groß: ein zweistöckiges Haus aus Adobeziegeln, mit einem bogenförmigen Eingang, der zu einem offenen, mit Fliesen ausgelegten Innenhof mit Springbrunnen in der Mitte führte. Es lag eingebettet in einen Hain uralter Pappeln, deren grüne Kühle eine willkommene Abwechslung war von der endlosen Wüste, durch die er den ganzen Tag gefahren war. Es war einmal eine Art Vorzeigehaus gewesen, so viel wusste Joshua aus den Geschichten seiner Mutter, aber er konnte durch den Bogen hindurch sehen, dass der Springbrunnen abgestellt war. Der Bach jedoch plätscherte munter, das Wasser klar und glitzernd im Sonnenschein, also konnte es nicht an Wasserknappheit liegen.

Die Auffahrt teilte sich, und linkerhand ging es zu einem runden Vorplatz vor dem Haus, doch Kelly hielt sich rechts und fuhr zur Rückseite des Gebäudes. Dort hatte das Haus eine breite, hölzerne Veranda, die einen staubigen Hof überblickte, einen befestigten Parkplatz, auf dem eine Handvoll Autos und Pickups standen, auf der einen Seite, und dahinter die Paddocks und Korrals, die die Ställe und Scheunen umringten. Trotz der späten Stunde herrschte reges Treiben. Zwei Cowboys auf Appaloosas trieben eine kleine Herde staubiger Pferde in einen Korral, während ein dritter das Tor offen hielt und die Pferde mit seinem Hut hineinwinkte. Zwei andere Männer luden Heuballen von einem Anhänger ab und trugen sie in eine Scheune. Das große Tor zum Stallgebäude stand offen, und ein Junge führte ein langbeiniges, fast bläulich-graues Pferd heraus. Er blieb stehen, als der Truck ein paar Meter von ihm entfernt anhielt, und hob seinen Hut.

„Das ist Jesse", sagte der Vorarbeiter, als er den Wagen abstellte. „Er ist der jüngste unserer Schüler und ein Naturtalent. Seine Mutter ist unsre Köchin, also hat er den Großteil seines Lebens hier verbracht. Wenn du irgendwelche Fragen hast und Tuck oder ich grad nicht da sind, wende dich an Jesse." Er stieg aus, und Joshua folgte ihm.

Der Vorarbeiter holte Joshuas Reisetasche von der Ladefläche, schwang sie über seine Schulter und wartete darauf, dass Joshua ausstieg. Er schien nicht ungeduldig, aber seine Stirn legte sich in leichte Falten, als Joshua beim Aussteigen für einen Moment das Gleichgewicht verlor und sich an den Truck lehnen musste. Er sagte jedoch nichts, sondern wartete einfach, bis Joshua sein Gleichgewicht wiedergefunden hatte, dann führte er ihn zum Haus. „Tuck hat gesagt, dass er dir fürs Erste die Gästesuite im Erdgeschoss fertiggemacht hat, da du noch auf dem Weg der Besserung bist. Später, wenn du magst, kannst du mit ihm überlegen, wo du bleiben willst – oben gibt's ein halbes Dutzend Zimmer, die niemand nutzt."

Der Hintereingang führte in die Küche, wo eine rundliche, kleine Frau zwischen Herd und Kücheninsel hin und her eilte. Joshua nahm an, dass sie das Abendessen zubereitete. Sie blickte auf, als sie hereinkamen, und lächelte breit. „Señor Joshua!"

„Sarafina?" Er blinzelte. Wie war sie denn so *klein* geworden? In seiner Erinnerung war sie eine Riesin, die ihren Kochlöffel schwang wie Little John seinen Stock.

„*Sí*! Glaubst du denn, ich würde weggehen? Nein, ich bin für immer hier, glaube ich. Komm, setz dich, iss. Du bist viel, viel zu dünn!" Ihr rundes Gesicht legte sich in bekümmerte Falten, als sie Joshuas Heroinjunkiehagerkeit in ihrer ganzen Herrlichkeit in sich aufnahm. „Du warst krank!", beschuldigte sie ihn.

Nun, so konnte man es auch ausdrücken. „Ja", sagte er.

„Tucker hat das gesagt, aber das …" Sie schnalzte streng mit der Zunge. „Wir bringen das in Ordnung."

Joshua lächelte sie schwach an und setzte sich auf den Stuhl, den sie ihm zuwies. Er stellte seinen Rucksack auf dem Boden neben sich ab und sah zu dem Vorarbeiter auf, der amüsiert grinste. „Ich nehm' an, ihr zwei seid alte Freunde?", sagte er.

„Ich erinnere mich an sie", sagte Joshua.

„Ja, das sehe ich. Na, dann sitz' einfach da und lass es dir schmecken. Ich bring die Tasche in dein Zimmer – den Flur runter zweite Tür rechts."

„Sag den vaqueros, Abendessen gibt's in einer halben Stunde", wies Sarafina Eli an. „Lass mich erst Joshua etwas zu essen geben und ihn dann ins Bett bringen. Er ist müde. Er wird an seinem ersten Abend zu Hause nicht gestört werden wollen."

„Jawohl, Boss", sagte Eli. Sie schlug mit ihrer Schürze nach ihm, und er verließ die Küche mit einem leisen Lachen.

„Eli ist ein guter Junge", sagte Sarafina, als sie einen Teller vor ihn stellte. Dann holte sie eine große Keramikschüssel aus dem Ofen, wo sie sie warmgehalten hatte, und legte ihm ein paar Enchiladas auf den Teller. „Iss die, und dann habe ich einen Salat für dich. Und Brot."

Er sah leicht angewidert auf das Essen hinunter, aber er nahm seine Gabel und aß einen Bissen. Es schmeckte anders als das Zeug, das er in Chicago gegessen hatte, aber er konnte nicht sagen auf welche Art. Nicht mehr. Seine Geschmacksnerven waren so tot wie der Rest von ihm. „Es schmeckt gut", sagte er und würgte einen weiteren Bissen hinunter. „Du musst dir meinetwegen keine

17

Umstände machen", sagte er. „Das hier reicht. Ich bin ohnehin zu müde, um viel zu essen."

Er konnte förmlich spüren, wie sich ihre Augen in seinen Hinterkopf brannten, während er noch ein paar Bissen aß. Er achtete darauf, von derselben Enchilada zu essen, sodass sie den Rest wiederverwenden konnte. Als er die eine aufgegessen hatte, legte er die Gabel hin. „Vielen Dank", sagte er und beugte sich hinunter, um seinen Rucksack hochzuheben.

„Joshua …"

„Danke, Sarafina. Ich bin wirklich nur müde." Er schenkte ihr ein hoffentlich beruhigendes Lächeln, dann stand er auf und machte sich auf die Suche nach seinem Schlafzimmer.

Es war genau da, wo Eli Kelly gesagt hatte; er entdeckte seine Reisetasche, die am Fußende des Bettes auf der gesteppten Tagesdecke stand. Joshua schloss die Tür, dann ging er zum Bett, hob die Tasche herunter und stellte sie neben dem Bettvorleger auf den gefliesten Boden. Den Rucksack stellte er daneben, dann setzte er sich auf die Bettkante.

Dieses Zimmer war eine Verbesserung gegenüber dem, das er in der Klinik gehabt hatte. Die Wände waren weiß, aber die Tagesdecke und der Bettvorleger und die navahoinspirierten Vorhänge waren bunt, und die warmen Sandsteinfliesen waren von einem dunklen Honiggold, das im verblassenden Licht leuchtete. Und die Matratze war fest. Das war gut. Joshua schlang die Arme um sich und legte sich auf die Seite; die Jacke hatte er noch an. Als er in den Schlaf glitt, hörte er das Schlagen von Türen und das Geräusch von Stimmen, aber sie hatten keine Bedeutung für ihn, und er schenkte ihnen keine Beachtung.

SARAFINA WARTETE, bis der Rest der Männer die Küche verlassen hatte, bevor sie sich an Eli wandte. Er wusste, dass sie ihn auszanken wollte, und so ließ er sich mit seinem Kaffee Zeit. Sobald sie allein und die Männer entweder mit ihren Abendaufgaben beschäftigt oder im Schlafhaus verschwunden waren und Jesse oben in seinem Zimmer Hausaufgaben machte, goss Sarafina sich ebenfalls eine Tasse Kaffee ein und setzte sich ihm gegenüber an den großen Tisch. „Und", sagte sie, „hat Tucker dir gesagt, was mit Joshua nicht in Ordnung ist?"

„Nur, dass er bei einem FBI-Einsatz verletzt worden ist. Schwer genug, um den Dienst zu quittieren."

„*Das* ist nicht ,verletzt'." Sie deutete empört in die Richtung des Gästezimmers. „*Das* ist *krank*. Er ist ein kranker Mann, Eli. Den ganzen Tag unterwegs, und er isst nur eine kleine Enchilada?"

„Vielleicht hat er im Flieger gegessen", sagte Eli, aber er wusste, dass das eine klägliche Ausrede war, und dass er den verächtlichen Blick verdient hatte, den sie ihm zuwarf.

„Das hat er nicht und auch nicht im Bus und auch nicht in deinem Auto. Er sieht aus, als hätte er seit *Tagen* nicht gegessen. Tucker wird nicht glücklich sein, wenn er morgen früh nach Hause kommt."

„Na ja, ich bin auch nicht gerade glücklich", sagte Eli. „Ich stimme dir zu, Sara. Mit dem Jungen stimmt etwas ganz gewaltig nicht."

3

VON DER Ranch bis zu dem Hotel, wo das Treffen stattfand, waren es gut fünf Stunden Autofahrt, und normalerweise wäre Tucker über Nacht dort geblieben. Aber nachdem seine Freunde und er zu Abend gegessen und sich anschließend im örtlichen Rinderzüchterverein ein paar Drinks genehmigt hatten, war es zwei Uhr morgens. Er war hellwach, und die SMS von Elian Kelly – *Josh hier. Sarafina besorgt wg ihm* – hatte ihn unruhig genug gemacht, dass er sich von seinen Freunden verabschiedete, in seinen Truck schwang und auf den Heimweg machte.

Er wusste ein bisschen darüber, was sein Neffe durchgemacht hatte, oder zumindest so viel, wie Hannah wusste, und das war nicht sehr viel. Er hatte am Telefon zugehört, wenn sie während der letzten zwei Jahre von Joshs Einsatz vor Sorge geweint hatte, als sie ihren Sohn nicht hatte erreichen können, und dann vor ein paar Monaten erneut, als er zurückgekommen war und Hannah ihn so schrecklich verändert vorgefunden hatte. Es waren Drogen mit im Spiel, was Tucker Sorgen machte, aber Hannah hatte darauf bestanden, dass es nicht Joshs Schuld gewesen war, dass die Umstände ihn dazu gezwungen hatten, und dass er sein Bestes tat, um davon loszukommen. Das war einer der Gründe, warum Hannah gewollt hatte, dass er Josh aufnahm – um ihn von den Drogen fernzuhalten. Der andere Grund war offenbar, dass Josh von einigen der Männer, die er geholfen hatte hinter schwedische Gardinen zu bringen, noch immer Gefahr drohte – oder zumindest von ihren Kumpanen –, aber Hannah hatte ihm versichert, dass sie selbst und Cathy und die Kinder vollkommen sicher waren. Weder sie noch die Ranch waren den Bösewichten bekannt, was immerhin ein kleiner Trost war.

Aber Hannah hatte gesagt, dass Josh eine Art Entziehungsprogramm mitgemacht hatte, und dass er auf dem Weg der Besserung war. Es wären nur die psychologischen Folgen der Abhängigkeit, mit denen er sich auseinandersetzen musste, und die Ranch sei genau der richtige Ort dafür. Er konnte einen neuen Beruf erlernen und sich ein neues Leben aufbauen, weit weg von dem Stress und den Strapazen der Großstadt, und hoffentlich all das entschieden hinter sich lassen.

Von daher hatte Tucker jemanden erwartet, der bereit war, sein Leben zu ändern, aber Elis SMS – *Sarafina besorgt wg ihm* – schien in eine andere Richtung zu weisen. Sarafina war eine kluge Frau.

Die Sonne ging gerade auf, als er auf das Ranchgelände fuhr und den Silverado hinter dem Haus parkte. Sarafina war bereits bei der Arbeit und knetete den Teig für das Frühstück der Rancharbeiter. Sie blickte auf, als er eintrat, und machte ein überraschtes Gesicht. „Schon zurück?"

„Bin doch nicht über Nacht geblieben", sagte er. „Ich leg mich heute Nachmittag eine Runde hin. Wie stehen die Dinge hier?"

„Wie immer. Elian hat das Sagen, also ist natürlich alles wie immer."

„Ich meinte Josh."

Sie antwortete nicht sofort, sondern knetete ihren Teig weiter. Als sie fertig war, legte sie die Teigkugel in eine Schüssel und bedeckte diese mit einem Geschirrtuch. Erst dann sagte sie: „Er hat sehr schlechte Träume."

„Oh?"

„Ja. Sie wecken ihn auf. Sie wecken *mich* auf, und mein Zimmer ist oben im ersten Stock. Wenn ich runtergehe, ist er wach und sagt mir, ihm geht's gut. Aber es geht ihm nicht gut. Es geht ihm gar nicht gut."

„Schläft er noch?"

Sie zuckte mit den Schultern. „Er ist noch in seinem Zimmer. Er hat gestern Abend eine Enchilada gegessen, Tucker. *Eine.*"

Er sagte ernsthaft: „Dann ist er krank, Sarafina." Das war die reine Wahrheit. Sarafinas Enchiladas waren der Nektar der Götter. Jeder, der sie ablehnte – oder schlimmer noch, nur *eine* aß – war entweder krank oder dabei, krank zu werden.

„Das habe ich dir gesagt." Sie stellte die Schüssel in den Ofen, dann ging sie zu dem großen Kühlschrank. „Geh und sieh nach ihm, Tuck."

Wenn sie ihn „Tuck" nannte, bedeutete das, dass es ihr bitterernst war. Er nickte und ging den Flur hinunter zu dem Schlafzimmer, das er für Josh ausgesucht hatte.

Er öffnete die Tür und machte beinahe auf dem Absatz wieder kehrt, um Sarafina zu fragen, wer zum Teufel da in seinem Haus war, denn *das* konnte nicht Josh sein. Josh war erst sieben- oder achtundzwanzig. Das Foto, das Hannah ihm von Joshs Abschlussfeier der FBI Academy geschickt hatte, zeigte einen großen, starken jungen Mann mit einem breiten Lächeln und ebenso breiten Schultern. Nicht dieses gebrochene Wrack einer Vogelscheuche, schwarz gekleidet, mit schwarzem Flaum auf dem Kopf und tiefen Höhlen, wo seine Wangen hätten sein sollen, und einer Nase so schmal und scharf wie eine Messerklinge. Erschüttert betrat Tucker das Zimmer und sah in stummem Entsetzen auf seinen Neffen hinab.

Josh öffnete die Augen, und schneller, als Tucker erwartet hätte, dass ein solches Wrack von einem Mann sich bewegen konnte, war er auf der gegenüberliegenden Seite vom Bett geglitten, ein Messer in der Hand und einen Ausdruck von Zorn und Angst auf seinem hageren Gesicht. Tuck warf die Hände in einer Geste der Unterwerfung hoch und sagte: „Josh?"

Der Mann sah ihn einen Augenblick lang starr an, dann flaute das Adrenalin oder was auch immer seine Reaktion befeuert hatte, ab. Er ließ die Hände sinken, warf das Messer auf die Bettdecke und sagte matt: „Hallo, Onkel Tucker."

„Entschuldige, dass ich dich erschreckt habe", sagte Tuck leise und bewegte sich langsam auf das Bett zu, wo er sich hinsetzte und das Messer von der Decke nahm. Es sah aus wie eins von Sarafinas Steakmessern. Josh musste es gestern

21

Abend aus der Küche mitgenommen oder es sich geholt haben, nachdem Sarafina ins Bett gegangen war. Tuck legte das Messer auf den Nachttisch. „Setz dich, Sohn, bevor du umfällst."

Josh setzte sich vorsichtig auf die andere Seite des Bettes. „Nein. Ich entschuldige mich. Ich … ich reagiere nicht sehr gut auf … gewisse Dinge."

„Verständlich. Deine Mutter hat gesagt, dass du eine ziemlich schwere Zeit hinter dir hast."

Sein Neffe schüttelte den Kopf. „Es tut mir leid. Ich …" Er hielt inne und verschränkte die Arme vor der Brust, die Hände um die Ellbogen geschlossen. „Ich weiß es zu schätzen, dass du es mir erlaubt hast, hierherzukommen."

„Du gehörst zur Familie. Das hier ist von jetzt an dein Zuhause, wenn du möchtest."

Josh hob den Kopf und sah Tucker in die Augen. „Mach keine Versprechungen", sagte er ausdruckslos. „Du kennst noch nicht alle Fakten."

Mit denselben langsamen Bewegungen, mit denen er sich einem gerade erst eingefangenen wilden Mustang nähern würde, stand Tuck auf und ging um das Bett herum auf Joshs Seite. Er hob eine Hand, nahm den Saum eines Ärmels von Joshs Jacke zwischen Daumen und Zeigefinger und zog sachte daran, bis Josh den Arm herauszog. Er wiederholte den Vorgang mit dem anderen Ärmel, dann warf er die Jacke auf den Stuhl in der Ecke.

Josh verschränkte sofort wieder die Arme, aber Tuck war noch nicht fertig. Er legte eine Hand – immer noch ganz langsam, ganz vorsichtig – auf Joshs Handgelenk und zog den Arm von seinem Körper weg. Wie er es erwartet hatte, war die Haut auf der Innenseite des Ellbogens übersät mit den Spuren von Nadeleinstichen.

„Heroin?"

Josh nickte und schloss die Augen.

„Hannah hat gesagt, dass da Drogen mit im Spiel waren, aber sie hat nicht gesagt, was für welche", sagte Tucker und versuchte, seine Stimme ruhig klingen zu lassen. „Sie hat gesagt, du hättest ein Entziehungsprogramm mitgemacht?"

„Ja. Ich bin clean." Joshua schwieg einen Moment, dann sagte er bitter. „So clean, wie ein Heroinsüchtiger eben sein kann."

„Nun", sagte Tucker mild, „die Chance, dass du hier draußen an so was drankommst, ist verschwindend gering. Die nächste Ranch ist fünfzehn Meilen westlich von hier, und Miller ist die nächste Stadt. Vor ein paar Jahren gab's mal Ärger, als ein paar dumme Kids ein Drogenlabor für Meth aufgebaut hatten, aber sie haben es, und sich selbst, in die Luft gejagt. Marihuana gibt's vielleicht hier in der Gegend, und unten im Reservat haben sie Peyote, aber die Schamanen sind sehr streng damit, wer das bekommt. Von daher würd' ich sagen: Sackgasse."

„Danke", sagte Josh. Er sah auf seinen Arm hinunter. Tuck ließ ihn los, dann sagte er: „Sarafina meinte, du hättest eine unruhige Nacht gehabt. Fühl dich nicht verpflichtet, aufzustehen – du siehst aus, als könntest du Ruhe gebrauchen, und sie kann dir dein Frühstück auch bringen. Hast du einen Schlafanzug mit? Ich kann mir nicht vorstellen, dass Jeans sehr bequem sind zum drin schlafen."

Josh schüttelte den Kopf. „Sie muss sich meinetwegen keine Umstände machen."

„Würd' sie eh tun, selbst wenn ich sie nicht drum bitte. Du gehörst zur Familie."

„Das sagtest du bereits."

„Und ich werd's so lange sagen, bis du's glaubst. Schau, Josh, deine Mama hat mir alles gesagt, was sie wusste, und ich wette, das war bei Weitem nicht alles. Du erzählst mir, was du mir erzählen willst, und nicht einen Pieps mehr. Sobald du dich besser fühlst, kommst du und arbeitest mit mir im Büro, und wenn dir danach ist, kannst du auch bei den Pferden helfen. Ich kann immer ein Paar zusätzlicher Hände brauchen. Fakt ist, ich brauch schon seit einiger Zeit jemanden, der mir bei der geschäftlichen Führung der Ranch hilft. Ich hab kein Interesse an diesem ganzen soziale Medien Kram und Webseiten und Blobs."

„Blogs", sagte Joshua. Er sah auf und Tucker in die Augen, und Tucker konnte sich des Gefühls nicht erwehren, dass ihm ein kleiner Durchbruch gelungen war. Zumindest zuckten die Lippen des Jungen, als würden sie versuchen zu lächeln.

„Blogs. Was auch immer das ist. Und sich mit dem Regierungspapierkram für die NFS Roundups rumzuschlagen ist auch immer ganz fürchterlich."

„Dein Vorarbeiter hat mir ein bisschen darüber erzählt. Du hast einen Vertrag mit der Regierung des Bundesstaats?"

„Ja, mit dem National Forestry Service. Ihnen unterliegen die Wildpferdeherden hier. Manchmal kümmert sich auch das BLM drum – das Bureau of Land Management –, aber's hat Proteste gegeben, weil die Hubschrauber für den Zusammentrieb der Mustangs benutzen, und das ist für die Pferde nicht gut. Sehr viel schwieriger, ein Pferd zuzureiten und zu trainieren, das Todesangst vor lauten Geräuschen hat. Also hat der NFS einen Großteil der Arbeit übernommen. Wir treiben sie zu Pferd zusammen, was weniger traumatisch für sie ist."

Joshua nickte.

„Aber das sind alles Sachen, über die du später mehr erfahren wirst." Tucker hob die Reisetasche hoch und ließ sie neben Josh auf das Bett fallen. „Pack deinen Schlafanzug aus und leg dich noch eine Runde aufs Ohr."

Joshua nickte wieder und öffnete die Reisetasche. Tucker stand einen Augenblick lang da und sah ihm zu, dann verließ er leise das Zimmer und zog die Tür hinter sich zu.

In der Küche wartete Sarafina mit einem riesigen Becher Kaffee. Eli saß am Tisch, einen ähnlichen Becher vor sich. Er hatte seine Hände darum geschlossen und starrte in die schwarze Flüssigkeit. „Wie viel hast du gehört?", fragte Tucker geradeheraus.

Elis Blick war nüchtern. „Genug."

„Dann weißt du, dass er clean ist."

23

„Er war auf Entziehung, oder wie auch immer man das nennt", korrigierte Eli. „Vielleicht ist er clean, vielleicht aber auch nicht. Wir werden ihn im Auge behalten müssen, Familie hin oder her."

Tucker stieß einen langen, schweren Seufzer aus und setzte sich Eli gegenüber hin. Sarafina stellte den Becher vor ihn auf den Tisch und kehrte zur Kücheninsel zurück, wo sie den Teig zu Brötchen formte. „Ja. Er hat einen starken Willen, immer schon gehabt, und wenn einer so was überwinden kann, dann er. Aber du hast recht. Wir müssen ihn im Auge behalten, wenn auch nur zu seiner eigenen Sicherheit."

„Bist du dir sicher, dass du das auf dich nehmen willst?"

„Er gehört zur Familie." Tucker nippte an seinem Kaffee. Heiß wie die Sünde und doppelt so süß; er vermutete, dass Sarafina noch zusätzlich etwas rein tat, Zichorie oder so. „Im Zweifel für den Angeklagten, also warten wir's ab. Außerdem gibt's hier draußen nicht viel, was er sich holen kann. Und ich glaub auch nicht, dass einer der Männer geneigt ist, einen guten Job zu riskieren, um den Mittelsmann zu machen, oder wie auch immer sie das nennen."

„Wohl wahr. Nun, die Zeit wird's zeigen." Eli schüttelte den Kopf. „Ich hasse Verschwendung."

„Ja, ich auch."

Jesse kam im vollen Galopp in die Küche gerannt. „Ich komm zu spät!", japste er. Seine Mutter reichte ihm eine braune Papiertüte, die sein Mittagessen enthielt, und einen in ein Küchentuch eingewickelten Burrito, und er flog aus der Tür und die Einfahrt hinauf, wo der Schulbus ihn abholen würde. „Wir werden auf Jesse aufpassen müssen", sagte Tucker.

„Joshua wird Jesse nichts tun", sagte Sarafina entschieden. „Joshua würde niemandem etwas tun. Er muss beschützt werden, nicht verdächtigt."

„Ich hoffe, du hast recht, Sarafina." Tucker trank noch einen Schluck Kaffee.

Sarafina stellte zwei randvolle Teller vor die beiden Männer, und wortlos machten sie sich über die Berge von Spiegeleiern und Würstchen her.

4

ALS JOSH das nächste Mal wach wurde, hatte sich das Licht verändert, war tiefer geworden, satter, was, so vermutete er, Nachmittag bedeutete. Er hatte besser geschlafen als letzte Nacht – er erinnerte sich nicht daran, irgendetwas geträumt zu haben, und Onkel Tucker hatte recht gehabt: Der Jogginganzug, den er als Schlafanzug trug, war sehr viel bequemer als die Jeans.

Die Türen des Kleiderschranks standen offen, und er konnte sehen, dass ein Teil seiner Kleidung aufgehängt worden war. Seine Reisetasche stand auf dem Boden des Kleiderschranks und sein Rucksack auf dem Schreibtischstuhl in der Ecke. Auf dem Nachttisch stand eine Flasche Wasser. Er rollte sich auf die Seite und griff danach, drehte die Flasche auf und trank sie zur Hälfte leer. Obwohl ihm seine Umgebung fremd war – als Elfjähriger war er nicht sehr daran interessiert gewesen, sich das Innere des Hauses einzuprägen, aber er würde wetten, dass er mit verbundenen Augen durch die Scheunen gehen konnte – fing er an, sich zu entspannen, zum ersten Mal seit … Jahren. Ja, Jahren. Definitiv aber seit jenem Tag im Büro seines Vorgesetzten, als man ihn gebeten hatte, sich für einen gefährlichen Einsatz zu melden, einen Einsatz, mit dem sie normalerweise nicht einen so unerfahrenen Agenten betrauen würden, aber für den er auf so einzigartige Weise geeignet war: verdeckt gegen die Banden der West Side von Chicago zu ermitteln, eine der größten Banden zu infiltrieren und Beweise für ihre Verbindung zu dem Kartell zu finden, das Drogen in die Stadt schmuggelte. Sein Vater war Puerto Ricaner gewesen und vor langer Zeit Mitglied in einer der lokalen Banden, die später von einer der neueren Banden geschluckt worden war. Er hatte Joshuas Mutter nicht geheiratet und war ein oder zwei Monate, bevor die Zwillinge geboren worden waren, bei einer Schießerei im Vorbeifahren getötet worden. Aber seine Eltern hatten sich in Joshua und Catherine verliebt, und sie hatten deren Mutter toleriert, also hatte Joshua so etwas ähnliches wie eine Familie gehabt.

Hannah hatte mit ihrer Hilfe die Universität beendet, hatte einen anständigen Job gefunden und war aus der Gegend weggezogen, als die Zwillinge noch klein gewesen waren, aber sie waren mit Rosales Großeltern in Kontakt geblieben – beinahe besser als mit Hannahs Eltern, den Chastains, die so weit weg lebten. Joshua hatte beinahe so viel Zeit auf den Straßen des Stadtteils verbracht, in dem seine Großeltern lebten, wie auf denen des Stadtteils, in dem er lebte. Tatsächlich stammten die meisten seiner Kindheitsfreunde aus dem alten Revier seines Vaters. Aber seine Großeltern waren gestorben, als er auf der Highschool gewesen war, und Hannah hatte es nicht gefallen, dass er so oft dort gewesen war, da die Banden dort so weit verbreitet und so allgegenwärtig waren. Und so waren sie nach Cincinnati gezogen, als Joshua und Cathy fünfzehn gewesen waren.

Als also der Einsatz zur Sprache gekommen war, und das FBI einen jungen Lateinamerikaner suchte, der sich auf den Straßen auskannte, war Joshua die naheliegendste Wahl gewesen. Er kannte die Kultur, er sprach die Sprache, und er wirkte glaubwürdig. Er hatte darauf gebrannt, den Auftrag anzunehmen, und seinen Vorgesetzten war sein nahezu fotografisches Gedächtnis bereits aufgefallen.

Er war perfekt gewesen.

Er schob das dünne Laken beiseite, das er als Decke benutzt hatte – es war warm im Zimmer, besonders mit Jogginganzug –, und hockte sich auf die Bettkante, den Kopf in den Händen vergraben. Es wurmte ihn, dass Onkel Tucker die Narben auf seinen Armen gesehen hatte; fast schien es ihm, als ob niemand jemals von der Sache wissen würde, solange er sie nur verborgen hielt. Was natürlich albern war. Man musste ihn doch nur ansehen, um zu wissen, was er war. Gesindel. Wenigstens wuchsen seine Haare nach und verdeckten die Bandentätowierung, die in seinen kahlen Schädel gestochen worden war. Er würde sich den Kopf nie wieder rasieren – zumindest diese Tätowierung würde für immer verborgen bleiben.

Sein Magen knurrte, und er hob überrascht den Kopf, dann ging ihm auf, dass er außer der einen Enchilada, die er gestern Abend mit Mühe und Not heruntergewürgt hatte, seit vierundzwanzig Stunden nichts mehr gegessen hatte. Seine Appetitlosigkeit war hauptsächlich nervösen Ursprungs – sein Appetit kehrte langsam zurück, aber Stress hatte die Angewohnheit, ihn gleich wieder im Keim zu ersticken.

Sarafina musste eine Gedankenleserin sein – entweder das, oder das Knurren seines Magens war laut genug, dass man es bis in die Küche hörte –, denn einen Moment später erschien sie mit einem Tablett. „Guten Morgen, Joshua!", sang sie. „Ich habe Frühstück für dich!"

„Danke", sagte er und machte Anstalten, aufzustehen.

„Nein, nein. Du bleibst da." Mit einem Fuß schob sie den leeren, kleinen Schreibtisch – die Art, wie man ihn in Kinderzimmern fand – neben sein Bett und stellte das Tablett darauf ab. „Tucker sagt, du ruhst dich aus, also ruhst du dich aus. Ich habe Eier und Toast und Würstchen und Tee."

„Kaffee ...", begann Joshua, aber sie schüttelte den Kopf.

„Noch nicht. Tee. Kaffee erst, wenn du gegessen hast. Dein Bauch ist nicht bereit für Kaffee ohne etwas darin." Sie schnalzte missbilligend mit der Zunge. „Besonders nicht, wenn er so lange leer war. Wir machen dich wieder gesund, sodass du dich um Tucker und die Ranch kümmern kannst. Das ist dein Job. Mein Job ist es, dich dahin zu bringen."

Die Düfte, die von dem Tablett aufstiegen, waren himmlisch, und Joshua fühlte sich so hungrig wie schon seit Monaten – Jahren – nicht mehr.

„Wenn du mit essen fertig bist, wirst du duschen und dich auf die Veranda setzen, ein bisschen an die frische Luft. Morgen kannst du anfangen, mit Tucker zu arbeiten." Sie stellte den letzten Teller auf den Schreibtisch, dann klemmte sie sich das Tablett unter den Arm und betrachtete ihn fürsorglich. „Du brauchst viel zu essen, aber nicht alles auf einmal, also habe ich dir jetzt nur ein bisschen gebracht. Wenn du in einer Stunde noch Hunger hast, sag mir Bescheid, und ich mache dir mehr. So funktioniert das bei den Pferden. Wir geben ihnen kleine Portionen und oft, sonst bekommen sie Kolik, und das ist eine sehr, sehr schlimme Sache."

„Ich verspreche, keine Kolik zu bekommen", sagte Joshua ernst. Sie schenkte ihm ein strahlendes Lächeln.

„Natürlich bekommst du keine." Ihre Stimme war zuversichtlich. „Wir wissen hier, wie man sich um vernachlässigte Tiere kümmert." Mit einem Winken ging sie, damit er in Ruhe essen konnte.

Was er auch tat, langsam und sorgfältig, Bissen für Bissen, hier ein Häppchen, da ein Häppchen, bis die Teller leer waren.

ELI HATTE den Großteil des Tages damit verbracht, die Zäune entlang der Strecke abzureiten, an der ihre Ranch an die verlassene Rocking J grenzte, um sicherzustellen, dass sie in gutem Zustand waren, jetzt, wo es keinen Nachbarn mehr gab, der bei der Kontrolle und der Instandhaltung mithelfen konnte. Die Zäune, sowohl aus Draht als auch aus Holz, waren anfällig für Witterungs- und andere von der Natur verursachte Schäden, und vor ein paar Tagen war ein für die Jahreszeit eher ungewöhnliches Gewitter durchgezogen. Er hatte zwei Stellen gefunden, an denen sich die Zaunpfähle gelöst hatten und der Draht bis auf den Boden hing, und hatte sie repariert. Zum Glück hielten sie keine Pferde auf diesem Teil ihres Landes, sonst wären die Tiere entweder durchgebrannt oder hätten sich an dem scharfen Draht verletzt. Entlaufene Pferde einzufangen war nicht das Problem, und sie hätten sie über kurz oder lang wiederbekommen, aber Verletzungen, besonders am empfindlichen Strahl im Huf eines Pferdes, konnten zu bösen Entzündungen führen, wenn sie nicht rechtzeitig behandelt wurden.

Glücklicherweise musste er nichts weiter tun, als neue Löcher für die Zaunpfähle zu graben und den Draht wieder an den Pfählen zu befestigen, und das waren Arbeiten, für die er die notwendigen Werkzeuge bei sich trug. Als er sein Pferd schließlich wieder in Richtung Ranch lenkte, war es beinahe Abendessenszeit, aber er hatte die gesamte Länge des Zaunes inspiziert.

Die Sonne versank langsam hinter den Bergen, und er und das Pferd warfen einen langen, dünnen Schatten, der ein bisschen so aussah wie die Zeichnungen von Don Quixote auf seinem dürren Pferd, die er einmal gesehen hatte. Er hatte die Geschichte immer gemocht – sie war traurig, aber auf vielerlei Weise auch wahr; Träume waren wichtig, und Träume konnten schnell zerstört werden. Er hatte einst davon geträumt, sich beim Rodeo einen Namen zu machen, vielleicht eines Tages an die Uni zu gehen und Tierarzt zu werden, seine eigene Ranch zu besitzen. Aber der Tod seines Vaters hatte diese Träume schnell zunichtegemacht. Er hatte von der

Schule abgehen und Vollzeit arbeiten müssen, damit seine Ma versorgt war und damit Jake und Samantha die Chance hatten, ihre Träume zu verwirklichen. Aber das war in Ordnung. Ma ging es gut in Portland mit ihrem neuen Ehemann (na ja, neu, sie waren jetzt schon seit zehn Jahren verheiratet), Jake machte irgendetwas Geschäftliches in Cheyenne (er hatte versucht, Eli zu erklären, was genau er machte, aber Eli schlief dabei immer ein) und Samantha …

Nun, er nahm an, dass es Samantha ebenfalls gut ging. Sie tat das, was sie liebte, und sie hatte ihn nicht ein Mal um Geld gebeten, seitdem sie der Rockband beigetreten war, für die sie Gitarre spielte – und mit dem Klavierspieler der Band liiert war. Sie verdienten nicht viel Geld, aber sie schien glücklich zu sein. Also war das gut.

Aber manchmal vermisste er sie. Vermisste die kalte, klare Luft Wyomings und das weite Grasland und den tiefen Schnee im Winter. Vermisste Zuhause, den heimischen Herd und die Verbundenheit mit Leuten, die ihn kannten, die ihn liebten. Und obwohl er seinen Platz auf der Triple C gefunden hatte, vermisste er manchmal einfach das Gefühl von *Zugehörigkeit*.

Nicht, dass alles nur eitel Sonnenschein gewesen war (und woher kam dieser Ausdruck eigentlich, Sonnenschein konnte doch nicht eitel sein, oder?). Sein Dad hatte manchmal zu viel getrunken, und manchmal hatten er und Ma sich gestritten, mit leisen, gedämpften Stimmen, von denen sie dachten, die Kinder würden sie nicht hören. Aber alle Eltern machten das, und er kannte nicht einen einzigen, erwachsenen Mann, der nicht ab und zu mal trank. Das bedeutete ja nicht, dass sie nicht glücklich waren. Das bedeutete nicht, dass sie nicht geliebt wurden. Er hatte das nie bezweifelt.

Was er bezweifelt hatte, war, dass sein Dad über einen schwulen Sohn glücklich sein würde. Also hatte er das geheimgehalten. Dad hätte ihn vermutlich nicht vor die Tür gesetzt oder ihn verprügelt oder sonst eines der entsetzlichen Dinge getan, die er von anderen schwulen Männern gehört hatte, aber es wäre nicht einfach für ihn gewesen, damit klarzukommen. Es machte nichts – bis Eli sich absolut, vollkommen sicher war, dass er schwul war, war Dad schon von ihnen gegangen. Ma hatte er es nie gesagt.

Eli hatte ein paar Jahre beim Rodeo gehabt. Hin und wieder hatte er sogar ein paar Extradollar Preisgeld verdient, aber die meiste Zeit war das Rodeo nur Prügeleinheiten für seinen Körper gewesen. Als er begonnen hatte, sich morgens beim Aufstehen alt und steif zu fühlen, hatte er aufgehört. Er war fünfundzwanzig gewesen.

Nach dem, was Tuck ihm erzählt hatte, etwa so alt, wie sein Neffe gewesen war, als er die Mission begonnen hatte, die ihn so fertiggemacht hatte.

Er ritt entlang der Hauptstraße zurück zum Haus, und da er schon einmal hier war, hielt er kurz an und nahm die Post mit, die Henry in den Briefkasten gestopft hatte. Es war nicht viel; ein paar Rechnungen, Werbeflyer und die *Miller Post-Dispatch*, die achtseitige Stadtzeitung, die hauptsächlich aus Werbung bestand und hin und wieder einer Geburts- oder Todesanzeige. Zu seiner Überraschung zierte ein Bild der Ranch die Titelseite, begleitet von einem kurzen Beitrag über Tuckers Neffen, „einen bekannten FBI Profiler". Er schnaubte. Und schon wieder falsch. Wenigstens war kein Foto von dem armen Kerl abgebildet – in seinem gegenwärtigen Zustand sah er nicht mal ansatzweise wie FBI aus.

Joshua saß in einem der Schaukelstühle auf der Veranda, als Eli am Haus ankam. Er lüftete in beiläufigem Gruß den Hut, bevor er in die Ställe ritt, wo er die Stute absattelte und gründlich abbürstete, bevor er sie in den Paddock brachte. Als er wieder rauskam, saß Tuck neben seinem Neffen. Eli zog die Handschuhe aus und schlug sie gegen seinen Oberschenkel, um den Staub loszuwerden. „N'abend, Tuck. Josh. Schön, dass alle so ausgeruht aussehen." Eli warf Tuck einen gespielt empörten Blick zu. „Während der Rest von uns Zäune abgeritten ist und, du weißt schon, gearbeitet hat."

„Chefprivileg. Was macht der Zaun?"

„Steht. Ein paar Stellen, wo wir verrottete Pfähle austauschen müssen, aber das hält sich auch noch ein paar Wochen. Solange wir's vorm Winter machen. Wobei, wenn du das Stück doch kaufst, werden wir eh den ganzen Zaun versetzen müssen."

„Ich werd' wahrscheinlich ein paar hundert Morgen kaufen, mindestens. Ich denke, ich kann sie noch den ein oder anderen Tausender runterhandeln. Ich würd' gern den Schulungsbereich vergrößern, vielleicht noch ein paar Tiere dazuholen. Dank der Bäche ist es gutes Weideland. Und wir werden sowieso mehr Tiere bekommen. Ein paar der Rancher oben im Norden steigen aus dem Wildpferdegeschäft aus, also kommen da mehr auf uns zu."

„Wie kommt's?"

Tuck zuckte die Schultern. „Mit Rindern lässt sich mehr Geld verdienen, und das ist ihr Kerngeschäft. Was die Regierung für's Zusammentreiben zahlt, ist nicht sehr viel, und sie reiten ja auch nicht selbst zu, also müssen sie die Tiere eh irgendwohin transportieren. Von daher sind wir grad dabei, unter uns abzumachen, wer ihren Teil des Landes übernimmt. Sie werden uns ein paar Männer leihen für den Roundup und um die Pferde zu transportieren, aber die Verantwortung liegt bei uns."

„Packen wir das?"

„Sicher. Besonders, wenn Joshua die Buchhaltung übernimmt, und ich wieder draußen mitmischen kann." Tucker fügte hinzu: „Rodney meint, dass die kastanienbraune Stute trächtig ist. Schätze, der stolze Papa ist der Hengst aus der Gruppe, die wir im Juni eingetrieben haben. Ich wusste doch, dass wir ihn eher hätten kastrieren sollen."

„Dazu hätten wir ihn eher einfangen müssen. Schlüpfrig wie ein Aal und clever dazu, der Bursche."

„Traurig, aber wahr."

„Was ist mit ihm passiert?", fragte Josh.

Eli war überrascht. Er hatte nicht gedacht, dass der Mann ihrer Unterhaltung auch nur die geringste Beachtung schenkte. „Nachdem wir ihn kastriert hatten, ist er um einiges ruhiger geworden. Angenehmes Pferd. Haben ihn letzten Monat an einen Barrel Racer verkauft. Der wird ihn über den Winter trainieren und dann im Frühjahr ins Rodeo schicken. Er wird sich gut machen – schnell wie der Blitz und wendig dazu. Mustangs sind gute Rodeopferde, wenn sie sozialisiert sind." Eli lehnte sich an das Verandageländer. „Und was hat Rodney sonst noch gesagt?"

„Wer ist Rodney?" Joshua runzelte die Stirn. „Habe ich ihn beim Mittagessen kennengelernt?"

„Nein, er ist der Tierarzt. Er war heute Morgen hier, als du noch geschlafen hast." Tuck wandte sich wieder Eli zu. „Persilschein für alle Pferde, die er heute untersucht hat. Er kommt nächste Woche wieder, um sich den Rest anzusehen."

„Gut." Eli nickte. „Oh, übrigens, ich hab die Post mitgebracht." Er zog den Packen Papier aus der hinteren Hosentasche. „Wir sind auf der Titelseite."

„Was?" Tuck nahm ihm die Post ab und öffnete die Zeitung. „Profiler? Heh. Joshua, wusstest du, dass du ein bekannter FBI Profiler bist?"

Joshua zog eine Augenbraue hoch. Er sah ein bisschen besser aus, fand Eli – er war immer noch hager, klar, das würde sich ja nicht über Nacht ändern, aber die Schatten unter seinen Augen waren heller geworden, und die Schatten in ihnen … Nun, seine Augen waren immer noch nicht einmal ansatzweise menschlich, aber sie waren auch nicht mehr *ganz* so tot. Sie sahen jetzt immerhin schon mal so aus, als ob eine Seele dahinter wäre. Kam vermutlich davon, dass Sarafina ihn fütterte.

Gott, dachte Eli, *er wird richtig gut aussehen, wenn er erst ein bisschen Speck auf den Rippen und ein bisschen Leben im Gesicht hat.* Er gab sich einen mentalen Stoß.

„Profiler?", sagte der Knabe. „Nun, besser das als die Wahrheit."

„Und was ist die Wahrheit?"

Joshua sah ihn an. „Hauptsächlich Versager."

„Versager? So ein Mumpitz, Junge!" Tucker wurde nur selten wütend, und Elian konnte sich nicht daran erinnern, wann er das letzte Mal so aus der Haut gefahren war. Es sah dem Pferdetrainer mit der sanften Stimme so unähnlich, dass er überrascht zurückzuckte. „Deine Mama hat mir gesagt, dass sie die ganze verfluchte Bande hinter Schloss und Riegel haben bringen können, und du hast nicht mal aussagen müssen, weil die Beweise, die du ihnen verschafft hast, so stichhaltig und wasserdicht waren. Also geh nicht hin und behaupte in meiner Hörweite, dass du ein Versager bist, hast du verstanden?"

Eli warf Joshua einen Blick zu, registrierte den zurückgeworfenen Kopf des Mannes, die geblähten Nasenflügel und Augen, die so leer und ausdruckslos waren, wie er sie das erste Mal gesehen hatte. Er erinnerte Eli an einen gerade erst eingefangenen Mustang, dem ein Fremder mit einem Lasso gegenübersteht – herausfordernd, verängstigt, misstrauisch. „Tuck", sagte er ruhig.

Sein Boss hielt inne, blinzelte einmal, sah Joshua eindringlich an und sackte dann in sich zusammen. „Verdammt", sagte er leise. „Entschuldige, Josh." Er streckte die Hand aus, langsam und vorsichtig.

Joshua sah erst die Hand an, dann ihn, dann senkte er den Kopf und stieß einen langen Seufzer aus. Als er den Kopf wieder hob, waren seine Augen müde. „Schon in Ordnung", sagte er erschöpft. „Das ist eben deine Wahrheit. Aber du solltest eines bedenken, Onkel Tucker. Der Zweck heiligt beinahe nie die Mittel." Damit stand er auf und schlurfte ins Haus zurück.

„Verfluchte Scheiße", sagte Tucker. Eli war überrascht. Tucker fluchte nur ganz selten so heftig.

„Alles okay?"

„Ich werd's überleben. Verdammt. Ich hab Mist gebaut, was?"

„Es wird nicht leicht mit ihm werden, Tuck." Eli nahm die Stufen, die zur Veranda führten, und zog sich auf das Geländer. „Er ist intelligent, er ist kompliziert, und er ist ziemlich mitgenommen. Wir müssen einfach hoffen, dass irgendwo da drunter ein Herz steckt. Er erinnert mich ein bisschen an die Pferde, die wir von der ASPCA bekommen. Vielleicht spricht er auf dieselbe Behandlung an."

„Er ist ein Mann, kein Pferd."

Eli zuckte die Schultern. „Beides letztendlich Tiere. Du bist ein kluger Mann, Boss. Du findest einen Weg zu ihm."

„Wäre hilfreich, wenn ich wüsste, was eigentlich genau passiert ist. Was ihn dazu getrieben hat, Drogen zu nehmen. Ich mein, verflucht noch eins, Eli, der Junge, den ich kannte, hätte so was nie getan. Irgendwas muss ihn gewaltig verändert haben."

„Vielleicht. Was auch immer es war, er hat's überwunden, und das ist alles, was zählt."

„Wohl wahr." Tucker seufzte, dann sagte er: „Noch was – wo wir grad von Tieren und Grausamkeit sprechen …"

„Mist, noch eins?"

„Eins? Teufel, wir bekommen fünf. Aus Kansas. Transporter kommt am Samstag. Drei Stuten, zwei Wallache. Alter Mann ist auf seiner Ranch gestorben, und wochenlang hat's niemand gemerkt." Tucker schüttelte den Kopf. „Mein schlimmster Albtraum. Na jedenfalls, sie mussten ein paar einschläfern, aber sie denken, die fünf packen es. Rod kommt Samstagmorgen und sieht sich die Sache an."

„Ich sag den Jungs, sie sollen die kleine Scheune vorbereiten. Wir sollten sie zusammenlassen, bis sie sich eingelebt haben."

„Dachte ich mir auch."

Eli sagte langsam: „Da fällt mir grad was ein …"

„Was?"

„Die ersten Wochen werden sie hauptsächlich erst mal Pflege brauchen. Nichts Kompliziertes. Sozialisierung, so was. Jemand, der ein Auge auf ihr Futter

31

hat, damit sie nicht zu viel fressen. Der sicherstellt, dass sie Wasser haben. Dass sie von den anderen Pferden nicht rumgeschubst werden. Dass sie nicht krank werden, oder dass, wenn sie verletzt sind, ihre Wunden sich nicht entzünden. Einen Babysitter."

Sie drehten sich synchron zum Haus um. „Meinst du, er packt das?"

„Ja. Ich denke, das wird ihn aus der Reserve locken, weißt du? Ihm was andres geben, über das er nachdenken kann. Ich würd' allerdings warten, bis wir gesehen haben, wie's um sie steht. Wenn's aussieht, als würd's eins nicht packen, sollten wir noch mal drüber nachdenken. Sinnlos, wenn er eins ins Herz schließt, das keine Überlebenschancen hat – oder's vielleicht auch *nicht* ins Herz schließt, weil er denkt, dass es nicht überlebt."

„Ja, macht Sinn." Tucker lehnte sich zurück und sah zum Dach der Veranda hoch. Seine Augen wurden schmal, während er nachdachte. Eli beobachtete ihn und wartete. Schließlich, ohne seine Augen von der Decke abzuwenden, sagte Tuck: „Lass uns Ricky zu seinem Assistenten machen. Er will später Tierarzt studieren, und auf die Weise bekommt er Übung im Umgang mit Tieren." Ricky war einer von Jesses Freunden und jobbte auf der Ranch. „Er kann nachmittags kommen und helfen, sodass Josh eine Pause machen kann, und den Teil erledigen, für den Josh körperlich noch nicht in der Lage ist."

„Er sollte morgen Nachmittag hier sein. Ich werd' ihn mal drauf ansprechen."

„Stell ihn Joshua vor, aber sag ihm noch nichts von dem Projekt. Ich will erst sichergehen, dass Joshua es bewältigen kann, bevor ich's ihm übergebe." Tucker sah besorgt aus. Eli konnte nachvollziehen, warum. „Ich möchte, dass er im Büro arbeitet, aber's geht ihm gesundheitlich so schlecht, ich würd' ihn lieber erst in einer besseren Verfassung wissen, bevor ich ihn an einen Schreibtisch pflanze. Ja, ich weiß, das ist kontra… wie auch immer man da heutzutage für sagt, wir haben's früher einfach gegensätzlich genannt –"

„Kontraintuitiv", vervollständigte Eli.

„Ja, genau das. Aber er braucht frische Luft und muss erst wieder zu Kräften kommen, bevor ich ihn ins Büro verbanne."

„Ich werd' da nicht widersprechen. Frische Luft, viel Ruhe und Sarafinas Küche werden einen neuen Mann aus ihm machen."

„Hoffentlich hast du da recht, Sohn", sagte Tucker. „Hoffentlich hast du recht."

5

DIE TAGE flossen in einem langsamen, steten Rhythmus dahin, der allein durch seine Schlichtheit begann, die Schmerzen zu lindern. Er hatte nach wie vor furchtbare Albträume und wachte mehrmals in der Nacht auf, aber es fiel Joshua leichter als jemals zuvor, hinterher wieder einzuschlafen. Er schlief bei offenem Fenster, und der Geruch von Staub und Wüstenpflanzen und Sarafinas Kräutergarten halfen mehr als alle Schlafmittel, die sie ihm in der Klinik gegeben hatten. Und die Geräusche: Wind, das Rauschen in den Bäumen, das ferne Heulen eines Kojoten oder eines Wolfs – gab es überhaupt noch Wölfe in der Wildnis? Und am Morgen das Gackern der Hühner, das Krähen des Hahns, das Klappern von Sarafinas Pfannen in der Küche und dann, schließlich, die unverkennbaren Geräusche der Rancharbeiter, die zum Essen hereinkamen.

Es gab eine Handvoll Angestellter, die auf der Ranch lebten, aber die meisten von ihnen lebten irgendwo entlang der Straße zwischen der Ranch und Miller. Obwohl dies Wüste war, gab es eine erstaunlich große Anzahl kleiner Ranches und Bauernhöfe, bewässert von einem Arm desselben Rio Galianos, der auch die Ranch am Leben erhielt. Eli hatte sich die Zeit genommen, ihm die meisten der Männer vorzustellen, aber Joshua hatte die Namen lediglich für die Zukunft abgelegt. Sie schienen alle einen Beruf zu haben, der sie beschäftigt hielt; auf der Ranch herrschte von Sonnenauf- bis Sonnenuntergang geschäftiges Treiben. Diejenigen, die Josh am häufigsten sah, waren Eli und Jesse, Sarafinas Sohn, die immer irgendwo in der Nähe waren. Die anderen schienen mit Joshua nichts zu tun zu haben.

Er wartete immer, bis der letzte von ihnen gegangen war, bevor er sich aus seinem Zimmer wagte. Er war im Erdgeschoss geblieben – sein Zimmer den Flur hinter der Küche hinunter, mit eigenem Badezimmer, gab ihm ein Gefühl von Privatsphäre, das er schon lange nicht mehr gehabt hatte. Es half, dass nach dem ersten Tag weder sein Onkel noch seine Haushälterin hereinkamen, ohne vorher auf Erlaubnis zu warten.

Sogar, wenn Sarafina Staub wischen oder Wäsche waschen wollte: Sie fragte immer erst, ob sie hereinkommen durfte. Er beeilte sich stets, die Erlaubnis zu erteilen, genauso wie er sich beeilte, sein Zimmer zu verlassen, sobald die letzten Rancharbeiter ihr Frühstück beendet hatten, damit auch er essen und Sarafina dann anschließend aufräumen konnte, ohne dass sich ihre morgendlichen Arbeiten zu sehr verzögerten. Es war schlimm genug, dass sie sich seinetwegen solche Umstände machen musste – er war noch nie zuvor so von vorn bis hinten bedient worden, und es machte ihn unbehaglich. Nur nicht so unbehaglich, wie mit so vielen Fremden essen zu müssen. Manchmal bot er an, ihr zu helfen, aber sie scheuchte ihn immer nur aus der Küche auf die Veranda oder in das riesige Wohnzimmer.

Tucker schien auch nicht sehr erpicht darauf, ihn helfen zu lassen, weder auf der Ranch noch mit der Buchführung. Er war direkter als Sarafina es war und sagte ihm rundheraus, dass er Joshua nicht in ein Büro einsperren wollte, solange es ihm gesundheitlich noch nicht besser ging. Er hatte ihm versprochen, dass er am Wochenende etwas für ihn zu tun haben würde, und in der Zwischenzeit, sagte er Joshua, musste er sich eben selbst unterhalten und lesen oder auf Netflix Filme gucken.

Er hatte es mit den Filmen versucht, aber seine Aufmerksamkeitsspanne war gleich Null, und in den meisten Fällen stellte er mittendrin wieder aus. Er hatte es immerhin geschafft, *Brokeback Mountain* bis zum Ende zu gucken, aber es war ein so trauriges Ende, dass er sich wieder ins Bett legte und stundenlang an die Decke starrte, und danach konnte er sich nicht dazu bringen, einen anderen Film anzusehen. Die im Haus vorhandenen Bücher handelten überwiegend davon, wie man eine Ranch führte, und er dachte sich, dass er versuchen sollte, ein paar davon zu lesen, wenn er hierbleiben wollte, aber als er es tat, verschwammen ihm die Wörter vor den Augen, und er gab frustriert auf.

Ihm fiel ein Buch über die Flora und Fauna New Mexicos ins Auge. Es bestand zum großen Teil aus Bildern, mit kurzen Beschreibungen unter jedem Foto. Das sollte zu machen sein, zumal er, wenn er müde wurde, das Buch einfach zuklappen und dann nach seinem Nickerchen wieder aufschlagen konnte. Er musste weder nachdenken noch sich an etwas erinnern noch etwas analysieren. Alles, was er tun musste, war, die Informationen aufzunehmen und für später abzulegen. Die Bücher über das Führen einer Ranch schienen alle von der Annahme auszugehen, dass der Leser bereits Grundkenntnisse über den Betrieb einer Ranch hatte, von daher machten die Texte für ihn nicht viel Sinn, aber das Bilderbuch war einfach.

Das war alles, wozu er noch in der Lage war: einfach.

Er hatte das Leben nie auf die leichte Schulter genommen. Er hatte mit zwanzig seinen Uniabschluss gemacht, hatte in Regelstudienzeit die Polizeiakademie durchlaufen und war von dort direkt in den Polizeidienst in Cincinnati gewechselt, und als sein Leutnant ihn für das FBI vorgeschlagen hatte, hatte er nicht nur die Aufnahme an ihre Academy geschafft, sondern war einer der jüngsten Einsatzbeamten in der Geschichte des FBIs geworden. Sein eigenartiges Gedächtnis hatte ihm dabei geholfen, aber das hatten auch sein Wille und sein Verstand. Er war an ‚einfach' nicht gewöhnt. Er *wollte* ‚einfach' nicht. Aber sein Körper bekämpfte ihn auf Schritt und Tritt. Nicht nur mit der Schwäche, der Erschöpfung. Denn obwohl er die Entziehungskur mitgemacht hatte, und obwohl die Ärzte und Therapeuten ihm gesagt hatten, dass sein Verlangen nach dem Heroin inzwischen nur noch ein rein Psychologisches war, spürte er es dennoch, spürte immer noch das Verlangen. Manchmal hatte er das Gefühl, als würde er unter seiner Haut zittern, als würden seine Muskeln und Sehnen unkontrolliert zucken, wie bei einem Pferd, das versuchte, eine Fliege zu vertreiben. Manchmal schienen seine Nerven am ganzen Körper zu summen, bis er das Gefühl hatte, wahnsinnig zu werden. Und manchmal tat einfach nur alles weh, wie bei einem alten Mann mit Arthritis.

Er wusste, dass sein Onkel es nur gut meinte und auf ihn achtgeben wollte. Dass er wirklich wollte, dass Joshua sich ausruhte und wieder erholte. Joshua wünschte sich, er hätte die Energie, mit Tucker darüber zu streiten, ihn dazu zu *zwingen*, Joshua Arbeit zu geben, aber das war viel zu mühsam und anstrengend. Und wenn schon danach zu *fragen* zu anstrengend war, dann hatte Tucker vielleicht recht damit, darauf zu bestehen, dass Joshua sich ausruhte.

Aber es war nicht erholsam. Es war *frustrierend*.

Er hatte sich angewöhnt, die meiste Zeit im Schatten auf der Veranda zu sitzen, auf der gepolsterten Bank direkt vor dem Küchenfenster. Von dort aus konnte er die Ranch beobachten, aber weder mitmischen noch im Weg stehen, und niemand schien es zu bemerken oder zu kommentieren, wenn er die Augen schloss und döste. Wenn er nicht schlief, beobachtete er, analysierte die Art, wie die Ranch funktionierte, wie die Leute miteinander umgingen, wie sie auf Onkel Tucker reagierten, wie sie auf den Vorarbeiter ansprachen. Tucker war rührig; er arbeitete mit den Pferden auf dem großen Reitplatz, stiefelte zwischen den verschiedenen Ranchgebäuden hin und her, hinein und hinaus, oder ritt an der Spitze einer Gruppe von Cowboys davon, um dann Stunden später zurückzukehren, ein Dutzend Pferde vor sich hertreibend.

Eli war ebenfalls überall zugleich, aber wo Tucker klar das Sagen hatte und automatisch im Mittelpunkt stand, war Eli ruhiger. Er erschien sofort, wenn er gerufen wurde, war immer da, immer bereit, aber im Hintergrund, zuverlässig und konstant. Joshua registrierte ebenfalls, dass, wenn einer der Männer etwas brauchte oder eine Frage hatte, er damit zu Eli ging. Sie gaben ein gutes Team ab, Tucker und Eli – Tucker war der Anführer, Eli sein effizienter Stellvertreter.

Tucker fand zwischendurch immer mal wieder die Zeit, nach Joshua zu sehen, um sich zu vergewissern, dass alles in Ordnung war, dass er es bequem hatte und sich ausruhte und dass er nichts brauchte. Aber es war Eli, der stehen blieb, wenn er vorbeikam, sich an den untersten Pfosten des Treppengeländers lehnte und mit Joshua *sprach*, ihm erklärte, was auf dem Reitplatz vor sich ging, wo die Männer hinritten, was geliefert wurde, wo der letzte Schwung Pferde herkam. Er beobachtete Joshua mit diesen geduldigen Augen, als ob er ausrechnen würde, wie viel Joshua mit einem Mal aufnehmen konnte, und er schien zu wissen, wann die Grenze erreicht war und es zu viel wurde. Dann lächelte er sein träges Lächeln, tippte sich an die Hutkrempe und ging davon.

Joshua fühlte sich immer noch wie ein Außenseiter, aber nicht mehr ganz so unwillkommen.

Eines Morgens saß er draußen auf der Veranda, das Fotobuch im Schoß und die Augen gegen die erbarmungslose Wüstensonne geschlossen, als er

Motorengeräusche hörte, lauter als die Trucks und Maschinen der Ranch und tiefer. Er öffnete die Augen und sah einen breiten, alten Cadillac in den Hof fahren, gefolgt von einem riesigen Pferdetransporter. Die Tür des Cadillacs öffnete sich, und ein Mann stieg aus. Er war gekleidet wie einer der Rancharbeiter, aber er trug eine Arzttasche in der Hand. Der Transporter parkte ihm gegenüber, und als der Fahrer ausstieg, kamen mehrere Männer, Tucker und Elian Kelly aus einer der Scheunen. Der Fahrer des Transporters schüttelte Tuckers Hand, dann Elis, und dann gingen die drei und der Mann, von dem Joshua annahm, dass es sich um den Tierarzt handelte, zum Ende des Transporters, lösten die Rampe und ließen sie langsam und vorsichtig zu Boden.

Während Joshua sie beobachtete, duckte Eli sich in den Transporter, und eine Minute später tauchte das Hinterteil eines Pferdes auf und schob sich die Rampe hinunter. Joshuas Augen wurden groß und ungläubig. Das Pferd war kaum mehr als Haut und Knochen, die Rippen scharf abgemalt, die Hüftknochen stachen heraus. Das Skelett eines Pferdes, wie eine Gestalt aus den gruseligen Märchen, die ihm seine *abuela* früher erzählt hatte. Der Kopf des Pferdes hing herunter, und es bewegte sich langsam, duldsam, hoffnungslos.

Der Mann mit der Tasche – der Tierarzt? – untersuchte das Pferd vorsichtig, dann sagte er etwas zu Tucker, der nickte und einem der Männer winkte, näherzukommen. Er drückte dem Mann das Führseil des Pferdes in die Hand und sagte etwas zu ihm. Der Mann nickte und führte das Pferd langsam davon, seine Schritte der Geschwindigkeit des Pferdes angepasst.

Das wiederholte sich noch vier Mal, und jedes Pferd war genauso mager und hoffnungslos wie das erste. Aber als einer der Männer kam, um das Führseil des letzten Pferdes zu nehmen, bockte das Tier, warf den Kopf zurück als wollte es sich aufbäumen, ohne aber die Kraft dafür zu haben. Der Mann zuckte zusammen und wich zurück, aber Tucker und Eli rührten sich nicht. Eli legte eine Hand auf den Widerrist des Pferdes, und es beruhigte sich, weigerte sich aber auch weiterhin, sich zu bewegen.

Der Fahrer des Transporters sagte etwas und stieg in den Wagen und kam einen Augenblick später mit etwas in seinen Armen zurück. Das Pferd senkte den Kopf zu dem blassgrauen Bündel; der Fahrer überreichte es dem Rancharbeiter, der darauf wartete, das Pferd zu nehmen, und das Pferd folgte ihm widerstandslos.

Tucker blieb bei den anderen zwei Männern stehen, aber Eli kam über den Hof und lehnte sich an seiner üblichen Stelle am Fuß der Treppe, die zur Veranda hinaufführte, gegen das Treppengeländer. „Was war da los?", fragte Joshua.

Eli schmunzelte. „Das Pferd hat Freundschaft geschlossen mit einer der Katzen von dem Bauernhof, von dem sie gekommen sind. Der Katze ging's gut, nachdem der Besitzer gestorben war – auf einem Hof gibt's immer genug Mäuse. Glücklicherweise ist sie weitestgehend zahm, die Mieze. Sind Bauernhofkatzen nicht immer, also war sie vielleicht mal eine Hauskatze, die das Glück hatte, gerade draußen zu sein, als der alte Mann das Zeitliche gesegnet hat. Aber das Pferd wollte nicht ohne die Katze gehen. Die Leute vom Tierschutz sind in der Regel sehr vorsichtig mit den Tieren, die sie retten, und in Fällen wie diesen nehmen sie eben einfach beide mit."

„Es ist schön, finde ich, dass das Pferd einen Freund hat. Es scheint ein bisschen mehr Leben in ihm zu stecken als in den anderen."

„Ja", sagte Eli leise. „Manchmal geben einem Freunde Kraft, von der man gar nicht wusste, dass man sie hat."

„Kann ich nicht beurteilen." Joshua beobachtete, wie sein Onkel und der Fahrer sich die Hand schüttelten, beobachtete, wie der Transporter durch den Wendekreis hinter dem ersten Paddock rollte und die Einfahrt hinauf Richtung Straße fuhr, beobachtete seinen Onkel und den Tierarzt, als sie sich umdrehten und in die Scheune gingen, die Köpfe zusammengesteckt, während sie sich unterhielten. Er sah absichtlich nicht zu Eli; er wusste, dass der Mann *ihn* mit diesen hellen, geduldigen Augen beobachtete. Er wusste nicht, warum er es nicht tat – es lag nichts wertendes oder ablehnendes, nichts abschätziges in ihrem Blick. Es war mehr, als würde er auf etwas warten, aber worauf? Dass Joshua aufsprang und wild mit den Armen rudernd herumrannte, als hätte er endgültig den Verstand verloren? Dass Joshua plötzlich anfing zu reden wie alle anderen hier, so locker und flockig als wären die Worte Freunde und als hätten sie nichts zu verbergen? Er wusste nicht, was Elian Kelly wollte; er wusste nur, dass ihn diese geduldige Achtsamkeit nervös machte. Neugierig. Wahnsinnig.

Dass sie in ihm den Wunsch erweckte, zu ihm zu gehen, seinen Kopf auf Elis Schulter zu legen und darauf zu warten, dass sich diese geduldigen Arme um ihn legten, Hände ihm sanft den Rücken tätschelte und er ihm sagte, dass alles gut werden würde.

Er gab sich mental einen Tritt und sagte: „Und was werdet ihr mit den Pferden machen? Sie sehen reif für den Abdecker aus."

„Für uns nicht", sagte Eli, immer noch mit dieser ruhigen, trägen Stimme. „Wir werden versuchen, sie wieder aufzupäppeln. Doc gibt ihnen Vitaminspritzen. Wir geben ihnen spezielles Futter, wir beobachten sie, kümmern uns um sie. Versuchen, wieder Pferde aus ihnen zu machen statt wandelnder Skelette."

„Und dann?"

„Das hängt davon ab. Wir finden ein neues Zuhause für sie. Einige bleiben auch hier. Die rotbraune Stute, mit der Jesse da hinten auf dem Paddock spielt? Das ist Sallee. Als sie vor ein paar Monaten hier angekommen ist, sah sie genauso schlecht aus wie diese da."

Joshua sah sich das Pferd genauer an. Es war an der Longe, mit Jesse, Sarafinas Sohn, in der Mitte des Paddocks. Die Stute galoppierte gleichmäßig um den Jungen herum. „Er bringt ihr Stimmhilfen bei", sagte Eli. „Beim Westernreiten lernen die meisten Pferde sowohl Stimmhilfen als auch Zügelhilfen. Die Zügel zu benutzen ist kein Problem, aber's kommt vor, dass man die Hände voll hat, von daher müssen Arbeitspferde auch in der Lage sein, Stimmhilfen zu folgen. Die

Sättel, die wir benutzen, sind nicht so elegante Dinger wie beim Englischreiten, wo die Pferde den Hintern und die Schenkel des Reiters spüren können und so wissen, was sie tun sollen, also müssen wir mit unseren Reittieren sprechen können. Sonst kann es passieren, dass du versuchst, ein hundertfünfzig Kilo Kalb zu schleppen, und dein Pferd macht nicht mit, weil's keine Ahnung hat, was du da machst, und du nicht weißt, wie du's ihm sagen sollst."

Er studierte das Paar im Paddock, und Joshua nutzte die Gelegenheit und riskierte einen Blick auf ihn. Es war noch früh am Tag, und so war er noch nicht von der Patina aus Staub und Schweiß überzogen, die ihn normalerweise jeden Abend bedeckte. Zum Abendessen allerdings kam er immer frisch gewaschen und in sauberem Hemd, die lockigen, sonnengebleichten Haare noch feucht von der Dusche. Erdverbunden und praktisch, wie er war, schien er dennoch Wert auf sich zu legen. Joshua dachte an die Tage, die er immer dieselben, schmutzigen Jeans und dasselbe, schweißfleckige T-Shirt getragen hatte, an denen es ihm egal gewesen war, ob er sauber war, ob seine Zähne geputzt oder seine Haare gewaschen waren. An denen alles egal gewesen war. Er gab sich Mühe, jetzt, weil er Onkel Tucker nicht enttäuschen wollte, aber nicht, weil es *ihm selbst* wichtig war. Elian Kelly war es wichtig. Ihm war sein Beruf wichtig und die Pferde und auch er selbst. Joshua fragte sich, wie es wohl sein mochte, Wert auf sich selbst zu legen. Er hatte es früher einmal getan, das wusste er, aber das war lange her.

Manchmal geben einem Freunde Kraft, von der man gar nicht wusste, dass man sie hat.

Sah Elian Kelly sich als Joshuas Freund? Joshua hatte einmal Freunde gehabt – auch das war lange her. Freunde an der Uni, Freunde an der Academy, Freunde unter den anderen, jungen Agenten in der Cincinnati Niederlassung, bevor er für seine aufregende neue Mission nach Chicago versetzt worden war. Für seine Freunde von der Uni und der Academy war er vermutlich wie vom Erdboden verschluckt. Die anderen Agenten wussten vielleicht, was mit ihm geschehen war, aber es war wahrscheinlicher, dass ihnen nur gesagt worden war, dass seine Mission erfolgreich gewesen war – nach den Maßstäben des FBI –, und dass er kurz darauf ausgeschieden war. Vielleicht hatten ein paar seiner alten Freunde von der Uni versucht, mit ihm Kontakt aufzunehmen, aber man hatte seine Mutter und Cathy darüber im Dunkeln gelassen, wo er war, zu seiner eigenen Sicherheit während des Einsatzes, und jetzt … jetzt machte es keinen Sinn mehr. Er war in New Mexico und würde vermutlich auch hier bleiben; mal ganz davon abgesehen, seine alten Studienfreunde würden ihn nicht mehr erkennen. Verdammt, *er* erkannte sich ja nicht einmal mehr selbst.

Aber er war dabei, Elian Kelly kennenzulernen, und er fing an, ihn zu mögen. Der Gedanke beunruhigte ihn aus irgendeinem Grund. Es war, als ob der Mann jedes Mal, wenn er ihn ansah, einen anderen Joshua sah, einen von dem Joshua sich wünschte, dass er tatsächlich existierte. Er wollte der Joshua sein, den Eli sah, aber er fürchtete, dass er es nicht war. Und eines Tages würde Eli den wahren Joshua sehen, und das würde das Ende bedeuten für jegliche Hoffnung auf eine Freundschaft … wenn es denn Freundschaft war.

Tucker kam mit dem Tierarzt aus der Scheune, und sie stiegen die Treppe zur Veranda hoch. Der Tierarzt ließ sich in einem der Schaukelstühle nieder, und Tucker zog sich auf das Geländer, wie Eli es neulich abends getan hatte. „So", sagte er, aber nicht als Vorrede zu etwas anderem, sondern einfach als Kommentar.

Eli sagte: „Ich glaub nicht, dass du Joshua schon kennengelernt hast, Rodney. Tucks Neffe."

„Dacht' ich mir schon", sagte der Tierarzt. Er streckte Joshua die Hand hin. „Rodney Lathrop, der hiesige Tierarzt."

„Joshua Chastain, der hiesige Neffe", sagte Joshua ernst. Der Tierarzt grinste, und sie schüttelten sich die Hände. „Und, wie sieht es aus? Werden die Pferde es überleben?"

„Oh, ja, sollten sie. Sie sind die Glücklichen – sie standen draußen im Korral, und obwohl sie ein bisschen unter den Elementen gelitten haben, gab's einen Trog, in dem sich Regenwasser gesammelt hat. Und sie haben nicht bis zu den Knöcheln in nassem, schmutzigen Stroh gestanden. Sie haben die zwei Pferde, die in ihren Boxen im Stall standen, einschläfern müssen – Strahlfäule. Die fünf hier sind nur halb verhungert."

Joshua kam ein Gedanke. „Ihr müsst die Katze einpferchen."

Drei Paar überraschter Augen sahen ihn an. „Wie bitte?", fragte der Tierarzt.

„Ich habe gelesen, dass Katzen eine Art Zielsuchfunktion im Kopf haben. Dass, wenn eine Katze tausende von Meilen zu dem Haus zurückläuft, aus dem ihre Familie ausgezogen ist, das daran liegt, dass die Katze eben immer noch dachte, das wäre ihr Zuhause. Und dass man Katzen nach einem Umzug ein paar Tage lang eingesperrt halten soll, bis sich das Zielsuchdingsbums in ihrem Kopf neugestartet hat und den neuen Ort als Zuhause erkennt."

„Hm", machte der Tierarzt. „Klingt einleuchtend."

„Magst du Katzen, Joshua?", fragte Tucker interessiert.

„Ja, sie sind ganz okay." Er hatte sie einst gemocht. Er nahm an, dass er es eines Tages wieder tun würde.

„Wir haben noch einen alten Transportkorb für die Hunde, in den wir sie stecken könnten", dachte Eli laut nach. „Wir stellen ihn in die Box zu dem Pferd, das sollte reichen. Müssen nur was finden, das wir als Katzenklo benutzen können. Sand haben wir ja genug."

„Dann mach das so, und Joshua kann sich um die Katze kümmern", sagte Tucker. „Das passt zum Rest seiner Aufgabe."

„Zur Buchführung?" Joshua war verwirrt.

„Nee. Zur Pflege unserer neuen Gäste."

„Ich verstehe nicht."

„Nun, viel wird's nicht sein. Ricky wird sich um das meiste kümmern – er ist der rothaarige Junge, den du mit Jesse hier rumlaufen gesehen hast. Aber ich dachte, vielleicht hast du Interesse an ein bisschen leichter Arbeit. Ein Auge auf ihre Gesundheit haben, dafür sorgen, dass sie raus in die Sonne kommen und genug Bewegung haben …"

„Ich weiß nichts von Pferden." Joshua spürte, wie seine Kehle eng wurde. „Ich weiß nicht, wie man sich um jemanden kümmert … um etwas. Ich …" Panik schnürte ihm die Kehle zu.

Eli sagte ruhig: „Schon gut, Sohn. Du kannst später mit Tucker drüber reden, stimmt's, Tuck?"

Josh sah, wie sie einen Blick austauschten, und er fühlte sich dumm und hilflos. Dann sagte Onkel Tucker: „Sicher, Josh. Ich wollte dich nicht damit überfallen. Und es ist ja auch nicht so, als ob du's allein machen müsstest. Wir reden nach dem Abendessen weiter."

Joshua nickte. Er stand auf, schloss das Fotobuch und sagte mit einer Stimme, die zäh war wie Teer: „Okay. Später", und flüchtete in sein Zimmer.

Das letzte, was er hörte, als er die Fliegengittertür hinter sich zufallen ließ, war das aus tiefem Herzen kommende „*Scheiße*" seines Onkels.

6

Es war kühler in der Scheune, wo es geschützt war vor der Sonne, und sich die heiße Luft hoch oben unter dem schrägen Dach staute. Die Gerüche ... Joshua schloss für einen Moment die Augen, atmete den staubigen Duft des Heus ein, den intensiven Geruch von Sattelöl, den Modergeruch von altem Holz und, natürlich, den strengen Geruch von Pferden – und dabei war diese Scheune sehr viel sauberer als die meisten ihrer Art. Als er die Augen öffnete, stand der Junge, Ricky, der nur aus langen Knochen und Ellbogen zu bestehen schien, auf seine Schaufel gelehnt da und grinste. Hinter ihm stand eine volle Schubkarre. „Ziemlich überwältigend, wenn man nicht dran gewöhnt ist, was?", sagte er.

Joshua betrachtete ihn einen Moment lang. Er hatte den Jungen an einem der vergangenen Nachmittage kennengelernt. Er war ein Freund von Jesse und hatte einen Nebenjob auf der Ranch. Der hoch aufgeschossene Rotschopf mit den abstehenden Ohren war körperlich das genaue Gegenteil des kompakten, hübschen, dunklen Jesse, aber laut Sarafina waren die beiden seit dem Kindergarten die besten Freunde. „Ich habe nur darüber nachgedacht", sagte Joshua langsam, „dass es mich daran erinnert, wie ich als Kind hier gewesen bin."

Ricky kratzte sich am Kopf. „Sie waren als Kind hier?"

„Vor langer Zeit." Joshua nickte ihm zu und ging an ihm vorbei zu der Box, in der die Katzenkiste stand. Der Wallach, der die Katze adoptiert hatte, hatte sich unter dem Staub und Schmutz als ein hübscher Kastanienbrauner herausgestellt, und das mit den hervorstehenden Knochen unter seinem rot-braunen Fell. Die beiden Jungen waren den ganzen Morgen damit beschäftigt gewesen, die Neuankömmlinge gründlich zu striegeln – nicht nur aus kosmetischen Gründen, sondern auch, damit der Tierarzt sie auf verdeckte Wunden oder Infektionen hin untersuchen konnte. Der kastanienbraune Wallach hatte den Kopf zu der Box aus Drahtgeflecht gesenkt, die sie ausgegraben und für die Katze gereinigt hatten, die zusammengerollt darin lag; der Atem des Pferdes strich durch ihr langes, verfilztes Fell. Trotz des Drahts zwischen ihnen schienen sie zufrieden. So stand Joshua nur eine Weile da, gegen die große Box – Tucker nannte sie „Stallabteil" – gelehnt und beobachtete die beiden.

Aber nach ein paar Minuten hob das Pferd den Kopf, sah Joshua an und schnaubte leise. „Tut mir leid, Junge", murmelte er, „aber ich hab nichts für dich ..."

„'Türlich haben Sie das", sagte Ricky halblaut. Joshua warf einen Blick über die Schulter und sah Ricky, der ihm einen Eimer hinhielt. Joshua nahm den Eimer. Darin waren Hafer, ein paar Möhrenstücke und klein geschnittene Äpfel und ein paar Handvoll Gras. „Tuck hat mir gesagt, ich soll ein paar Sachen vorbereiten, damit die Pferde sich an uns gewöhnen, aber sie sind ziemlich zutraulich. Nicht so wie andere, die wir bekommen, die Angst vorm eigenen Schatten haben. Die hier haben bloß Hunger."

In der Tat bewegte sich der Wallach langsam, vorsichtig in ihre Richtung, seine Aufmerksamkeit auf den Eimer gerichtet. Joshua nahm sich eine Handvoll der Mischung und hielt sie dem Pferd hin, die Hand flach ausgestreckt, und bot sie ihm an. Nach einem Moment trat das Pferd näher und nahm die Leckerbissen auf, und seine feuchten, weichen Lippen bewegten sich behutsam über Joshuas Haut. Joshua hatte erwartet, dass das Pferd grober, ungestümer sein würde, zu begierig, etwas zu essen zu bekommen, aber der Wallach war ein Gentleman. „Kennen wir ihre Namen?"

„Nee", sagte Ricky. „Ich meine, Tuck hätte 'ne Liste, aber ich hab sie nicht gesehen." Er stellte die Schaufel beiseite und rollte die volle Schubkarre aus der Scheune und ließ Joshua mit seinem Pferdefreund allein.

„HAST DU Josh gesehen?"

Tucker nahm Mary Sue das Zaumzeug ab, kraulte ihre Wange und hängte das Zaumzeug an den Nagel neben ihrer Boxentür, bevor er antwortete. „Er ist direkt nach dem Mittagessen in die kleine Scheune gegangen. Seitdem hab ich ihn nicht mehr gesehen. Aber Ricky läuft da drüben rum. Vielleicht hat der ihn gesehen."

„Ricky ist vor einer Viertelstunde nach Hause gefahren."

„Na, dann solltest du mal in der kleinen Scheune nachsehen, wenn du dir Sorgen machst." Tucker sah Eli lange an. „Nimmst ihn unter deine Fittiche, hm?"

Eli spürte, wie er errötete. „Er ist dein Neffe, du solltest derjenige sein, der das tut."

„Dachte, das würde ich." Tucker lehnte sich zurück gegen die Wand und verschränkte die Arme. „Aber irgendwie hab ich das Gefühl, du magst den Jungen. Du verbringst genug Zeit damit, mit ihm zu quatschen."

„Er ist kein Junge", betonte Eli. „Er ist fast so alt wie ich. Und ja, ich mag ihn."

Tucker studierte ihn mit weisen Augen. „Dachte ich mir. Er wird ein gut aussehender Mann sein, sobald er ein bisschen zugelegt hat – er war immer ein hübscher Junge."

„Himmel, Tucker, ich hätte dir nie sagen sollen, dass ich schwul bin." Eli trat gegen den Heuballen neben Mary Sues Box. „Was bist du, eine Art Heiratsvermittler? Erst Jack Castellano, jetzt Joshua. Hättest du nicht ein ganz normaler Schwulenhasser sein und die rosa Tunte rausschmeißen können?"

„Also fühlst du dich zu ihm hingezogen?"

„Es ist nicht … Nein, ich … Verdammt, Tucker! So ist das nicht. Okay. Ich mag ihn. Mehr als das, ich fühl' mit ihm mit. Er ist verloren und ziemlich einsam, und es bricht mir das Herz, ihn so zu sehen. Mach daraus, was immer du willst." Eli rieb sich fahrig über den Kopf. „Aber ich denk grad im Moment nicht an *so was*. Himmel. Er hat schon mehr als genug, mit dem er sich rumschlagen muss."

„Na ja, ich hab da was gelesen, sie sagen, dass Männer alle acht Sekunden an Sex denken und schwule Männer alle fünf ..."

„Heilige Höllenscheiße, Tucker!" Dann sah er Tuckers Grinsen und schüttelte den Kopf. „Du Blödmann."

Tuckers Grinsen verblasste. „Aber Spaß beiseite, Sohn, ich will dich nicht in dein Unglück rennen sehen. Selbst wenn Josh schwul ist, und ich hab nie auch nur davon munkeln hören, er schleppt eine Menge Probleme mit sich rum. Das bisschen, das Hannah mir sagen konnte, war nur, dass er verdeckt in einer Bande Latinos oder Hispanos oder wie sie sich heute nennen ermittelt hat, und du weißt ja, dass diese Typen Macho quasi definiert haben. Ich mein, ich hab keine Ahnung von, wie hieß es noch gleich, *Gaydar*, aber ich glaub nicht, dass er in so einer Umgebung schwul sein konnte. Und das sagt mir, dass, selbst wenn er schwul *ist*, er das so gut versteckt hat, dass ich mich frage, ob er's überhaupt selbst noch weiß."

Eli trat erneut gegen den Heuballen, dann ließ er sich darauf fallen. „Seit wann glaubst du, du wärst ein Seelenklempner? Die meisten Männer in deinem Alter und in deiner Position würden's ja nie tolerieren, dass einer ihrer Männer schwul ist, von den eigenen Familienmitgliedern mal ganz zu schweigen. Und noch viel mehr zu schweigen davon, dass sie sich verhalten, als wär' das okay."

Tucker schnaubte. „Oh, bitte, Eli, ich bin nicht so ein Arschloch, und das weißt du auch. Ich war noch nie ein aggressiver Bibelverfechter, und es ist mir Schnuppe, mit wem du's treibst, wenn du übers Wochenende nach Albuquerque fährst. Aber du kannst mich nicht davon abhalten, dass ich mich um dich sorge – du bist nicht nur mein Vorarbeiter, du bist mein Freund und der Sohn, den ich nie hatte."

„Ich dachte, Jesse wär' der Sohn, den du nie hattest."

„Er ist mein jüngerer Sohn. Ein Mann hat das Recht, mehr als einen Sohn zu haben, oder etwa nicht? Eigentlich ist auch Josh mein Sohn, jetzt, wo er hier ist. Also, wenn du mit dem Gedanken gespielt hast, mit ihm was anzufangen, dann klingt das für mich ziemlich nach Inzest." Er grinste und wich Elis gespieltem Schlag aus. „Aber Spaß beiseite, mir ist scheißegal, worauf du stehst, aber Josh ist labil, Sohn."

„So ein Mist", sagte Eli, „und ich wollt ihn grad suchen gehen und dann über einen Heuballen beugen. Herrgott und Theodore Roosevelt, Tucker, *ich* weiß, dass er labil ist! Ich bin vielleicht schwul, aber ich bin nicht *dumm*. Und ich hab auch überhaupt nicht so an ihn gedacht." *Lügner*, feixte sein innerer Kritiker. *Ja*, dachte er zurück, *aber nicht jetzt. Nicht, bis es ihm nicht besser geht. Und er sich als schwul herausgestellt hat. Was, wie Tucker gesagt hat, nicht sehr wahrscheinlich ist.* „Ich mach mir nur Sorgen um den Jungen, das ist alles. Da steckt mehr dahinter als nur eine grad überwundene Sucht. Und sollte er nicht irgendeine Art Therapie oder so was machen? Und nicht bei dir, *Doktor* Chastain. Ich hab gelesen, dass abstinente Drogensüchtige regelmäßig zur Therapie gehen sollten."

„Teufel wenn ich das weiß. Ich weiß, dass er ein paar Monate lang so ein Programm mitgemacht hat."

„Und er sieht immer noch schlecht aus", betonte Eli. „So viel zu dem Programm. Ja, vielleicht hat's ihm geholfen, clean zu werden, aber er wird nicht clean bleiben, wenn er nicht irgendwelche Hilfe bekommt."

„Dann hilf ihm", blaffte Tucker. „Ich hab keine Ahnung, was ich für den Jungen tun kann. Du bist ihm im Alter näher. Vielleicht hört er auf dich."

Eli schüttelte den Kopf. „Ich weiß nicht, Tuck. Ich weiß nicht, wie man mit Menschen umgeht – ich kenn' mich nur mit Pferden aus."

„Dann behandel' ihn eben wie ein verdammtes Pferd." Tuck warf die Hände hoch. „Wenn du ihn dazu überreden kannst, in Albuquerque zu einem Seelenklempner zu gehen, dann find' ich einen verdammten Seelenklempner für ihn. Wenn er's nicht will, dann gibt's nicht viel, das wir tun können, seine Meinung zu ändern. Er ist ein erwachsener Mann – und ein verdammt starker, wenn man bedenkt, was er mitgemacht hat, so wenig ich auch davon weiß. Wir können ihn nicht zwingen." Seine Stimme wurde leiser, und er schüttelte den Kopf. „Ich mach mir Sorgen, Elian. Wenn du ihm helfen kannst, mit ihm redest …"

„„Ihn unter meine Fittiche nehmen'?"

Tucker schnaubte. „So ist's recht, wirf einem alten Mann seine eigenen Worte ins Gesicht. Ja. Tu das. Schau, ob's hilft. Teufel, ich würd' sagen, was er am meisten braucht, ist ein Freund."

„Ich hab nichts dagegen, sein Freund zu sein, wenn er das möchte", sagte Eli langsam. „Ich bin nur nicht sicher, ob er einen möchte."

„Ja, nun, ein Pferd, das du grad erst eingefangen hast, will auch nicht unbedingt dein Freund sein. Aber du weißt, dass es ihm besser geht, sobald ihr Freundschaft geschlossen habt", betonte Tucker.

„Dagegen lässt sich nichts sagen." Eli erhob sich von dem Heuballen, auf dem er gesessen hatte, und klopfte sich mit seinem Resistol das Heu von Beinen und Gesäß ab. „Dann würd' ich mal sagen, ich bin in der kleinen Scheune, wenn du mich suchst."

Tucker brummte nur und hob Mary Sues Striegel auf.

Solcherart entlassen, verließ Eli lächelnd den Stall und überquerte den Hof zur kleinen Scheune. Das Gebäude war älter als die großen Stallungen und Scheunen, in denen die anderen Pferde und die maschinelle Ausrüstung der Ranch untergebracht waren. Die untere Hälfte war aus grob behauenem Stein, die obere Hälfte aus verwittertem, grauen Holz. Er nahm an, dass es eine der ersten Scheunen war, die auf der Ranch gebaut worden waren, zusammen mit dem Haus, irgendwann in den 1920ern. Diese Scheune war die Arbeiterklasse unter den Gebäuden. Wenn sie jemals gestrichen gewesen war, dann war die Farbe bereits lange zu einem monotonen Grau verblasst, aber trotz allem hatte das Gebäude seine Würde. Und sie war solide wie ein Fels.

Das Tor stand offen, aber das Innere war schattig und trotz des diffusen Sonnenlichts, das durch die offene Luke des Heubodens hereinschien, mindestens zwanzig Grad kühler als draußen. Und still: Eli hörte das Gurren der Carolinatauben im Dachgebälk und das gleichmäßige, mahlende Geräusch von fünf vernachlässigten, kauenden Pferden. Vier von ihnen standen in normalen Boxen, aber er ging die Stallgasse hinunter zum fünften, das im Stallabteil stand, das groß genug war für die überdimensionale Drahtgeflechtkiste, die sie für die Katze zurechtgemacht hatten. Er stützte sich auf die Boxentür und spähte hinein.

Josh war dort. Er saß an die Wand der Box gelehnt neben dem Katzenkäfig im Heu, die langen Beine von sich gestreckt, die Finger durch das Drahtgeflecht des Käfigs geschoben. Die Katze lag an die Seite des Käfigs gedrückt, Kopf unter Joshs reglosen Fingern. Das Pferd schnoberte durch das Heu unter Joshs Beinen, aber Josh rührte sich nicht.

Eli beobachtete ihn, wie er schlief. Die tiefen Furchen der Anstrengung, die sein Gesicht durchzogen hatten, waren schwächer geworden, was seine Züge weicher erscheinen und ihn jünger aussehen ließ, mehr wie seine achtundzwanzig Jahre. Sein Gesicht war jetzt nur noch dünn anstatt hager. Nach ein paar Tagen Ruhe, frischer Luft und Sarafinas Kochkünsten war der kränklich-gelbe Ton seiner Haut verschwunden, aber es würde noch eine Weile dauern, bis er das verlorene Gewicht wieder zurückgewonnen hatte. Aber das war in Ordnung – das würde kommen, und jetzt im Moment war es vermutlich wichtiger, dass Josh anfing, sich wohlzufühlen.

Er konnte von ihm nicht als „Joshua" denken, obwohl Tuck gesagt hatte, dass er das vorzog – es war klar wie Kloßbrühe, selbst für jemanden, der so einfach war wie er, dass das Beharren auf seinem vollen Namen nur eine weitere Mauer war, die Josh zwischen sich und anderen aufgebaut hatte. Dass es, wenn man ihn „Josh" nannte, dazu führen konnte, dass man sich, oh, zum Beispiel, unterhielt. Gemeinsam lachte. Dass er vielleicht gelegentlich einmal lächelte. Es mochte sogar zu so furchtbaren Dingen führen wie Freundschaft. Nicht zum ersten Mal fragte Eli sich, was diesem armen, verwundeten Wesen angetan worden war, das ihn so wachsam und argwöhnisch und misstrauisch gemacht hatte.

Pferde waren einfach. Wenn sie geschlagen worden waren, zeigten sie ihre Narben, sie scheuten vor einer Hand oder bei Anblick einer Gerte zurück. Er hatte einmal ein Pferd gehabt, das absolut durchdrehte, wann immer sie die Stallungen ausfegen wollten. Diese Reaktionen waren leicht zu deuten. Die Probleme waren nicht unbedingt leicht zu lösen, aber wenn sie erst mal eine Idee hatten, womit sie es zu tun hatten, wussten sie auch, was sie zu tun hatten. Aber Menschen? Menschen waren komisch. Sie waren klug und eigenartig. Bei ihnen waren die Auslöser nicht so leicht zu entdecken.

Zum Beispiel sein Alter, Gott sei seiner Seele gnädig, denn irgendjemand musste das Beispiel ja bringen. Er war in der Regel nüchtern und recht vernünftig gewesen, außer wenn irgendetwas eine seiner seltenen Sauforgien ausgelöst hatte. Er war im Suff nicht gewalttätig gewesen, aber Eli hatte es trotzdem gehasst, wenn er trank. Und er hatte nie rausfinden können, was die Auslöser waren. Vielleicht wäre der Alte heute noch am Leben, wenn er es rausgefunden hätte, statt im tiefsten Winter über hundertsechzig Meter Highway in Wyoming verteilt zu werden.

Das Pferd stupste den Verschlag an, und die Katze wachte auf und rekelte sich. Die Bewegung drückte Joshuas Hand gegen den Draht, und Joshua wachte auf. Eli beobachtete, wie es geschah; er beobachtete, wie Josh im Sonnenlicht, das ihm ins Gesicht fiel, blinzelte, beobachtete, wie er zu dem kauenden Pferd hochsah und lächelte.

Gott, dieses Lächeln – es erschien nur langsam, ein wenig zögerlich, als hätte er vergessen, wie man lächelte. Es zauberte ein Grübchen in eine Wange, von dem Eli vermutete, dass er es behalten würde, wenn er sein Gewicht wiedergewann, und zeigte gerade Zähne, sehr weiß im Kontrast zu seiner hellbraunen Haut. Eli hatte gedacht, dass der Junge ganz passabel aussehen würde, wenn er sich wieder erholt hatte, aber dieses Lächeln machte ihm deutlich, dass dieses Gesicht dazu gemacht war, Herzen zu brechen. Er fragte sich, ob seines vielleicht das erste sein würde …

Er musste eine Bewegung oder ein Geräusch gemacht haben, denn Joshs Kopf fuhr ruckartig herum, und er starrte ihn an, das Lächeln verschwunden, und die Anspannung kehrte in Miene und Körper zurück. Eli hätte weinen mögen, sie zu sehen. „Ich bin's nur", sagte er ruhig. „Wollte nur gucken, ob du gefressen wurdest. Pferde fressen auch Fleisch, wenn sie hungrig genug sind."

Joshuas Augen wurden groß. „Ja?"

Eli lachte. „Nee, ich mach nur Spaß. Sara sagte, du schläfst nicht gut – hattest du ein angenehmes Nickerchen?"

„Ganz gut", sagte Josh kühl. Er wandte den Kopf und blickte zu der Katze, die aufgestanden war und sich auf Katzenart streckte, Rücken gekrümmt.

„Wie geht's der Katze?"

Joshua zuckte die Schultern. „Ihr ist langweilig und sie mag es nicht, eingesperrt zu sein."

„Du hast Glück gehabt, dass sie dich nicht gebissen hat. Katzen sind giftig. Ein Freund von mir hätte nach einem Katzenbiss fast mal seinen Arm verloren."

Das ließ Joshua überrascht auflachen. „Sie sind nicht giftig. Sie haben nur sehr viele Bakterien im Maul. Manche Katzen mehr als andere. Wenn man bedenkt, wie sie gelebt hat, hat diese hier vermutlich mehr." Er streckte seine Finger durch den Draht und kraulte die Katze am Kopf. „Du beißt nicht, oder?"

„Gut für dich. Und was hältst du von Rory?"

„Rory?"

„Das Pferd." Eli wies mit der Hand auf das Pferd – eine kleine, harmlose Bewegung, damit das Pferd sich nicht erschreckte. Es sah neugierig auf. „Das ist sein Name. Tuck sagt, das ist ein alter, gälischer Name, der ‚rot' bedeutet. Wobei er mir auch sagen könnte, dass es ein alter, gälischer Name für Hockeyscheibe ist, und ich würde ihm das glauben."

„Nein, das ist ‚nerfalon'", sagte Joshua nüchtern.

„Ja?"

„Nein." Wieder dieses nur langsam aufleuchtende Lächeln, und diesmal galt es Eli. Er spürte, wie seine Knie weich wurden. „Das ist die Rache für den Kommentar über menschenfressende Pferde."

„Schlaumeier." Das war das einzige, was Eli einfiel. Joshuas Lächeln hatte irgendwo in seinem Gehirn einen Schaltkreis durchbrennen lassen. Vermutlich.

Langsam, vorsichtig, hob er den Riegel der Boxentür und ging hinein. Rory hob den Kopf und schnoberte an seinem T-Shirt. Eli gab ihm eine Handvoll der Mischung aus dem Eimer, der draußen vor der Tür hing. Joshua saß in seiner Ecke und beobachtete sie.

Als Rory fertig war, schob Eli sanft seinen Kopf beiseite. „Du hast alles aufgegessen, du dummes Pferd", sagte er mit beruhigender Stimme. Im selben Tonfall, zu Joshua gewandt: „Man kann erkennen, dass sie gut behandelt worden sind, bevor der alte Mann gestorben ist. Sie haben alle ihr eigenes Zaumzeug, und es ist von guter Qualität. Wir haben erfahren, dass der alte Mann einen Sohn hatte, der ihm früher auf der Ranch geholfen hat. Er ist in Afghanistan umgekommen. Ich nehm' an, danach hat er den Willen verloren zu leben."

Joshua sagte nichts, hörte nur zu.

„Die Leute, die uns die Pferde geschickt haben, haben auch das Sattelzeug mitgeschickt. Es muss gefettet werden – sieht aus, als wär's schon eine Weile nicht mehr benutzt worden. Aber sobald es ihnen besser geht, werden sie sich freuen, wieder ihr eigenes Sattelzeug zu haben." Er warf Josh einen Blick zu. Er hatte die Knie angezogen und die Arme darum geschlungen, und sein Blick war auf seine aufgestellten Knie gerichtet. „Spiel deine Trümpfe richtig aus, und ich wette, Tucker überlässt dir diesen Burschen hier. Sobald er ein bisschen zugelegt hat, hat er genau die richtige Größe für …"

„Nein."

Eli zog eine Augenbraue hoch, sagte aber nichts. Er wartete.

„Ich will kein Pferd." Josh hatte die Knie enger an sich gezogen. Er war so dünn, dass er nur aus Knochen zu bestehen schien. „Ich werde kein Pferd haben. Ich will kein Pferd haben. Die Katze will ich auch nicht."

„Niemand hat dir die Katze angeboten", betonte Eli sanft.

„Nun, sollte das jemand tun, ich will sie nicht." Joshua zog tief den Atem ein, dann stieß er ihn wieder aus. „Ich bin hier, um zu arbeiten. Das ist alles. Onkel Tucker braucht meine Hilfe, die werde ich ihm geben. Ich will nichts sonst."

Eli strich dem Pferd noch einmal über die Nase, dann machte er die drei Schritte und stellte sich vor Josh. „Wenn dir Leute etwas schenken wollen, Sohn, dann nimmst du's an und sagst ‚Dankeschön'. So macht man das."

„Alles hat einen Preis", erwiderte Joshua mit bebender Stimme. „Es gibt immer einen Haken. Nichts ist umsonst. Tanstaafl."

Das klang Deutsch für Eli. Er runzelte die Stirn und kratzte sich im Nacken. „Tut mir leid, das Wort kenn' ich nicht. Ich kenne *mach schnell* und *glasnost*, aber damit sind meine Deutschkenntnisse auch schon erschöpft."

Das Lachen, das diesmal aus Joshua hervorbrach, war hell und kühl. „Das ist nicht Deutsch – und *glasnost* übrigens auch nicht, das ist Russisch. ‚Tanstaafl' ist das Akronym für ‚There ain't no such thing as a free lunch.' Es gibt nichts für umsonst."

Eli dachte darüber nach. Ja, machte Sinn. „Na ja, vielleicht nicht. Aber's gibt solche und solche Wege, zu bezahlen, Sohn."

„Ich bin nicht dein Sohn."

„Nee." Er streckte seine behandschuhte Hand aus. „Komm, auf. Ist bald Abendessenszeit, und nachdem du den ganzen Nachmittag hier bei dem Biest geschlafen hast, solltest du dich vorher duschen."

„Welches Biest, Katze oder Pferd?"

„Such dir eins aus." Eli wartete.

Endlich streckte Joshua seine Hand aus und legte sie in Elis. Sorgsam darauf bedacht, die Hand nicht zu fest zu packen und damit zerbrechliche Knochen zu quetschen, zog Eli ihn auf die Füße.

Joshs Beine mussten eingeschlafen sein, denn er taumelte ein bisschen und streckte seine freie Hand aus und packte Elis Schulter, um das Gleichgewicht zu halten. Für einen Moment standen sie einander sehr nahe, Joshuas eine Hand in Elis, die andere warm und unerwartet auf seiner Schulter, als wollten sie anfangen zu tanzen.

Joshua wurde ganz still. Überrascht sah Eli ihn an, und ihre Blicke trafen sich. Joshs Augen wurden dunkel und verschleierten sich, und sein Atem war warm und süß auf Elis Wange. Dann senkten sich die schwarzen Wimpern, schüchtern wie bei einem Mädchen, aber er machte sich nicht los.

Elis Finger schlossen sich fester um Joshs, und er sagte stockend: „Josh …"

Der Junge zuckte zusammen, als wäre er gerade erst wach geworden, machte einen Satz nach hinten und riss seine Hand los und stürzte davon. Eli verbrachte einen Augenblick damit, das Pferd zu besänftigen, dann machte er sich auf die Suche nach Joshua.

7

JOSHUA ZWANG sich, den Hof mit forschen Schritten zu durchqueren, anstatt panisch zu flüchten, wie er das eigentlich wollte. Gott sei Dank war Onkel Tucker nicht in der Nähe; wenn es wirklich bald Zeit war fürs Abendessen, dann war er vermutlich drinnen und duschte. Die anderen Rancharbeiter ebenfalls – der Hof war leer und verlassen, und das war gut. Sehr gut.

Er schlüpfte ins Haus und an Sarafina vorbei, die mit etwas auf dem Herd beschäftigt war. Sobald er in seinem Zimmer war, eilte er ins Bad, schloss die Tür hinter sich ab und stellte die Dusche an. Er drehte sie so heiß, wie er es ertragen konnte, zog sich aus und betrat die Duschkabine, sank zu Boden und sackte zitternd in sich zusammen. Gott. Gott. Das war nicht gut. Das war gar nicht gut. Er hatte die Sache beinahe verpatzt, hatte beinahe die Kontrolle verloren. Hatte beinahe Wunden geöffnet, die er niemals würde heilen können.

Aber Eli war so sanft gewesen, so ruhig. So einfühlsam. Es war ihm so natürlich vorgekommen, die Hand auszustrecken und ihn zu berühren und es dem Vorarbeiter zu erlauben, ihn zu halten, bis er sein Gleichgewicht wiedergefunden hatte, die Hand auszustrecken nach so viel Zuverlässigkeit und Beständigkeit. Jemand anderes die Führung übernehmen zu lassen, nur für einen Moment. Sich auf jemanden zu verlassen. Sich auf *Eli* zu verlassen. Joshua atmete bebend ein.

Und für einen entsetzlich wundervollen Moment Eli zu *sehen*. Eli *ihn* sehen zu lassen.

Oh, Gott ... Aber es gab kein Gebet. Er hatte schon vor langer Zeit aufgehört, an Gott zu glauben. Er wünschte sich, er würde es noch tun. Wünschte sich, es gäbe eine höhere Macht, zu der er beten konnte. Dann hätte er nicht mehr dieses Bedürfnis, sich auf jemanden zu stützen. Es war schlimm genug gewesen in der Entziehungsklinik, zu wissen, dass er sich, wollte er seine geistige Gesundheit wiedererlangen, auf diese Menschen stützen musste – und das waren Experten gewesen, die für ihre Dienste bezahlt wurden, das Beste, was das FBI zu bieten hatte. Er würde es niemals wagen, jemand anderes zu bitten, ihm zu helfen, und ganz besonders nicht jemanden wie Eli, der einen Beruf hatte, der ein Leben hatte, der keinen Parasiten wie Joshua Chastain brauchte, der ihn runterzog.

Er hatte so überrascht ausgesehen, als Joshua ihn berührt hatte – natürlich hatte er das. Männer fassten andere Männer nicht so an, wie Joshua es getan hatte. Obwohl sich ihre Haut nicht berührt hatte – Eli trug seine abgenutzten Handschuhe, und Joshua hatte seine Schulter nur durch das T-Shirt hindurch gepackt –, hatte Joshua für eine Sekunde eine brennende Anziehungskraft gespürt. Hatte sich zu ihm hingezogen gefühlt, zu einem Cowboy. Zu dem Vorarbeiter der Ranch seines

Onkels. Einzig, sich zu 'Chete Montenegro hingezogen gefühlt zu haben, wäre noch schlimmer gewesen. Joshua stieß ein kurzes, hysterisches Lachen aus. Eine Ranch war eine genauso betont männliche Umgebung wie die People oder die Folks oder eine der anderen Banden, die diese beiden West Side Nationen bildeten. Er war sich sicher, dass sie hier genauso brutale Methoden hatten, mit Eindringlingen zu verfahren, wie die „Entehrungen", die er während seiner Zeit in der Bande mitangesehen, an denen er teilgenommen und die er ertragen hatte.

Es gab hier keinen Platz für ihn. Er konnte nicht bleiben.

Er atmete schluchzend ein und hob sein Gesicht in das beinahe kochend heiße Wasser. Er hatte nichts. Er konnte nirgendwo hingehen. Er hatte drei Jahre an einem Ort verbracht, wo er nicht hingehörte. Er konnte dieses Gefühl nicht einen Augenblick länger ertragen.

Er dachte an die lange Busfahrt von Albuquerque. Dachte an die lange Fahrt von dem Bauernkaff, wo der Bus ihn abgesetzt hatte.

Dachte an die leere Wüste, die bis zum Horizont reichte.

Dachte an die Wüste in ihm, ebenso leer. Leerer.

Das Wasser wurde kalt, und er hievte sich aus der Wanne. Auf dem Rand der Badewanne sitzend rieb er sich das Gesicht mit einem feuchten Handtuch ab – anscheinend war das Wasser so heiß gewesen, dass die Kondensation alles im Raum hatte feucht werden lassen. Sie hatte jedenfalls definitiv den Spiegel beschlagen, aber das war schon in Ordnung. Wenn es eines gab, das Joshua nicht sehen wollte, dann sich selbst.

„HAST DU Joshua gefunden?", fragte Tucker, als Eli in die Küche kam.

„Hab ich, aber er ist weggerannt. Dachte, er wär' ins Haus gekommen."

„Ich hab ihn nicht gesehen. Sara? Ist Josh reingekommen?"

„Ich weiß nicht. Ich habe Abendessen gemacht", sagte sie. „Ich habe ihn nicht gehört, aber er ist sehr leise. Sieh in seinem Zimmer nach."

Tuck nickte und ging den Flur hinunter. Joshs Tür stand offen, aber die Badezimmertür war geschlossen, und er hörte die Dusche rauschen. Er ging zurück in die Küche und sagte: „Sieht aus, als würde er duschen. Warum ist er weggerannt?"

„Teufel wenn ich das weiß", sagte Eli mit einem Schulterzucken. „Er hat im Stallabteil im Stroh gesessen und ein kleines Schläfchen gemacht. Er ist wach geworden, wir haben uns unterhalten, ich hab ihn auf die Füße gezogen, er ist weggerannt. Und bevor du fragst, nein, ich hab mich nicht an ihn rangemacht."

„Hätte ich nicht nach gefragt", sagte Tuck milde. „Der Junge hat seine eigene Art zu denken."

„Vielleicht solltest du mal mit ihm reden. Rausfinden, was los ist. Ich hab nichts gemacht."

„Das glaub ich dir. Ich red' nach dem Abendessen mal mit ihm." Er wollte mehr sagen, aber die Tür flog auf, und mehrere der Rancharbeiter kamen herein, sich laut über den Film unterhaltend, den sie am Abend im Schlafhaus ansehen wollten, und so beließ er es dabei.

Josh kam nicht zum Abendessen, aber daran war nichts Ungewöhnliches – inmitten all der Männer zu sitzen schien ihm nicht zu behagen. Nachdem der Rest gegangen war, stellte Sarafina ein Tablett zusammen und drückte es Tucker mit einem eindeutigen Blick in die Hand. Er nickte und trug es den Flur hinunter zu Joshs Zimmer.

Die Tür war geschlossen. Er klopfte leise mit seiner freien Hand, wartete auf Joshs gedämpftes: „Herein", stieß die Tür auf und trug das Tablett hinein.

Sein Neffe saß auf der Bettkante, Ellbogen auf die Knie gestützt, die Hände baumelten lose dazwischen. Tucker stellte das Tablett auf den Schreibtisch. „Sarafina hat heut' Abend Huhn gemacht. Wäre ein Verbrechen, wenn du nichts davon abbekämst."

„Danke", sagte Joshua, machte aber keine Anstalten, aufzustehen und sich das Tablett zu nehmen.

„Du solltest was essen."

„Ja. Danke."

Tucker seufzte und ließ sich neben Josh aufs Bett fallen. „Willst du drüber reden?"

„Worüber?"

„Über das, was dich so angefressen hat? Hat Eli was gesagt, das dich gefuchst hat? Weil, wenn, dann hat er's wahrscheinlich nicht so gemeint. Er ist ein guter Mann. Er meint nichts Böses, oder so."

„Er hat nichts gesagt."

„Hat er was gemacht?"

Das rief eine Reaktion hervor. Joshua sah auf, das Gesicht ausdruckslos. „Was soll er gemacht haben?"

„Ich weiß nicht!" Tucker warf die Hände hoch. „Aber er muss was gemacht haben, dass du so fuchsig bist mit ihm!"

„Ich bin nicht fuchsig mit ihm. Es ist nichts, Onkel Tucker. Es ist nur … Ich bin nur müde." Joshuas Kopf sank tiefer, als er wieder zu Boden sah. „Mir geht's gut. Ich bin nur müde."

Tucker legte eine Hand auf seine Schulter und sagte sanft: „Na, dafür bist du hier, um wieder zu Kräften zu kommen. Iss dein Abendessen und geh früh schlafen. Die Dinge werden besser aussehen, wenn die Sonne aufgeht – tun sie immer."

Joshua nickte. Tucker drückte seine Schulter und ging dann zurück in die Küche. Eli und Sarafina warteten. „Er sagt, er ist nur müde. Schätze, wir werden ihn einfach lassen müssen. Vielleicht können wir ihm morgen zeigen, wie die Fütterung in der kleinen Scheune abläuft, dann kann er das beaufsichtigen. Ihn dran gewöhnen, draußen zu sein und zu arbeiten."

Eli sah beunruhigt aus, aber er nickte. „Ich wünschte, ich wüsste, was ihn so aufgewühlt hat."

„Wer weiß." Tucker rubbelte sich mit beiden Händen durch die Haare. „Schätze, das wird noch öfter vorkommen, dass wir nicht wissen, was er denkt. Wir können uns genauso gut dran gewöhnen."

DERSELBE TRAUM, dasselbe Lagerhaus am Fluss, derselbe Gestank nach Öl und Angst. Aber dieses Mal wachte Joshua nicht bei dem Geräusch des Pistolenschusses auf. Der kupfrige Gestank von Blut stieg ihm in die Nase, als er auf das tote Mädchen hinunterblicke und zusah, wie das Blut, dunkel wie Öl, in dünnen Rinnsalen über den schmutzigen Boden rann.

„Das ist erledigt", sagte 'Chete, aber der Ton seiner Stimme war deutlich hörbar alles andere als zustimmend. „Aber, José, ich glaub fast, du stellst mich in Frage."

„Nein, Boss", sagte Joshua ruhig, ohne den Blick von dem toten Mädchen abzuwenden. „Ich stelle dich nicht in Frage. Du bist der Boss."

„Ich glaub aber doch. Das macht mich nicht sehr glücklich. Du bist ein guter Kämpfer, und du bist der Sohn meines guten Freundes Berto Rosales, Gott sei seiner Seele gnädig, und du befolgst die meiste Zeit meine Befehle. Aber du hast recht. Ich bin der Boss, und ich glaub nicht, dass ich diese Sache einfach auf sich beruhen lassen kann."

Joshua schwitzte im Traum. Er wusste, was als Nächstes kam. Die „Entehrung" – die Strafe für Bandenmitglieder, die Befehle nicht befolgten, oder die Mist bauten, wenn auch nicht genug, um dafür zu sterben. Es erforderte nur ein Nicken von 'Chetes Kopf zur Wand. Joshua schluckte und ging, stellte sich davor, Gesicht zur Wand, die Handflächen gerade über seinem Kopf gegen das Wellblech gedrückt. Drei von 'Chetes Schlägertypen folgten ihm.

Der erste Schlag ließ seinen Kopf gegen das Wellblech knallen, und er hatte für einen Augenblick den Gedanken: „Wenigstens ist es nicht Beton", dann begannen die Schläge auf ihn einzuhageln. Er hatte „Entehrungen" schon zuvor mitangesehen, hatte daran teilgenommen. Sie endeten gewöhnlich kurz bevor der Missetäter das Bewusstsein verlor, aber manchmal auch nicht.

Wie dieses Mal.

Der Traum sprang zu dem winzigen, feuchten Raum, in dem er aufgewacht war, auf einer bloßen, fleckigen Matratze liegend und mit Handschellen ans Bettgestell gefesselt. Er konnte nur ein Auge öffnen, und seine Sicht war verschwommen. „So", sagte 'Chetes Stimme von irgendwo – er konnte nicht sagen, wo – „du wirst also endlich wach. Ich hab nicht gedacht, dass du so ein *pendejo* bist, so ein Schlappschwanz, von so ein paar Schlägen bewusstlos zu werden. Aber, eh, deine Generation ist schwächer als unsere. Schwächere Körper, schwächere Seelen, schwächere Herzen."

Josh verstand nicht. Er fühlte sich, als würde er schweben – er wusste, dass er zusammengeschlagen worden war, aber er hatte keine Schmerzen, nicht so, wie er sie hätte haben sollen, nachdem er bewusstlos geprügelt worden war. Er fühlte sich schwindelig und benommen, was er erwartet hatte, aber auch taub, was er nicht erwartet hatte.

Und dann hörte er das Klicken von Glas, und die Erinnerung fügte dem Traum die Details hinzu, die der Traum ausgelassen hatte. 'Chete sagte: „Es ist nur, weil ich dich liebe, dich und die Erinnerung an den Mann, der dein Vater war, dass ich dir diese Chance gebe. Ich will dich nicht töten, wie ich das eigentlich tun müsste, aber ich muss ein Exempel an dir statuieren. Es gibt viele in unserer Familie, die glauben, dass nur Schwächlinge die Drogen nehmen, die wir verkaufen, aber ich hab etwas sehr Interessantes herausgefunden. Würdest du gerne hören, was?"

Er wartete nicht auf eine Antwort, sondern fuhr fort: „Ich hab herausgefunden, dass dieselbe Sache, die dafür sorgt, dass Nutten nicht aus der Reihe tanzen, auch ganz hervorragend bei bestimmten Männern wirkt. Bei Männern, die dieselbe Schwäche haben wie Nutten, denselben Mangel an Loyalität. Nutten haben ihre Funktionen, und Männer haben wiederum ihre, und es ist eine Verschwendung, jemanden für eine kleine Missetat zu töten, wenn ich ihre Loyalität auf so simple Art und Weise kaufen kann. Natürlich wirst du an Status verlieren – niemand respektiert einen Hype, nicht wahr?"

Joshuas Atem stockte bei dem Wort. Ein Hype – ein Heroinsüchtiger, die niedrigste Lebensform in den lateinamerikanischen Banden. Die lebenden Toten. 'Chete hatte drei davon als Stellvertreter, soweit Joshua wusste. Er war der einzige Bandenanführer, den Josh kannte, der das erlaubte – nein, der darin schwelgte. Er wusste, dass sie loyal waren, fanatisch loyal gegenüber dem Mann, der den Drogenfluss auf der West Side kontrollierte, wenn auch nur, weil er ihnen gab, was sie brauchten. Von den normalen Bandenmitgliedern verachtet, waren sie gefürchtet, denn sie hatten nichts zu verlieren – außer den Zugang zur Droge.

„Aber weil ich dich liebe", sagte 'Chete leise, „weil Los Peligros eine Familie sind, werde ich es nicht allgemein bekanntwerden lassen. Meine Stellvertreter werden es natürlich wissen, aber wir werden es geheim halten. Sei treu ergeben, sei loyal, und ich werde es geheim halten, und ich werde dafür sorgen, dass es dir gut geht." Er strich über Joshuas Wange wie in einer Liebkosung. „Denn ohne mich bist du nutzlos, bedeutungslos. Du bist ein Betrüger und ein Parasit. Du hast deinen Wert, mit deinen starken Armen und deiner Willigkeit, meine Befehle zu befolgen, aber nur, weil du in diese *puta* vernarrt warst, hast du es gewagt, meine Befehle in Frage zu stellen. Ich kann nicht zulassen, dass das ungestraft bleibt."

Die Position von 'Chetes Stimme veränderte sich nicht, aber Joshua spürte Hände auf dem gegenüberliegenden Arm, spürte, wie sich etwas eng um seinen Oberarm legte, spürte den Stich einer Nadel und eine Flüssigkeit warm in seine Vene strömen. „Du wirst lernen, dieses Gefühl zu lieben", flüsterte 'Chete ihm ins Ohr, „und du wirst lernen, mich zu lieben und mir zu gehorchen. Das ist der einzige

Weg für dich. Du hast keinen Wert, keine Bedeutung, nichts, wenn ich es dir nicht gebe. Du gehörst mir, José Rosales, Sohn meines geliebten Bertos, und ich liebe dich um deines Vaters willen. Denn *du* bist wertlos. Denn *du* bist *gar nichts*."

Joshua schreckte aus dem Schlaf hoch, Augen in der Dunkelheit weit aufgerissen, und sein Atem flog. Das Fenster stand offen, und eine Brise trug den staubigen Geruch von Colorado-Pinyon-Kiefern herein, wusch die Erinnerung an den Geruch von 'Chetes Atem weg. Aber sie wusch nicht den Klang seiner Stimme weg, die in Joshuas Kopf widerhallte: *Du bist gar nichts ...*

Nichts. Wertlos.

Das Abendessen, das sein Onkel ihm gebracht hatte, stand auf dem kleinen Schreibtisch, die Soße mit den roten und grünen Chilis um das Hühnchenfleisch geronnen. Bei dem Anblick wurde ihm schlecht, aber er ignorierte das Tablett und öffnete die kleine, mittlere Schublade. Ein alter Notizblock, dessen Blätter braun wurden. Ein stumpfer Bleistift. Das genügte. Joshua nahm sie heraus und begann zu schreiben.

8

„KEIN JOSH heute Morgen?"

Eli sah von seinem Frühstück auf. Die vier anderen Rancharbeiter, die mit ihm aßen, hoben ebenfalls die Köpfe. „Ich hab ihn noch nicht gesehen", warf Ray in die Runde und kratzte sich mit der Gabel. Sarafina verpasste seiner Hand einen Klaps mit ihrem Pfannenwender, dann ging sie damit zur Spüle und wusch ihn demonstrativ ab. Ray und Eli grinsten sich an, und Eli wandte sich an Tucker.

„Ich hab ihn auch nicht gesehen, aber das ist nicht ungewöhnlich. Er schläft wahrscheinlich noch."

„Geh und sieh nach ihm, Tucker", sagte Sarafina, „und bring mir das Geschirr von seinem Abendessen. Ich will kein Ungeziefer ins Haus locken."

„Zu Befehl!" Tucker salutierte. „Ist mein Frühstück fertig, wenn ich wiederkomme?"

„Wenn mir danach ist?"

Tucker grinste und ging den Flur hinunter zu Joshs Zimmer. Obwohl Josh nach wie vor das Abendessen mied, bei dem alle Rancharbeiter gleichzeitig zum Essen hereinkamen, hatte er es sich in letzter Zeit angewöhnt, ganz früh morgens zum Frühstück zu kommen, wenn nicht mehr als eine Handvoll Männer in der Küche war. Aber Eli hatte vermutlich recht – Josh schlief wahrscheinlich noch. Allem Anschein nach hatte er eine sehr unruhige Nacht gehabt, denn als Tucker um ein Uhr morgens für ein Glas Wasser heruntergekommen war, hatte er Josh in seinem Zimmer auf und ab gehen hören. Offenbar machten ihm seine Albträume immer noch zu schaffen.

Er klopfte an die geschlossene Türe. „Josh? Äh, Joshua?"

Keine Antwort. Er runzelte die Stirn, klopfte erneut, dann öffnete er die Tür.

Das Zimmer war leer, ebenso das Badezimmer. Die Schranktüren standen offen, und die Hälfte seiner Kleidungsstücke war fort, genauso wie sein Rucksack. Ein Blatt Papier lag auf dem ordentlich gemachten Bett. Erschrocken nahm Tucker das Blatt.

Onkel Tucker,
es tut mir wirklich leid. Es wird nicht funktionieren. Ich gehöre hier nicht hin.
Es tut mir leid. Danke, dass du es versucht hast.
Alles Liebe,
Joshua

„Scheiße!" Tucker rannte zur Hintertür. Sechs Paar überraschter Augen sahen ihm hinterher, als er auf die Veranda stürzte. Er blieb stehen und zählte die Autos. Der Silverado, Elis F150, die größeren Ranchautos, die verschiedenen

55

Autos und Trucks, die seinen Männern gehörten: Sie alle standen fein säuberlich aufgereiht auf dem Parkplatz. Keines fehlte. War der dumme Junge etwa …?

„Herrgott und Theodore Roosevelt", fluchte Tucker und kehrte ins Haus zurück. Zu den anderen in der Küche sagte er: „Josh ist weg. Wahrscheinlich zu Fuß, die Autos sind alle hier. Der Idiot denkt, er kann zu Fuß nach Miller laufen. Gottverdammt! Das sind vierzig Meilen. Ich geh ihn holen. Sara, ruf Whitey bei der Polizei an und sag ihm, er soll jemand schicken, der nach ihm Ausschau hält. Er ist vermutlich irgendwo auf der Straße von hier nach Miller unterwegs, aber's gibt ein paar Abzweigungen, und er muss vor dem Morgengrauen aufgebrochen sein."

„Sicher, dass er nach Miller ist?", fragte Eli, als er aufstand. Er trank seine Kaffeetasse leer, schaufelte sich den Rest seiner Spiegeleier in den Mund, schluckte hastig und ging zur Tür. Tucker versperrte ihm mit einer Hand den Weg.

„Bei allem Respekt, Sohn, ich glaub, das mach ich besser. Ich weiß nicht, was gestern war, aber irgendwas muss ja gewesen sein, dass er sich so aus dem Staub macht." Er ignorierte Elis verdutzt-fassungslosen Gesichtsausdruck und fuhr fort: „Und ja, Miller. Er denkt bestimmt, dass er von dort den Bus nach Albuquerque nehmen kann. Aber's ist ein langer Marsch in die Stadt, und er ist nicht in der besten Verfassung. Ich will ihn einholen, bevor die Sonne zu hoch steht. Es ist immer noch heiß genug, dass er Gefahr läuft, einen Hitzschlag zu bekommen. Himmel." Er schnappte sich seinen Hut vom Haken neben der Tür und drückte ihn sich auf den Kopf. „Ich ruf an, wenn ich ihn finde. In der Zwischenzeit, Eli, sag den Männern, sie sollen ihre normale Arbeit tun."

„Wenn er von der Straße abgekommen ist …"

Tucker winkte Eli ab. „Wenn ich ihn nicht auf der Straße nach Miller finde, ruf ich Verstärkung. Ich bin ja nicht blöd, Sohn."

Es WAR zehn Uhr, als Tucker Eli über Satellitentelefon anrief. Eli ließ die Heugabel fallen, mit der er den Pferden Heu in den Korral geworfen hatte, und griff nach dem Telefon an seinem Gürtel. „Ja, Tucker. Was ist los? Hast du ihn gefunden?"

„Nein." Tuckers Antwort war knapp, aber Eli hörte dennoch die Anspannung in seiner Stimme. „Whitey hat die Polizei in der Hauptstadt verständigt, sie schicken einen Hubschrauber."

Joshua wurde seit vor dem Morgengrauen vermisst, und die Temperaturen waren im Lauf des Vormittags bereits auf dreißig Grad geklettert. Scheiße. „Hast du nachgesehen …"

„Junge, unsere Leute suchen auf jeder nur möglichen Straße, Seitenstraße, Feldweg, Trampelpfad und in jedem Graben zwischen der Ranch und der Stadt. Wir haben sogar auf der Rocking J nachgesehen, ob er da vielleicht Unterschlupf gesucht hat." Tucker klang, als wäre er den Tränen nahe – oder einer Schimpfkanonade.

„Was kann ich tun?"

„Abwarten. Behalt das Satellitentelefon bei dir. Halt die Augen offen nach allem, das uns vielleicht sagt, wo er hingegangen ist. Verdammt, ich wünschte, ich hätte mir einen neuen Spürhund geholt, nachdem wir Rambo und Rosey verloren haben. Whiteys Paco kommt mit seinen Coonhounds zur Ranch. Vielleicht können die seiner Spur folgen. Er sagt, sie wären gute Spürhunde. Und Sandia Search and Rescue bringen ihre Hunde mit, aber's wird ein paar Stunden dauern, bis sie hier sein können." Bei dieser Hitze waren ein paar Stunden eine verdammt lange Zeit.

„Soll ich ein paar von den Männern losschicken?"

Tucker sagte erschöpft: „Wir haben Whiteys gesamte Mannschaft plus der Mitglieder der örtlichen Freiwilligen Feuerwehr, aber ein paar mehr Augen können vermutlich nicht schaden. Schick sie zu Pferd los – auf die Art können sie größere Strecken zurücklegen. Die Hälfte der Männer des Sheriffs ist beritten. Hier sind unsere Koordinaten." Er rasselte eine Reihe GPS Koordinaten herunter für die Satellitentelefone. „Aber ich möchte, dass du da bleibst und dich mit Paco abstimmst."

„Sarafina …" Aber Tucker hatte bereits aufgelegt.

Eli war versucht, das Telefon quer durch den Hof zu schmeißen, aber stattdessen schob er es zurück in die Gürteltasche und bückte sich, um die fallengelassene Heugabel aufzuheben.

Billy steckte den Kopf durch die Scheunentür. „War das Tucker?"

„Ja. Sie haben Josh immer noch nicht gefunden. Tuck möchte, dass alle freien Männer aufsatteln und sich an der Suche beteiligen – wäre gut, wenn ihr euch auf dem Weg in die Stadt auffächert und schon mit Suchen anfangt. Ich hab ihre Koordinaten."

„Her damit." Billy zückte sein eigenes Telefon und gab die Ziffern ein. „Ich organisier die anderen Jungs. Kommst du mit?"

„Nein." Eli stach die Heugabel mit mehr Kraft als nötig in den nächsten Ballen. „Ich häng' hier fest. Paco kommt mit seinen Coonhounds, um zu versuchen, Joshua von hier aus zu folgen. Nicht, dass Sarafina sich da nicht drum kümmern könnte." Er versuchte, nicht zu verbittert zu klingen.

„Was zum Teufel ist passiert, dass er so auf und davon ist?", fragte Billy. „Habt ihr zwei euch gestritten?"

„Nein. Es ist *nichts* passiert. Josh ist einfach aus irgendeinem Grund übergeschnappt. Egal. Geh. Ruf die Männer zusammen und dann los mit euch. Es ist schon spät, und die Sonne steigt immer höher."

Billy nickte und rannte los. Eli sah ihm hinterher und versuchte, nicht zu wütend zu sein auf den Jungen. Oder auf Tuck.

ER VERTEILTE den Rest des Heus im Korral und füllte die Wassertröge in allen Paddocks, auf denen Pferde standen, dann ging er in die kleine Scheune, um nach ihren Bewohnern zu sehen. Der Schatten in der Scheune war eine Wohltat nach der wachsenden Hitze draußen, und er versuchte, sich keine Sorgen um den gesundheitlich angeschlagenen Joshua zu machen, der irgendwo dort draußen unterwegs war, zweifellos wie üblich in Schwarz gekleidet, was einen Großteil seines Kleiderschrankes auszumachen schien. Er hoffte bei Gott, dass sie ihn bald fanden, bevor er einen Hitzschlag bekam – es gab jedes Jahr mindestens ein halbes Dutzend Tote durch Hitzschlag in der Gegend, meistens Leute, die es nicht besser wussten. Wie Joshua. Er mochte bemerkt haben, dass die Männer prall gefüllte Satteltaschen mit sich trugen, in denen Wasserflaschen waren, wann immer sie von der Ranch ritten – Standardausrüstung für jeden Ritt über Land, und absolut notwendig, wenn die Hitze so extrem wurde. Teufel, es war September. Es hätte sich längst abkühlen sollen, aber die paar kühleren Tage, die sie Anfang des Monats gehabt hatten, waren offenbar ein falsches Versprechen gewesen.

Den geretteten Pferden ging es gut, ihre Boxen waren sauber und ihre Wassereimer voll. Er gab je eine Schaufel einer kalorienreichen Getreidemischung in ihre Futtertröge als Ergänzung zu dem Heu, das sie am Morgen bekommen hatten. Zwei der Pferde sahen bereits besser aus, und das nach nur einem Tag. Das dritte sah ihn mit trüben Augen an, und er machte sich im Geist eine Notiz, Rodney anzurufen. Das vierte sah nicht viel besser aus, aber sein Schweif war in Bewegung, um die Fliegen zu vertreiben, und es sah interessiert auf, als Eli ihm das Getreide gab.

Das fünfte war Rory im Stallabteil. Eli schnalzte leise mit der Zunge, um das Pferd wissen zu lassen, dass er da war, bevor er die Boxentür öffnete und eintrat. Auch hier kontrollierte er Trinkwasser und füllte Getreidemischung in den Futtertrog, dann holte er eine Dose des Katzenfutters, das die ASPCA mit der Katze mitgeschickt hatte, und hockte sich hin, um die Tür des Katzenkäfigs zu öffnen.

Die Katze wich in die hinterste Ecke zurück und fauchte ein bisschen, aber sie plusterte ihren Schwanz nicht auf und machte auch keinen Buckel, also ging Eli davon aus, dass sie das nur aus Prinzip machte. Er öffnete die Dose und kippte das Futter in die Futterschüssel, dann kontrollierte er die Wasserschüssel, um zu sehen, ob sie noch voll war, was sie war.

Als er vorsichtig seinen Arm zurückzog, sah er durch den Draht hinter dem Käfig ein schwarzes Bündel. Mit einem Stirnrunzeln schloss er den Käfig und griff dann nach dem Bündel und zog es zu sich heran.

Es war Joshuas Rucksack.

Er sah verwirrt auf ihn hinunter, nicht ganz sicher, ob es es wirklich war. Aber er war schwarz, genau wie Joshs Rucksack, und niemand sonst auf der Ranch hatte einen schwarzen Rucksack. Die Rucksäcke, die sie alle für die Mehrtagesritte verwendeten, waren einfache, khakifarbene Tuchrucksäcke aus dem Futtermittelgeschäft in der Stadt. Dieser Rucksack hier war ein modisches North Face Modell, kein Arbeitsrucksack, und als Eli ihn öffnete, fand er ihn vollgestopft mit Kleidungsstücken. In einer Tasche war etwas Festes, und er öffnete sie ebenfalls und entdeckte Joshuas Portemonnaie.

Warum zum Teufel würde er sein Portemonnaie zurücklassen?

Er starrte darauf hinab. Langsam stieg eine entsetzliche Erkenntnis in ihm auf. Als sie sein Gehirn erreichte, sprang er auf, was Pferd und Katze erschreckte, und rannte zum Scheunentor. Er warf das Tor auf und sah hinaus, durch den kleinen Korral neben der Scheune zu der sich dahinter erstreckenden Wüste, dem weit entfernten Flaum des Waldes und dem noch weiter entfernten, blauen Schimmer der Sangre de Cristo Berge. Der Korral wurde überwiegend für gerettete Pferde genutzt, und alle fünf des letzten Schwungs standen in der Scheune, von daher hätte es egal sein sollen, dass das kleine Hintertor, das Tor, das sie nur dann benutzten, wenn sie Wildpferde einbrachten und in den anderen Paddocks kein Platz mehr war, offenstand.

Für Eli war das offenstehende Tor so gut wie eine schriftliche Erklärung. Er rannte zum Haus.

Zehn Minuten später, bewaffnet mit Kühlakkus aus dem Gefrierfach und Wasser in Isoflaschen in den Satteltaschen, holte er Milagro vom Korral, den schnellsten der zugerittenen Mustangs ihrer Herde. Er hatte Tucker angerufen und ihm eine Nachricht hinterlassen über das, was er gefunden hatte, und hatte Sarafina gesagt, dass Paco und seine Hunde, sobald sie ankamen, mit dem Rucksack in der Scheune beginnen sollten – und er würde wetten, dass er die Hunde in dieselbe Richtung führen würde wie ihn. Er stopfte einen vollen Erste Hilfe und Notfallkoffer in seine Satteltasche und warf Milagro einen Sattel über.

Er ritt um die kleine Scheune zum Hintertor, dann lenkte er sein Pferd in die Wüste, den Berg in der Ferne direkt geradeaus vor sich. Er hatte nicht die geringste Ahnung, ob Josh geradeaus gelaufen war, aber Menschen hatten die Angewohnheit, auf etwas zuzulaufen, selbst wenn ihr letztendliches Ziel es war, sich komplett zu verlaufen. Die Psychologie gewann immer, und lebenslange Angewohnheiten waren sogar noch stärker – und Eli würde wetten, dass Josh die zielorientierte Sorte Mann war, da er ein FBI Agent geworden war, bevor er noch fünfundzwanzig gewesen war. Er *betete*, dass Josh so dachte, denn gerade jetzt, in diesem Augenblick, war das die einzige Chance, die er hatte.

Eli schob sich den Hut tiefer in die Stirn, duckte sich in den Sattel und ließ Milagro die Zügel. Das Pferd stürmte im vollen Galopp los, und Eli erlaubte es ihm, ließ ihn seine Beine strecken und seine eigene Geschwindigkeit finden. Der Mustang war erst seit etwa einem Jahr zahm, und er hatte immer noch ein Stück Wildheit in sich, das es ihm erlaubte, weit zu laufen und schnell, eine Wildheit, die ihm sagte, wann er langsamer werden musste, wann er vorsichtig sein musste. Das war der Grund, warum Eli ihn ausgewählt hatte – das Pferd dachte, also musste er es nicht tun.

Denn er wollte nichts weiter tun, als mit den Augen die Wüste nach einer schwarzen Silhouette abzusuchen. Er betete darum, dass sie, wenn er sie fand, aufrecht sein würde, aber er fürchtete, dass diese Hoffnung vergebens war. Und so ließ er nur die Augen schweifen. Sobald Milagro in einen gleichmäßigen Galopp verfiel, löste er das Fernglas aus seiner Halterung am Sattel und hob es mit einer Hand vor die Augen. Er wusste nicht, welchen Weg Joshua eingeschlagen hatte, aber der, auf dem er sich befand, war einer der Leichtesten, war derjenige mit den wenigsten Rinnen und Gräben, mit den wenigsten Felsen und stacheligen Salbeibüschen, und derjenige, der am Ebensten war. Der Weg des geringsten Widerstandes. Eli dachte, soweit er denn Joshuas Gedankengänge nachvollziehen konnte, dass Joshua so schnell wie möglich so viel Entfernung wie möglich zwischen sich und die Ranch legen wollte, bevor er dorthin abbog, wo er hingehen wollte, und …

Und er hörte auf zu denken und *hoffte*.

Sie hatten gut acht Meilen hinter sich gebracht, als Eli die Jacke entdeckte. Sie lag ein Stück abseits des Weges, sofern man denn von einem Weg sprechen konnte, und es sah aus, als wäre sie geworfen und nicht einfach fallengelassen worden. Der Anblick war eine solche Erleichterung, dass Eli beinahe in Tränen ausbrach.

Aber es dauerte trotzdem noch einmal gut eine halbe Stunde und weitere acht Meilen, bis er Joshua fand.

ER WAR ein Stück von der Ebene abgekommen, über die Eli geritten war, und ohne das Fernglas hätte Eli ihn vermutlich übersehen. Aber durch die Objektive erhaschte er einen Blick auf etwas Schwarzes auf der grau-grün-braunen Erde der Schlucht, ein Stück Dunkelheit in einer monochromen Welt, und Eli zügelte Milagro, wendete ihn scharf zur Seite und ließ den trittsicheren Mustang seinen Weg hinunter in die flache Schlucht suchen. Sobald sie ebenen Grund und die zusammengesunkene Gestalt von Tucks Neffen erreicht hatten, glitt Eli aus dem Sattel, ließ die Zügel fallen und legte einen größeren Stein darauf, um Milagro an Ort und Stelle zu halten. Dann hockte er sich neben Joshua und streckte eine Hand nach der Pulsader an seinem Hals aus.

Joshuas Haut war heiß und trocken, und sein Puls hämmerte wild unter Elis suchenden Fingern. *Scheiße.* Hitzschlag. Vermutlich dehydriert. Eli stand auf und löste die Satteltaschen mit den Wasserflaschen und den Eispackungen und machte sich an die Arbeit. Er steckte die Kühlakkus unter Joshuas Achseln und in seine Leistengegend und seinen Nacken, dann machte er ein Handtuch mit Wasser aus einer der Flaschen nass und legte es auf Joshuas Brust. Sein Gesicht war rot vor Sonnenbrand und Hitzschlag; Eli befeuchtete ein Taschentuch, um ihm vorsichtig das Gesicht abzutupfen. Dann zückte er das Satellitentelefon und rief erst Whitey an, den örtlichen Polizeichef, um ihm zu sagen, wo er den Hubschrauber hinschicken sollte, dann noch einmal Tucker.

„Wo zum Teufel bist du, Elian?", wollte Tucker wissen, als er abhob. „Wenn du ihm um drei Ecken nachjagst …"

„Halt verdammt noch mal die Klappe, Tucker!", schrie Eli zurück. „Ich hab deinen verdammten Neffen gefunden, und er hat einen Hitzschlag hier draußen, und wenn ich ihm nicht um drei verdammte Ecken nachgejagt wäre, dann wär' er jetzt mausetot. Ich kann nicht garantieren, dass er nicht doch noch stirbt, wenn der verdammte Hubschrauber nicht *sofort* kommt."

Tucker schwieg einen Moment, dann sagte er: „Herrgott und Theodore Roosevelt. Wo bist du? Hast du Whitey angerufen?"

„Gerade eben. Ich hab ihn gerade erst gefunden. Himmel, Tuck, er verbrennt." Eli hatte sich das Telefon zwischen Ohr und Schulter geklemmt und kramte durch den Erste Hilfe Koffer. Er steckte das Thermometer in Joshs Ohr. „Scheiße, er hat 40 Fieber. Ich hab Kühlakkus und eine Isodecke, die ich über ihn leg ... so." Er zog das silberne Paket von ganz unten aus dem Erste Hilfe Koffer und öffnete es, drehte die Decke so, dass sie sowohl ihm als auch Joshua Schatten spendete. So vor der Sonne geschützt konnte er die Hitze spüren, die von Joshua ausging, und er wischte ihm erneut sanft über das Gesicht. Er hörte, wie Tucker mit jemandem im Hintergrund redete, dann sprach er wieder in den Hörer.

„Ray telefoniert gerade mit Whitey. Der Hubschrauber ist unterwegs. Wir haben deine Koordinaten, und sie werden Ausschau halten nach der Reflexion der Decke. Bleib ruhig. Versuch einfach, Josh soweit abzukühlen, wie du kannst."

„Okay."

„Ich leg jetzt auf. Das Hubschrauberteam hat deine Telefonnummer, und ich will die Leitung für sie frei machen. Sie sollten in weniger als zehn Minuten da sein, sagt Ray. Wir sehen uns dann im Krankenhaus."

„Du wirst Josh im Krankenhaus sehen. Ich muss Milagro zurückbringen."

„Auch gut." Für einen Moment herrschte Schweigen, und Eli wollte gerade auflegen, als er Tuckers Stimme hörte. „Eli?"

„Ja?"

„Danke. Das hast du gut gemacht."

„Wir werden sehen", sagte Eli und drückte auf den Knopf. Er steckte das Telefon zurück in die Tasche an seinem Gürtel, dann wandte er sich wieder Josh zu.

Er verschob die Kühlakkus, sodass die Haut nicht erfror, wobei er versuchte, die Stellen zu finden, an denen das meiste Blut strömte. Nachdem er das getan hatte, hob er Joshs Kopf an und hielt ihm eine Wasserflasche an die Lippen, um zu sehen, ob er schlucken würde. Das Wasser rann ihm aus den Mundwinkeln, und er reagierte nicht. Eli stellte vorsichtig die Flasche ab, zog Joshua unter der silbernen Decke auf seinen Schoß und wartete, und sein Herz blutete. „Oh, mein Kleiner", flüsterte er, „tu mir das nicht an. *No me hagas esto, mijo.* Bitte nicht. Bitte nicht."

Das Surren des Rotors des herannahenden Hubschraubers warnte ihn, und er packte die Ecke der Decke, bevor sie weggeweht werden konnte. Er hörte, wie Milagro sich unruhig bewegte, aber dann sagte Billys Stimme: „Ruhig, Milo, alter Junge", und Milagro schnaubte. Billy hob die Ecke der Decke und sagte: „Ich war grad bei Whitey, als der Anruf reinkam. Dachte mir, du brauchst vielleicht eine Pause, alter Mann", und dann waren die Rettungssanitäter da, hoben die Decke und zogen Josh aus Elis Armen.

Sie wickelten Josh in eine Kühldecke und trugen ihn zum Hubschrauber. Einer von ihnen kam zurück, hielt Eli eine Hand hin und zog ihn auf die Füße. Eli fühlte sich wie ein uralter Mann, als ob er ewig dort gesessen hätte anstatt nur etwa knappe zehn Minuten. „Gute Arbeit mit den Kühlakkus, Mann. Gut mitgedacht."

Eli nickte stumm.

Billy sagte: „Geh mit ihnen, Eli. Ich bring Milo nach Hause. Du siehst fertig aus."

Eli rieb sich das Gesicht mit einer noch nassen Hand und nickte erneut. Er bückte sich und hob die Handschuhe auf, die er sich ausgezogen hatte, als er sich um Josh gekümmert hatte, und steckte sie in seinen Gürtel. Seine Hände zitterten. Schweigend folgte er dem Rettungssanitäter zu dem wartenden Hubschrauber.

9

„Temperatur neununddreissig neun", berichtete einer der Rettungssanitäter. „Sie fällt. Wie sieht's mit dem Tropf aus?"

„Fast fertig, aber Himmel, hat der Kerl kaputte Venen. Arme wie ein Junkie. Wird nicht leicht sein, eine gute zu finden, mit der Dehydrierung."

„Versuch's einfach weiter."

„Er war einer", sagte Eli, und seine Stimme brach. „Er erholt sich davon. Deshalb ist er hergekommen."

Die Stimme des Sanitäters wurde weicher. „Wir werden unser Bestes tun, dafür zu sorgen, dass er eine Chance hat. Eli – es war doch Eli? – was ist passiert? Er macht mir nicht den Eindruck, als ob er fit genug wäre für eine Wanderung."

„Ich weiß es nicht genau. Er hat seinen Rucksack mitgenommen, von daher vermute ich, dass er in die Stadt wollte und sich verlaufen hat. Er muss den Rucksack irgendwo da draußen verloren haben." Er wusste nicht, warum er log, aber in dem Moment schien es ihm das richtige zu sein.

„Höllisch weit von der Straße abgekommen, aber ich weiß verdammt gut, wie leicht man sich hier draußen verirrt. Es hieß, er wäre seit vor dem Morgengrauen vermisst worden – es ist sehr leicht, im Dunkeln und ohne Straßenlaternen oder Schilder von der Straße abzukommen." Der Sanitäter hatte den Tropf aufgebaut und präparierte Joshua für die Infusion.

Aber kaum berührte die Nadel Joshs Haut, da wurde er wach und begann, auf Spanisch zu schreien und wild mit den Armen um sich zu schlagen. Die Sanitäter hielten ihn fest, aber er schrie weiter: *„No! No lo quiero! No lo quiero!"*

Eli fing seine Arme ein und murmelte: *„Basta, chico. Basta mijo. Mijo valiente. Mijo bonito."* Das reicht, mein Junge. Mein tapferer Junge. Mein wunderschöner Junge. *„Confía en ellos, yo nunca dejaría que nadie te hiciera daño. Yo nunca dejaré que nadie te haga daño. Nunca te harán daño."* Vertrau ihnen, ich werde nicht zulassen, dass dir jemand wehtut. Ich würde niemals zulassen, dass dir jemand wehtut. Ich werde dir niemals wehtun.

Die Worte kamen wie von selbst, so flüssig und leicht wie Englisch – auf der Ranch, auf der er aufgewachsen war, hatte es viele lateinamerikanische Cowboys gegeben, und nach zehn Jahren in New Mexico war Elis Spanisch so gut wie sein Englisch.

Die Sanitäter warteten ungeduldig, während Eli leise auf Joshua einredete. Er kämpfte darum, seine eigene Angst nicht in seiner Stimme mitschwingen zu lassen, und konzentrierte sich darauf, sanft und leise zu sprechen und ihn zu beruhigen. Josh stöhnte und weinte, und sein Körper zuckte in halb-bewusstem Protest, und

63

seine Beine traten schwach um sich. Endlich lag Joshua keuchend still, die Augen leer, sein Körper von Schauern geschüttelt. Er wimmerte leise, als sie ihm den Port für den Tropf legten, aber er duldete es. „Joshua?", sagte Eli.

Er antwortete nicht, reagierte nicht, lag schlaff in Elis Armen; wenn seine Augen nicht offen gewesen wären, hätte Eli gedacht, dass er erneut das Bewusstsein verloren hätte. Aber immerhin atmete er, und es mochte Einbildung sein, aber Eli dachte, dass Josh sich kühler anfühlte. Er erwähnte es dem Sanitäter gegenüber, der nickte, dann aber eine Hand ausstreckte und Joshuas Augen schloss. „Warum haben Sie das gemacht?"

„Damit seine Augäpfel nicht austrocknen", sagte der Sanitäter. „Er ist noch nicht wirklich wieder bei Bewusstsein." Er kontrollierte den Tropf, um sicherzustellen, dass die Kochsalzlösung gleichmäßig floss, klebte die Infusionsnadel mit Pflastern fest und holte mehr Eisbeutel aus der Box. „Er macht sich sehr gut, aber angesichts seiner allgemein schlechten Verfassung ist er noch nicht aus dem Schneider. Das Krankenhaus weiß Bescheid, dass wir kommen, und sie sind auf ihn vorbereitet." Er legte eine Hand auf Elis Schulter. „Aber ich muss Sie warnen – Ihr Freund steckt in argen Schwierigkeiten. Er wird eine Weile lang sehr krank sein, und ein so heftiger Hitzschlag kann eine Menge Folgen haben. Darauf sollten Sie sich gefasst machen. Es tut mir sehr leid." Der Ausdruck in seinen Augen war teilnahmsvoll. „Es wird nicht leicht werden. Hat er Familie?"

„Sein Onkel ist auf dem Weg zum Krankenhaus. Ich denke, wir warten ab, wie es um ihn steht, bevor wir seine Mutter verständigen." Eli fühlte sich wie betäubt und weitaus erschöpfter, als er es nach einem einstündigen Ritt und der Viertelstunde, die vergangen war, seit er Joshua gefunden hatte, hätte sein sollen. Er wollte sich neben Joshua auf der Kühldecke zusammenrollen und einschlafen, aber stattdessen steckte er die Decke enger um Joshua und setzte sich neben ihn auf den Boden des Hubschraubers.

TONIO FUHR Tucker im Silverado zum Krankenhaus. Tucker saß mit geschlossenen Augen auf dem Beifahrersitz, die Lüftungsschlitze der Klimaanlage auf sein Gesicht gerichtet, und spürte jede Unebenheit in der Straße, jede Kurve, jedes noch so leichte Schlingern des Wagens, die bloße Beschaffenheit der Straße unter den Reifen. Ihm war übel, auf jene seltsame, geschockte Art und Weise, die besagte, dass die Dinge viel zu schnell geschahen, um sie zu verarbeiten. Man musste kein Genie sein, um zu wissen, dass Josh sich nicht auf dem Weg in die Stadt verlaufen hatte und einfach von der Straße abgekommen war – die Koordinaten, die Eli ihm gegeben hatte, waren beinahe zwanzig Meilen nordwestlich der Ranch und gute dreißig Meilen von der Straße entfernt – in der entgegengesetzten Richtung. Was hatte Josh gedacht, wo er hinging? Santa Fe? Über die Berge?

Der Hubschrauber setzte gerade erst auf dem Dach des Krankenhauses in Miller auf, als sie auf den Parkplatz einbogen. Einige der Einwohner der Stadt hatten

Stunk gemacht, als die Bezirkssteuern für die Modernisierung des Krankenhauses und die Erweiterung zur Unfallklinik erhöht worden waren, aber Tucker war keiner davon gewesen, und gerade jetzt war er heilfroh darüber. Er sprang aus dem Truck fast bevor der zum Stillstand gekommen war und taumelte in die Eingangshalle, wobei er jedes einzelne seiner achtundfünfzigeinhalb Jahre spürte.

„Tucker?" Die Krankenschwester an der Pforte war Ellen Pacheo – sie war mit Hannah zur Schule gegangen. „Was ist los? Ist einer deiner Männer verletzt worden?"

„Nein – mein Neffe. Sie haben ihn grad reingebracht, oben auf dem Dach. Kannst du mir sagen, wo sie ihn hinbringen werden?"

Sie tippte ein paar Tasten auf dem Computerbildschirm an. „Er wird geführt als über die Notaufnahme aufgenommen. Aber sie werden ihn für die Behandlung direkt ins Hitzschlag-Center bringen. Warte einen Moment, ich seh' gerade nach, ob du hochgehen kannst. Hier steht, dass Elian Kelly bei ihm ist?"

„Ja, Eli hat ihn gefunden." Tucker hob die Hand, um sich übers Gesicht zu reiben, und stieß sich dabei den Hut vom Kopf. Er bückte sich, hob ihn auf, dann hielt er ihn unbeholfen in den Händen. „Steht da auch, wie's ihm geht?"

Sie schüttelte den Kopf. „Leider nein. Aber Dr. Castellano hat heute in der Notaufnahme Dienst – dein Neffe ist in sehr guten Händen." Sie nahm einen Telefonhörer in die Hand, murmelte etwas in die Sprechmuschel, dann legte sie mit einem Lächeln auf. „Vierte Etage, am Aufzug links und durch die Tür. Dahinter ist der Empfang, und Graciela wartet dort auf dich. Sie ist die Oberschwester der Station."

„Danke", sagte Tucker und ging zum Aufzug.

GRACIELA WAR eine lächelnde Frau mittleren Alters, die um den Empfang herumkam und seinen Arm nahm. „Sie sind gerade angekommen und untersuchen ihn, Mr Chastain. Mr Kelly ist im Wartezimmer. Möchten Sie einen Kaffee, während Sie warten?"

„Ja, bitte", sagte er benommen und ließ sich von ihr in einen kleinen, mit Teppich ausgelegten Raum hinter dem Empfangstresen führen.

Eli saß dort und drehte seinen großen, grauen Hut zwischen den Händen. Als er Tucker sah, fiel der Hut zu Boden. Tucker sah darauf hinab. „Scheint was in der Luft zu liegen", kommentierte er und warf seinen eigenen Hut auf einen der Stühle.

„Tuck …"

„Eli, ich schulde dir eine Entschuldigung", sagte Tucker. „Ich weiß, dass ich ein bisschen heftig geworden bin, weil ich mir Sorgen um Josh gemacht und einen Schuldigen gesucht hab. Es tut mir leid. Ich war nur …" Er gestikulierte wortlos mit den Händen.

„Wenn du's nicht gewesen wärst, wär' er jetzt vielleicht tot." Eli schüttelte den Kopf. Er hob seinen Hut auf, warf ihn neben Tuckers und setzte sich daneben.

„Wie geht's ihm?"

Eli zuckte mit den Schultern, aber sein Gesicht war angespannt und besorgt. „Er ist bewusstlos. Und als er's nicht war, war er im Delirium. Hat gedacht, die Sanitäter wollten ihm Heroin geben, glaub ich. Er hat immer wieder geschrien ,*no lo quiero, no lo quiero.*' Ich nehm' zumindest an, dass es das war." Er sah zu Tucker auf. „Glaubst du, dass er so abhängig geworden ist? Dass sie ihn gezwungen haben?"

„Ergibt mehr Sinn, als dass er von sich aus damit angefangen hat. Du hast Josh als Jungen nicht gekannt, Eli. Er hatte einen eisernen Willen. Ich werd' nie den Sommer vergessen, als er etwa acht oder so war. Wir hatten ein Pferd, das er unbedingt reiten wollte, aber mein Dad wollt's ihm nicht erlauben. War der Meinung, es wär' zu viel für ihn. Zu wild. Josh ist jeden Tag bei Morgengrauen aufgestanden und hat Zeit mit dem Pferd verbracht, hat mit ihm geredet, hat es sich an ihn gewöhnen lassen, bis das verdammte Pferd alles getan hat, was er wollte. Dann, eines Morgens, hat er das Pferd aus dem Korral geholt und ist schnurstracks zu meinem Dad marschiert, das Pferd wie ein Hündchen hinter ihm her, und sagt zu ihm: ,Der kommt mir nicht sehr wild vor, Grandpa.'" Tucker schnaubte. „Mein Dad hat gelacht und gelacht und gesagt, das wär' der Beweis, dass der Junge durch und durch ein Chastain ist."

„Was ist mit dem Pferd passiert?"

„Wir mussten's verkaufen. Einer unserer Stammkunden hat nach genau so einem Pferd gesucht. Hat Josh beinahe das Herz gebrochen, aber er hat's getragen wie ein Mann. Dad hat ihm erklärt, dass wir davon leben, Pferde zu verkaufen, und dass wir's uns nicht leisten können, eins quasi als Haustier zu behalten, zumal wir genug Arbeitspferde hatten und Josh nur zwei Monate im Jahr auf der Ranch war. Er hat ihm versprochen, dass er ihm im nächsten Jahr beibringen würde, wie man Pferde zureitet. Und das hat er während der zwei folgenden Jahre auch getan. Dann ist er gestorben, und Hannah ist nicht mehr zur Ranch gekommen. Aber's ist mehr als das, Eli. Er war auf der Uni ein Jahr schneller als normal, er war mit fünfundzwanzig ein fertiger FBI Agent, und er hat drei Jahre verdeckt ermittelt unter Bedingungen, die enorm gefährlich gewesen sein müssen. Und als er damit fertig war, hat er sofort die Entziehungskur gemacht. Er hat vielleicht das FBI aufgegeben, aber er gibt sonst nicht so leicht auf. Er ist nicht schwach. Das ist ja auch … darum bin ich …" Er verstummte, als ungeweinte Tränen ihm die Kehle zuschnürten.

„Darum gar nichts, Tuck. Er hat sich verlaufen, das ist alles. Er war auf dem Weg zur Stadt, und er hat sich verlaufen." Elis Stimme war wild. „Und wenn die Ärzte fragen, dann werden wir ihnen das sagen." Seine Stimme wurde leiser. „Wenn sie glauben, dass er sich verlaufen wollte, dass er's mit Absicht getan hat, dann werden sie ihn einweisen. Josh braucht keine Klinik. Er ist nicht verrückt. Er ist müde und traurig und braucht Zeit und Arbeit, um drüber hinwegzukommen. Ja, vielleicht braucht er einen Therapeuten – ich glaub nicht, dass du was dagegen hast, wenn er einmal die Woche oder so in die Stadt fährt. Teufel, ich fahr ihn selbst hin, wenn du willst. Aber er gehört nicht weggesperrt. Es kommt nie was Gutes dabei raus, wenn man ein Tier wegsperrt."

„Du und deine Tiervergleiche", schnaubte Tucker, aber wenigstens klang er nicht mehr so, als würde er jeden Moment anfangen zu heulen wie ein Baby.

Elian zuckte mit den Schultern. „Tiere sind sehr viel einfacher als Menschen, find' ich."

Sie saßen in geselligem Schweigen, so, wie sie es auch an einem Sommerabend auf der Veranda tun mochten – keiner von beiden hatte etwas zu sagen, keiner von beiden fühlte das Bedürfnis, etwas zu sagen. Etwa eine halbe Stunde später kam der Arzt herein, die kleine Papiermaske heruntergezogen, sodass sie ihm unterm Kinn klemmte, das Klemmbrett unter einem Arm.

„Hi, Tucker. Hi, Eli."

„Jack", sagte Eli.

„Jack, wie sieht's aus? Wie geht's Josh?"

„Nicht so schlecht, wie es ihm gehen könnte, und weitaus besser, als es ihm in Anbetracht seines allgemeinen gesundheitlichen Zustandes gehen sollte. Ich hatte gehört, dass dein Neffe auf die Ranch kommen sollte, aber ich hatte nicht erwartet, ihn in diesem Zustand vorzufinden." Jack Castellano schüttelte ihnen beiden die Hand. „Was ist mit ihm passiert?"

„Üble Mission fürs FBI."

„Wirklich? Weil das, was ich da drinnen gesehen habe, mehr wie ein Gangster aussieht als wie ein Agent der US Regierung. Diese Tätowierung, die er auf dem Arm trägt, ist das Zeichen einer der übelsten Gangs im ganzen Land."

„Das war seine Mission. Er musste die Gang infiltrieren, Informationen über sie sammeln. Und das hat er auch. Wir sind sehr stolz auf ihn." Tucker klang defensiv, und Jack hob mit einem Lächeln die Hände.

„Ich glaube dir, ich glaube dir. Hätte von einem Chastain auch nichts anderes erwartet."

„Also, wie geht's ihm?", unterbrach Eli.

„Nun, er ist in stabilem Zustand und bei Bewusstsein. Die Sanitäter sagten, sie hätten Probleme gehabt mit dem Legen des Ports für die Infusion, aber es scheint soweit okay zu sein. Ich habe ein kleines Blutbild erstellen lassen – das ist Standardprozedur, wenn wir die medizinische Vorgeschichte nicht kennen, und mal abgesehen von einer leichten Anämie, die ganz normal ist, wenn man sein Untergewicht in Betracht zieht, trägt er keine erkennbaren Krankheitserreger in sich, die Anzahl der weißen Blutkörperchen ist normal, und wir haben keine Spuren von Drogen finden können. Angesichts der Einstichspuren auf seinen Armen werden wir weitere Tests durchführen müssen, aber die ersten Untersuchungen haben keine Anzeichen von HIV oder AIDS ergeben. Soweit also alles gut – er ist mehr oder weniger gesund, nur untergewichtig und blutarm. Wir werden ein paar Tage seine Nieren- und Leberfunktion überwachen müssen – Hitzschlag kann eine

Menge Nebenerscheinungen haben." Er verschränkte die Arme und sah Tucker geradeheraus an. „Depression ist eine häufige Begleiterscheinung von Anorexie. Gibt es irgendetwas, was ihr mir über das, was vorgefallen ist, sagen wollt?"

„Er *war* deprimiert. Hatte das Gefühl, nicht auf die Ranch zu gehören, und so hat er beschlossen, zu gehen", sagte Tucker. „Ich glaub nicht, dass er gewusst hat, wie weit's in die Stadt ist, oder wie leicht man sich da draußen verlaufen kann. Schätze, er ist nicht mal bis zur Hauptstraße gekommen, sondern ist irgendwo auf der Einfahrt vom Weg abgekommen und einmal um die Ranch rumgelaufen. Er hat einen Brief hinterlassen und seinen Rucksack mitgenommen, es war also nicht so, als ob er vorgehabt hätte, zu verschwinden." Verdammt, er klang schon wieder defensiv. Tucker klappte den Mund zu, bevor er noch mehr Schaden anrichten konnte.

„Ich hab seinen Rucksack auf halber Strecke gefunden, etwa da, wo man es erwarten würde, wenn er vom Weg abgekommen wäre, wie Tuck gesagt hat." Eli spann die Geschichte weiter. Er log so glatt, dass er die Geschichte geübt haben musste. „Er ist nicht die Sorte, die Selbstmord begeht, dafür ist er zu zäh und widerstandsfähig. Aber Chastain-stur: Er ist die Sorte, die weiterläuft, anstatt sich hinzusetzen und auf den Sonnenaufgang zu warten, damit er sehen kann, wo er hinläuft."

Castellano sah vom einen zum anderen, dann seufzte er und sagte: „Das scheint schlüssig. Ich bin nicht überzeugt, aber ich werde mich euch fügen, für den Moment, unter einer Bedingung: Ihr bringt ihn dazu, zu einem guten Psychiater oder Psychotherapeuten zu gehen. Was immer er tun wollte, er hat es getan, weil er depressiv ist, und das ist nicht gut. Die Appetitlosigkeit macht mir Sorgen. Wie lange ist die Entziehungskur für das Heroin her? Diese Nadeleinstichstellen sagen alles."

„Ein paar Monate."

Mit einem Kopfschütteln sagte Jack: „Es sollte ihm sehr viel besser gehen. Keine der Einstichstellen ist neu, er hatte also keinen Rückfall, aber sein Gesundheitszustand sollte sehr viel besser sein. Das ist noch eine Sache, die in einer Therapie angesprochen werden sollte. Seid ihr sicher, dass ihr bei eurer Geschichte bleiben wollt? Er wäre in einer Klinik besser aufgehoben."

„Nein", sagte Tucker mit einem Schaudern. „Er ist ein Chastain. Wir werden nicht gern eingesperrt."

Der Arzt beäugte ihn zweifelnd, dann sagte er: „Nun, ich werde ohnehin mit ihm darüber reden, bevor ich ihn entlasse, und ich werde zu meiner eigenen Entscheidung kommen bezüglich dem, was ich empfehle."

„Wann können wir ihn sehen?", fragte Eli.

„Sobald ich ein paar Antworten bekommen habe für dieses offizielle Stück Papier." Castellano winkte mit dem Klemmbrett.

„Worauf warten wir noch?" Tuck wies auf einen Stuhl. „Setz dich und frag, und mach dalli. Ich will meinen Neffen sehen."

10

JOSHUA LAG still, die Augen geschlossen, und lauschte dem Piepsen und Brummen und Summen im Krankenhauszimmer. Er hatte unlängst genug Zeit in einem solchen verbracht, um die Geräusche identifizieren zu können, ohne dafür die Augen öffnen zu müssen, was er ohnehin nicht tun wollte. Sein Schädel hämmerte wie bei der übelsten Migräne aller Zeiten, und von dem Pochen in seinen Schläfen war ihm schlecht. Er hatte allerdings nicht das Gefühl, sich übergeben zu müssen, was gut war. Er hatte es früher bereits getan, hatte Galle erbrochen in den Wüstenstaub, der sie so schnell aufgesaugt hatte, wie Joshua sie erbrochen hatte. Das war vielleicht eine halbe Stunde gewesen, bevor seine Sicht verschwommen war und er in die Schlucht oder Rinne oder was auch immer es gewesen war hineingetaumelt war. Er wusste nur, dass es höllisch wehgetan hatte, als er gefallen war, und er war sich ziemlich sicher, dass er sich ein Knie schwer verletzt hatte. In dem Moment war es ihm egal gewesen. Es war nicht mehr wichtig gewesen.

Jetzt – ja, es tat höllisch weh.

Er fragte sich vage, wie sie ihn gefunden hatten – er war sich ziemlich sicher, dass er mindestens ein Dutzend Meilen zwischen sich und die Ranch gebracht hatte. Es gab keine Hunde auf der Ranch, aber er nahm an, dass sie sich, sobald sie erkannt hatten, dass er nicht auf der Straße in die Stadt unterwegs war, Hunde von jemand anderem geborgt hatten, um seiner Fährte zu folgen. Weder sein Onkel noch dessen Vorarbeiter waren dumm, darum hatte er seinen Rucksack ja auch in der Box versteckt, damit es so aussah, als hätte er ihn mitgenommen. Er tat nie jemanden als dumm ab – selbst die dämlichste Drecksau konnte einen übers Ohr hauen, wenn man sie unterschätzte. Sein Täuschungsmanöver konnte sie nur eine Zeit lang in die Irre führen, aber das hätte der Wüste genug Zeit geben sollen, das ihrige zu tun.

Er hätte wissen müssen, dass jemand es durchschaute.

Hände bewegten ihn auf dem Bett hin und her, zogen ihn rasch und effizient aus und wickelten ihn in kühle Baumwolle. Nässe umgab sein Knie, und feste aber sanfte Hände wickelten es in einen straffen Verband. Er spürte den Einstich einer Nadel im linken Handrücken, dann das Ziepen von Pflaster, als die Nadel befestigt wurde. Er zuckte zusammen, reagierte aber sonst nicht. Die Schmerzen begannen nachzulassen, als was auch immer in der Nadel war, zu wirken begann.

„Nein", stöhnte er, und seine Augen flogen auf. Seine Sicht war immer noch verschwommen, aber das hinderte ihn nicht daran zu versuchen, mit der rechten nach seiner linken Hand zu greifen und die Nadel herauszuziehen. Jemand fing seinen Arm ab, und eine männliche Stimme sagte sanft: „Nein, Joshua, es ist in Ordnung. Es ist nur ein Schmerzmittel, nichts Schlimmes. Es ist alles unter Kontrolle."

Blinzelnd versuchte er, sich auf den Mann, der über ihn gebeugt stand, zu konzentrieren. Er sah ein Meer aus Weiß, dann braune Haut und braune Haare. „Ich bin Dr. Castellano, und Sie befinden sich im Miller Traumazentrum. Sie haben einen sehr starken Hitzschlag erlitten und werden sich eine Weile lang schlecht fühlen. Haben Sie Kopfschmerzen?"

„Ja", raspelte Joshuas Stimme. „Verschwommen."

„Ja, das ist nicht ungewöhnlich. Ihre Sicht sollte sich bald klären. Ist Ihnen übel?"

„Bisschen." Ein tiefer Atemzug, und Joshua fuhr fort: „Von den Kopfschmerzen. Ich hab mich übergeben – vorher. Durst."

„Ohne Zweifel. Wir haben Sie an den Tropf gelegt, aber wenn Sie nicht glauben, dass Sie sich erbrechen müssen, können wir Ihnen etwas Wasser geben. Es wird ein wenig eigenartig schmecken – es sind Elektrolyten darin, aber die brauchen Sie. Sie waren schwer dehydriert."

Joshua nickte, und sein Kopf warnte ihn, das nicht noch einmal zu tun.

Jemand anderes brachte einen Becher mit einem Strohhalm darin und steckte Joshua den Strohhalm in den Mund. Es war ihm egal, dass es merkwürdig schmeckte, er schlürfte den gesamten Becher leer. „Mehr."

„Gleich. Lassen Sie Ihren Magen sich erst daran gewöhnen."

Joshua schloss die Augen wieder. Das Licht machte ihm zu schaffen, aber die Verschwommenheit seiner Sicht war noch schlimmer. „Wer hat mich gefunden?"

„Eli Kelly." Nach der Art zu urteilen, wie er den Namen aussprach, kannte der Arzt ihn. „Er hat den Rettungshubschrauber angefordert. Er ist hier, er ist mit Ihnen gekommen. Ihr Onkel ist auch hier. Ich werde gleich runter ins Wartezimmer gehen und mit ihnen reden, und wenn ich das getan habe, werden sie Sie besuchen kommen. Gibt es etwas, das ich ihnen sagen soll?"

„Nein."

„Okay." Der Arzt zögerte, dann sagte er: „Ich nehme an, Ihr Onkel ist krank vor Sorge um Sie – ich weiß, dass ich es an seiner Stelle wäre. Ich weiß nicht, was passiert ist, aber behalten Sie das im Gedächtnis."

Ich glaube, ich bin gestorben. Joshua sagte nichts. Der Arzt seufzte, und Joshua hörte, wie sich die Tür hinter ihm schloss.

Ich glaube, ich bin gestorben. Einmal gedacht wiederholte sich der Satz, wieder und wieder, im Einklang mit dem Pochen in seinem Schädel. Die Kopfschmerzen ließen nach, als was auch immer für ein Medikament im Tropf war ihm half, aber der Satz pochte weiter. Er wusste nicht, war sich nicht sicher, was er davon hielt, vom Sterben. Gestorben zu sein. Es war schließlich sein Plan gewesen, als er vor der Morgendämmerung aufgebrochen war. Aber wenn er gestorben war, warum war er zurückgekommen? Oder hatte er sich das nur eingebildet, dass er gestorben war? Er hatte keinen langen Tunnel gesehen und auch kein helles

Licht, aber er hatte ohnehin nie an diesen Unfug geglaubt. Da war nur Dunkelheit gewesen und eine Stimme.

Mijo.

Das hatte sein Großvater immer gesagt, diese allgemeinläufige Zusammenziehung aus *mi hijo*, mein Sohn, mein Junge. 'Chete hatte das Wort auch benutzt, aber auf höhnische, herablassende Art. Es hatte bei ihm nie den liebevollen Unterton gehabt wie bei Abuelito. Es hatte nie jenen leisen Anklang von Traurigkeit gehabt, der in Abuelitos Stimme mitgeschwungen hatte, wenn Joshua etwas ausgefressen hatte. Keine Verurteilung, niemals das. Nur Traurigkeit, und die hatte in Joshua den Wunsch geweckt, sich zu bessern. Diese Stimme hatte genauso geklungen – liebevoll und traurig. *Mijo. Mijo bonito. Mijo valiente.*

Das war der Grund, warum er dachte, dass er gestorben war – niemand sonst liebte ihn so, auf diese Art. Kein anderer Mann jedenfalls, und es war definitiv die Stimme eines Mannes gewesen. Sie hatte ihn zurückgebracht von jener Schwelle der Dunkelheit, hatte ihn von der Stille und dem Frieden ferngehalten, nach denen er gesucht hatte. Wenn das Abuelito gewesen war, dann bedeutete das, dass *er* nicht wollte, dass Joshua starb. Also musste es einen Grund geben, weshalb er weiterleben musste.

Er atmete langsam und tief ein. Die klimatisierte Luft war kühl und trocken in seinen Lungen, und er hatte erneut Durst. Er öffnete die Augen und sah sich nach etwas zu Trinken um und begegnete stattdessen dem bestürzten Blick seines Onkels. „Onkel Tuck", sagte er mit rauer Stimme.

„Josh! Gott sei Dank geht's dir gut! Ich war krank vor Sorge. Das war eine verdammt dumme Idee von dir, einfach so davonzustiefeln – wenn du die Ranch wirklich verlassen willst, hättest du's mir einfach sagen sollen. Ich hätt' dich selbst nach Miller gefahren." Tuck warf einen Blick über Joshs Schulter zur Tür. „Vollkommen närrisch, einfach so blindlings loszulaufen, du siehst ja, wie leicht man sich hier draußen verirrt." Er sah zurück zu Joshua, und seine Augen sahen ihn eindringlich an, als wollte er eine Botschaft übermitteln …

Oh. So wollten sie das also drehen. Der Arzt hatte Onkel Tucker vermutlich damit gedroht, Joshua einweisen zu lassen oder so etwas in der Richtung. Er war doch gerade erst *aus* der Klinik entlassen worden – er war alles andere als wild darauf, wieder in eine reinzukommen. „Nein", stimmte er zu. „Es tut mir leid, Onkel Tucker. Ich habe wohl nicht logisch darüber nachgedacht. Dumm von mir, mich so zu verlaufen."

Ein lautes, verärgertes Schnaufen erklang von der Tür, und Joshua drehte den Kopf und sah Dr. Castellano im Türrahmen lehnen, die Arme vor der Brust verschränkt. Er sagte jedoch nichts, sah Joshua lediglich skeptisch an.

Joshua sagte: „Kannst du mir das Wasser geben, Onkel Tucker?"

„Oh, sicher." Froh darüber, etwas tun zu können und nicht nur unbehaglich dazustehen, kam sein Onkel der Bitte nach. Nachdem Joshua mit trinken fertig war, nahm Tucker den Becher und stellte ihn auf den Tisch neben dem Bett, sodass er in

Joshuas Reichweite war. Dann setzte er sich behutsam auf die Kante von Joshuas Bett und wartete, bis der Arzt gegangen war. „Okay", sagte er mit leiser Stimme. „Lass uns gleich zum Punkt kommen. Was in Gottes Namen hast du dir dabei gedacht, Josh? War das Leben auf der Ranch denn *so* dermaßen unerträglich?"

„Es hatte nichts mit der Ranch zu tun, Onkel Tucker."

„Dann der Streit mit Eli. Ihr *habt* euch gestritten, oder?"

Joshua blinzelte verdutzt. „Streit? Wir haben uns nicht gestritten. Kelly war immer freundlich."

„Aber irgendwas muss gestern in der Scheune passiert sein. Du warst ganz aufgelöst deswegen."

Die Scheune. Wo er so dicht vor Eli gestanden hatte, dass er den Mann hatte riechen können, den Schweiß und den süßen, dumpfen Geruch von Heu und Gras. Die Art, wie seine Augen sich verdunkelt hatten, als Joshua ihrem Blick begegnet war. Die Art, wie sein Lächeln weicher geworden war. Die Eindringlichkeit seines Gesichtsausdrucks. Joshua hatte eine Hand auf seine Schulter gelegt und die Wärme seines Körpers gespürt, die harten Muskeln unter dem verwaschenen Baumwollstoff seines T-Shirts. Hatte sich kurz gefragt, wie er sich wohl ohne das T-Shirt anfühlen würde. Hatte sich gefragt, wie er wohl schmecken mochte, wie es wohl sein mochte, neben diesem starken, harten Körper zu liegen, umfasst, umschlungen, erfüllt. Er hatte es während der drei Jahre, die sein Einsatz gedauert hatte, nicht gewagt, sich einen Geliebten zu nehmen, und der plötzliche Schock seines Verlangens nach Eli hatte Joshua tief erschüttert. Also war er weggelaufen.

„Da war nichts", sagte er schwerfällig. „Wir haben uns nur unterhalten. Er ist … Er ist ein guter Mann, Onkel Tucker. Er gehört auf die Ranch. Das hat mir nur bewusst gemacht, dass ich das nicht tue."

„Quatsch mit Soße, Josh. Du bist ja noch gar nicht lang genug hier, um zu wissen, wohin du gehörst und wohin nicht. Du hattest einfach noch nicht die Zeit, deinen Platz zu finden. Außerdem brauch ich dich hier. Mir wächst die Arbeit über den Kopf, und erst gestern hat eine Ranch aus der Nähe von Boulder angerufen, sie hätten ein Problempferd – und ich hab ihnen gesagt, es gibt keine Problempferde, es gibt nur verstörte Pferde. Aber verstörte Pferde erfordern eine Menge Arbeit. Also wollen sie, dass ich nächste Woche rauf komme, und mir kommt der Papierkram schon zu den Ohren raus. Es wär' mir wirklich eine große Hilfe, wenn du mir einen Teil davon abnehmen könntest."

„Ich habe keine Ahnung, wie man eine Ranch führt", sagte Joshua.

„Weiß ich doch, mein Junge. Wir haben eine Woche Zeit, dir das Wichtigste beizubringen." Tucker rieb sich die Stirn, und Joshua realisierte, dass er seinen Hut nicht auf hatte. „Ich hoffe, sie lassen dich hier bald wieder raus."

„Wo ist dein Hut?"

„Was? Oh, Eli hat ihn, unten im Wartezimmer."

„Eli ist hier?"

„Nun … ja. Er ist mit dir im Hubschrauber geflogen." Richtig, der Arzt hatte ihm das gesagt. Joshua verfluchte seinen schmerzenden Kopf. Er hätte das nicht vergessen dürfen. So ein dummer Fehler konnte … Er hielt inne, atmete tief durch. Es war egal. Er musste nicht mehr auf jeden seiner Schritte achten. Es war in Ordnung, wenn er Dinge vergaß. Er schloss die Augen. „Entschuldige", sagte er. „Der Arzt hat das gesagt – ich habe es nur vergessen."

„Schon in Ordnung, Josh. Du hattest einen harten Tag."

„Nicht so hart wie du. Es tut mir wirklich leid, Onkel Tucker."

„Nein, das tut es nicht, noch nicht." In Tuckers Stimme schwang Belustigung mit, und aus irgendeinem Grund beruhigte Joshua das. „Aber das ist okay. Ich bin nur froh, dass es dir gut geht, Josh. Du magst es nicht mitbekommen haben, aber ich bin wirklich froh, dass du hier bist. Vielleicht hab ich dir nicht genug Aufmerksamkeit geschenkt. Vielleicht mach ich da was falsch." Er hob eine Hand, und Joshua, der protestieren wollte, verstummte. „Ich kann's mit Pferden besser als mit Menschen – das ist ein Grund, warum deine Ma und ich uns vor Jahren verkracht haben. Ich dachte, sie müsste nach Hause kommen, damit ich mich um sie kümmern kann. Sie brauchte Unabhängigkeit, die ich ihr nicht geben konnte. Letztendlich hat sich alles zum Besten gefügt – du und Cathy seid gut geraten, ihr seid stark. Aber ich bin grantig und stur und will zu sehr meinen Kopf durchsetzen. Also, wenn ich dir auf die Zehen trete, dann sag mir das, und ich halt mich zurück. Nur …" Er holte tief Luft. „Nur geh nicht einfach weg, ohne vorher mit mir zu reden."

Tränen brannten hinter Joshuas Augen. Verdammt, er hatte seit Jahren nicht mehr geweint, und er hatte nicht vor, jetzt damit anzufangen. „Werde ich nicht", versprach er.

Tucker nahm die Hand, die nicht am Tropf hing, und hielt sie fest zwischen seinen. „Ich nagel dich drauf fest", sagte er rau und drückte sie.

ALS TUCKER eine halbe Stunde später ins Wartezimmer zurückkam, sah er arg mitgenommen aus. Eli reichte ihm wortlos seinen Hut und wartete, während sein Boss sich auf einem der Stühle niederließ. Schließlich sah Tucker auf und sagte: „Wir haben geredet. Er hat versprochen, dass er so was nicht noch mal machen wird."

„Das freut mich", sagte Eli schlicht. „Wie fühlt er sich?"

„Erschöpft. Er hat Kopfschmerzen und seine Augen tun ihm weh, glaub ich. Sie warten noch auf die Ergebnisse der Untersuchungen seiner Leber und Nieren, aber er ist eingeschlafen. Jack meinte, dass er vermutlich den Rest des Tages schlafen wird, und dass ich heute Abend zur Besuchszeit wiederkommen soll." Er sah mit blutunterlaufenen Augen zu Eli auf. „Er ist der einzige Sohn meiner Schwester, Eli. Er kommt mir einem Sohn am nächsten. Und ich hätte ihn beinahe verloren. Ich hab meine Schwester doch grad erst wieder, und ich hätte sie auch verloren. Ich schulde dir was, Sohn. Ich schulde dir ganz gewaltig was."

„Du schuldest mir gar nichts, Tuck. Ich bin nur froh, dass ich ihn gefunden hab, und ich hoffe, er kommt wieder in Ordnung. Aber ich hab nachgedacht, während ich auf dich gewartet hab. Jack hat recht – er braucht vermutlich einen Therapeuten. Er hat wahrscheinlich eine Menge Müll im Kopf von seiner Mission, der zu den Tätowierungen passt, von denen Jack uns erzählt hat. Aber es ist mehr als das." Eli kratzte sich im Nacken. „Erinnerst du dich an Roscoe?"

„Roscoe?"

„Ja, das Pony, das sie gerettet haben, das uns vor ein paar Jahren so viel Ärger gemacht hat."

„Oh, Teufel, ja, natürlich erinnere ich mich noch an das kleine Mistvieh. Ich glaub, ich hab die Narben immer noch. Was ist mit ihm?"

Alle Gedanken, die Eli während der höllischen Suche nach Josh gemieden und verdrängt hatte, waren mit aller Gewalt zurückgekommen, während Tucker bei seinem Neffen gewesen war. Eine Zeit lang waren sie nutzlos im Kreis gerannt, aber dann war ihm von irgendwoher das Wort „Roscoe" in den Sinn gekommen, und das hatte den Gedanken einen Ankerpunkt gegeben, obwohl er seit Jahren nicht mehr an das übellaunige kleine Quarter Horse gedacht hatte. „Na ja, ich hab daran gedacht, was für ein kleines Miststück er war mit seiner Angewohnheit, die anderen Pferde zu beißen –"

„Und die Trainer", warf Tucker ein.

„– Und die Trainer", stimme Eli zu. „Und zu bocken und zu treten, bis er die Boxen halb abgerissen hatte. Und wie er, nachdem er sich erholt hatte und wir angefangen haben, mit ihm zu arbeiten, so ruhig geworden ist, sobald er aufgezäumt war. Ich meine, die Art, wie das kleine Biest einfach *aufgehört* hat, sobald ich mit dem Zaumzeug kam, so was hab ich vorher noch nie erlebt. Es war fast schon unheimlich, wie er das Ding angestarrt und so geduldig stillgestanden hat, während ich ihn aufgezäumt hab. Und wie absolut brav er war, sobald ich im Sattel gesessen hab. Teufel, er war eins der besten Cutting Pferde, mit denen ich jemals gearbeitet habe. Aber kaum hast du ihn auf den Paddock gebracht, drehte er wieder durch."

„Ja, ich erinnere mich. Wir haben uns bei ihm abgewechselt und versucht, ihn müde zu arbeiten, damit er zu erschöpft war, um noch groß Ärger machen zu können."

„Tatsache ist, manchen Pferden macht Langeweile nichts aus, anderen dagegen sehr. Ich schätze, unser kleiner Joshua ist einer von der letzten Sorte."

„‚Unser kleiner Joshua' – du redest, als wär' er ein Kleinkind und du ein alter Mann", schnaubte Tucker. „Er ist, was, fünf Jahre jünger als du?"

„So was in der Richtung. Aber das ist nicht der Punkt. Der Punkt ist, wir sind falsch an die Sache rangegangen – ihn ausruhen zu lassen und ihm nichts zu tun zu geben, bis er sich erholt hat. Wir haben davon gesprochen, ja, aber dann haben wir ziemlich Mist gebaut. Es ist leichter, es selbst zu tun und zu vergessen, dass er da ist. Aber er braucht keine Zeit, Tuck. Er braucht keine Ruhe, keine Entspannung. Er braucht was zu *tun*. Gib ihm Zeit und alles, was er macht, ist vor sich hin zu brüten. Das hilft niemandem. Du sprichst davon, wie er dies gemacht hat und wie er das gemacht hat und wie er der Jüngste war und Sachen vorzeitig abgeschlossen hat – das ist nicht die Sorte Mann, der es Spaß macht, auf einer Veranda zu sitzen und in den Himmel zu gucken. Das ist die Sorte Mann, die ein Ziel braucht. Arbeit. Und zwar richtige Arbeit, nicht Babysitter spielen für eine eingesperrte Katze."

„Jemand wie du", sagte Tucker.

Eli schnaubte. „Ich hab nicht mal halb so viel Köpfchen wie der Junge – deshalb bin ich ja auch so entspannt. Ich sitz' gern auf der Veranda, wenn Zeit dazu ist, aber wenn's Zeit ist zu arbeiten, bin ich dabei genauso glücklich. Aber ich bin hier nicht derjenige, der Probleme hat."

„Richtig." Tucker lehnte sich zurück, und Eli sah mit Erleichterung, wie die Anspannung aus seinem Gesicht wich.

„Wie sieht's aus, wir fahren jetzt nach Hause und du kommst nach dem Abendessen wieder?"

„Das ist der Plan." Tucker stand auf, setzte sich den Hut auf und sah zu Eli hinunter. „Ich dachte mir, ich bring ihm Abendessen mit – ist alle Male besser für ihn als Krankenhausfutter. Und dann kann ich vielleicht auch mit ihm drüber reden, was meine Erwartungen sind. Ich meine, wenn er für mich arbeiten wird, dann wär's ganz gut, wenn ich weiß, was seine Fähigkeiten sind, und wenn er weiß, was ich von ihm will, richtig?"

„Wie bei jedem anderen Angestellten auch", stimme Eli zu. Er stand auf und folgte Tucker aus dem Wartezimmer.

11

„Kann ich ihn sehen?", fragte Eli.

Jack Castellano sah von seinem Klemmbrett auf und beäugte die Kühltasche, die Eli in der Hand hielt. „Du kannst rein, aber er schläft."

„Immer noch? Er ist schon seit zwei Tagen hier."

„Und er wird auch die nächsten Tage noch viel schlafen. Sein Körper muss sich von vielen Dingen erholen, und er war schon bevor er in die Wüste hinaus marschiert ist in keiner guten Verfassung."

„Ihr habt ihm nichts von diesem Morphiumzeug gegeben, oder?"

„Nein." Jack sah ihn fest an. „Wir sind hier nicht dumm, Eli. Wir wissen, was die Male an seinen Armen bedeuten. Er bekommt keine Opiate. Ich erwarte auch nicht, dass er sie braucht. Er scheint hauptsächlich erschöpft und dehydriert zu sein; er wird sich ein paar Tage lang schlecht fühlen, aber ich glaube nicht, dass er Schmerzmittel benötigen wird. Und was das Schlafen angeht – das wird er vermutlich von alleine tun, aber sollte er Probleme haben, haben wir Alternativen, die wir ihm dafür geben können."

„Danke. Ich war nur … Er ist ziemlich labil."

„Eli Kelly, Retter von Pferden und ehemaligen FBI Agenten." Jacks Lächeln war warm, und er tätschelte Elis Arm sanft. „Vorsicht, Eli. Er ist kein durchschnittlicher Mustang."

„Er ist Tucks Neffe. Auf die Familie muss man ein Auge haben."

„Mmhmm", machte Jack und tätschelte Elis Arm erneut.

Joshs schwarzes Haar hob sich stark von dem weißen Kissenbezug ab, und trotz des Sonnenbrands war sein Gesicht ziemlich käsig. Am Tropfständer hingen mehrere Beutel: Kochsalzlösung, vermutete Eli, für die Dehydrierung, und vielleicht Glukose oder so, um seinen Blutzuckerspiegel konstant zu halten. An so viel erinnerte Eli sich bezüglich der Behandlung von Hitzschlag, aber an mehr auch nicht. Der Sonnenbrand war nicht stark genug, um mehr zu erfordern als eine Salbe, und deren weiße Streifen zogen sich noch immer über seine Wangen und den Nasenrücken. Joshuas von Natur aus dunklere Haut verbrannte nicht so schnell, und die Sonne hatte noch nicht allzu lange am Himmel gestanden, als Eli ihn gefunden hatte. Sie hatten Glück gehabt, dass sie noch nicht ihre volle, tödliche Kraft entfaltet hatte. Es war so schon schlimm genug.

Sie warteten jetzt nur noch auf die Ergebnisse des großen Blutbildes, um zu sehen, ob er lange genug dehydriert gewesen war, dass Leber und Nieren in

Mitleidenschaft gezogen worden waren. Das konnte Joshua auch genauso gut verschlafen. Eli stellte die Kühltasche auf den Tisch neben dem Bett, zog sich einen Stuhl heran und benutzte ein Taschentuch aus der Schachtel auf dem Tisch, um einen überflüssigen Klecks Salbe neben Joshuas Nase abzuwischen.

Tucker war wie versprochen am gestrigen Abend zur Besuchszeit wiedergekommen, aber Josh hatte nur ein paar Bissen des Essens, das er ihm mitgebracht hatte, gegessen. Tuck hatte gesagt, dass Jack ihm versichert hatte, dass das völlig normal war, dass er für ein oder zwei Tage keinen besonderen Appetit haben würde, und dass sie es in ein paar Tagen noch einmal versuchen sollten. „In ein paar Tagen" schien hier eine Art Mantra zu sein, als ob alles, was mit Josh nicht stimmte, in ein paar Tagen in Ordnung gebracht sein würde. Eli war ein geduldiger Mann, war es immer schon gewesen, aber so langsam fing dieses „in ein paar Tagen" an, ihn gewaltig zu frustrieren. Er wollte den Jungen gesund und munter und hier raus haben – und zwar jetzt, und nicht in ein paar Tagen.

Aber Jack hatte recht gehabt, was seinen Appetit anging. Laut Graciela, der Oberschwester, hatte Josh den Haferbrei und die Götterspeise, die sie ihm zum Frühstück gebracht hatten, kaum angerührt. Natürlich waren Haferbrei und Götterspeise Meilen von dem proteinreichen Frühstück entfernt, das Sarafina kochte, aber soweit Eli wusste, aß Josh davon auch nicht allzu viel. Was ja eins seiner Probleme war. Der Junge aß nicht mal genug für ein Vögelchen.

Eli knüllte das Taschentuch mit einer Hand zusammen und streckte die andere aus, um das Laken über Joshs Brust zurecht zu ziehen. Er war so zerbrechlich. So dünn. So schön, selbst mit dem Sonnenbrand und der Salbe und den Schatten unter seinen Augen. Kinn, Augenbrauen und Nase waren zu ausgeprägt für diese zerbrechliche Kreatur; wenn Josh sein Normalgewicht erst mal erreicht hatte, würde er zu schön sein für Elis Seelenfrieden. Eli hoffte, dass der Therapeut, den sie Josh besorgen wollten, ihm auch helfen konnte – Eli kannte sich mit gebrochenen Pferden aus, aber gebrochene Männer waren eine andere Geschichte. Er wollte Josh nicht gebrochen. Er wollte Josh heil und ganz und gesund und … oh Scheiße. Er wollte Josh.

Wo zum Teufel war das hergekommen? Sicher, er hatte von Anfang an gedacht, dass Josh gut aussah, trotz seiner offensichtlichen gesundheitlichen Probleme. Er fand, Josh hatte ein hübsches, wenn auch viel zu seltenes Lächeln und wunderschöne Augen. Aber erst in jenem Augenblick, kurz bevor Josh vor ihm geflüchtet war, als sie einander so nahe gegenübergestanden hatten, einander berührt hatten, war ihm klar geworden, dass er nicht einfach nur Joshs Aussehen bewunderte, sondern dass er auch etwas für ihn empfand. Hatte Josh das gesehen? War es das gewesen, was Josh in die Flucht geschlagen hatte? Erst ins Haus und später in die Wüste?

Er warf das Taschentuch in den kleinen Abfalleimer, fuhr sich mit beiden Händen durchs Haar und sank auf den Stuhl, Ellbogen auf die Knie gestützt und Kopf gesenkt, als ob die Hände in seinem Haar ihn so festhielten. Verdammt.

„Was machst du hier?" Joshs Stimme war rau und dünn.

Eli riss sich zusammen, dann sah er auf. „Sarafina schickt Mittagessen. Wir dachten, du hättest vielleicht Hunger, nach der vielfältigen Vielfalt an Karton, die sie hier zum Frühstück servieren."

„Vielfältige Vielfalt?"

„Jepp. Eine richtige Vielfalt vielfältiger Vielfalt."

Joshs Mundwinkel zuckten, aber dann schloss er die Augen. „Ich habe keinen Hunger."

„Mhm." Eli zog den Reißverschluss der Kühltasche auf und holte die Thermosflasche heraus. Er schraubte sie auf und hielt sie Josh unter die Nase. Sie zuckte, dann weiteten sich seine Nasenflügel, als er den Duft einatmete. Eli lachte leise.

Joshs Augen flogen auf. *„Sopa de salchichón?"*

Grinsend packte Eli die Kühltasche aus, stellte die Thermosflasche auf den Tisch und daneben Suppenteller und Teller aus Steingut. Sarafina hatte genug Suppe gemacht für zwei und dazu noch Chorizowurst und Kartoffeln mit Paprika und Zwiebeln, was Eli auf die Teller verteilte. Es roch alles fantastisch.

„Ja, Sara hat deine Mama angerufen und von ihr das Rezept bekommen. Sie dachte, das würde vielleicht deinen Appetit anregen. Ich stelle das Kopfteil hoch, damit du essen kannst, okay?"

Josh zuckte die Schultern, aber er wandte die Augen nicht von dem Essen ab, was Eli als gutes Zeichen wertete. Er sagte sonst nichts, also sagte Eli: „Tuck hat gestern Abend mit deiner Mama telefoniert, um sie wissen zu lassen, was los ist, und dass es dir gut geht. Sie wollte direkt herfliegen, aber Tuck hat ihr gesagt, sie soll sich keine Sorgen machen. Er hat mich gebeten, dich zu fragen, ob du möchtest, dass sie kommt."

„Nein. Das muss sie nicht. Mir geht's gut."

„Das hat Tuck ihr auch gesagt. Er hat gesagt, dass du dir ein bisschen die Beine vertreten wolltest und dich dabei verirrt und einen leichten Hitzschlag bekommen hast. Dass das Krankenhaus dich nur deshalb zur Beobachtung dabehält, weil du noch krank bist."

Joshs Lippen verzogen sich, aber er sagte nichts, sondern nahm den Löffel und tauchte ihn in den Suppenteller auf dem Tisch. „Gut?", fragte Eli. Joshua nickte.

DIE SUPPE war lecker und die Wurst genau so, wie er sie mochte, scharf und voller Knoblauch, und die Kartoffeln und Paprika waren nicht zu matschig. Joshua rührte den Inhalt seines Tellers um und hörte Eli zu, lauschte seiner weichen, leise grollenden Stimme, die nicht einmal etwas Relevantes sagen musste, um Joshua ein Gefühl von Geborgenheit und Sicherheit zu geben. Gerade im Moment sprach er über die anderen Pferdetrainer auf der Ranch und wie Onkel Tucker den Schulungsbetrieb vergrößern, vielleicht sogar eine Art ganzjährige Schule einrichten wollte … Es war egal, worüber er sprach, es war einfach angenehm, ihm zuzuhören.

Er nahm einen Löffel voll Suppe, dann versuchte er eine Gabel voll von den Kartoffeln. Er hatte nicht wirklich Hunger, aber es roch alles nach Abuelas Haus. Er konnte sie beinahe in der Küche herumwerkeln hören, während leise im Hintergrund das spanischsprachige Radio lief. Sie hätte Eli gemocht, dachte Joshua, ihr hätte seine sanfte Zuvorkommenheit und seine Stärke gefallen. Er bezweifelte stark, dass er sie dieser Tage beeindruckt hätte – schwach, dumm, feige, wie er war. Seine Augen brannten für einen Moment, und er aß ein Stück Chorizo, um das zu überdecken.

Eli erzählte inzwischen von Sarafinas Jesse und davon, dass der Schulbus zwanzig Meilen vor Miller eine Panne gehabt hatte – nichtssagendes Geplapper, ehrlich gesagt, aber die geduldige, träge Stimme in demselben Tonfall, in dem er auch mit den Pferden sprach, war so entspannend, dass es Joshua egal war, worüber er sprach. Er hätte das Telefonbuch vorlesen können und Joshua hätte es gefallen. Dann kam ihm ein Gedanke in den Sinn: „Ist Jesse Onkel Tuckers?"

Die Stimme verstummte, und Joshua sah von seiner Suppe auf und zu Eli, der ihn anblinzelte. „Tucks? Jesse? Oh, Teufel, nein. Sarafina hat einen Ehemann. Er arbeitet für das Casino. Das Hard Rock. Oben, kurz vor Albuquerque. Sie sind in Isleta Pueblo. Sie hat dort gelebt, bis Jesse drei oder vier war, dann fand sie, dass sie die Ranch vermisste, und ist wiedergekommen." Er dachte einen Moment lang nach, dann fügte er hinzu: „Ich glaub, Tuck denkt von Jesse als seinen Sohn. Er geht zu all seinen Schulveranstaltungen und so."

„Ich mag Jesse", sagte Joshua und widmete sich wieder dem Essen.

Eli sprach eine Zeit lang über Jesse, dann über ein paar der Trainer, mit denen sie im Lauf der Jahre gearbeitet hatten, dann … über etwas anderes. Nach einer Weile verstummte seine Stimme, und Joshua sah auf. Eli blickte auf die Teller vor Joshua.

„Was?", fragte Joshua, dann sah er ebenfalls hinunter. Sowohl der Teller als auch der Suppenteller waren leer. Als er wieder zu Eli aufschaute, lächelte der Mann.

„Du hast alles aufgegessen, Sohn", sagte Eli „Ich wette, du hast's nicht mal bemerkt."

„Ich … nein. Es war lecker", sagte Joshua schwach, dann schob er die Teller beiseite.

„Ich werd' Sarafina sagen, dass es dir geschmeckt hat. Ich fand's auch lecker – vielleicht nimmt sie's ja in ihr Repertoire mit auf."

„Das wäre toll." Joshua sah zu, wie Eli sorgfältig das benutzte Geschirr einwickelte und es in der Kühltasche stapelte.

„Soll Tuck dir heute Abend auch Nachtisch mitbringen?"

„Habt ihr vor, mir alle meine Mahlzeiten zu bringen?"

„Nee. Das Frühstück musst du schon selbst durchstehen. Aber das wird dich nicht umbringen. Aber was sie hier so Mittagessen und Abendessen nennen, das vielleicht schon." Wieder das Grinsen.

„Okay. Danke." Joshua dachte einen Moment lang nach, dann fügte er hinzu: „Und sag Sarafina auch danke."

Eli tippte sich an die Stirn, dann hob er die Kühltasche hoch, setzte sich den Hut auf und ging.

SEIN ONKEL brachte ihm das Abendessen – diesmal Reis mit roten Bohnen. Joshua hatte den Großteil des Nachmittags verschlafen und dachte nicht, dass er Hunger haben würde, aber sobald Tucker die isolierte Schüssel aufgemacht hatte und ihm der Duft von Zwiebeln und Paprika in die Nase stieg, knurrte ihm laut der Magen. Tucker lachte. „Einem Teil von dir geht's jedenfalls besser. Eli hat gesagt, dass du dein Mittagessen ratzeputz aufgegessen hast und seins auch noch verdrückt hättest, wenn er's nicht schnell selbst gegessen hätte."

„Es wundert mich, dass er überhaupt etwas gegessen hat. Er hat nicht einen Moment aufgehört zu reden."

„Eli?" Tuckers buschige Augenbrauen hoben sich. „Eli Kelly?"

„Ich glaube, er hat gedacht, er müsste mich unterhalten."

„Und hat er?"

Joshua dachte einen Moment lang nach. „Ja. Ja, ich schätze schon."

„Er ist ein guter Mann."

„Hat mir das Leben gerettet, nehme ich an."

„Da nimmst du richtig an." Tucker verteilte die Bohnen und den Reis auf zwei Tellern, dann reichte er Joshua einen Löffel. „Ich könnt' die Ranch nicht ohne ihn führen. Wenn ich mich so vergrößere, wie ich das gern machen würde, dann brauch ich ihn. Dich werd' ich auch brauchen, damit du dich um den geschäftlichen Kram kümmerst. Wenn du nach Hause kommst, werden wir das in Angriff nehmen müssen."

„Warum willst du die Ranch vergrößern?", fragte Joshua. Er schob sich einen gehäuften Löffel Bohnen und Reis in den Mund und schloss genüsslich die Augen.

Tucker schnaubte. „Na, ich weiß noch gar nicht ganz sicher, ob ich's wirklich will. Aber ich hab mehr Arbeit, als ich schaffen kann, und nachdem jetzt einige der anderen Rancher aus dem Mustang Roundup ausgestiegen sind, werd' ich sogar noch mehr haben. Und die Filmindustrie dreht mehr Fantasyfilme und so, und dafür brauchen sie Pferde, die mehr können, als nur auf Kommando anzuhalten und loszurennen." Er seufzte. „Und dann ist da ja auch noch das Rodeo. Und ehrlich gesagt gibt's sehr viel mehr Leute, die Pferde kaufen, als Leute, die wissen, wie man mit ihnen umgeht, und wenn die sie dann ruiniert haben, kommen sie zu mir, dass ich sie wieder in Ordnung bring. Oder die werden sie irgendwo los, und die ASPCA kommt zu mir. Ich hab also mehr als genug Arbeit." Tuck steckte seinen Löffel in die Schüssel und aß einen Bissen. „Hm. Lecker. Ich spiele mit dem Gedanken, den lukrativen Trainingsbereich – die Filmarbeiten und die private Ausbildung – auf die Rocking J zu verlegen, unter einem Manager, und die Mustangs und die geretteten Pferde hierzubehalten. Jedenfalls hat die Rocking J einige gut erhaltene Gebäude, die ich nutzen könnte, und was noch wichtiger ist, sie hat Wasser. Auf dem Grundstück liegt ein Weiher, der sich aus einer Quelle speist. Also selbst, wenn das Schlimmste eintritt und der Galiano austrocknet, gibt's da immer noch Wasser." Tucker schüttelte den Kopf. „Ist bisher noch nie passiert, weil der Fluss aus einem Ablauf in den Bergen kommt, und bisher hat's immer genug Schnee gegeben – aber die Triple C hängt von den Bächen des Galianos ab, und mir ist's egal, was die Leute sagen, das Klima ändert sich, und wir bekommen immer längere Dürreperioden. Eines Tages haben wir vielleicht nicht mehr so viel Schnee. Es mag eine Zeit kommen, wo der ganze Laden von diesem einen Weiher abhängig ist."

Joshua aß langsam und nachdenklich. Er war in Städten am Wasser groß geworden, erst in Chicago, dann in Cincinnati. Die ständige Verfügbarkeit von Wasser hatte nie in Frage gestanden, nicht, wenn man Seen und Flüsse praktisch direkt vor der Haustür hatte. Er hatte erst draußen in der Wüste gelernt, was es bedeutete, wirklich Durst zu haben.

Aber es war nicht nur der Durst. Selbst in den Stunden vor der Morgendämmerung, während er durch staubiges, felsiges Terrain gestolpert war, hatte er gespürt, wie der Schweiß auf seiner Stirn trocknete, sobald er sich bildete, und wie sich die Haut im Gesicht und auf den Lippen spannte, als alle Feuchtigkeit aus ihr herausgesogen wurde. Er hatte gespürt, wie sich der Staub, den seine Füße aufwirbelten, auf seiner Haut abgelegt hatte. Je weiter er sich von der Ranch und ihrem Wasser entfernt hatte, desto ausgedörrter hatte er sich gefühlt, und mit jedem Schritt hatte ihn die Trockenheit mehr und mehr ausgelaugt und alle Energie aus seinen Muskeln gesogen. Als er in die Schlucht gestolpert war, hatte er sich gefühlt wie eine ausgetrocknete Hülle, und er hatte sich gewundert, dass der Wüstenwind ihn nicht einfach davongeweht hatte.

Tucker hatte weitergesprochen, und Joshua konzentrierte sich auf etwas, das er gesagt hatte, während Joshua seinen Gedanken nachgehangen hatte. „Wenn du mehr Zeit mit dem lukrativeren Schulungsbetrieb verbringen willst, was ist dann mit den Mustangs und den geretteten Pferden?"

Sein Onkel hielt in seiner Tirade über die Praktiken von Banken inne. „Oh. Das. Nun, das wird dann Elis Zuständigkeitsbereich sein. Er hat mehr Geduld mit Tieren als mit Menschen, und die Hälfte der Auftragsarbeit ist es, mit Leuten zu arbeiten. Das ist der Grund, weshalb er besser darin ist, die Tiere auszubilden, und ich besser darin bin, die Trainer auszubilden. Ich hab ein paar Männer, die genauso sind – die anderen nehm' ich mit auf die Rocking J."

„Klingt, als hättest du bereits einen genauen Plan."

„Den hab ich, wenn's denn passiert. Aber wenn's passiert – ob morgen oder in zwei Jahren – werd' ich jemanden brauchen, dem ich vertraue, der sich um die Buchführung und die Termine und den ganzen Kram kümmert. Aber nicht einfach nur einen Büromenschen. Teufel, so jemand kann ich überall bekommen. Ich brauch jemanden, der Prognosen erstellen und Kostenvoranschläge ausarbeiten kann, jemanden, der die Zukunft der Ranch sehen kann, so wie ich sie sehe. Ich brauche dich, Joshua. Ich brauch jemanden, der der Triple C genauso verpflichtet ist, wie ich es bin. Kannst du dieser jemand sein?"

Joshua spürte einen kalten Knoten in der Mitte seiner Brust. „Ich weiß nicht, Onkel Tucker. Vielleicht entscheide ich mich eines Tages dazu, wieder in den Polizeidienst einzutreten. Oder ... oder etwas anderes zu machen. Vielleicht gefällt es mir nicht, auf der Ranch zu arbeiten. Vielleicht ..."

„Vielleicht, vielleicht, vielleicht. Vielleicht haben sich die Maya ja auch verrechnet, und wir lösen uns alle nächste Woche Dienstag in Luft auf. Vielleicht kann ich das Grundstück auch nicht kaufen, weil das Dezernat für den Erwerb von Land, obwohl sie es niemals irgendwie nutzen würden, es mir vor der Nase wegschnappt. Ich will ja gar nicht, dass du dich jetzt direkt entscheidest. Ich will nur wissen, ob du diese Art Jemand, wie ich ihn brauche, sein kannst. Bist du bereit, es zu versuchen?"

Der Knoten lockerte sich ein wenig, und zum ersten Mal seit langer Zeit sah Joshua eine Zukunft. Nicht *die* Zukunft, aber eine Zukunft. Möglichkeiten. Nichts, das zu anspruchsvoll war, nichts, das seine Seele erforderte, dieses vertrocknete, verschrumpelte Etwas, aber einen Beruf, eine Zukunft, ein Etwas, das die Dunkelheit in Schach halten konnte.

„Ich bin bereit", hörte er sich sagen, und das dunkle, kalte Gewicht des Knotens verschwand.

12

„WIR HABEN vier Trucks, die der Ranch gehören: meinen Silverado, zwei F-450er und den F-150er, den Elian fährt", sagte Tucker. „Der Forester gehört Sarafina, aber wir zahlen die Versicherung dafür." Er öffnete mit einem Klick die Exceltabelle, die er verwendete, um die Zahlungen nachzuhalten. „Wir haben die Beiträge immer monatlich bezahlt, aber ich glaub, du kannst bessere Konditionen raushandeln, wenn wir pro Quartal oder halbjährlich zahlen. Hab ich immer mal in Angriff nehmen wollen, aber irgendwas kam immer dazwischen."

„Irgendetwas draußen, hat mit der Arbeit mit Pferden zu tun, meinst du das Etwas?", fragte Joshua trocken.

Tucker versuchte nicht einmal, sein Grinsen zu verbergen. „Ich hasse diesen Kram", gab er zu. „Aber ich hab mir gedacht, du bist so ein cleverer Bursche, und mit deinem Buchwissen …"

„Himmel, Onkel Tucker, du klingst wie der stereotype Cowboy im Film. Musst du üben, so zu sprechen?"

Tucker schüttelte lachend den Kopf. „Dein Großvater *war* der stereotype Cowboy – schätze, ich hab mir viel von ihm abgeguckt. Weil, seinerzeit hat man eben so geredet. Es gibt immer noch ein paar von uns alten Käuzen hier draußen, die so reden."

„Eli ist etwa so alt wie ich, und er redet auch so. Vielleicht nicht so extrem oder so oft, aber er tut es."

„Eli hat auf Ranches gearbeitet, seit er laufen kann. Er kann nichts dafür. Aber er ist zur Uni gegangen, und hin und wieder schmeißt er mal mit ein paar gelehrten Wörtern um sich."

„Was hat er studiert?"

„Viehwirtschaft, genau wie ich. Klingt ein bisschen eigenartig, meint aber nur Tierhaltung und -pflege. Er hat drüber nachgedacht, Tierarzt zu werden, aber dann hätte er noch länger studieren müssen, was er nicht wollte. Aber er hat ein Zertifikat." Tucker schüttelte den Kopf. „Man muss dieser Tage scheint's für alles einen Abschluss oder ein Zertifikat oder so was haben. Na, jedenfalls ist es ganz praktisch für die Arbeit mit der Regierung. Er ist ein cleverer Bursche, der Eli. Die Leute denken immer, er wär' dumm, weil er langsam spricht und geht. Ist aber nichts Dummes an ihm dran."

„Ich halte ihn nicht für dumm", sagte Joshua.

Der Blick, den sein Onkel ihm zuwarf, war nachdenklich. Joshua hatte die Vermutung, dass er sehr viel mehr sah, als Joshua wollte, aber er sagte lediglich: „Wir zahlen auch die Versicherung für Ramons und Manolos Trucks – sie leben hier im Schlafhaus und nutzen die Trucks dienstlich. Das sind diese beiden hier. Alle anderen, sowohl die Männer, die auf der Ranch leben als auch die, die in Miller wohnen, zahlen ihre Versicherung selbst. Sie dürfen also ihre Trucks nicht dienstlich nutzen, dafür haben wir ja unsere eigenen. Da sind wir versichert. Also, insgesamt sieben Fahrzeuge, für die wir Versicherung zahlen, und vier davon gehören uns …"

Joshua hörte seinem Onkel zu, während der ihm seinen neuen Arbeitsplatz erklärte: die Verwaltung des Ranchbüros. Er war überrascht gewesen, als sein Onkel ihn am Morgen – dem ersten Morgen, den er seit seinem sechstägigen Krankenhausaufenthalt wieder zu Hause war – um sechs Uhr geweckt und in die Küche geschleppt hatte, um mit den sechs auf der Ranch lebenden Männern, Jesse, Eli und Tucker selbst, zu frühstücken. Danach hatte er Joshua an den Computer im Büro gesetzt und die drei Stunden seitdem damit verbracht, ihm alles zu erklären.

Joshuas Magen knurrte, und sein Onkel blickte auf die Zeitanzeige auf dem Monitor. „Halb zwölf", sagte er. „Meinst du, du kannst es noch bis Mittag aushalten?"

„Ich denke ja", sagte Joshua. Die Tatsache, dass er Hunger verspürte, überraschte ihn nach wie vor. Es war schon sehr lange her, dass er wirklich Hunger gehabt hatte. Selbst vor seinem Gang in die Wüste hatte er nicht viel Appetit gehabt. Die Mittag- und Abendessen, die Tuck und Eli ins Krankenhaus geschmuggelt hatten, während Krankenschwestern und Ärzte weggesehen hatten, waren im Vergleich zu dem Krankenhausdreck so unglaublich lecker gewesen, dass Joshua seinen Appetit wiedergefunden hatte.

Er hatte auch mit dem Psychologen im Krankenhaus gesprochen, und obwohl er ihm nicht gestanden hatte, dass er sich absichtlich „verlaufen" hatte, so hatte er sich doch schließlich selbst eingestanden, dass es vermutlich ganz gut wäre, wenn er jemanden hätte, mit dem er hin und wieder reden konnte – jemanden, der weder ein Familienmitglied war noch ein Kollege noch … Noch was? Was war Elian Kelly eigentlich? Objekt unerwiderter Lust? Oder war es nur eine milde Anziehungskraft, die Joshuas Geisteszustand und die drei Jahre ohne Sex in ein heftigeres Verlangen verwandelt hatten?

Er war sich inzwischen nicht einmal mehr sicher, ob er überhaupt noch wusste, wie die Sache eigentlich ging, selbst wenn es auch nur den Hauch einer Möglichkeit gegeben hätte, dass ein Cowboyurgestein wie Elian auch nur das kleinste bisschen schwul war.

Er pingte jedenfalls nicht auf Joshuas Gaydar. Joshua hatte während der Highschool feste Freunde gehabt (im geheimen), während der Uni (offen) und während der Polizeischule (wieder im geheimen), nicht zu vergessen die One-Night-Stands, die ein wesentlicher Bestandteil des sozialen Lebens eines jeden schwulen Mannes waren, aber das Interesse des anderen Mannes hatte nie in Frage gestanden. Normalerweise baggerten sie *ihn* an. Selbst vor seinem verdeckten Einsatz hatte er sich nicht an das letzte Mal erinnern können, das er selbst den ersten

Schritt hatte tun müssen, und er konnte sich nicht daran erinnern, sich *jemals* zu einem Mann hingezogen gefühlt zu haben, von dem er nicht wusste, dass Interesse da war. Eli konnte er überhaupt nicht einschätzen.

Aber er fühlte sich zu ihm hingezogen. Das stand vollkommen außer Frage.

Während seiner kurzen Sitzungen bei dem Psychologen war ihm klar geworden, dass seine Angst davor, zurückgewiesen zu werden – verletzt, traumatisiert, tief verwundet zu werden, so wie 'Chete es getan hatte – jenen letzten, schrecklichen Albtraum und den daraus resultierenden „Fluchtplan", wie er sich dem Psychologen gegenüber ausdrückte, ausgelöst hatte. Es war gewissermaßen ein Fluchtplan gewesen, eine Flucht vor den Albträumen, dem endlosen emotionalen, wenn auch nicht physischen (auch wenn es sich extrem physisch anfühlte) Verlangen nach dem Heroin, vor dem Gefühl der Wertlosigkeit und der Verzweiflung. Vor der Angst, in dieser Machowelt geoutet zu werden, vor der Angst, von seinem Onkel zurückgewiesen zu werden, vor der Angst, von Eli zurückgewiesen, verachtet, vielleicht sogar körperlich angegriffen zu werden.

Der letzte Gedanke ließ ihn den Kopf schütteln. Vielleicht von einem der anderen Rancharbeiter – oder von ihnen allen zusammen –, aber er konnte sich nicht vorstellen, wie Eli, mit der weichen Stimme und den langsamen Bewegungen, ihn tätlich angriff.

„… soweit?" Tucker hatte weitergesprochen, während Joshua seinen Gedanken nachgehangen hatte.

Er musste nur einmal kurz im Geiste zurückspulen, dann wusste Joshua, was Sache war. „Ja. Die Nummernschilder werden jedes Jahr zur gleichen Zeit registriert. Bezahlt die Ranch auch für die Registrierung von Manolos und Ramons Trucks?"

„Nö." Tuck erklärte weiter, und Joshua grübelte weiter.

Der Krankenhausaufenthalt hatte ihm gutgetan, dachte er. Er hatte vielleicht seine Absichten vor dem Psychologen verborgen – wobei er sich fragte, ob er wirklich so viel verborgen hatte, wie er dachte –, aber der Rest der Krankenhausbelegschaft war mit seinem Zustand ganz locker umgegangen. Er hatte Seitenblicke erwartet wegen der Einstichstellen in seinen Armen oder der offenkundigen Mangelernährung oder den Bandentätowierungen auf seinem Körper, aber niemand schien das auch nur die Bohne zu interessieren oder sich daran zu stören. Der Ernährungsberater war vorbeigekommen und hatte ihn nach seinen Essgewohnheiten (beziehungsweise ihrer Abwesenheit) ausgefragt und verschiedene Vitaminpräparate und Nahrungsergänzungsmittel empfohlen; die Venenärztin hatte noch weitere Blutuntersuchungen bei ihm durchgeführt, vermutlich um einen klaren Befund zu bekommen, dass er durch die Verwendung von Nadeln weder HIV noch AIDS bekommen hatte; der Psychologe hatte ihm eine Liste mit empfohlenen Psychiatern in Albuquerque und Roswell gegeben, den beiden der Ranch am nächsten gelegenen, größeren Städte; und Dr. Castellano hatte mit ihm über die Nachuntersuchungen gesprochen, die notwendig waren, um sicherzustellen, dass er durch den Hitzschlag und die Dehydrierung keine bleibenden Schäden an Leber und Nieren davongetragen hatte. Die Kopfschmerzen waren nach ein paar Tagen besser geworden, wofür er sehr dankbar gewesen war, aber die Ärzte hatten ihn für beinahe eine ganze Woche dabehalten, bis seine Sicht nicht mehr verschwommen war, die sporadischen Schwindelanfälle abgeklungen waren und er problemlos einmal durch sein Zimmer hatte laufen können. Trotzdem musste er einmal die Woche zu Kontrolluntersuchungen kommen, bis alle sicher waren, dass er gesund war, und Castellano hatte ihm ein Ultimatum gesetzt für die Gewichtszunahme. Alle waren so freundlich und locker gewesen. So ganz anders, als er es in der Entziehungsklinik erfahren hatte, wo alle angespannt, akribisch und wie besessen gewesen waren, wo sie ihn und die anderen Suchtkranken wie Adler überwacht hatten. Es war die beste Entziehungsklinik gewesen, die das FBI hatte finden können. Robinson war so dankbar für das, was Joshua erreicht hatte, dass er alle Fäden gezogen hatte, die er ziehen konnte, um ihn an den Ort zu bringen, der ihm die größte Chance auf Wiedergesundung bot. Ja, sie hatten ihn der körperlichen Entgiftungskur unterzogen, um die Droge aus seinem Körper zu bekommen, und er hatte sich geweigert, eines der Entziehungsprogramme mitzumachen, die eine andere Droge verwendeten wie Methadon. Er war fest entschlossen gewesen, alle Drogen hinter sich zu lassen. Aber sie hatten ihn dennoch beobachtet.

Tucker beobachtete ihn ebenfalls – nicht so, als wäre er misstrauisch, sondern so, als hätte er Angst, dass genau in dem Moment, in dem er die Augen von Joshua abwandte, etwas Schreckliches passieren würde. Nun, da hatte er ganz recht, oder nicht? Er hatte Joshua eine Nacht lang allein gelassen, und Joshua war beinahe gestorben. Nicht, dass das Tucks Fehler gewesen war.

Er hatte Eli kaum gesehen, seit er am vorigen Abend nach Hause gekommen war. Tucker hatte ihn abgeholt, aber das Abendessen war schon vorüber und alle Rancharbeiter bereits für die Nacht verschwunden, als sie angekommen waren. Er hatte ihn kurz beim Frühstück gesehen, und Eli hatte ihm eines seiner trägen Lächeln geschenkt und ein „Willkommen zu Hause, Joshua", aber das war auch schon alles gewesen. Er hatte Joshua im Krankenhaus ein paarmal besucht, hatte ihm Mittag- oder Abendessen gebracht und Joshuas Schweigen mit leichtem Geplauder gefüllt, und jedes Mal, wenn er gegangen war, hatte er eine Hand auf Joshuas gelegt und mit seiner leisen Stimme gesagt: „Gute Besserung und komm bald zu uns nach Hause zurück", und Joshua hatte Wärme und Zuneigung in dieser kleinen Geste gespürt.

Das einzige was Joshua an Elis Besuchen gestört hatte, war, wenn Dr. Castellano währenddessen ins Zimmer gekommen war. Sie schienen Freunde zu sein, aber Joshua hatte etwas zwischen ihnen gespürt, von dem er nicht sicher war, ob es ihm gefiel. War Elis Lächeln etwa ein wenig wärmer, wenn er den Arzt ansah? Wenn der Arzt an Elis Stuhl vorbeiging, klopfte er ihm jedes Mal kurz auf die Schulter – was hatte das zu bedeuten? Hatten sie eine gemeinsame Vergangenheit? War Eli am Ende doch schwul, aber in einer Beziehung mit dem Arzt? Hatte Joshua

Halluzinationen? Oder war er schlichtweg paranoid? Oder eifersüchtig, weil ein Fremder Eli so zwanglos, so beiläufig berühren konnte, während er Angst davor hatte, es zu tun?

„… Eli."

Joshua blinzelte. Was? Er hatte den Faden von Tucks Monolog verloren. Das passierte ihm *nie*. Ihm brach der Schweiß aus, als er daran dachte, was alles hätte passieren können, wenn ihm das während seines Einsatzes passiert wäre. „Was?", keuchte er.

„He, ganz ruhig!" Tucker legte eine Hand auf Joshuas Schulter. „Schon in Ordnung – Gott weiß, dass ich auch schon mal abgedriftet bin, wenn jemand anders dahergeredet hat. Alles in Ordnung. Ich hab nur gesagt, dass Eli dich heute Nachmittag, nach dem Mittagessen, über die Ranch führen wird, um dir zu zeigen, wo alles ist, und dich vielleicht auch auf eins von den Viechern drauf setzen wird, um zu sehen, an wie viel du dich erinnerst. Nichts wildes, aber wir wollen dich auf die Höhe des Geschehens bringen, was die Abläufe auf der Ranch angeht. Ich hätte gern, dass du mit einigen von den Männern arbeitest und auch mit den Pferden. Dein Großvater hat ja angefangen, dich zu unterrichten, und ich will sehen, ob was davon hängengeblieben ist."

Ein ganzer Nachmittag mit Eli? Joshua verging der Appetit.

Er kam jedoch mit voller Kraft zurück, als sie sich zum Essen an den großen Küchentisch setzten und Sarafina einen Teller mit einem gigantischen Sandwich vor ihn stellte, das vor roter und grüner Chilisauce nur so troff. Zuerst hatte ihn diese offenbar für New Mexico typische Angewohnheit, über alles Chilisauce zu gießen, überrascht: Als er das erste Mal morgens zum Frühstück mit am Tisch gesessen hatte, hatte Sarafina ihn gefragt: „Rot oder grün?", und er hatte keine Ahnung gehabt, wovon sie sprach. Das Essen, das er die ersten Tage nach seiner Ankunft auf Tabletts in sein Zimmer bekommen hatte, war nicht in Chilisauce ertränkt gewesen. Sarafina hatte dazu nur gemeint, dass sie ihm „Krankenessen" gegeben hatte, und dass er jetzt, wo er gesund genug war, mit am Tisch zu sitzen, auch gesund genug für Chilisauce war. Er hatte ein paar Tage gebraucht, um sich an den Geschmack zu gewöhnen, aber inzwischen mochte er ihn. Dennoch hatte er Sarafina versprochen, ihr ein paar der typischen Gerichte der puerto-ricanischen Küche zu kochen, mit der er aufgewachsen war.

Er hatte das Sandwich halb aufgegessen, als Eli hereinkam, seinen grauen Filzcowboyhut abnahm und sich ihm gegenüber setzte. „Heute nur rot, Sarafina", sagte Eli. „Ich bin heute puristisch aufgelegt."

Sarafina lachte und brachte ihm sein Sandwich. „Warum bist du so spät dran?"

„Hab noch den verdammten Katzenkäfig sauber gemacht. Gott, diese Kacke stinkt."

Joshua lachte, was sowohl ihn als auch die am Tisch versammelten Rancharbeiter überraschte. „Entschuldige – es ist einfach komisch. Du hantierst mit Pferdesch… Pferdemist" – er warf Sarafina einen entschuldigenden Blick zu – „und du meckerst darüber, dass Katzenkot stinkt?"

„Na, das tut er", sagte Eli ernst. „Aber der Tierarzt sagt, dass wir sie heute aus dem Käfig rauslassen können. Dachte mir, du würdest das vielleicht gern tun, weil's ja auch deine Idee gewesen ist, sie einzusperren."

„Okay", sagte Joshua.

„Danach, schlag ich vor, satteln wir Avery und reiten ein bisschen über die Ranch. Damit du siehst, wofür du die Bücher führen wirst und so. Avery ist ein liebes, lammfrommes Pferd, mach dir also keine Gedanken."

„Avery ist 'ne Schnecke", sagte Jesse mit einem Grinsen. „Hat nicht vor, schneller zu gehen als im Schritt, es sei denn, ihm winkt der Futterbeutel."

„Klingt genau nach meinem Tempo. Habt ihr der Katze schon einen Namen gegeben?", fragte Joshua an Tucker gewandt. „Oder hatte die ASPCA einen Namen für sie?"

„Der Katze einen Namen gegeben? Wofür?"

„Gebt ihr Katzen hier keine Namen?"

Tucker schüttelte den Kopf. „Wir haben etwa ein halbes Dutzend Katzen auf der Ranch, aber keine von denen hat einen Namen."

„Das ist keine Ranchkatze."

„Stimmt, aber die Ranchkatzen haben sie alle schon besucht", sagte Eli. „Sie sind ziemlich neugierig, warum sie in einem Käfig steckt. Der Tierarzt hat sie untersucht und gesagt, dass sie kastriert ist, also müssen wir uns keine Gedanken um langhaarige kleine Kätzchen machen, aber ich weiß nicht, ob sie da draußen bei dem Pferd bleiben will."

„Dann muss sich das Pferd eben daran gewöhnen", sagte Joshua. „Und wenn sie eine Hauskatze sein will …"

Ausdruckslose Blicke am Tisch. „Was? Hat denn keiner von euch schon mal was von Hauskatzen gehört?"

„Doch, aber ich glaube nicht, dass ich schon mal jemanden gekannt habe, der eine hatte", sinnierte Sarafina. „Als ich klein war, gab's im pueblo eine Frau, die mehrere Katzen hatte, die zum Fressen nach drinnen gekommen sind, aber sonst waren sie draußen. Katzen haben Flöhe."

„Die haben Hunde auch, und die Menschen lassen sie trotzdem ins Haus."

„Wenn du die Katze drinnen haben willst, Sohn, dann hol sie rein. Aber lass uns abwarten, was sie will. Vielleicht gefällt's ihr ja, draußen in der Scheune zu wohnen."

„Der Tierarzt hat vorgeschlagen, dass wir ihr das Fell scheren – es ist total verfilzt, und ich schätze, ihr ist ziemlich warm damit."

„Reden wir ernsthaft davon, eine *Katze* zu rasieren?", fragte einer der Männer, Ryan. „Sind die nicht Ungeziefer?"

„Sie sind kein Ungeziefer", knurrte Joshua drohend.

Ryan warf beide Hände hoch. „Tschuldige, Kumpel! Ich hab nur nie gewusst, dass es echt Leute gibt, die die mögen."

„Na, ich mag die", sagte Joshua, dann ging ihm auf, dass er unbewusst ihre Art zu reden nachgeahmt hatte. Er schluckte und sagte: „Als ich klein war, hatten wir immer eine Katze – meine Mom liebte Katzen. Meine Schwester hat sie immer in Puppenkleider gesteckt. Das war ziemlich dämlich. Aber es sind liebe Wesen." Er dachte an die letzte Katze, die seine Familie gehabt hatte, bevor er zur Uni gegangen war, eine Schildpattkatze mit Namen Tennille, nach einer Sängerin aus den 70ern, die seine Mutter sehr gemocht hatte. Die Katze war achtzehn Jahre alt geworden, aber sie war gestorben, während er noch auf der Uni gewesen war. Er hatte diese Katze geliebt.

„Die Katze gehört dir, Sohn. Was immer du willst."

„Solange du das Katzenklo selbst sauber machst", fügte Eli hinzu.

Die Männer lachten. Joshua lächelte Eli an, der einen Moment lang verblüfft aussah und dann zurücklächelte.

13

AVERY MOCHTE eine Schnecke sein, aber Josh sah trotzdem ein wenig besorgt aus, als er sich in den Sattel zog. „Es ist schon ein paar Jahre her", sagte er entschuldigend, als er hin und her rutschte und versuchte, den richtigen Sitz zu finden. „Ich glaube, ich war elf, als ich das letzte Mal geritten bin."

„Kommt alles wieder", beruhigte Eli ihn und bestieg sein Pferd, Button. Sie war lebhafter als Avery, aber ausgeglichen; sie würde Josh nicht erschrecken und war geduldig genug, um Averys Bummelschritt zu tolerieren. Sobald er sicher war, dass Josh sich sortiert hatte – Eli war überrascht zu sehen, dass er die Zügel korrekt in der linken Hand hielt, und vermutete, dass Josh sich doch an einige Dinge erinnerte –, ritt er ihm voraus aus dem Stallgebäude.

Draußen im Hof zügelte er Button, sodass Josh aufholen konnte, und begutachtete seinen Sitz. „Du hast nicht viel vergessen", sagte er. „Guter Sitz, du hältst die Zügel richtig, und deine Fersen sind gesenkt. Gute Haltung. Stiefel bequem?"

„Ja. Ein bisschen groß, aber Sarafina hat mir ein Paar dicke Socken gegeben. Aber warm. Die Handschuhe auch. Heiß."

„Du gewöhnst dich dran. Der Hut steht dir."

Josh hob eine Hand und berührte die Krempe von Tuckers altem Strohhut. „Na, ich weiß nicht. Kann ich dir eine Frage stellen?"

„Sohn, wenn du keine Fragen stellst, wird das ein sehr kurzer Nachmittag."

„Okay. Warum trägst du keinen Strohhut? Die meisten Männer tragen einen, oder Baseballmützen, aber keinen Filzstetson. Ist der nicht viel zu heiß?"

„Erstens ist es ein Resistol, kein Stetson, aber ich glaub, dieser Tage werden sie beide von derselben Firma hergestellt. Zweitens, ich trage einen Arbeiterstrohhut, wenn's wirklich *heiß* ist." Er lachte über Joshs verblüfften Gesichtsausdruck. „Nee, ich hab mich einfach dran gewöhnt. Ich hab andere, aber wenn ich mir morgens einen Hut nehm', dann ist es normalerweise dieser hier. Kein großes Geheimnis."

„Oh, okay."

„Frage beantwortet?" Bei Joshuas kurzem, schüchternen Lächeln wurde Eli am ganzen Körper warm. Um das zu verbergen, sagte er: „Okidoki. Wir machen heute eine Runde um den Hauptteil der Ranch. Wir haben ein paar ziemlich entlegene Korrals, aber die zeig ich dir ein andermal …"

JOSHUA FOLGTE Eli, beziehungsweise ritt neben ihm, nicht hinter ihm, und hörte zu, was er über die Anordnung der Ranch zu sagen hatte, was die verschiedenen

Gebäude waren, wofür sie die verschiedenen Korrals und Paddocks benutzten, wo das Wasser herkam und warum sie, unter einem ausgeklügelten Bewässerungssystem, einige Felder mit Saatgut bestellt hatten, die „Teff" und „Timothy" hießen, und warum sie auf einer Weide weiter draußen eine Herde Kühe hielten. Eli trug wie gewöhnlich ein kariertes Baumwollhemd, aber die Ärmel hatte er aufgerollt und zeigte seine sehnigen, muskulösen Unterarme mit ihrem sonnen-blonden Haar. Ähnlich wie mit den Schirmmützen und Strohhüten trugen die meisten der Männer T-Shirts oder Trägerhemden, während sie arbeiteten, aber die Trainer trugen wie Eli Hemden. Joshua wunderte sich, dass Elis Arme braun waren, wenn er doch immer Hemden trug.

Er hatte Unterarme nie als sonderlich erotisch empfunden, aber dabei hatte er auch nicht an feste Muskeln gedacht, an den Schimmer von weißgoldenen Haaren auf sonnengebräunter Haut, an hervortretende Sehnen, an Stärke und Beständigkeit. Er fragte sich, wie es sich wohl anfühlen mochte, von diesen Armen gehalten zu werden, wie sie sich unter seinen Händen anfühlen mochten, wenn Eli sich darauf über ihm abstützte, während er in ihn hineinsank, den blonden Kopf zurückgeworfen und die Brust schweißüberströmt …

Joshua sagte kein Wort, aber Eli bemerkte seinen Blick.

„Jetzt fragst du dich, warum ich ein langärmeliges Hemd trage, richtig?", unterbrach Eli seinen Monolog über Windmühlen und schmunzelte. Er sagte: „Na, wenn man mit Pferden arbeitet, die mehr oder weniger wild sind, dann ist man vorsichtig, nicht gebissen zu werden. Einige der Mustangs, die wir von den Ebenen holen, sind Beißer. Wenn man ein enges Hemd trägt oder nackte Arme hat, gibt's nichts zwischen der eigenen Haut und diesen Zähnen. Und obwohl sie kein Fleisch fressen", er grinste Joshua an, erinnerte ihn an den Scherz, „tun diese Zähne echt *weh*, wenn sie einen erwischen. Besser, sie beißen in den Ärmel. Außerdem gewöhnen sie sich so schneller an flatternde Stoffe. Klar, es erschreckt sie am Anfang, aber dann gewöhnen sie sich dran. Ich hab's mir angewöhnt, Hemden zu tragen, und jetzt ist es reine Gewohnheit." Sein Lächeln verblasste. „Außerdem, na ja, bei der Sonneneinstrahlung hier draußen ist es sicherer, die Haut bedeckt zu halten. Wüstensonne ist hart, und damit mein ich nicht nur Hitzschlag. Wir haben viel zu viele Fälle von Hautkrebs hier draußen. Das ist der Großteil aller Fälle, die sie im Krankenhaus in Miller behandeln: Hitzschlag und Hautkrebs." Er deutete auf Joshuas langärmeliges T-Shirt. „Ja, es ist heiß, aber es ist sicherer. Hüte helfen auch, und ein Cowboyhut oder ein Strohhut schützen besser als Schirmmützen. So eine Mütze bedeckt weder die Ohren noch den Nacken. Cowboys tragen ihre Kleidung nicht, weil's modern ist, Josh. Alles, was ein Cowboy trägt, hat seinen Zweck. Genauso wie beim Sattelzeug der Pferde."

Nein, dachte Joshua. *Dieser Mann ist nicht dumm.* Er nickte.

„Sicher", und da war das träge Grinsen wieder, „Rodeo Cowboys und überkandidelte Showpferde übertreiben's ein bisschen, was Ausstattung und so angeht. Wenn du mich fragst."

„Wie zum Beispiel mit den großen Gürtelschnallen, die ein paar von den Männern tragen?"

„Sind dir aufgefallen, ja?" Eli warf ihm einen Blick zu, den Joshua nicht deuten konnte. „Ja, ein paar von den Jungs kommen vom Rodeo. Da mussten wir erst ein paar schlechte Angewohnheiten brechen."

„Ich dachte, ihr ‚brecht' die Tiere hier nicht."

Eli schnaubte. „Einige der menschlichen Art sprechen auf nichts anderes an. Aber's war nicht allzu schwer, sie auf Zack zu bringen. Sie sind nur sturer als die anderen Viecher."

„Habt ihr vor, mich auch zu brechen?" Joshua wusste nicht, woher die Frage gekommen war, aber sobald er sie gestellt hatte, hielt er die Luft an, nicht sicher, was er hören wollte.

„Sohn", sagte Eli ruhig, „gebrochen ist das allerletzte, was du werden musst."

SIE HATTEN es dabei belassen und nichts weiter zu dem Thema gesagt. Eli hatte das Gespräch wieder auf die Ranch und ihre Abläufe gebracht, aber seine Worte und der Ausdruck in seinen Augen gingen Joshua im Lauf der nächsten Tage unentwegt im Kopf herum. Selbst während er sich darauf konzentrierte, alles über sein neues Zuhause zu lernen, was er nur lernen konnte, hallte der Klang von Elis Stimme in seinem Kopf nach. Die Worte waren gütig gewesen, aber Joshua wusste, wie Güte klang, und sie war es nicht, die in Elis Stimme gelegen hatte. Es war mehr etwas gewesen wie … Zärtlichkeit. Joshua konnte sich nicht daran erinnern, jemals Zärtlichkeit erfahren zu haben, jedenfalls nicht von einem anderen Mann. Er wusste nicht, was er davon halten sollte, also versuchte er, nicht daran zu denken, versuchte, nicht jeden Gedanken immer wieder um Eli kreisen zu lassen. Um Eli und um die Zärtlichkeit, die er in seiner Stimme gehört und in seinen Augen gesehen hatte.

Das war nicht leicht. Der ruhige, unaufdringliche Vorarbeiter war so gründlich in alle Abläufe auf der Ranch eingebunden, dass keine fünf Minuten vergingen, bevor Tucker nicht wieder einen Satz mit „Eli denkt" oder „Eli sagt" oder „Da musst du Eli fragen, aber …" begann. Tucker bemerkte das nicht einmal. Joshua wusste nicht, ob das für die Rolle eines Vorarbeiters normal war, aber er hatte Elis Fähigkeiten und Kompetenz und seine Liebe zur Ranch bereits gesehen. Manchmal dachte Joshua, dass Tucker besser damit beraten wäre, die Triple C Eli zu hinterlassen – sie wäre bei ihm in besseren Händen.

DIE NÄCHSTEN Tage folgten dem Ablauf, wie Tucker ihn vorgegeben hatte – morgens saß Joshua mit Tucker im Büro und sortierte und erledigte Papierkram (und Joshua vermutete, dass sein Onkel seit Monaten nicht mehr so viel Zeit damit verbracht hatte, von daher schlug Joshuas Einarbeitung gleich zwei Fliegen mit einer Klappe), und die Nachmittage verbrachte er draußen und lernte die körperliche Rancharbeit kennen. Er spürte, wie er stärker wurde, er ermüdete nicht mehr so schnell, und er schlief besser. Sein Appetit nahm ebenfalls zu.

Beide Appetite. So, wie er an Gewicht zunahm und Muskeln aufbaute und anfing, sich besser zu fühlen, so hatte er auch mehr Kraft und Energie, Eli zu beobachten und über ihn nachzudenken.

Trotz seiner ruhigen, trägen Art konnte Kelly so schnell reagieren wie ein ausgebildeter FBI Agent: Mehr als einmal hatte Joshua gesehen, wie er eingeschritten war und das Zaumzeug eines übellaunigen Mustangs ergriffen hatte, gerade als der einen der Männer hatte beißen wollen. Er bewegte sich schnell, aber ohne eine Spur von Aggression oder Gewalttätigkeit – er war einfach plötzlich *da*, tat, was getan werden musste, und sprach in diesem leisen, melodischen, schleppenden Tonfall, der Pferd und Mensch beruhigte. Er sprach allgemein nicht sehr viel mehr, als Joshua es tat, und im Nachhinein erkannte Joshua, wie viel Mühe er sich an jenem ersten Abend, als er Joshua abgeholt hatte, mit seinem Geplauder gegeben hatte, in dem Versuch, Joshua willkommen zu heißen. Und so war Eli immer und mit allen – schnell bei der Hand, die Spannungen zu zerstreuen, die unausweichlich ausbrachen, wenn Männer auf engem Raum zusammenarbeiteten, aus einer zornigen, lautstarken Auseinandersetzung eine gemäßigte Diskussion zu machen oder einzuspringen und zu helfen, bevor er darum gebeten wurde. Schnell bei der Hand, dafür zu sorgen, dass die Ranch lief wie am Schnürchen, und dass nichts Tucker belastete.

Eines späten Nachmittags lehnte Joshua am Zaun, einen Fuß, der in seinen neuen Stiefeln steckte, auf die unterste Latte gesetzt und die Arme auf die oberste gestützt. Er war mit seinen Aufgaben für den Nachmittag fertig – je besser seine Gesundheit wurde, desto mehr körperliche Aufgaben übertrug Tucker ihm, inklusive Ställe ausmisten, hurra, hurra – und entspannte sich eine Runde vor dem Abendessen. Eli arbeitete mit einem der Mustangs aus dem Roundup im Frühjahr. Das Pferd hatte die, wie Joshua es nannte, „Grundausbildung" absolviert – es war gezähmt, an den Sattel gewöhnt und hatte einfache Grundkenntnisse erlernt. Das reichte den meisten Freizeitreitern, und so wurden ihre Mustangs nur selten weiter ausgebildet, bevor sie verkauft wurden. Aber dieser hier gehörte zu einer Gruppe, die eine Ranch in Colorado als Cutting Pferde haben wollte, und so hatte Tucker Eli beauftragt, ihm beizubringen, ein „cow pony" zu sein.

Der Tag war sehr heiß gewesen, obwohl es beinahe schon Herbst war – Tucker hatte Joshua erzählt, dass sie manchmal noch bis in den Oktober hinein heiße Tage hatten –, und das Pferd war bereits zahm genug, dass Eli nicht wie sonst ein langärmeliges Baumwollhemd trug. Stattdessen hatte er ein schwarzes, ärmelloses Muskelshirt an und einen Strohhut. Joshua sah ihm bei der Arbeit zu und bewunderte die festen Muskelstränge an seinen Armen und die Art, wie das schweißfeuchte Shirt an seiner von der Arbeit gestählten Brust klebte. Seine

Arme waren gebräunt, wenn auch nicht so dunkel wie die von einigen der anderen Männer – Ryan und Billy zum Beispiel, die meistens Trägerhemden trugen oder eines von diesen T-Shirts, die keine Seiten hatten, damit man ihre Muskeln darunter sehen konnte, die eitlen Gockel. Eli hatte kein Interesse daran, mit seinen Muskeln zu protzen – sein Körper war für die Arbeit, nicht zum Angeben.

Seine Muskeln spannten sich fester, als er den Mustang zurückhielt, aber nach außen hin wirkte er wie immer ruhig und gelassen. Er wartete darauf, dass Billy ein Gatter öffnete, um einige Kälber in den Korral zu lassen. Kaum hatte sich das Tor hinter ihnen geschlossen, trabten die Kälber ängstlich umher und suchten, herzzerreißend muhend, nach ihren Müttern. Eli hielt den Mustang still. Dann lockerte er in einer Bewegung, die beinahe zu winzig war, um sie zu sehen, die Zügel, und redete leise auf den Mustang ein, zu leise, als dass Joshua die Worte hätte verstehen können. Der Mustang, der bei dem plötzlichen Erscheinen unbekannter Variablen in seinem Korral angespannt und ängstlich geworden war, entspannte sich sichtlich und bewegte sich auf Elis Befehl hin vorwärts.

„Er ist einer der besten Trainer, mit denen ich je gearbeitet habe", sagte Tucker an Joshuas Seite.

„Er ist beeindruckend", stimmte Joshua zu.

„Meinst du, das könnte dich interessieren?" Tucker schnippte seine Finger in Richtung Pferd und Reiter im Korral. Für einen Moment dachte Joshua, sein Onkel hätte Joshuas wachsendes Interesse an Eli bemerkt, aber dann realisierte er, dass Tucker über die Ausbildung von Pferden sprach. „Ich glaube nicht, dass ich das Wissen oder die Geduld fürs Training habe", sagte Joshua.

„Nun, das Wissen können wir dir geben. Die Geduld … das ist was andres. Aber du scheinst mir ein ziemlich geduldiger Typ zu sein. Kann nicht einfach gewesen sein, was du da in Chicago gemacht hast."

„Nein." Joshua widerstand der Versuchung, sich mit den Fingern über den Kopf zu streichen. Die nachwachsenden Haare zu spüren, war die Bestätigung dafür, dass die Tage seines glatzköpfigen, tätowierten Selbst vorbei waren, aber die Geste wurde langsam zu einer Gewohnheit. Er musste lernen, dass er diese Bestätigung nicht mehr brauchte. „Es war nicht einfach."

„Dachte ich mir. Ich hab diesen Psychiater in Albuquerque angerufen. Wir haben am Dienstagabend einen Termin für dich. Ich dachte mir, wir fahren früh los – es gibt ein Route 66 Diner, da geh ich gern hin. Gutes Essen und dazu noch jede Menge verrückter Souvenirkrimskrams." Tucker stieß ihm den Ellbogen in die Rippen. „Tourist spielen."

„In Ordnung." Joshua schluckte. „Der Therapeut – ist das der mit dem Hintergrund in Suchtkrankheiten?"

„Jepp. Der an der Uni. Ich lass dich da raus und komm dich abholen, wenn du fertig bist. Ich hab ein paar Sachen in der Stadt zu erledigen. Passt von daher ganz gut."

„Ich kann mit ziemlicher Sicherheit auch allein hinfahren."

Tucker schüttelte den Kopf. „Nee, ich muss eh in die Stadt, und so musst du dir keine Gedanken darum machen, dich zu verirren. Oder einen Parkplatz zu finden, was in dem Teil der Stadt gar nicht so einfach ist. Es gibt Parkhäuser, aber die sind gut versteckt."

„Du fährst mich, weil du denkst, ich kneife sonst."

Tucker schüttelte den Kopf. „Nein, mein Junge. Ich glaub nicht, dass du kneifst. Aber ich glaub auch nicht, dass du hinterher in der Verfassung sein wirst, nach Hause zu fahren."

Joshua dachte darüber nach, während er Eli beobachtete. Der Vorarbeiter zog sich den Hut ab und wischte sich den Schweiß von der Stirn. Sein blondes Haar war dunkel vom Schweiß, und Joshua sah, wie seine Haut in der späten Nachmittagssonne glänzte. Wie er so kerzengerade auf dem Pferd saß, so vollkommen Herr seiner Selbst und des Tieres unter sich, sah er aus, wie Joshua sich die griechischen Götter der Antike vorstellte. Leidenschaftlich, aber beständig. Stark, aber ruhig. Joshuas Finger schlossen sich um die oberste Latte des Zauns. Er konnte sich nichts vorstellen, was von den dunklen, gewalttätigen Straßen in seiner Vergangenheit weiter entfernt war als das. Eli war alles, was Joshua wollte: sauber, stark, ehrlich. Geradlinig. Sanft.

Er dachte daran, mit dem Seelenklempner über Eli zu sprechen. Ehrlich und geradeheraus über sein Verlangen nach dem Vorarbeiter seines Onkels zu reden. Er hoffte bei Gott, dass der Psychiater kein Problem damit hatte, dass er schwul war. Mussten Psychiater nicht eine spezielle Ausbildung für so was machen? Er hatte keine Ahnung. Das hier war schließlich der Westen, und obwohl New Mexico den Ruf hatte, liberaler und schwulenfreundlicher zu sein als andere Staaten im Westen, war es dennoch der Westen.

„Nein", sagte er schließlich. „Vermutlich nicht."

14

DIE PRAXIS war im vierten Stock, direkt gegenüber des Aufzugs, und die Inneneinrichtung war im lokalen Stil gehalten, mit Hopi Töpferwaren und Navajowebereien an den Wänden. Die Rezeptionistin, eine goldige ältere Dame, begrüßte ihn mit der Frage, ob er einen Tee oder einen Kaffee haben wollte. Joshua lehnte ab und nahm lediglich den angebotenen Sitzplatz im Wartezimmer an.

Als der Psychiater aus seinem Büro kam, begleitete ihn eine junge Frau, deren Gesicht tränenüberströmt war. Aber sie lächelte. Josh hoffte, dass er in ähnlich guter Verfassung sein würde, wenn er fertig war. Der Psychiater nickte Josh zu, sprach aber weiter mit leiser Stimme mit der jungen Frau, während er sie zur Rezeption begleitete, wo die Rezeptionistin übernahm. Dann kam er durch den Raum zu Josh, die Hand ausgestreckt. „Joshua? Ich bin Ken McBride."

Josh stand auf und schüttelte ihm die Hand. Er war etwa einen halben Kopf kleiner als Joshua, aber seine Schultern waren breit und kräftig. Auch sein Handschlag war kräftig, dabei aber nicht aggressiv. „Kommen Sie durch, und wir fangen mit den Formalitäten an. Ellen, Sie können gehen, wenn Sie mit Gerri den nächsten Termin ausgemacht haben. Gerri – ich sehe Sie dann nächste Woche."

„Danke, Ken", sagte Gerri und lächelte Josh schüchtern an.

Josh ertappte sich dabei, wie er zurücklächelte. Hm. Das war ungewöhnlich.

Das Behandlungszimmer war mit hellbraunen Ledermöbeln eingerichtet und genauso dekoriert wie der Eingangsraum, mit Töpferwaren und Weberein an den Stuckwänden. Hier und da standen ein paar Pflanzen, aber es gab keinen Schreibtisch, sodass der Raum mehr wie ein Wohnzimmer aussah als wie ein Behandlungszimmer oder ein Büro. Es wirkte ruhig und friedlich.

„Setzen Sie sich, wo immer Sie möchten", sagte McBride.

Josh beäugte die Couch, setzte sich dann aber in einen der Sessel. Während er mit den Händen über das seidenglatte Leder der Armlehnen fuhr, sagte er: „Ich habe das Prozedere schon mal mitgemacht. Es ist also nichts Neues für mich."

„Nein, aber ich bin es, und wir werden uns erst aneinander gewöhnen müssen. Wir haben ein paar Formalitäten zu regeln, aber warum unterhalten wir uns nicht erst ein bisschen? Möchten Sie ein Glas Wasser oder einen Tee?"

„Nein, danke."

„Okay." McBride setzte sich in den anderen Sessel. Auf dem Couchtisch zwischen ihnen lag ein Klemmbrett, aber er machte keine Anstalten, es aufzunehmen. „Warum erzählen Sie mir nicht ein wenig über sich selbst und was Sie sich von der Therapie erhoffen?"

Josh atmete tief ein, dann sagte er: „Ich habe schlechte Träume."

„Wie Hamlet."

„Hamlet? Das Theaterstück?"

„Ja. Shakespeare. Hamlet sagt dasselbe, über Träume."

„Er hatte schlechte Träume?"

„2. Aufzug, 2. Szene: ‚O Gott, ich könnte in eine Nussschale eingesperrt sein und mich für einen König von unermesslichem Gebiete halten, wenn nur meine bösen Träume nicht wären.' Haben Sie Hamlet einmal gelesen? Oder eine Aufführung gesehen?"

„Ich glaube nicht. Das ist nicht so mein Ding. Hatte ich auch nie Zeit für." Josh dachte einen Moment lang nach, dann sagte er: „Ich glaube aber, ich weiß, was er mit dieser Sache mit dem unermesslichen Gebiet meinte. Ich habe auch nie geglaubt, dass ich Grenzen hätte, als ich noch jung war."

„Das tun wir alle nicht. Wovon handeln Ihre Träume?"

Josh rieb mit einer Fingerspitze über die Sessellehne. „Erinnerungen", sagte er schließlich. „Schlechte Erinnerungen."

Der Psychiater sagte nichts.

„Sie wollen mehr über mich wissen?" Josh blickte auf und sah, dass McBride ihn mit einem nachdenklichen Ausdruck auf dem Gesicht beobachtete. „Ich bin schwul. Ich bin heroinsüchtig. Ich bin ein ehemaliger FBI Agent. Ich habe Menschen getötet."

„Fixen Sie noch?"

„Nein." Er wartete auf den Kommentar zum Rest seiner Worte, aber es kam nichts. Er atmete ein und sah auf. Die Miene des Psychiaters war milde und neugierig, nicht ablehnend oder wertend. „Ich habe eine Entziehungskur mitgemacht, nachdem der Einsatz vorüber war, und dann war ich ein paar Monate in der Reha. Ich bin clean. Aber ich ..." Er schluckte. „Ich träume immer noch davon. Ich ... ich will es immer noch. In schwachen Momenten. Ich will es nicht mehr. Aber ich will es doch."

„Das ist nicht ungewöhnlich, besonders nicht bei Heroin", sagte McBride. „Wir können Methoden und Strategien erarbeiten, um damit umzugehen. Das Verlangen mag nie vollkommen verschwinden, aber es gibt Dinge, die helfen können. Sprechen Sie weiter."

Joshua zuckte die Schultern. „Was gibt es sonst noch zu sagen? Meine Mutter und mein Onkel haben diesen Plan ausgeheckt, dass ich herkomme und für ihn arbeite und lerne, eine Ranch zu führen. Er hat sonst keine Familie, also denkt er vermutlich, dass ich ihn eines Tages auskaufe oder so was. Wenn es mir gefällt."

„Gefällt es Ihnen?"

„Ja, doch, ich denke schon."

Joshua verstummte. Der Psychiater schwieg kurz, dann sagte er: „Sie haben mir die Erlaubnis gegeben, Ihre Krankenakte des Krankenhauses in Miller einzusehen. Ich habe ein paar Fragen über das, was Sie dorthin gebracht hat."

„Dummheit", sagte Joshua bitter.

„Glauben Sie wirklich, dass es so einfach ist?"

Joshua konnte nicht antworten. Er starrte auf den Wandbehang hinter McBride. Die gemusterte Weberei war in warmen Tönen von Honiggold, dunklem Salbeigrün und einem Braun, das beinahe rot war, gehalten. Es war warm und sah nach Zuhause aus. „Ist irgendetwas einfach?", sagte er schließlich.

„Nicht oft. Also. Wenn es nicht nur Dummheit war, was dann?" Als Josh nicht direkt antwortete, sagte der Psychiater: „Lassen Sie uns über Ihre Träume sprechen."

Es WAR spät, als Josh und Tuck aus der Stadt zurückkamen, aber Eli hatte Gründe gefunden, auf der Veranda des Ranchhauses zu verweilen, bis sie zurück waren. Vor etwa einer halben Stunde war Jesse mit der für Teenager typischen aus dem Takt geratenen inneren Uhr, die sie bis in die Puppen hinein aufbleiben ließ, herausgekommen, und seitdem unterhielt er sich mit Eli über … irgendwas. Eli hörte nicht wirklich zu; er lauschte auf das Geräusch von Tucks Truck.

Als sie aus dem Wagen stiegen, bewegte Josh sich wie an dem Abend, als er auf die Ranch gekommen war, angespannt und hölzern. Eli war schon halb aus seinem Stuhl, aber dann eilte Tuck um den Wagen herum und nahm Joshs Arm, und so setzte er sich wieder hin. „Alles okay?", fragte er, als sie die Stufen zur Veranda hochkamen. Jesse war verstummt.

„Ja", sagte Josh mit ziemlich zittriger Stimme. „Es war heftig, aber gut." Er lächelte sie an, kühl und spröde und distanziert, und Eli hätte weinen können. *Scheiße.*

„Gut", sagte er, ohne es zu meinen. Was er tun wollte, war, denjenigen zu finden, der Josh das angetan hatte – den Psychiater oder die Typen in Chicago oder wer auch immer es gewesen war, der ihn so verletzt hatte –, und ihn windelweich prügeln. Aber es gab nichts, was er tun konnte. Er konnte sich nicht daran erinnern, sich je in seinem Leben schon einmal so hilflos gefühlt zu haben. Selbst als sein Dad gestorben war, hatte er instinktiv gewusst, wie er sich verhalten musste, was er tun musste, und dass er sich um seine Ma und die Kinder kümmern musste. Aber das hier – Josh war ein Mann, kein kleines Kind, und letzten Endes musste ein Mann mit seinen Problemen selbst fertig werden. Ja, er konnte da sein und helfen, wenn Josh ihn darum bat – aber Josh musste ihn darum bitten.

Und das tat er nicht. Er lächelte Eli und Jesse an, jenes kühle, unpersönliche Lächeln, und ging mit Tucker ins Haus.

„Scheiße, er sieht fertig aus", sagte Jesse mit leiser Stimme. „Sollte dieser Typ ihm nicht helfen?"

„Ja. Schätze, man muss manchmal erst durch den Mist waten, bevor's einem besser geht", sagte Eli. „Wie wenn man ein Pflaster abreißt – es tut höllisch weh, aber danach geht's einem besser."

„Hm", machte Jesse. „Ich hoffe, dass ich nie erst durch den Mist waten muss."

Eli studierte Jesses unschuldiges, unbekümmertes Gesicht. „Ich bezweifle stark, dass du das jemals wirst tun müssen, Sohn. Deine Ma wird jedem die Hucke vollmachen, der auch nur versucht, dir dumm zu kommen."

„Jau, sie ist klein aber wild entschlossen." Jesse grinste. „Na, ich geh besser hoch und mach meine Englischhausaufgaben fertig, bevor meine wild entschlossene kleine Ma *mir* die Hucke vollmacht. Nacht, Eli."

„Nacht, Sohn."

Es wurde still. Eli kippelte auf den hinteren Stuhlbeinen und dachte über die Ranch nach und über Josh und über die morgige Arbeit und über Josh. Nach einer Weile ging das Licht in Joshs Zimmer an, dann wieder aus, und mit einem Seufzen zog Eli sich aus seinem Stuhl hoch und schlenderte über den Hof zu seinem eigenen Haus und seinem eigenen Bett.

15

Eli war sich nicht sicher, ob Joshua nach dem traumatischen Besuch beim Psychiater Lust haben würde auf den langen Ritt, den er für den Tag geplant hatte, aber während des Frühstücks schien er okay zu sein. Eli grüßte ihn und die anderen ungezwungen; dann, nachdem er sich hingesetzt und den ersten Bissen gegessen hatte, wandte er sich an Tucker und sagte: „Ich wollte mit Josh heute zum Canyon reiten. Ihm ein bisschen die Grenzen unseres Landes zeigen."

„Das ist eine ganz ordentliche Strecke", sagte Tuck. „Da solltet ihr besser früh starten. Es soll heute bis 28 Grad warm werden – nachmittags ziehen ein paar Wolken durch. Sag Sara, sie soll euch Mittagessen einpacken, und ich seh' zu, dass Josh so gegen neun im Büro fertig ist."

„Wie weit ist es bis dorthin?", fragte Joshua neugierig.

„Oh, ein paar Stunden in die Richtung der Berge. Wir reiten entlang des Las Lunas Creeks – das ist der Hauptzweig unserer Bäche hier – bis rauf zum Galiano, sodass wir ein bisschen Schatten haben und genug Wasser für die Pferde, zumindest für einen Teil der Strecke. Der Ritt wird dir ein Gefühl für die Größe der Ranch geben und wie das Terrain hier beschaffen ist."

„Manny und ich reiten auch in die Richtung", sagte Billy, „um nach den Tieren im Canyon zu sehen. Wir reiten mit euch hoch, aber's wird wohl eine Weile dauern, bis wir fertig sind. Ihr werdet bestimmt schon viel früher nach Hause reiten wollen."

„Tiere?", wiederholte Joshua.

„Ja, wir haben eine kleine Herde Mustangs oben im Canyon. Die Stuten aus dem letzten Roundup, die gefohlt haben. Der Canyon ist groß genug, dass sie rumwandern können, aber der Eingang ist mit einem Tor versperrt, und der Rest des Canyons ist zu steil für sie zum Hochklettern, also müssen wir sie nicht überall suchen gehen, wenn wir soweit sind, sie einzubringen, und sie sind mit ihren Fohlen da draußen sicherer, als wenn sie frei auf den Ebenen rumlaufen. Besseres Futter, mehr Wasser, geschützter." Billy goss sich eine zweite Tasse Kaffee ein. „Wir reiten einmal die Woche oder so hin, um zu gucken, ob noch alles okay ist, ob sie gesund sind und ob Pumas oder Kojoten in die Nachbarschaft gezogen sind."

„Gut", sagte Eli. „Dann würde ich sagen, wir starten so gegen neun. Josh, passt dir Avery?"

„Ja."

„Avery?" Manny schnaubte. „Das Pferd ist 'ne Schnecke."

„Er ist schon recht", sagte Tucker geistesabwesend. „Nur faul. Josh wird ihm schon Beine machen, was, Josh?"

„Was immer du sagst, Onkel Tucker."

Eli sah zu Joshua hinüber. Er war nervös, dachte Eli, und fragte sich, warum. Dann stand Josh auf und folgte Tucker ins Büro, und Eli beendete sein Frühstück und ging hinaus zu den Scheunen.

Es WAR gut, dass er in den letzten Tagen einige Zeit im Sattel verbracht hatte, denn als sie die Hochebene erreichten, von der aus sich der Canyon öffnete, war Joshua mehr als bereit für eine Pause. Es hatte gut zwei Stunden gedauert, hierher zu gelangen, und sie waren zügig geritten, wenn auch nicht schnell. Joshua vermutete, dass die anderen sehr viel schneller gewesen wären, wenn er nicht dabei gewesen wäre, aber das schien ihnen nichts auszumachen: Beide Männer nutzten die Gelegenheit, um eine Zeit lang neben Joshua her zu reiten und sich mit ihm zu unterhalten. Billy hatte, seit er mit fünfzehn von zu Hause abgehauen war, schon auf mehreren Ranches gearbeitet, und hatte Dutzende lustiger Geschichten über seine Erfahrungen zum Besten zu geben. Manny war in Albuquerque geboren, und ihn faszinierten die Unterschiede zwischen seinem mexikanisch geprägten Spanisch und Joshuas puerto-ricanischem Spanisch. Gemeinsam sorgten sie dafür, dass der Ritt für Joshua wie im Nu verging.

Das Terrain entlang des Rio Galianos war im Verlauf der letzten Meile rauer und unebener geworden, und schließlich mussten sie den − wenn auch nur spärlichen − Schatten entlang des Flusses hinter sich lassen und in die Wüste hinausreiten, zu dem schmalen Pfad, der sich in die Vorberge hineinzog. „Es sieht aus wie eine Filmkulisse", sagte Joshua, als sie an einer Felszunge aus riesigen Gesteinsbrocken vorbeiritten. „Man könnte fast erwarten, eine Horde Viehdiebe mit schwarzen Masken um die nächste Biegung geritten kommen zu sehen."

„Sie fahren dieser Tage Trucks, und die schwarzen Masken sind auch nicht mehr in", sagte Eli ernst, dann grinste er Joshua an. „Außerdem sind wir hier viel zu weit draußen für Viehdiebe − kein Vieh zu rauben, und die Mustangs sind keinen Pfifferling wert, bis sie nicht wenigstens handzahm sind. Außerdem gibt's keine Straßen. Viehdiebe stehlen, weil sie faul sind. Hier raus zu kommen, ist viel zu anstrengend."

Joshua nickte.

Sie ritten weiter hinauf in felsiges Gelände, bis sie zu einem engen Durchgang zwischen zwei Felswänden kamen; er war so schmal, dass sie nur hintereinander hindurchreiten konnten. Die Felsen türmten sich drohend über ihnen, und Joshua sah empor und betrachtete sie nachdenklich.

Billy sagte über seine Schulter hinweg: „Die Apachen haben früher die Armee hierher gelockt und dann Felsen auf sie geworfen, um sie umzubringen. Hübscher Ort für ein Massaker."

„Wohingegen die Armee früher immer in die Indianerdörfer geritten ist und den Kindern Süßigkeiten und Teddybären geschenkt hat", sagte Manny trocken.

„Hey, ich verteidige die Armee doch nicht! Ich hab Geronimo immer bewundert. Und ich bin in der Nähe von Fort Sumner groß geworden, ich weiß alles darüber. Ich wollt's nur gesagt haben, was sie hier gemacht haben."

Sie zankten sich ein paar Minuten lang gutmütig, dann machte der Engpass einen Knick und wurde ein wenig breiter, sodass zwei Pferde nebeneinander hergehen konnten. Ein schweres Stahltor mit eingebautem Schloss versperrte den Weg. Dahinter, sah Joshua, machte der Pfad eine weitere Biegung und verschwand hinter den Felsen.

Billy schloss das Tor auf und öffnete es, ließ sie hindurchreiten und schloss es dann wieder. Joshua hörte das Klicken, als das Schloss automatisch einrastete. „Das Tal ist direkt um die Ecke", erklärte er Joshua.

„Können die Mustangs nicht einfach über das Tor springen?", fragte Joshua. „So hoch ist es ja nicht." Das war es auch nicht – vielleicht gerade mal einsfünfzig hoch, nicht höher, als ein Sichtschutzzaun zu Hause es war.

„Das könnten sie, wenn sie genug Platz zum Anlaufnehmen hätten, aber der Pfad macht hier eine scharfe Kurve", erklärte Billy. „Und aus dem Stand raus können sie nicht so hoch springen."

Joshua nickte und folgte den anderen weiter durch die Felsenlandschaft.

NACH ETWA einer Viertelstunde kamen sie auf einem Felsvorsprung aus, der ein winziges Gebirgstal überblickte. Joshua atmete scharf ein. Ihnen gegenüber stürzte ein Wasserfall fast zehn Meter tief in einen kleinen, klaren Teich, der umgeben war von Gras und Bäumen – und zwar nicht nur den allgegenwärtigen Pappeln, sondern auch Eichen, Eschen und Ebereschen. Es war mehr Grün, als Joshua seit seiner Ankunft im Westen gesehen hatte. „Heilige Scheiße", hauchte Joshua.

„Hübsch, was?", sagte Eli voller Befriedigung.

„Wo sind die Pferde?"

„Vermutlich irgendwo da drüben", sagte Manny und deutete nach Osten, wo der Teich in einen Bach überging, der unter den Bäumen verschwand. „Da drüben gibt's eine Weide – in der Regel sind sie da. Von dort aus können sie sehen, was kommt. Da wollen Billy und ich hin. Nach dem Mittagessen, versteht sich."

„Wie kommen wir runter?"

Die drei Männer lachten schallend. „Über den Pfad natürlich, Dummerle", sagte Billy und zeigte auf den schmalen Pfad, der sich den steilen Hang unter ihnen hinunter wand.

Joshua schluckte schwer.

Er ritt als Letzter, aber bevor Eli den Abstieg begann, lehnte er sich zurück und sagte mit leiser Stimme zu Joshua: „Avery ist trittsicher. Entspann dich einfach und lass ihn seinen Weg finden. Er kennt den Pfad. Es ist nicht so wild, wie's aussieht."

Joshua nickte und tat, was Eli vorgeschlagen hatte, aber es waren trotzdem gut fünfzehn nervenaufreibende Minuten, bevor sie wieder Fuß oder beziehungsweise Huf auf ebenen Boden setzten. Er war dankbar, als sie auf einer Anhöhe neben dem Teich anhielten und abstiegen. Billy führte ihre Pferde unter die Bäume, um sie dort festzubinden, während die anderen ihr Mittagessen aus den Satteltaschen auspackten.

Nachdem sie gegessen hatten, lagen sie im sonnengesprenkelten Halbschatten unter den Bäumen im Gras und genossen die kühle Brise, die vom Wasserfall herüber wehte. „Wieso ist hier nicht auch Wüste?", fragte Joshua, als er sich den Hut über die Augen schob. „Ich meine, es kann ja nicht nur am Wasser liegen – wir sind beinahe den ganzen Weg hierher am Bach entlang geritten."

„Ein großer Teil von dem, was die Wüste zur Wüste macht, ist der Wind", sagte Eli. „Selbst, wenn die Bäume so tiefe Wurzeln ausbilden könnten, dass sie an Grundwasser kämen, der Wind trocknet sie aus und weht sie um. Nur entlang des Flussufers können sie Wurzeln ausbilden, die stark genug sind, dass sie dem Wind widerstehen können, und dann sind es auch meistens die Pappeln, weil die so lange Wurzeln haben. Aber hier ist es geschützt, und der Wasserfall sorgt dafür, dass die Luft kühl bleibt."

„Quasi eine natürliche Klimaanlage", sagte Manny schläfrig.

„Mmm", sagte Joshua.

ALS ER wach wurde, waren Billy und Manny fort und die Reste des Mittagessens eingepackt und verstaut. „Gut geschlafen?", fragte Eli launig. Er hatte sich Stiefel und Hemd ausgezogen und kühlte sich die Füße im Teich, aber er zog sie heraus, als Joshua sich aufsetzte. Seine Zehen waren blau.

„Kalt, ja?" Joshua starrte Elis Füße an. Das waren die weißesten Füße, die er je gesehen hatte – außer da, wo sie blau waren. Der Rest des Mannes, was er denn sehen konnte, war braun gebrannt. Nein, nicht braun – bronzefarben. Josh hatte Elis Arme gesehen und das erwartet, was man „Bauernbräune" nannte, wo nur Arme und Nacken sonnengebräunt waren, aber Elis Brust und Schultern waren dunkelgolden, mit dem helleren Gold der Haare als weichem Kontrast. Es machte seine blauen Augen so viel überraschender.

„Ja, der Fluss kommt aus den Bergen, und das hier ist ein Seitenarm. Nicht lang genug, um warm zu werden." Eli rieb sich die Füße mit einem der Stofftücher, in die ihre Sandwiches eingepackt gewesen waren, trocken.

„Warum lebt hier niemand? Ich meine, es ist wunderschön ..."

„Teufel, ja, aber wenn man nicht grad mit dem Hubschrauber anreist, ist der einzige Weg hierher der oben durchs Tor. Schätze, man könnte eine Straße durch die Felsenwände hauen, aber wir sind hier immer noch auf Triple C Land, und ich kann mir nicht vorstellen, dass Tuck einen absolut sinnvollen und praktischen

Canyon zerstören würde. Aber du hast recht, es ist schön hier. Tuck sagt, dass seine Eltern früher oft für romantische Wochenendcampingtrips hergekommen sind."

„Eignet sich gut dazu, nehme ich an, wenn man romantisch veranlagt ist", sagte Joshua. Er sah Eli dabei nicht an, sondern setzte sich seinen Hut wieder auf und streckte sich, um die Verspannungen loszuwerden, die auf dem Boden zu schlafen ihm eingebracht hatten.

„Jepp."

Joshua schlang seine Arme um seine Schienbeine und beobachtete eine Zeit lang den Wasserfall. Der Ort fühlte sich friedlich an, die einzigen Geräusche waren das Donnern des Wasserfalls und das gelegentliche Platschen eines Fischs im Teich. Er fragte sich geistesabwesend, wo die Fische hergekommen waren, ob sie von irgendwo oben in den Bergen den Fluss heruntergeschwommen waren oder ob irgendjemand, irgendwann – vielleicht Tuckers Eltern oder seine Großeltern –, die Fische im Teich ausgesetzt hatte, um im Urlaub angeln zu können.

Er warf Eli, der rückwärts auf seine Ellbogen gestützt dalag, die langen Beine von sich gestreckt und die Füße an den Knöcheln überkreuzt, einen Blick zu. Er hatte seinen Hut, den allgegenwärtigen, grauen Resistol, abgeworfen – er lag drüben bei den Satteltaschen –, und sein helles Haar lockte sich um seine Ohren. Sein Gesicht war entspannt, und er sah glücklich aus und jünger, mehr wie Joshuas Alter als Mitte dreißig. Natürlich, dachte Joshua, sah er selbst vermutlich älter aus als seine achtundzwanzig. Gott wusste, dass er sich älter fühlte. Aber nicht jetzt. Nicht gerade jetzt, in diesem Augenblick, wo die Brise kühl war und die Sonne angenehm, wo es Schatten gab und Ruhe und Eli nur eine Armeslänge entfernt war.

Nach einer Weile legte Eli den Kopf zurück und sah hinauf zum Himmel. „Schätze, wir sollten langsam drüber nachdenken, uns auf den Rückweg zu machen. Ich hab heute Nachmittag noch was zu tun, und die neuen Trainer haben heute Morgen angefangen. Ich will sie mir ansehen, bevor sie sich eingewöhnt haben."

„Was ist mit Manolo und Billy?"

„Die machen sich auf den Rückweg, wenn sie fertig sind. Dauert vermutlich noch eine Weile. Sie nehmen Proben vom Wasser, vom Gras, vom Pferdemist und so, die wir ans Labor schicken, und dann müssen sie sich ja auch noch die Tierwelt hier ansehen. Das dauert in der Regel ein paar Stunden." Eli zog sich Stiefel, T-Shirt und Hemd an, stand auf, nahm sich die Satteltasche und trug sie zu den Pferden. Er schnallte sie fest, dann schwang er sich in den Sattel. „Nächstes Mal", sagte Eli, „darfst du das volle Programm mitmachen, aber's ist ziemlich langweilig, und ich will dich nicht gleich schon zu Anfang vertreiben." Er lächelte Joshua zu und trieb Button an. „Will dich überhaupt nicht vertreiben."

„Will nicht vertrieben werden", sagte Joshua, als er Avery mit den Fersen anstieß.

„Das will kein Mann, *mijo*. Das will kein Mann."

Joshua erstarrte, und sein Pferd blieb stehen. *Mijo.* Einfach so. Leise, weich, voller Gefühl. So vertraut. *Mijo bonito. Mijo valiente. Nunca te harán daño.* „Du sprichst Spanisch?", fragte er, fühlte sich plötzlich nackt und offen.

Der Vorarbeiter drehte sich im Sattel um. „Ja – ich bin in Wyoming aufgewachsen, aber wir hatten viele Latinos auf der Ranch. Und ich leb' jetzt schon seit gut zehn Jahren hier in New Mexico, wo mehr Leute Spanisch sprechen als Englisch. Man kann's kaum vermeiden, es zu lernen. Es ist vermutlich anders als das, was du sprichst – mexikanisch, nicht puerto-ricanisch. Aber die Grundlage ist dieselbe." Er betrachtete Joshua eingehend mit sanften Augen. „Bist du okay, *chico?*"

„Ja", sagte Joshua heiser. „Mir geht's gut." Er trieb Avery an, und das Pferd setzte sich in Bewegung. Es war also nicht die Stimme seines Großvaters gewesen, die er gehört hatte, als er draußen in der Wüste beinahe gestorben wäre, sondern Elis. Aber er konnte sich in den Emotionen darin nicht getäuscht haben. Er konnte sich bei den Worten nicht getäuscht haben. *Mein wunderschöner Junge. Mein tapferer Junge. Ich werde dir niemals wehtun.* Warum sollte Eli so etwas sagen?

Eli sagte es ihm nicht, und Joshua fragte auch nicht.

SIE HATTEN die Ranch beinahe erreicht und umrundeten den äußersten Korral, wo vor Jahren einmal jemand Pappeln gepflanzt hatte. Der Bach, dem sie hierher gefolgt waren, bewässerte die Bäume, dann teilte er sich in die drei Arme, die die Ranch selbst in den trockensten Jahren am Leben erhielten. Der Schatten hier war dunkler, und die Bäume standen so dicht, dass man die Ranch nicht sehen konnte.

Joshua trieb Avery zu einem schnelleren Schritt an und holte Eli ein, der sein Pferd zügelte und Joshua neugierig ansah.

Joshua legte eine behandschuhte Hand auf Elis Unterarm.

Der Vorarbeiter wurde ganz still, blickte hinunter auf Joshuas Hand, dann hoben sich überraschte blaue Augen und begegneten Joshuas Blick. Im Schatten unter den Bäumen waren die Pupillen groß und dunkel. Joshua wartete einen Augenblick, dann ließ er seine Hand fallen.

Eli leckte sich über die Lippen, dann zog er sich so langsam, als würde er die Hand nach einem scheuen Mustang ausstrecken, einen Handschuh aus und legte die Hand um Joshuas Wange. Seine Finger waren schwielig und hart, aber sanft auf Joshuas Haut, und Joshua schloss für einen Moment die Augen, genoss die Berührung. Es war schon so lange her, seit ihn jemand – ein anderer Mann – so berührt hatte. Er hörte Elis geflüstertes: „Josh …", so hauchzart, dass, wenn der Wind in diesem Augenblick vollkommen still gewesen wäre, er es nicht gehört hätte.

Joshua sagte: „Da draußen, in der Wüste. Du hast mich gefunden. Du hast nach mir gesucht. Du hast gesagt ‚tu mir das nicht an.' Stimmt's? Warum hast du das gesagt?"

„Du stellst keine leichten Fragen, was, Sohn?"

„Ich bin nicht dein Sohn."

Die Brise erhob sich erneut, flüsterte durch die Blätter der Pappeln. „Nein", sagte Eli schließlich. „Du bist nicht mein Sohn."

Joshua drehte den Kopf und strich mit den Lippen über Elis Handteller. Elis Stimme war heiser, als er sagte: „Himmel Herrgott, Joshua ...", und er zog ruckartig die Hand zurück.

Joshua hob den Kopf, verlagerte sein Gewicht im Sattel. „Oh", sagte er wie betäubt. „Entschuldige ... Ich dachte ... Vergiss es. Entschuldige." Er wandte Averys Kopf in Richtung der Ranch. „Ich bin müde. Ich sehe dich dann beim Abendessen."

„Joshua, warte."

Er tat es nicht. Er trieb Avery zu einem leichten Galopp an und ritt davon.

ELI HOLTE ihn ein, als er in den großen Stall hineinritt, und war vom Pferd geglitten, bevor Joshua noch die Füße aus den Steigbügeln gezogen hatte. Er packte Averys Zügel und sagte mit leiser Stimme: „Du wirst *nicht* noch einmal vor mir davonlaufen, Joshua Chastain. Du und ich, wir werden reden –"

„Du hast kein Recht, mir zu sagen, was ich tun soll", fauchte Joshua zurück.

„Quatsch. Ich bin der Vorarbeiter. Ich bin verantwortlich für die Sicherheit und das Wohlergehen eines jeden verdammten Lebewesens auf dieser Ranch, und das schließt dich mit ein. Und deinen Onkel, der sich Sorgen machen und wütend auf mich sein wird, wenn du zum Haus zurückrennst wie damals, bevor du abgehauen bist."

Joshua glitt vom Pferd. Als er auf dem Boden aufkam, gaben seine Knie ein wenig nach, und Eli ergriff seinen Arm. „Vorsichtig. Wir sind heute mehr geritten, als du gewöhnt bist. Bevor du heute Nacht ins Bett gehst, nimm ein ausgiebiges Bad und reib dich mit Liniment ein. Sarafina hat da was."

„Er hat dir die Schuld dafür gegeben, dass ich gegangen bin", sagte Joshua und ignorierte seine Worte. Er schob Elis Hand weg.

„Ja, hat er. Und er hatte nicht unrecht. Ich hätte dich damals nicht einfach so gehen lassen sollen. Und ich lass dich jetzt nicht einfach so gehen. Du wirst genau da auf diesem Heuballen sitzen, bis ich mit den Pferden fertig bin, und dann gehen wir zusammen zum Haus, und wir werden reden." Er nahm erneut Joshuas Arm und führte ihn zu dem Heuballen, dann drückte er ihn sanft darauf nieder. „Und ich meine reden."

Das tat er vermutlich, dachte Joshua müde. Gott, er war ein *Idiot*. Natürlich wollte Eli ihn nicht: Er hatte ein bisschen an Gewicht zugenommen, aber er sah immer noch aus wie ein Skelett, und ein drogenabhängiges noch dazu. Er war abscheuerregend, und der einzige Grund, warum Eli so nett zu ihm gewesen war, war der, dass Joshua ihm leidtat. Und weil er eben einfach ein netter Mann *war*.

Wenigstens war er nicht grausam gewesen oder hatte ihn ausgelacht, und wenigstens war Joshuas Neugierde bezüglich seiner sexuellen Neigung nun befriedigt. Er zog die Beine auf den Heuballen und legte seine Wange auf die Knie. Er war müde, das war alles. Er hatte seit dem Morgengrauen hart gearbeitet, und er war das nicht gewöhnt. Aber das würde von nun an sein Leben sein, und das war okay. Harte Arbeit war gut, und dieser Ort war auch gut. Unwahrscheinlich, dass hier jemand von ihm erwarten würde, jemand anderes zu erschießen.

Er fragte sich geistesabwesend, was mit seiner Waffe passiert war. Er hatte seine Dienstwaffe abgegeben, bevor er den Einsatz begonnen hatte. Bei seiner Festnahme hatten sie ihn um die Waffe erleichtert, die er als José Rosales getragen hatte, und „erleichtert" war genau das richtige Wort dafür. Er wollte nie wieder eine Pistole sehen. Gewehre oder Schrotflinten, ja – sie waren hier draußen in der Wüste und mussten vermutlich Wölfe und Kojoten und Klapperschlangen erschießen, um die Pferde zu verteidigen. Er hatte im Waffenschrank in Tuckers Büro Schrotflinten gesehen. Die waren in Ordnung. Er wollte nur nie wieder eine Handfeuerwaffe sehen, solange er lebte.

Aber man konnte nicht wirklich ein FBI Agent sein, wenn man Angst vor Pistolen hatte. Nicht, dass er Angst hatte, nicht direkt. Er wollte nur nie wieder eine sehen.

Eli schwieg, während er die Pferde absattelte und mit dem Gummistriegel über ihr Fell fuhr. Sie waren nicht hart geritten, aber der Weg vom Canyon zur Ranch war lang gewesen. Joshua beobachtete ihn: die bedächtigen Bewegungen, die langsam aussahen, aber Meisterwerke der Effizienz waren, keine Bewegung überflüssig und dabei doch ohne Nachlässigkeit. Dank dieser Effizienz war er mit beiden Tieren schneller fertig, als Joshua es mit einem gewesen wäre, selbst dann, wenn er nicht so müde gewesen wäre, und brachte sie hinaus in den Korral. Dann wandte er sich an Joshua. „Fertig?"

Joshua kam auf die Füße und folgte ihm.

SCHWEISSGEBADET VERSUCHTE Eli ruhigen Schrittes den Hof zu durchqueren und die Veranda hinauf zu gehen, aber diesmal war *ihm* nach weglaufen zumute. Joshua neben ihm schwieg, aber Eli konnte die Wellen der Anspannung spüren, die von ihm ausgingen. *Verdammt.* Was zum Teufel sollte er tun?

„Ich habe nichts damit gemeint", sagte Joshua.

Eli blieb stehen und sah ihn verständnislos an. „Was?"

„Ich habe nichts damit gemeint." Josh zuckte die Schultern. „Es ist nicht wichtig. Es wird nicht wieder vorkommen. Ich hab nur Mist gebaut – mal wieder. Das ist alles. Ich wollte nur … ich weiß nicht. Danke sagen. Oder so. Vergiss es."

„Himmel Herrgott, Josh!" Eli stieß den Atem in einem heftigen Seufzen aus. „Schau, ich wollte dich nicht wütend machen oder so. Verdammt, anscheinend ist das alles, was ich tun kann, dich wütend machen." Er riss sich den Hut vom Kopf und rieb sich über die Stirn. „Es tut mir leid."

Joshua zuckte erneut die Schultern, aber jener Ausdruck in seinen Augen war wieder da, jene trostlose Leere, die Eli seit den ersten Tagen nicht mehr gesehen hatte. Er fühlte sich, als hätte er etwas umgebracht. „Josh", sagte er, aber der Mann schüttelte nur den Kopf und ging die Stufen hoch ins Haus. Die Fliegentür schlug laut hinter ihm zu.

„Scheiße", sagte Eli. Er nahm den Hut ab, schlug sich selbst damit auf den Oberschenkel und ging ihm nach.

DIE KÜCHE war verlassen und das Haus still, und Eli war dankbar. Wenigstens würde so niemand hören, wie er Josh anschrie. Was zum Teufel war los mit ihm, dass er Josh anschreien *wollte*? Er schrie nicht. Das war nicht seine Art. Nein, er war der Bedächtige, der Geduldige. Derjenige, der wartete, bis die wilden Wesen zu ihm kamen. Jagen nützt nichts, wie Tuck immer sagte. Vielleicht hatte er auch diesmal recht.

Vielleicht aber auch nicht. Vielleicht mussten manche Dinge gejagt werden.

Er klopfte an Joshs Schlafzimmertür, aber Josh antwortete nicht. Eli atmete tief durch, dann öffnete er die Tür und trat ein.

Josh, der am Fenster stand, wandte sich um. „Was zum Teufel?", sagte er wütend. „Raus mit dir, sofort! Wer hat dir das Recht gegeben …?"

Eli stampfte durch den Raum, packte Joshuas Kinn mit einer Hand und küsste ihn hart. „Geh niemals", fauchte er, und seine Finger hielten Josh bewegungslos still. Seine Blicke bohrten sich in Joshuas dunkle und verblüffte Augen. „Geh *niemals* von mir weg, wenn ich noch nicht fertig mit dir bin, Josh. Ich hab dich verdammt noch mal beinahe in der Wüste verloren, und ich werde dich *nicht* noch mal verlieren, verstanden?"

„Wer sagt, dass du mich hast?" Josh riss sich los und berührte mit der Hand die Stelle an seinem Kiefer, wo Eli ihn festgehalten hatte. „Wer zum Teufel glaubst du eigentlich, wer du bist?"

„Du weißt, wer ich bin, und du weißt auch, dass ich dich habe. Teufel, ich glaub, ich wusste schon in dem Moment, als du aus dem Bus ausgestiegen bist, dass du mein bist. Und ich werde dich nicht verlieren."

Joshuas Hand, die über seinen Kiefer gerieben hatte, hielt in der Bewegung inne. Er sah Eli mit großen, weit aufgerissenen Augen an.

Eli war selbst ziemlich überrascht. Wo waren diese Worte hergekommen? War es wirklich so gewesen? Wenn ja, dann hatte er das nicht realisiert. Aber die Worte – die Worte fühlten sich wahr an.

Tucker wusste es. Da war Eli sich sicher. Er selbst hatte es vielleicht nicht realisiert, aber Tucker hatte es gesehen, hatte ihn gewarnt. Hatte ihn vor Joshua gewarnt.

Aber Joshua war *sein*.

„Also, sag's mir jetzt", sagte Eli, Stimme angespannt und ängstlich. „War's wirklich nur, weil du mir danken wolltest? Weil, wenn das alles war, dann sag's mir jetzt."

„Ich habe dir danken wollen …"

Für eine Sekunde dachte Eli, sein Herz wäre explodiert. Er spürte den Schmerz bis hinunter in die Fingerspitzen. Dann durchströmte ihn Kälte. Er trat einen Schritt zurück, nickte und drehte sich um, ging schnurstracks zur Tür hinaus, aus dem Haus hinaus und über den Hof zu seinem eigenen Häuschen.

Er hörte, wie Joshua seinen Namen sagte, aber er ignorierte es. *Na schön*, dachte er. *Ich kann auch einfach weggehen*, aber er war blind vor Kummer und Wut und Enttäuschung. Nur die zehn Jahre, die er den Weg vom Ranchhaus zu seinem Häuschen gegangen war, zehn Jahre Gewohnheit, brachten ihn auf seine eigene Veranda.

Aber als er Schritte hinter sich hörte, blieb er stehen, legte eine Hand auf den Pfeiler neben den Verandastufen und wartete.

16

DAS HÄUSCHEN des Vorarbeiters lag dem Haupthaus direkt gegenüber am südlichen Ende des Gebäudekomplexes, jenseits der Einfahrt, unter einer weiteren Gruppe von Pappeln. Joshua konnte das Plätschern des Baches hören, der hinter dem Haus verlief. Es hatte eine kleine Veranda, nicht mal halb so groß wie die des Haupthauses, aber groß genug für einen weißen Schaukelstuhl und einen kleinen Korbtisch. Eli wartete auf dieser Veranda, mit dem Rücken zu Joshua gewandt, aber die Innentür stand offen, und als Joshua auf die Veranda trat, öffnete Eli die Fliegentür und führte ihn ins Innere, wo es kühl war und dunkel.

Eli machte das Licht an, und Joshua sah, dass die Vorhänge in dem kleinen Wohnzimmer zum Schutz gegen die Sonne zugezogen waren. Der Raum selber war spärlich möbliert: ein abgenutztes Ledersofa, ein mit einer Patchworkdecke bedeckter La-Z-Boy, ein alter Röhrenfernseher. Bücherregale voller Taschenbücher und allerlei Kinkerlitzchen bedeckten eine Wand. Es war alles peinlich sauber. „Sarafina putzt für mich", sagte Eli, der anscheinend wieder einmal Joshuas Gedanken gelesen hatte. „Ich hab eine Küche, benutz' aber eigentlich nur den Kühlschrank für Bier. Möchtest du eins? Oder eine Cola."

„Cola, danke."

Er folgte Eli in die winzige Küche. Die Wände waren sonnengelb gestrichen, und an den Fenstern hingen gelb und weiß karierte Vorhänge. Es war wärmer hier, aber ein paar Wacholderbüsche vor dem Fenster spendeten Schatten und hielten die größte Hitze ab. Eli holte zwei Isolierbecher aus dem Gefrierfach und goss ihnen beiden eine Cola ein. „Setz dich", sagte er.

Joshua setzte sich.

Eli lehnte sich gegen die Anrichte und betrachtete ihn einen Moment lang eingehend. „Fakt ist", sagte er schließlich, „ich bin schwul. Schätze, das hast du irgendwie rausgefunden. Es ist nicht allgemein bekannt – Tuck weiß es und Sarafina und Jesse. Der Rest der Männer weiß es nicht, und es geht sie auch nichts an. Soviel dazu. Ich würd's vorziehen, wenn du's für dich behalten würdest, aber wenn du meinst, dass du's rumerzählen müsstest, nur zu. Ich schlag mich lieber mit den Konsequenzen rum, als dass du meinst, du müsstest dich irgendwie rächen."

„Was zum Teufel?" Joshua machte Anstalten, aufzustehen, aber Eli zeigte mit dem Finger auf ihn.

„Setz dich. Ich bin noch nicht fertig. Also, wie ich sehe, bist du nicht von der Sorte. Ich wollt's nur gleich als Erstes aus dem Weg geräumt haben. Ich kenn dich nicht so gut, wie ich Tuck und Sara und Jesse kenne, von daher weiß ich nicht, wie du auf bestimmte Sachen reagierst."

„Ja, okay", sagte Joshua, „aber das ist schon in Ordnung. Ich werde dich nicht vor einem Haufen Kerle outen, die ich kaum besser kenne als dich. Ich weiß nicht, warum du einfach weggegangen bist, während ich noch mit dir geredet hab, nachdem du mich dafür angeschrien hast. Also schlage ich vor, dass wir mit dem Weggehen aufhören und herausfinden, was eigentlich Sache ist."

„Gute Idee. Du zuerst."

„Was?"

Eli winkte mit einer Hand. „Du hast damit angefangen. Draußen im Wäldchen. Also, sag du's mir. Was willst du? Eine schnelle Nummer? Was?"

„Scheiße, ich weiß es nicht. Ich habe seit drei Jahren keinen Sex mehr gehabt, aber mein ganzes Leben ist so im Arsch, das gleicht sich vermutlich wieder aus. Ich bin nicht hinter dir her, weil du gerade da bist – wenn ich nur eine schnelle Nummer wollte, könnte ich die auch woanders finden, schätze ich. Ich bin mir sicher, Tucker würde mir einen fahrbaren Untersatz leihen, wenn ich ihn darum bäte."

Mit einem Augenrollen nippte Eli an seiner Cola. „Ja, es gibt ein paar Orte in Roswell und Albuquerque und Santa Fe – die Städte sind groß genug, und unser Staat ist ein bisschen liberaler als Texas oder Arizona, also sind die so sicher wie jeder andere auch. Was nicht viel heißen will, aber es gibt definitiv schlimmere Orte. Trotzdem, es sind Bars, Kneipen, keine Clubs – nicht die Sorte Ort, wo du dich wohlfühlen würdest …"

„Was zum Teufel?", sagte Joshua erneut. „Wo zum Geier glaubst du denn, dass ich mich wohlfühle? Ich hab drei verdammte Jahre auf der Schattenseite von Darwin Park gelebt, einer der härtesten Gegenden von Chicago, und du glaubst, eine toughe Cowboybar ist zu viel für mich?"

Eli blieb einen Moment lang still. Dann sagte er: „Entschuldige. Ich hab mich nur irgendwie dran gewöhnt, von dir als ‚Tucks Neffe aus dem Osten' zu denken und als FBI Agent. Ich hab keine Ahnung, was die eigentlich genau machen, nur das, was ich im Fernsehen gesehen hab. Tuck mag diese Bones Serie, und der Agent darin recherchiert und analysiert eigentlich nur. Er sitzt am Computer. Ich vergesse immer wieder, dass du Sachen durchgemacht hast, die kein Mensch jemals durchmachen sollte."

„Ich bin kein kleines Kind. Ich bin kein verdammter Schreibtischhengst, und ich bin kein Weichei. Ich bin ein müder, alter Junkie mit einem Riesenhaufen Scheißprobleme, und eins davon ist, dass ich schon verdammt lange keinen Sex mehr gehabt habe. Von daher interessiert es mich sehr, wo ich den hier bekommen kann."

Elis Gesicht war ausdruckslos geworden. Mit leerer Stimme sagte er: „Na ja, wenn du vorhast, einen Fremden aufzureißen, dann empfehle ich dir, schnellstens wieder in Form zu kommen – die Abschleppschuppen lassen nämlich nur Ansehnliches rein. Wenn du *aussiehst* wie ein gottverdammter Junkie, kommst du am Türsteher nicht vorbei."

111

„Fick dich, Kelly." Joshua hatte das Gefühl, als hätte Eli ihm einen Schlag in den Solarplexus verpasst. „Fick dich ins Knie." Er stieß seinen Stuhl zurück und sprang auf die Füße, in der Absicht, durch die Küchentür zu flüchten.

„Scheiße." In einer Bewegung, die schneller war, als Joshua erwartet hatte, packe Eli seinen Arm und riss ihn herum. Joshua taumelte gegen Elis feste Brust, und Elis Arme legten sich fest um ihn. „Es tut mir leid", hauchte er in Joshuas Ohr. „*Mijo*, es tut mir leid. Ich hab nichts davon gemeint."

„Doch, hast du", sagte Joshua. „Und es ist ja auch alles wahr. Ich sehe aus wie ein Junkie, und so wird mich niemand in einen Club reinlassen."

„Schh." Eli strich ihm beruhigend über den Rücken. „Du siehst mit jedem Tag gesünder aus, *niño*, und wenn's dir wieder gut geht, wirst du dich vor interessierten Typen kaum retten können."

Es war so einfach, dort zu stehen und Eli zu erlauben, ihn zu halten. Joshua legte sein Kinn auf Elis Schulter und atmete den Geruch nach Pferd und Seife und Schweiß und Mann ein. Er hob seine Arme und schlang sie um Elis Taille.

„Josh", murmelte Eli. „Oh, Josh."

Er spürte, wie Eli den Kopf drehte, und wandte ihm sein Gesicht zu. Ihr Lippen streiften einmal sanft übereinander, dann lehnte sich einer von ihnen – Joshua konnte nicht sagen, wer – vor, drängte sich näher. Elis Zunge berührte Joshuas Lippen, dann lud sie sich selbst ein und erkundete zärtlich. Eli schmeckte nach Pfefferminz und Cola.

Joshua stieß einen leisen Seufzer aus, dann schlang er die Arme fester um Eli, zog ihn enger an sich und drehte sich so, dass ihre Hüften sich gegeneinander drückten. Es fühlte sich so gut an, nur diese kleine Berührung, die erste nach so langer, langer Zeit. Als er spürte, wie Elis Hand über seinen Rücken glitt und seinen Hintern umfasste, lächelte er in den Kuss hinein, der sie noch immer miteinander verband, und rollte die Hüften vor auf der Suche nach mehr.

Aber als Eli daraufhin zurücktrat und auf die Knie sank, fiel Joshua vor Schreck beinahe um. „Wa...?"

„Schh", wiederholte Eli, und ebenso bedächtig und effizient, wie er die Pferde abgesattelt hatte, öffnete er Joshuas Jeans und zog sie ihm bis zu den Knien hinunter. Dann lehnte er sich vor und küsste Joshuas schmale Hüfte. „Oh, *mijo*", flüsterte er, wandte das Gesicht zur Seite und leckte ein Mal über die emporstrebende Länge von Joshuas Glied. „Wunderschön", sagte er, seine Stimme voller Ehrfurcht und Staunen. „So stark, so schön."

Seine Zunge streifte die Eichel und glitt unter den Rand der sich zurückziehenden Vorhaut. Joshua vergrub seine Hände in dem blonden Haar und lehnte sich Halt suchend gegen die Tür. „Gott, Eli", sagte er rau.

„Schh." Eli leckte ihn erneut, und Joshua schrie leise auf, als Elis Mund ihn tief in sich aufnahm. Eli saugte ihn noch tiefer, und seine Zunge massierte die Unterseite von Joshs Schaft, während seine Hand Joshuas Bein hinaufglitt und seine Hoden streichelte.

Dann ließ er Joshua aus seinem Mund gleiten, und Joshua schluchzte beinahe. „Schlafzimmer", krächzte Eli und stand auf, zog Joshuas Jeans hoch und über seine Hüften. Aber er knöpfte sie nicht zu, sondern nahm Joshuas Hand und führte ihn durch das kleine Wohnzimmer in das ebenso kleine Schlafzimmer, das von seinem breiten Doppelbett beinahe ganz ausgefüllt wurde.

Neben dem Bett zog Eli Joshua Stiefel und Jeans aus, dann streckte er die Hände nach seinem T-Shirt aus. Joshua zuckte zurück, aber Elis Augen waren geduldig, trotz der warmen Glut in ihnen. „Es ist schon in Ordnung, *mijo*. Ich weiß, wie du aussiehst."

Also ließ Joshua sich von ihm das Hemd ausziehen, zeigte seine knochige, tätowierte Brust und ebensolchen Arme. Er zitterte leicht, besorgt darüber, dass der Anblick Eli abstoßen würde, aber Eli beugte sich lediglich vor und fuhr mit seiner talentierten Zunge über eine seiner Brustwarzen. Joshua wimmerte. „Bett", sagte Eli, schlug die leichte Bettdecke zurück und drückte Joshua sanft auf die Matratze nieder.

Joshua sah zu, wie Eli sich das Hemd, ohne es aufzuknöpfen, über den Kopf zog, sich dann aus Stiefeln und Jeans pellte und alles zu Boden fallen ließ. Er trat an den Nachttisch und holte Kondome und Gleitcreme hervor.

„Bringst du deine One-Night-Stands hierher?", fragte Joshua, und seine Stimme bebte erwartungsvoll.

„Nee", sagte Eli. Er riss eine Packung mit den Zähnen auf und rollte das Kondom über Joshuas Penis. „Ich benutz' die, wenn ich mir einen runterhole – macht das Saubermachen leichter. Sarafina putzt ja für mich – ist nur höflich." Er beugte sich vor und nahm einen von Joshuas Hoden in den Mund, und Joshua verlor jegliches Interesse an ihrer Unterhaltung; das Gefühl feuchter Wärme war weitaus interessanter.

Von dort glitt Eli weiter hinauf zu Joshuas Schwanz, der inzwischen so steif war, dass Joshua glaubte, er müsste jeden Moment das Bewusstsein verlieren, weil einfach nicht mehr genug Blut in seinem Gehirn ankommen konnte, und schloss seine Finger um die Wurzel. Dann begann Eli, ihn langsam, unerträglich langsam, zu lutschen; er sank hinunter, bis seine Lippen seine Faust berührten, glitt dann wieder hinauf, massierte Josh bei der Abwärtsbewegung mit der Zunge und saugte hart auf dem Weg hinauf. Wieder und wieder, und noch einmal, mit derselben Intensität, in demselben, langsamen Tempo. „Eli", stöhnte Joshua. „Gott, Eli ..."

Die Vibrationen von Elis leisem Lachen raubten Joshua beinahe den Verstand.

Schließlich, endlich, wurde er schneller, gerade genug, dass Joshua begann, sich ihm auf der Suche nach dem Orgasmus drängend entgegen zu heben. Als er schließlich den Höhepunkt erreichte, spürte Joshua, wie sich sein Hintern von der Matratze hob, als er den Rücken wölbte, und die explosionsartigen Empfindungen raubten ihm für einen Moment die Sicht. Er schob sich eine geballte Faust in den Mund, um seinen Aufschrei zu ersticken.

ELI SPÜRTE, wie Hitze das Kondom erfüllte, und ließ Joshua aus seinem Mund gleiten, packte ihn mit der Faust und massierte ihn, holte auch den letzten Tropfen aus Joshua heraus. Dann streifte er ihm vorsichtig das volle Kondom ab, knotete es zu und warf es in den Mülleimer neben seinem Bett. Er drückte einen sanften Kuss auf Joshuas Hüfte, flüsterte: „Bin gleich wieder da" und kam stolpernd auf die Füße, taumelte ins Bad auf der anderen Seite des Flurs und schloss die Tür. Dann holte er sich schnell über der Toilettenschüssel einen runter, zwei, drei schnelle Bewegungen mit einer Hand, während er sich mit der anderen an der Wand hinter dem Klo abstützte, damit seine Knie nicht unter ihm nachgaben. „Scheiße", stöhnte er leise.

Während er sich die Hände wusch, betrachtete er sich ihm Spiegel. Das Gesicht, das ihm entgegensah, war vor Erregung gerötet, aber innerlich fühlte er sich grau vor Erschöpfung. „Oh, Sohn", sagte er zu seinem Spiegelbild, „in was zum Teufel hast du dich da hineingebracht?"

Sinnlos, sich jetzt darüber Gedanken zu machen. Er nahm einen sauberen Waschlappen aus dem Regal, machte ihn mit warmem Wasser nass und wusch sich schnell ab, dann spülte er ihn aus und brachte ihn ins Schlafzimmer.

Josh döste, aber er öffnete die Augen, als Eli sich aufs Bett kniete und begann, ihn zu waschen. Nicht, dass da viel abzuwaschen gewesen wäre; sie hatten keine große Sauerei veranstaltet. Dennoch, Eli hörte ein zufriedenes Seufzen, als er Joshuas Hoden für ihn abwusch. „Fühlt sich gut an", murmelte Josh.

„Ja, ich weiß." Eli warf den Lappen auf den Teppichboden und kroch neben Joshua ins Bett. „Ich kann nicht lang bleiben. Muss zurück an die Arbeit. Aber du kannst bleiben, solang du willst – ich sag Tucker einfach, dass du beschlossen hast, dich eine Runde aufs Ohr zu hauen."

„In deinem statt in meinem Bett?" Joshuas Miene war ironisch. „Das kann er sich dann selbst zusammenreimen, würde ich sagen."

„Er weiß nicht, dass du schwul bist", sagte Eli.

„Nicht schwer, zu dem Schluss zu kommen, wenn er herausfindet, dass ich in deinem Bett eingeschlafen bin."

„Mm", sagte Eli. Er stützte sich auf einen Ellbogen und betrachtete Josh nachdenklich. Unter seinem eindringlichen Blick wurde Josh rot und fasste nach dem Laken, um es über sich zu ziehen, aber Eli hielt ihn auf. „Nein", sagte er, „lass mich dich ansehen."

„Nichts Besonderes zu sehen", sagte Joshua. Er rutschte unbehaglich hin und her, ließ Eli aber gewähren.

Er hatte auf einer Seite der Brust eine Tätowierung – eine normale Tätowierung, kein Bandentattoo: ein großes Herz, umringt von Blumen, um das sich ein geschlungenes Band wand. Auf der oberen Schleife des Bandes stand „Hannah", auf der unteren „Catherine". Ein Fremder, der es sah, mochte denken, dass es sich um einen Namen handelte, „Hannah Catherine". „Die einzigen zwei Frauen, die ich jemals lieben werde", sagte Joshua.

„Mm", stimme Eli zu.

„Mein Vater hat meine Mutter immer ‚Ana' genannt, also dachten sie in der Gang alle, Hannah Catherine wäre mein Mädchen in Cincy. Sie dachten, ich wäre dort in einer Bande gewesen. Das FBI hatte ein gefälschtes Vorstrafenregister aufgebaut, das so echt aussah, dass ich manchmal Angst hatte, wirklich im Gefängnis zu landen, weil sie vergessen hatten, dass die ganze Sache gefälscht war."

Eli fuhr mit einem Finger die Umrisse des Tattoos auf seinem Oberarm nach. Es war weniger sanft als das andere: ein Skelett in einem Kapuzenumhang, das eine Machete über den Schädel des vor ihm knienden Skeletts hielt. Darunter war ein Banner, auf dem der Name „Los Peligros" stand. „Die Gefahren?", übersetzte Eli.

„Der Name der Gang in Chicago, zu der ich gehört habe. Sie waren nicht einfach nur gefährlich, sie waren die Gefahr selbst." Die Wärme, die in seiner Stimme gelegen hatte, als er über das andere Tattoo gesprochen hatte, verschwand, und seine Stimme war leer und kalt.

„Aber das FBI hat's nicht vergessen und dich nicht ins Gefängnis gesteckt?", wechselte Eli das Thema.

„Nein. Robinson, mein ‚Betreuer' für den Einsatz, hat dafür gesorgt, dass er und die anderen Agenten in Chicago Bescheid wussten, wann die Sache hochging. Robinson hat bei der Anklageverlesung ein großes Aufhebens darum gemacht, dass in Ohio eine Reihe von Haftbefehlen gegen mich vorlägen, und da bei der ‚Verhaftung' die Anklage auf organisiertes Verbrechen und Drogenhandel in mehreren Staaten lautete, mussten sie nicht mal warten, bis eine Auslieferung genehmigt wurde, um mich zurückzuschicken. Robinson hat mich dann da raus geholt und direkt in die Entzugsklinik gebracht."

„Ist der Prozess vorbei?"

Josh schnaubte. „Du kennst das Rechtssystem – oder vielleicht auch nicht. Wenn nicht, Glück gehabt. Es wird Jahre dauern, bis es zum Prozess kommt, es sei denn, ein paar von ihnen machen einen Deal und treten als Kronzeugen auf. Aber es gab eine Anhörung, und nachdem allen Hauptakteuren die Freilassung auf Kaution verweigert wurde, war Robinson der Ansicht, dass ich sicher genug war, wieder meine wahre Identität anzunehmen." Er sah hinunter auf Elis Finger, die träge die Umrisse des Herzens auf seiner Brust nachfuhren. „Meine größte Sorge gilt Mom und Cathy, aber während meines gesamten Einsatzes gab es nicht ein Anzeichen dafür, dass irgendjemand meinen richtigen Namen kannte. Ich war José Rosales, Sohn von Alberto Rosales. Meine Großeltern waren zu dem Zeitpunkt bereits tot, aber selbst, wenn sie noch gelebt hätten, sie hatten nichts mit 'Chete Montenegro zu schaffen, dem Anführer der Bande. Er ist mit meinem Vater zusammen aufgewachsen, was mein Fuß in der Tür bei Los Peligros war, aber meine Großeltern haben ihm immer die Schuld dafür gegeben, dass mein Vater auf die schiefe Bahn geraten ist."

Eli schnaubte.

„Nach allem, was Mom mir erzählt hat, hat Dad sich selbst nach besten Kräften bemüht, auf die schiefe Bahn zu geraten. Ich habe hart dafür gearbeitet, um Robinson Beweise zu liefern, die sie unabhängig verifizieren können, sodass ich niemals werde aussagen müssen, weil das meine ganze Familie in Gefahr bringen würde."

„Was, wenn du aussagen müsstest?"

„Zeugenschutzprogramm, vermutlich. Aber ich habe das Spiel von Anfang an nur mit diesem einen Gedanken gespielt – finde die Beweise, bring sie hinter Schloss und Riegel, und das so, dass mich niemand dabei erwischt. Weder vorher noch hinterher."

Er zuckte zusammen, als Elis Finger über seinen Arm und hinunter zu den verheilten Einstichstellen auf seinem Unterarm glitten, aber weder er noch Eli sagten etwas. Stattdessen verflocht Eli seine Finger mit Joshuas und küsste seine Schulter über dem Los Peligros Tattoo.

Sie dösten für ein paar Minuten, aber als Joshuas Atem tiefer wurde, glitt Eli vorsichtig aus dem Bett und zog sich an. Dann beugte er sich über Joshs schlafende Gestalt, küsste seine Stirn und ging wieder nach draußen.

17

DIE TEMPERATUREN waren seit ihrem Rückritt aus dem Canyon etwas zurückgegangen, was sehr angenehm war. Joshua war nach seinem kurzen Nickerchen allein aufgewacht, aber das Rascheln von Papier, als er sich auf Elis Seite rollte, hatte ihn mit der Abwesenheit seines Partners rechnen lassen. „Bin zurück zur Arbeit", hatte Eli gekritzelt. „Schlaf dich aus. Wir sehen uns später."

Er war ausgeschlafen, also stand er auf, sprang in Elis winzigem Badezimmer schnell unter die Dusche und zog sich wieder an. Bevor er das Häuschen verließ, prüfte er, ob niemand in der Nähe war, der ihn sehen konnte. Dann machte er sich auf die Suche nach Eli.

Er war auf dem Reitplatz hinter den Ställen und arbeitete mit den neuen Trainern, die am vorigen Abend angekommen waren. Joshua hatte sie noch nicht kennengelernt. Sie standen am Rand des Reitplatzes und beobachteten Eli. Der eine war ein älterer Mann, Mitte vierzig, der schon eine Weile lang Pferde zugeritten und trainiert hatte, der aber seine Kenntnisse im Umgang mit Problempferden verbessern wollte. Der andere war Anfang zwanzig und stammte aus einer Familie in Kentucky, die Rennpferde züchtete, hatte aber beschlossen, dass er lieber Pferde zureiten wollte, als ihnen beim Rennen zuzusehen. Und der dritte im Bunde war, natürlich, Jesse.

Alle drei beobachteten andächtig, wie Eli mit einem Pferd arbeitete, dass so misshandelt worden war, dass es beinahe nicht mehr zu rehabilitieren gewesen wäre. Als Joshua an den Zaun trat und sich dagegenlehnte, hörte das Pferd, ein weiß-braunes Paint Horse, gerade auf, ängstlich um Eli herumzutänzeln und sah ihn stattdessen aufmerksam an. Er stand vollkommen regungslos in der Mitte des Reitplatzes, die Hände lose herunterhängend, das Führseil locker, und sprach mit ruhiger, geduldiger Stimme. Das Pferd hatte den Kopf noch weit zurückgeworfen, die Augen aufgerissen und die Nüstern gebläht, aber es stand still auf angespannten Beinen.

Eli sprach weiter.

„Pferde sind Beutetiere", sagte er mit seiner leisen, ruhigen Stimme. „Sie sind so programmiert, dass sie bei Gefahr fliehen, aber es sind auch Herdentiere, und sie werden kämpfen, um die Herde zu verteidigen. Oder wenn sie sich in die Enge getrieben fühlen. Theoretisch ist dieses Pferd hier in die Enge getrieben – der Zaun ist hoch genug, dass er Anlauf nehmen müsste, um drüber zu springen, aber dazu müsste er an mir vorbei, und das will er nicht. Also fühlt er sich in die Enge getrieben. Das ist in Ordnung. Was wir *nicht* wollen ist, dass er sich bedroht fühlt, denn dann *wird* er kämpfen. Dabei ist es wichtig, keine plötzlichen

Bewegungen zu machen, nicht laut zu sprechen und ihm *nicht* in die Augen zu sehen. Das ist eine Herausforderung und eine Drohung. Jetzt im Moment fühlt er sich nicht bedroht, weil er sich nicht sicher ist, was ich bin. Ich sehe so aus wie das, was ihm wehgetan hat, aber ich klinge nicht so, und ich verhalte mich auch nicht so.

Interessanter Fakt: Gerade in Fällen von Misshandlung haben Frauen oft bessere Chancen, zu einem Tier durchzudringen als Männer, einfach deshalb, weil Frauen nicht so aussehen, so klingen oder so riechen wie Männer. Statistisch gesehen misshandeln Männer Tiere sehr viel häufiger als Frauen, also haben Frauen einen Vorteil, wenn sie mit misshandelten Tieren arbeiten. Ich wünschte, Jenny wär' noch hier, um's euch zu zeigen – sie ist jetzt in Kansas und arbeitet dort, aber sie war eine meiner besten Trainerinnen. Aber's gibt nicht genug Frauen in diesem Feld, also werdet ihr vielleicht nie einer begegnen. Am besten, ihr lernt selbst, mit solchen Pferden umzugehen.

Also, wir haben schon über die Arbeit mit den eingefangenen Mustangs gesprochen, aber ihr hattet noch keine Chance, mit einem zahmen Pferd zu arbeiten, das misshandelt worden ist. Spot hier – guckt mich nicht so an, ich hab mir den Namen nicht ausgesucht – war mal ein gutes Sattelpferd, bis das aus ihm rausgeprügelt worden ist. Sein Besitzer ist bei der ASPCA angezeigt worden, und so ist er hier bei uns gelandet. Er ist kein schlechtes Pferd, nicht böse, nicht eigenwillig, nur verängstigt. Er ist erst seit einer Woche hier, also ist er sich noch nicht sicher, was Sache ist. Er hat immer noch Angst."

Die ganze Zeit, während er sprach, hielt Eli seine Aufmerksamkeit fest auf das Pferd gerichtet. Er unterstrich seine Worte nicht mit Gesten, er kehrte dem Tier nicht den Rücken zu, und er änderte auch nicht den besänftigenden Tonfall seiner Stimme. Joshua beobachtete anerkennend, wie das Pferd reagierte. Sein Körper, der in höchster Alarmbereitschaft gewesen war, entspannte sich, bis er nur noch Wachsamkeit signalisierte: der Kopf sank herab, das Weiß der Panik schwand aus seinen Augen, bis sie nur noch braun waren, und die Nüstern blieben zwar gebläht, aber nicht mehr so weit aufgerissen.

Eli sprach weiter und hockte sich dabei langsam hin. Es sah aus, als könnte er jederzeit das Gleichgewicht verlieren und umfallen, aber Joshua vermutete, dass er absolut fest und sicher stand.

Das Paint Horse schüttelte den Kopf, blieb aber, wo es war.

Eli bewegte sich langsam in eine sitzende Position, die Beine im Schneidersitz überkreuzt. „Wie ihr schon wisst, hat ein Tier weniger Angst vor euch, wenn ihr euch kleiner macht als es. Aber jetzt werd' ich euch noch was andres sagen darüber, wie ein Pferd die Welt sieht, was ihr alle wissen solltet. Seht ihr, wie ihre Augen seitlich am Kopf sitzen, sodass sie ein breiteres Sichtfeld haben? Dadurch haben sie direkt vor sich einen blinden Fleck. Und durch die Verzerrung ihres Sichtfeldes sehen sie alles, was direkt vor ihnen aber ein Stück entfernt ist, unverhältnismäßig groß. Also springt nicht direkt vor ihrer Nase auf, das erschreckt sie nur, und macht euch kleiner, damit sie keine Angst vor euch haben. Problem ist, das könnt ihr nicht machen, wenn ihr der Meinung seid, dass ihr dann über den Haufen gerannt werdet. Pferde *können* euch töten. Das ist also eine Entscheidung, die von eurer Erfahrung mit einem Tier abhängt. Spot hier – ich hab ihn noch nicht ein Mal aggressiv reagieren sehen, also vertraue ich ihm, dass er mich nicht zu Brei stampft." Er faltete die Hände und wartete.

Joshua lächelte, als nur eine Minute später das Pferd die letzten Schritte auf Eli zu trat, ihm den Hut vom Kopf stieß und durch sein Haar schnoberte. Eli rührte sich nicht, aber er begann, dem Pferd Unsinnsworte zuzuraunen, und es senkte den Kopf und stupste Elis Brust mit der Nase an. Langsam hob Eli eine Hand und streichelte die Wange des Pferdes.

„Heilige Scheiße", flüsterte Joshua. „Das ist absolut unglaublich."

„Ja, das ist er", stimmte Tucker, der mit einem Mal neben ihm stand, zu. Joshua war so auf Eli fokussiert gewesen, dass er gar nicht bemerkt hatte, wie sein Onkel nähergekommen war. Sie sprachen beide mit leiser Stimme.

„Stimmt das, was er gesagt hat? Darüber, wie sie sehen?"

„Jepp. Manchmal, wenn ein Pferd direkt auf dich zurennt und du dich groß machst und mit den Armen ruderst und deinen Hut schwenkst, sehen sie einen Riesen, so groß wie eine Windmühle, und brechen aus. Sie sind nicht besonders helle."

„Aber du liebst sie. Und Eli auch."

„Teufel, ja." Tucker beobachtete Eli einen Moment lang, wie er sich mit dem notorisch scheuen Pferd bekannt machte, dann sagte er: „Sie sind dämlich und unglaublich schreckhaft, aber's sind liebenswerte Viecher."

„Schreckhaft?"

„Oh, absolut. Wir hatten hier mal zwei Hunde. Mischlinge, aber gute Hunde. Rosey und Rambo. Rosey ist an Altersschwäche gestorben, und Rambo hat angefangen, um die Pferde rumzuwuseln. Er wollte nur spielen – er war Roseys Enkel und immer noch ein Baby –, aber's hat den Pferden Angst gemacht. Er war halt einsam. Ich hab ihm ein neues Zuhause finden müssen." Tucker dachte einen Moment lang nach, dann fügte er ehrlich hinzu: „Eli hätte dich in der Wüste um einiges schneller gefunden, wenn wir Rambo noch gehabt hätten. Er hatte Spürhund in sich. Nicht sicher, was der Rest war – vielleicht Kojote, vielleicht Wolf, vielleicht auch nur Handelsreisender. Na jedenfalls, ich vermisse sie. Hab schon drüber nachgedacht, mir ein neues Paar zuzulegen."

„Und stattdessen hast du mich bekommen. Keine Ahnung, ob das jetzt so viel besser ist."

„Nun", sagte Tucker nachdenklich, „du bist nicht besonders gut darin, eine Spur zu verfolgen, aber andererseits erschreckst du die Pferde auch nicht."

Joshua stieß ihn mit dem Ellbogen an und grinste. Sein Onkel grinste zurück.

ELI BEENDETE die Unterrichtsstunde und reichte Spot an Jesse, dem erfahrendsten Trainerschüler, weiter, um mit ihm zu arbeiten. Als er Joshua mit Tucker am Zaun stehen sah, sagte er zu den anderen beiden: „Ihr habt Tuck gestern Abend kennengelernt, aber ich glaub nicht, dass ihr seinen Neffen schon getroffen habt. Er ist erst vor Kurzem aus Chicago hergekommen."

Spencer, der junge Mann aus Kentucky, war zuvorkommend, aber er hielt Joshuas Hand lange genug fest, dass Eli begann, sich unwohl zu fühlen. Der ältere Mann, Patrick, war höflicher und mehr daran interessiert, mit ihnen über die Pferde zu sprechen. Eli wurde von Patrick und Tucker mit Beschlag belegt, was völlig in Ordnung war, bis er den Kopf drehte und Joshua und Spencer entdeckte, die ihnen folgten – und Spencer hatte den Kopf ein bisschen zu weit in Joshuas Richtung geneigt. Ein Gefühl wie Übelkeit erfüllte Eli, und er konnte es nicht gleich einordnen. Doch als es von einem leichter zu identifizierenden Gefühl – nämlich Erleichterung – ersetzt wurde, als er sah, wie Joshua den Höflichkeitsabstand zwischen sich und dem jungen Mann wiederherstellte, wurde Eli klar, was das Gefühl gewesen war.

Eifersucht.

Oh, Sohn, dachte er, *du steckst bis zum Hals im Schlamassel ...*

Als Tucker ihn fragte, welches Pferd er für Spencer empfehlen würde, war Eli versucht, den Namen des ungezogensten Pferdes im ganzen Stall zu nennen, aber dann siegte sein Sinn für Fairness und er schlug ein anderes vor, eines, das mehr Spencers Kragenweite war, sowohl körperlich als auch emotional. Tucker stimmte zu und führte die beiden Männer fort, um sie ihren neuen Schützlingen vorzustellen.

„Wer von euch wird sie unterrichten?", fragte Joshua, als er Eli in die kleine Scheune folgte. Er sah ihm zu, als Eli an jede Box trat und die Futtertröge kontrollierte.

„Wir beide, aber Tucker macht den Anfang mit Pferden, die bereits zugeritten sind, aber misshandelt oder vernachlässigt wurden. Diese Jungs haben bereits Erfahrung mit dem Training, aber ihnen zuzusehen, wie sie mit scheuen Pferden arbeiten, wird ihm einen Eindruck davon geben, wo ihre Stärken und Schwächen sind – und wie er ihre Ausbildung jeweils am besten aufzieht. Tuck übernimmt den Teil, weil er nicht nur mehr Erfahrung mit misshandelten Pferden hat, sondern auch, weil er mit Menschen besser umgehen kann. Ich bin besser darin, wilde Pferde zu zähmen. Ich übernehme, wenn's ans Zureiten der Mustangs geht – der vom letzten Roundup. Wir haben etwa ein halbes Dutzend Zwei- und Dreijähriger aus der Herde, die du gestern gesehen hast. Sie sind kastriert, aber sie sind immer noch wild. Sie stehen in dem Korral hinter der Schmiede.

Früher ist Tucker bei den Roundups nicht selbst mitgeritten, sondern hat immer nur ein paar der Mustangs zum Zureiten und Trainieren übernommen. Aber seit ich hier bin, macht er auch bei den Roundups selber mit, weil ich die Pferde handzahm machen kann. Ich arbeite schon mein ganzes Leben lang mit wilden Mustangs. Ramon, Thomas und Jason auch – sie kommen aus dem Norden, wo man noch mehr mit den Mustangherden macht. Ramon kommt aus Montana, Jason und Tom aus Wyoming. Wir arbeiten jeder nach seiner Stärke – das ist effizienter." Eli steckte seinen Kopf in den Vorratsraum und machte eine schnelle Bestandsaufnahme der Maischekanister, dann tippte er die Anzahl in eine App auf seinem Smartphone ein. Sie hatten nur noch etwa zehn Ein-Liter-Kanister; sie mussten etwa zwanzig nachbestellen, sonst würde ihnen vor der nächsten Sammelbestellung der Vorrat ausgehen.

„Mhm."

Eli warf Joshua über die Schulter hinweg einen Blick zu. Er lehnte an der Wand neben Rorys Box und sah ihn an. Seine Miene war finster.

Die Katze sprang auf die Trennwand zwischen dem Stallabteil und der nächsten Box und strebte auf Joshua zu. Eli sah, wie der düstere Ausdruck auf Joshuas Gesicht sich aufhellte, als er die Katze zwischen den Ohren kraulte. „Was ist los?", fragte er ruhig.

„Nichts", sagte Joshua. Er strich der Katze noch einmal über den Kopf, dann setzte er sie auf den Boden. „Raus mit dir", sagte er zu ihr.

„Ich dachte, du magst Katzen", sagte Eli. Was ging im Kopf des Jungen vor sich?

Joshua zuckte die Schultern. Er streichelte der Katze ein letztes Mal über den Rücken, dann richtete er sich auf. „Wir sehen uns beim Abendessen, nehme ich an."

Eli ergriff seinen Arm, als er an ihm vorüberging. „Irgendwelches Bedauern?"

Josh antwortete zuerst nicht, dann sagte er bitter: „Wofür?" und versuchte, seinen Arm zu befreien.

Eli ließ ihn nicht los. „Sohn, ich bin kein Gedankenleser. Wenn du ein Problem mit mir hast, dann sag's mir, erraten kann ich's nicht." Er versuchte, sich seinen Ärger nicht anhören zu lassen, aber etwas davon musste in seinen Worten mitgeschwungen haben, denn Joshua wandte den Kopf und sah ihn eindringlich an. Verdammt – er hatte mit dutzenden von dickköpfigen Pferden gearbeitet und nie die Geduld verloren, aber ein dickköpfiger Junge …

„Ich bin nicht dein verdammter Sohn."

„Schön, du bist nicht mein Sohn. Entschuldige. Ist reine Gewohnheit. Dreh mir nicht gleich die Gurgel um. Aber sag mir, was zum Teufel los ist, dass du so fuchsig bist."

„Es hat nichts mit dir zu tun."

„Blödsinn. Nächste?"

„Was?"

„Ich warte auf die nächste blödsinnige Bemerkung. Ich weiß sehr wohl, dass es was mit mir zu tun hat, denn bis wir in die Scheune gekommen sind, war alles in bester Ordnung. So wie ich's sehe, wird dein nächster Satz sein, dass du nicht fuchsig bist. Was Blödsinn ist, ich seh' verdammt wohl, dass du's bist. Ich will einfach nur wissen, was dich diesmal angefressen hat."

„Willst du mich oder willst du mich nicht?", blaffte Joshua.

Eli hatte einen mentalen Aussetzer. Mindestens vierzig Sekunden lang stierte er Joshua lediglich mit großen Augen an, dann sagte er: „Du glaubst, dass ich dich nicht *will*? Herrgott und Theodore Roosevelt, Josh! Ich hab eine Latte, an der man einen wilden Mustang festbinden könnte, und plane Vergeltung, weil ein hübscher Junge dir ein bisschen zu nah gekommen ist! Himmel. So sehr ich's auch wollte, ich kann nicht *aufhören*, dich zu wollen." Er schaute sich in der Scheune um und mit einem Mal wurde ihm klar, was Joshua gedacht hatte. „Verdammt, Josh – hast du geglaubt, ich bin hier rein, weil ich vorhatte, dich am helllichten Tage zu vögeln, hier, wo jeder einfach reinkommen kann? Ich muss mit diesen Leuten *arbeiten*!"

„Fick. Dich." Josh riss seinen Arm aus Elis Griff los und ging mit steifen Schritten zum Scheunentor.

Eli sah rot. Er holte Josh just in dem Moment ein, bevor er hinaus in den Sonnenschein trat, und zerrte ihn in die dunkle Ecke neben dem Scheunentor. Joshuas Augen waren groß und überrascht, und Eli spürte eine Woge der Lust, die stärker war als alles, was er bisher gekannt hatte. Er stieß Josh gegen die Wand und drängte sich an ihn, fand seine Lippen im selben Moment, in dem sein Körper hart gegen Joshs prallte.

Er hörte einen gedämpften Aufschrei, aber dann wurde Josh in seinen Armen weich und nachgiebig. Allerdings nur für einen Moment; im nächsten hatte Eli eine Armvoll Leidenschaft. Josh packte sein Hemd und drängte sich wild gegen Eli. Er stöhnte tief in seiner Kehle, als er seine Hüften rhythmisch gegen Elis stieß.

„Scheiße", zischte Eli, als Joshs Zähne sich über seiner Schulter schlossen.

„Ja", knurrte Josh. „Fick mich."

„Nicht hier …"

„*Hier*. Jetzt." Joshua schob ihn grob von sich, dann drehte er sie beide um, sodass Elis Rücken gegen die Wand gedrängt war, und ging auf die Knie.

„Josh, nein …" Aber Josh hatte bereits Elis Jeans aufgeknöpft und den Reißverschluss heruntergezogen. Er schluckte Elis Schwanz, und seine Zunge tanzte um den Schaft. Als er ihn das nächste Mal schluckte, ließ er Eli bei der Aufwärtsbewegung seine Zähne spüren, und Eli verlor fast den Verstand. Er vergrub seine Finger in Joshuas Haaren und stieß hart in seinen Mund.

Es war fantastisch, aber es war anscheinend nicht genug für Joshua, der nach ein paar Minuten den Kopf hob und seinen Mund mit einer Hand ersetzte; sein Daumen rieb über Elis Eichel und die Unterseite seines Glieds. „Ich will, dass du mich fickst", sagte Joshua mit rauer Stimme. „Ich brauche es, Eli."

„Josh …" Eli sah hinunter und in Augen, in denen nacktes Verlangen und Hunger geschrieben standen. „Ich …." Er verstummte, als er sah, wie Josh eine Hand in seine Hosentasche steckte und ein Kondom und ein kleines Päckchen

Gleitcreme herauszog. Joshua riss die Kondompackung auf und rollte es über Elis Glied, dann öffnete er seine Jeans und zog sie grob bis zu den Knien herunter. Er drückte Eli die Gleitcreme in die Hand, dann drehte er sich um und beugte sich vor, die Handflächen gegen die Wand gestützt. „Fick mich", sagte er über die Schulter hinweg.

„Himmel Herrgott!" Eli drückte das Päckchen Gleitcreme auf und strich einen Teil über seinen Schwanz, den Rest über seine Finger, dann streckte er die Hand aus und schob zwei Finger tief in Josh hinein. Josh stöhnte: „Gut!", als Eli ihn öffnete. Dann, in einem Nebel aus Verlangen und Hitze und unerwartetem Zorn, vergrub Eli sich in Josh, Hände flach auf Joshs auf der Wand gedrückt. Er zog sich ein Stück zurück, stieß hart vor, hörte Joshs scharfes Ausatmen, spürte ihn erschauern, und tat es noch einmal, und wieder, und seine Hände hielten Joshs erbarmungslos gegen die Wand gedrückt fest. Für eine Weile – Eli dachte vielleicht für immer – war kein Geräusch zu hören, außer ihrem schweren Atem und dem Klatschen von öliger Haut auf verschwitzter Haut. Eli trat Joshuas Füße ein Stück weiter auseinander und stieß tiefer. Joshua kämpfte gegen Elis Griff an, aber Eli ließ sich nicht beirren: Er schloss seine Finger fester um Joshs, bis er sie bewegungslos zwischen sich und der Wand eingeschlossen hatte.

Joshua stieß leise, fast wehklagende Laute aus, als er kam und sich über das alte Holz der Scheunenwand ergoss, obwohl Eli seine Hände fest und von seinem Schwanz ferngehalten hatte. Er schauderte, aber Eli bewegte sich weiter, ritt ihn hart. Er dachte nicht länger an irgendetwas anderes als an seinen eigenen, drängenden Höhepunkt, sein Verlangen nach Josh.

Er vergrub seine Zähne in Joshuas Hemd und spürte, wie ein weiterer Schauer Joshs Körper durchlief. Das brachte ihn zum Höhepunkt, und der Orgasmus war so heftig, dass ihm für einen Moment die Sicht schwand und seine Ohren laut summten. Er spürte, wie er sich in drei, vier Wellen ergoss, dann gaben seine Knie unter ihm nach, und er sackte gegen Josh.

DAS HOLZ war warm und rau unter Joshuas Wange, und er hatte den Verdacht, dass er einen Splitter in der Handfläche hatte. Eine der Handflächen, die Eli gegen die Scheunenwand gepresst hatte – genau so, wie es sein Körper jetzt mit dem Rest von Joshua tat. Es war nicht sehr bequem, aber es fühlte sich *gut* an. Joshua fühlte sich sicher und solide und geborgen unter Elis Gewicht, als könne er loslassen und Eli würde ihn halten, sich um ihn kümmern. Der Gedanke war so machtvoll, dass er erneut erschauerte, und er spürte mehr, als dass er hörte, wie Eli leise stöhnte.

„*Mijo*", flüsterte Eli ihm ins Ohr, „du bringst mich noch um …" Er zog sich langsam, vorsichtig aus Joshua zurück, bewegte sich von ihm weg. Joshua fühlte sich leer und ungeschützt. Aber dann kehrte Elis Wärme zurück, und er küsste die Stelle auf Joshuas Schulter, die er gebissen hatte. „Es tut mir leid", sagte er.

Es tut mir leid ... Joshua schüttelte ihn ab und bückte sich nach seiner Jeans, zog sie über seinen feuchten Schwanz und knöpfte sie wieder zu. „Kein Problem", sagte er und schob sich an Eli vorbei.

Eli packte seinen Arm. „Nein, nicht schon wieder. Himmel, Josh, bleib stehen und hör mir einfach mal eine Minute lang zu, okay? Guter Gott, ich weiß nie, was es ist, das ich sage, dass dich so fuchsig macht, dass du wieder die Flucht ergreifst. Was das angeht, bist du schlimmer als eine Frau." Er schien zu bemerken, dass Josh zu einer Antwort ansetzte, und hob einen Finger. „Nein. Nicht ein Wort. Du setzt dich einfach da hin und *hörst mir zu.*" Er zeigte auf einen Heuballen in der Nähe.

Verärgert ließ Joshua sich auf den Heuballen fallen. Es brannte, und er zuckte zusammen.

Eli hob den Hut auf, der ihm anscheinend irgendwann in den letzten paar Minuten vom Kopf gefallen war, und schlug ihn gegen sein Bein, um die Strohhalme, die daran hingen, abzuschütteln. Dann blickte er hinauf zu dem hohen Scheunendach, dann hinunter zum Gang zwischen den Boxen. Dann seufzte er. „*Mijo*", sagte er, dann korrigierte er sich, „Josh ..."

„Ich hab nichts gegen *mijo*", unterbrach Josh ihn.

„Was? Aber du hast doch gesagt, du magst ‚Sohn' nicht, und das bedeutet es ja."

Josh zuckte die Schultern. „Es ist eben anders. Sprich weiter."

„Verdammt, ich hab vergessen, was ich sagen wollte!"

„Du wolltest sagen, dass ich das nicht noch mal machen soll, dass du hier arbeiten musst, und dass niemand hier weiß, dass du auf Schwänze stehst, und dass ich mich darauf konzentrieren soll, wieder gesund zu werden und alles über die Ranch zu lernen. Und dass du kein Interesse an einem verkorksten Stück nutzloser Scheiße wie mir hast." Joshuas Stimme klang selbst für seine eigenen Ohren flach und leblos. Er fühlte sich nicht einmal besonders emotional – schließlich ließ sich mit der Wahrheit nicht streiten, richtig? Eli lebte schon seit Jahren hier. Er hatte vermutlich eine richtige Beziehung mit jemandem, der in der Nähe wohnte, vielleicht in Albuquerque. Oder vielleicht in Miller. Dieser Dr. Castellano im Krankenhaus dort schien ihn sehr gut zu kennen. Was brauchte er da jemanden wie Josh, der wie ein Bleigewicht an ihm hing? Warum sollte er das *wollen*?

Er wusste, dass es kindisch und dumm gewesen war, wütend auf Eli zu sein und einen Streit mit ihm vom Zaun zu brechen, aber dass Eli einfach weiter seiner Arbeit nachgegangen war, als wäre nichts gewesen, das hatte wehgetan. Joshua hatte geglaubt, ihr kleines Zwischenspiel wäre etwas Besonderes gewesen, aber Eli hatte sich so verhalten, als wäre es nicht einmal der Beachtung wert gewesen. Nur eine kurze Unterbrechung eines geschäftigen Tages. Vielleicht hatte Joshua sich geirrt. Vielleicht war es dumm gewesen, sich auf jemanden wie Eli einzulassen, jemanden, der ein richtiges Leben hatte. Er wusste nicht, warum er Eli überhaupt in die Scheune gefolgt war. Er hatte einfach nur noch nicht loslassen wollen.

„Himmel." Eli setzte sich neben ihn und verflocht seine Finger mit Joshuas. „Ich wollte nicht mal ansatzweise so was sagen, *mijo*. Ich wollte … Ach Scheiße, ich wollte mich einfach dafür entschuldigen, dich schlecht behandelt zu haben, und sagen, dass du es niemandem erlauben solltest, so mit dir umzuspringen."

„Wie mit mir umzuspringen?"

„So … grob, und so. Ich bin hart mit dir umgesprungen, ich hatt's eilig. Das wollte ich nicht. Ich wollte …" Er stieß den Atem aus. „Ich wollte, dass das nächste Mal gut wird. Wollte es richtig angehen, nicht einfach so schnell-schnell wie vorher. Wie jetzt. Als wärst du's nicht wert, dass man sich Zeit nimmt. Himmel Herrgott, wenn die Leute so mit dir umgehen, ist es kein Wunder, dass du ein beschissenes Selbstbild hast. Scheiße." Er schlug den Kopf rückwärts an die Wand hinter sich. „Scheiße."

„Du hast die Kontrolle verloren", sagte Joshua. „Hast du eine Ahnung, wie unglaublich heiß das ist? Du hast die Kontrolle verloren und mich gegen die Wand gestoßen und mich genommen, weil du mich wolltest, und es hat sich verdammt großartig angefühlt." Er sah hinunter auf ihre ineinander verschlungenen Finger. Elis waren lang und bronzefarben und schwielig wie die eines Arbeiters, der er ja nun war. Seine eigenen waren dünn und weich. Ebenso dunkel wie Elis, aber nach so vielen Monaten in der Klinik blasser, als sie es früher gewesen waren – obwohl sein puerto-ricanisches Erbe dafür sorgte, dass er immer sonnengebräunt aussah. Die Hände eines Arbeiters gab es bei ihm allerdings nicht.

Es sei denn, man zählte den Umgang mit der Waffe oder mit einem Stück Rohr oder mit einem Schlagring. Er hatte keine Arbeiterhände. Er hatte Mörderhände.

Aber in Elis Händen sahen sie anders aus.

Eli hob sie an seine Lippen und küsste Joshuas Finger. „Ich weiß nicht, was du willst, Josh."

„Was willst du?"

„Scheiße." Die Art, wie er das Wort aussprach, gefiel Joshua. Es war nicht das „schai-ssssee", das er von den Schwarzen und Latinos in Chicago gewöhnt war, sondern ein lang gezogenes, gedehntes „sch" und ein kurzes, abgehacktes „eiße" am Ende. Die meisten Männer auf der Ranch sprachen es so aus, selbst Tucker, wenn er denn mal fluchte, aber von Eli kommend klang es süßer. „*Schhhh*-eiße."

„Ich will, dass du wieder gesund wirst", sagte Eli. „Ich will, dass es dir hier so gut gefällt, dass du für immer bleiben willst und nicht zurückgehst in die Stadt. Ich will, dass du lernst, Pferde ebenso zu lieben wie ich. Ich will, dass du glücklich bist."

„Das ist eine ganze Menge über mich."

„Tja, na ja, du spukst mir dieser Tage eben im Kopf rum. Scheiße."
Schhhh-eiße.

Joshua schloss die Augen und lehnte sich neben Eli an die Wand. „Ich will dasselbe", gab er zu. „Ich *verdiene* es nicht, aber ich will es."

„Du verdienst es. Jeder verdient es, glücklich zu sein."

„Du hast keine Ahnung, Eli. Und ich kann es dir nicht begreiflich machen. Aber ich will es. Das muss reichen."

„Was kann ich nicht begreifen?"

Joshua schüttelte nur den Kopf, dachte an ein Mädchen und an ein Lagerhaus und Blut, schwarz wie Öl, auf schmutzigem Beton. Widerwillig löste er seine Finger aus Elis. „Du solltest dich besser wieder an die Arbeit machen."

Der Vorarbeiter blickte suchend in sein Gesicht, die Augen ruhig und ernst. „Du solltest dich eine Runde aufs Ohr legen gehen, *mijo* – du siehst fertig aus."

„Ja, vielleicht tu ich das." Er sah zu, wie Eli aufstand, sich in einer Geste, die Joshua langsam als Gewohnheit erkannte, noch einmal den Hut gegen das Bein schlug und dann hinaus ins Sonnenlicht trat.

Er blieb noch eine Weile in der dunklen Ecke der Scheune sitzen. Das Heu des Ballens unter ihm war hart und kratzig und alles andere als bequem, besonders für einen wunden Hintern, aber er wollte sich nicht bewegen. Von hier aus konnte er den Großteil des Hofs und die Hälfte der Gebäude der Ranch überblicken, und er beobachtete den täglichen Tanz der Männer und Pferde. Tucker war draußen auf dem kleinen Reitplatz und prüfte ein kleines, schwarz-weißes Pferd auf Herz und Nieren; er schien sich kaum zu bewegen, aber das Pferd tanzte förmlich durch eine Abfolge scheinbar gewollter Bewegungen. Jesse, Spencer und Patrick standen als Gruppe in der Nähe des Wassertrogs. Patrick sprach mit seinen Händen, und die anderen beiden hörten zu. Joshua fiel auf, dass die anderen Trainer, Tuck und Eli und die Männer aus Wyoming und Montana, von denen Eli gesprochen hatte, nie auf diese Art und Weise gestikulierten. Sie hielten sehr still, während sie sprachen, und ließen ihre Worte die Arbeit tun. Er fragte sich, ob er selbst auch auf so auffällige Art und Weise gestikulierte – das war ja nun nicht unbedingt etwas, das einem selbst auffiel.

Ein Pickup tuckerte in den Hof und parkte neben der großen Scheune, dem größten Gebäude auf der Ranch. Manolo, den alle Manny nannten, stieg aus und begann, Kisten und große Futtersäcke abzuladen. Jesse verließ die anderen und ging ihm helfen. Joshua registrierte, dass Spencer und Patrick am Zaun stehenblieben und zusahen. Er war wenig beeindruckt.

Ramon kam auf einem der Pferde vorbei. Er hielt an und ließ Manny einen Haufen Säcke aufladen, dann ritt er mit ihnen in die Scheune. Thomas kam aus der anderen Richtung angeritten, eine Reihe Pferde hinter sich, und führte sie in einen Korral neben Spencer und Patrick. Sie kamen ziemlich nah an den beiden Männern vorbei, und eines der Pferde hob direkt neben Spencers Schuhen den Schweif und äpfelte. Joshua unterdrückte ein Lachen. Geschah dem Kerl recht. Dann fiel ihm ein, was Eli gesagt hatte über Vergeltung und hübsche Jungen, die zu nahe standen … Heiliges Kanonenrohr – meinte er damit etwa Spencer? Er beäugte den jungen Mann neugierig. Ernsthaft? Eli dachte, er müsste auf so ein spießiges Muttersöhnchen eifersüchtig sein?

Es war beinahe lustig. Nein. Es *war* lustig.

Joshua saß in der Dunkelheit der Scheune und grinste wie wild in sich hinein.

18

DIE RANCH war schon lange schlafen gegangen, und der Vollmond stand hoch am Himmel. Joshua stand in der Mitte des Hofes und sah hinauf. Er hatte, seit er hergekommen war, nicht viel Zeit nachts draußen verbracht; er war zu erschöpft gewesen, um lange auf zu bleiben, und obwohl sein Schlaf nur allzu oft von Albträumen unterbrochen worden war, war er nie auf den Gedanken gekommen, nach draußen zu gehen und in die Sterne zu gucken. Er hätte es tun sollen, dachte er, und würde es auch, das nächste Mal, wenn ein übler Traum ihn weckte – all diese Schönheit, dieses Licht, würde sicherlich die Dämonen vertreiben, die ihn quälten.

Eine Erinnerung stieg in ihm auf, an seinen Großvater, wie er ihm vor langer Zeit die Sterne erklärt hatte. Joshua hatte auf der obersten Latte des Zauns gesessen, Großvater neben sich. Er hatte nach Tabak und Kaffee gerochen und ihm die verschiedenen Sternbilder gezeigt. Joshua sah auf und versuchte, die zu finden, die er kannte, aber das einzige Sternbild, das er wiedererkannte, war der Große Wagen. Orion war ihm vertraut, weil das eines der wenigen Sternbilder war, die hell genug waren, um trotz der Lichter und des Smogs der Städte, in denen Joshua gelebt hatte, gesehen zu werden, aber es war ein Wintersternbild und jetzt nicht sichtbar. Aber wenn der Frost kam, würde er es sehen können. Fror es hier in der Wüste? Er würde es wohl herausfinden.

Seine Sportschuhe machten auf dem festen Erdboden des Hofs keine Geräusche, als er ihn auf dem Weg zum Häuschen des Vorarbeiters überquerte. Das Häuschen, wie auch das Ranchhaus, war dunkel, aber die Tür öffnete sich unter Joshuas Berührung.

Elis Stimme kam aus dem Schlafzimmer. „Leg hinter dir den Riegel vor."

Bei dem Klang seiner tiefen, trägen Stimme, leise und geduldig, rann ein Schauer über Joshuas Rücken. „Ja, Sir", sagte er und tat, wie ihm geheißen. Als er das Schlafzimmer betrat, hatte Eli eine kleine Lampe auf einem der Nachttische angemacht und saß mit gekreuzten Beinen auf dem Bett, nur in Boxershorts und T-Shirt gekleidet.

„Ziemlich spät für einen Höflichkeitsbesuch."

„Ja", erwiderte Joshua. „Ich bin wohl kein sehr höflicher Mensch, nehme ich an." Er wartete.

Eli betrachtete ihn, seine blauen Augen verschleiert, dann seufzte er und rutschte auf dem Bett zur Seite. „Dann komm. Sinnlos, uns beide wach zu halten."

„Das war der Plan."

„Aha", sagte Eli.

Joshua schlüpfte aus der Jogginghose und dem T-Shirt, und setzte sich neben Eli. Eli griff zur Seite und zog das Laken bis zu ihren Hüften hoch. Joshua wartete.

Endlich – *endlich* – hob Eli die Hand, legte sie um Joshuas Nacken und zog ihn für einen Kuss zu sich herunter. Der Kuss war weich und süß und genau das, was Joshua in dem Moment gewollt hatte.

„Ich hab den Wecker auf fünf gestellt", sagte Eli, als er seine Lippen von Joshs löste, „sodass du ins Haupthaus kannst, bevor Sarafina aufsteht. Nicht, dass sie was sagen würde, aber wir müssen sie ja nicht in Verlegenheit bringen."

„Mm", sagte Joshua.

Eli strich mit einer Hand über Joshuas Haare. „Wird länger", bemerkte er. „Gefällt mir besser als der kahle Schädel, den so viele Typen dieser Tage haben. Dieser muskelbepackte und tätowierte und kahlrasierte Look."

„Ich war rasiert. Ich hab sie seit dem ersten Tag in der Klinik wieder wachsen lassen. Vorher hatte ich auch mehr Muskeln. Die Tätowierungen, nun ja, du hast die meisten davon gesehen."

„Die meisten davon'? Du hast noch welche, die ich noch nicht gesehen hab? Wo versteckst du die?"

Joshua berührte eine Seite seines Kopfes. „Hier, unter den Haaren. Das ist mit ein Grund, warum ich sie wachsen lasse."

„Scheiße, Sohn! Das muss *weh*getan haben."

„Wie verrückt."

„Was ist es?"

„Nichts. Ich will es vergessen."

Eli fuhr mit der Hand durch Joshuas Haare und zog ihn für einen weiteren, sanften Kuss an sich. „Dann vergiss es."

„Eli …"

Er musste nicht mehr sagen. Eli zog ihn hinunter in die Kissen, strich mit der Hand an Joshuas Wirbelsäule auf und ab und tiefer, packte seinen Hintern, zog ihn an sich und knetete seine Pomuskeln. Es fühlte sich gut an, und nicht nur auf sexuelle Art; es war lange her, dass Joshua auf einem Pferd gesessen hatte, und sein Hintern machte das bemerkbar. „Schon mal auf einem Pferd gevögelt?", murmelte er an Elis Hals.

Der Vorarbeiter prustete vor Lachen. „Herrgott und Theodore Roosevelt, Josh! Vögeln ist an sich schon kompliziert genug, ohne ein Tier und in anderthalb Metern Höhe! Wo um alles in der Welt hast du das her?"

„Cathy hat früher Liebesromane gelesen, und ich hab sie ihr heimlich entwendet und die schmutzigen Stellen gelesen. Einer von denen war ein Western, und das Paar hat's auf einem Pferd getrieben."

„Na ja, vielleicht geht's ja mit einer Frau", sagte Eli zweifelnd, „aber ein Mann ist da ein bisschen komplizierter. Ich meine, vielleicht ginge es, wenn das Pferd an beiden Seiten angebunden und groß genug ist – ein Kaltblüter, zum

Beispiel, wo man mehr Raum zum Ausbalancieren hat. Aber, Himmel, Josh, mir wird schwindlig, wenn ich nur dran denke."

„Das ist nicht die Art Schwindel, die ich hervorrufen will", flüsterte Joshua. Er wandte den Kopf, und als seine Lippen Elis trafen, schob er seine Zunge hungrig zwischen sie.

Eli legte eine Hand um Joshuas Kopf und hielt ihn still, kontrollierte den Kuss, obwohl Joshua derjenige gewesen war, der die Initiative ergriffen hatte. Es fühlte sich so gut an, Eli die Kontrolle zu überlassen, zu wissen, dass Eli ihn genug wollte, um das Ruder zu übernehmen, dass es nicht an Joshua war, Entscheidungen zu treffen, dass es nicht Joshuas Verantwortung war, wenn etwas daneben ging, dass Joshua nicht der Einzige war, der Verantwortung dafür trug, wie sich die Sache entwickelte. Dass es jemanden außer ihm selbst gab, dem Joshua vertrauen konnte. Und alles, was er von Eli gesehen hatte, alles an der Art, wie die anderen ihn respektierten, wie Onkel Tucker sich auf ihn verließ, selbst, wie Sarafina ihn behandelte – all das sagte Joshua, dass Eli ein Mann war, dem man vertrauen konnte.

Ein Mann, den Joshua hätte lieben können, wenn er dazu noch fähig gewesen wäre.

Eli musste sein Zittern gespürt haben, denn er löste seine Lippen von Joshuas und hob den Kopf: „Kalt?"

„Nur eine Gänsehaut." Joshua lächelte ihn zittrig an.

„Dann lass mich dich wärmen", murmelte Eli und küsste ihn erneut.

SIE LIEBTEN sich so, wie Eli es wollte: langsam, geduldig, eindringlich. Eli hielt Joshua so lange in jenem Spannungsmoment kurz vor dem Höhepunkt, dass die Laken unter ihnen schweißnass waren, als er endlich den Kopf wandte und Joshuas Knie küsste, das er gegen Joshuas Schulter gedrückt hatte, und mit heiserer, hungriger Stimme sagte: „Komm." Joshua warf mit einem unterdrückten Schrei den Kopf in den Kissen zurück und gehorchte, ergoss sich heiß und nass zwischen ihren Körpern. Eli ritt Joshua noch einen Moment, dann stieß er ein tiefes, lang gezogene Stöhnen aus und ließ seinen Kopf auf Joshuas Schulter fallen. Sie lagen eine Weile still, rangen nach Atem, dann hob Eli seinen schweißfeuchten Kopf und lächelte Joshua an. „Alles okay?"

„Nngh", sagte Joshua und brachte ein kurzes Nicken zustande. Er sah zu, wie Eli sich zurückzog, und vermisste augenblicklich das Gefühl der Fülle; er zuckte leicht zusammen, als Elis Schwanz ein letztes Mal über jene sensibilisierte Stelle in seinem Innern glitt. Eli knotete das Kondom zu und warf es in den kleinen Mülleimer neben dem Bett. Dann half er Joshua, vorsichtig seine Beine auszustrecken, legte sich neben ihn und zog ihn in seine Arme. „Ich steh gleich auf und hol uns was zum Abwischen. Aber ich glaub nicht, dass ich gerade jetzt im Moment laufen kann."

„An der Uni hatten wir immer eine Packung Feuchttücher für Babys im Nachttisch", sagte Joshua an Elis Schulter.

„Hn. Na, ich würde ziemlich albern aussehen, wenn ich Feuchttücher für Babys kaufen würde. Lizbeth im Laden würde noch denken, ich hätte den Verstand verloren." Joshua spürte Elis Lippen auf seinen Haaren. „Ihr Burschen von der Uni seid alle so clever."

„Onkel Tuck hat gesagt, dass du Viehwirtschaft studiert hast, also lass den Blödsinn von wegen ‚ihr Burschen von der Uni'. Du bist auch zur Uni gegangen."

„Aber nur für zwei Jahre."

„Du warst trotzdem an der Uni, und du hast trotzdem einen Abschluss. Du kannst dich nicht hinter deiner ‚ich bin ein dummer Cowboy'-Masche verstecken." Joshua leckte den Schweiß von Elis Hals, und er schauderte. „Du bist cleverer, als ich es bin – du bist nicht hingegangen und hast dich in solche Schwierigkeiten gebracht, dass du gedacht hast, du würdest nie wieder rauskommen."

„Ich geh auf Nummer sicher", sagte Eli leise. „Ich geh nie Risiken ein. Ich bin vorsichtig. Manchmal denk ich …"

Nach einem Moment fragte Joshua: „Du denkst was?"

Die Schulter unter Joshuas Wange bewegte sich in der Andeutung eines Achselzuckens. „Weiß nicht. Dass ich das Leben an mir vorüberziehen lasse, vielleicht."

„Liebst du deine Arbeit?"

„Teufel, ja." Elis Stimme war überrascht. „Das weißt du doch!"

„Gibt es etwas anderes, das du lieber machen würdest?"

„Nein. Nein, kann nicht sagen, dass es was gäbe."

„Gibt es einen anderen Ort, an dem du lieber wärst?"

„Nee."

„Warum machst du dir dann Sorgen?" Joshua stützte sich auf einen Ellbogen. „Du liebst deine Arbeit. Du tust sie gerne. Unter einhundert Männern findest du keine zehn, die dasselbe sagen können. Du hast Glück gehabt, und du bist clever."

„Und ich bin schwul, in einer Kultur, die's mit Schwulen nicht so hat", betonte Eli. „In einer Großstadt wär' ich sicherer, schätze ich."

„Nein, wärst du nicht", sagte Joshua ironisch. „Glaub's mir."

„Na, vermutlich hast du recht. Arschlöcher gibt's überall."

Joshua grinste. „Gerade das sollte dir doch gefallen!"

Eli blinzelte, dann lachte er. „Na, das wär' aber dann nicht die richtige Sorte." Er sah hinunter auf das Laken zwischen ihnen. „Es muss nicht immer ich … Ich meine, wenn du willst … normalerweise … Ich meine, ja, doch, ich *würde* …"

„Eli", sagte Joshua, „versuchst du gerade, mir zu sagen, dass du auch mal unten sein würdest?"

„Jepp." Eli lief feuerrot an. „Ich hab noch nie … Scheiße, wenn man jemanden in einer Bar aufreißt und man's eilig hat, dann geht man eben den üblichen Weg, weißt du? Ich hatte noch nie … ich weiß nicht. Jemand Festes."

131

„Ich schon. An der Uni. Er war schon im Masterstudium." Daniel mit den verträumten, braunen Augen und der Leidenschaft für die Kunst der Renaissance.

„Was ist passiert?"

„Er hat ein Praktikum im Ausland bekommen und ich eine Stelle bei der örtlichen Polizei. Die Sache hat sich im Sande verlaufen. So was passiert schon mal."

„Weiß ich nichts drüber." Eli rieb mit der Nase an Joshuas Kieferknochen entlang, und Joshua spürte, wie er sich entspannte. „Will ich auch nicht."

Joshua wollte fragen, was er damit meinte, aber stattdessen schlief er ein.

19

TUCKER HÄTTE nicht mit Bestimmtheit sagen können, warum er um fünf Uhr morgens hellwach war, aber wie üblich wusste er, dass er nicht wieder einschlafen würde, also stand er auf und ging nach unten, um sich eine Tasse Kaffee zu machen. Obwohl es draußen noch dunkel war, reichte das Licht über dem Herd aus, um die Kaffeemaschine zu sehen, also machte er sich nicht die Mühe, das Deckenlicht einzuschalten.

Der Kaffee hatte gerade begonnen, in die Kanne zu tropfen, als sich die Küchentür leise öffnete und Joshua hereinschlüpfte.

Er erstarrte, als er Tucker am Tisch sitzen sah. „Onkel Tucker."

„Josh." Was zum Teufel tat er draußen um diese Uhrzeit? Tucker runzelte die Stirn, registrierte das erhitzte Gesicht und die unordentliche Erscheinung seines sonst so ordentlichen Neffen, und ihm kam ein Gedanke. „Warst du Besuche machen?"

„Nur … die Sterne angucken."

Tucker nickte. „Schön, oder? Ich wette, in Cincinnati kannst du sie nicht so gut sehen. Oder in Chicago."

„Nein. Zu viel im Weg."

„Jepp. Kaffee?"

„Nein, danke."

„So. Wie geht's Eli?"

Das einzige Geräusch, das Tucker hörte, war das leise Ticken der Küchenuhr. Dann sagte Joshua ganz entspannt: „Gestern schien es ihm gut zu gehen."

Also so wollte er das handhaben? Joshs gelassene Antwort täuschte Tucker nicht eine Sekunde – ehrlich gesagt bestätigte sie seinen Verdacht nur. Aber verdammt, der Junge war gut – kein Wunder, dass er als verdeckter Ermittler so gut gewesen war. „Mach halblang, Sohn. Du siehst aus wie ein Mann, der ordentlich rangenommen worden ist, wenn du verstehst, was ich meine."

„Was möchtest du, dass ich sage?" Die oberflächliche Lässigkeit verschwand aus Joshuas Stimme, und er ließ sich Tuck gegenüber auf einen Stuhl fallen. „Er sagte, du wüsstest, dass er schwul ist. Woher weißt du, dass ich es bin?"

„Wusste ich nicht – bis du satt und selbstgefällig reingekommen bist und dabei nach seiner Seife gerochen hast."

„Du kannst seine *Seife* auf mir riechen?"

„Nein, aber damit hast du grad meine Theorie bestätigt." Tucker seufzte. „Verdammt, Sohn."

„Wir sind beide erwachsene Menschen."

„Ihr seid außerdem beide *Männer*." Tucker stand auf und goss sich eine Tasse Kaffee ein, dann, nach einem kurzen Zögern, goss er Joshua ebenfalls eine ein. Als er sie vor seinen Neffen auf den Tisch stellte, fuhr er fort: „Ich kapier ja die ganze schwule Sache nicht, aber wenn sie mir meine Ranch kaputtmacht, bring ich euch beide um. Eli ist der verdammt beste Vorarbeiter, den ich je gehabt hab, und du bist mein Neffe. Ich will mich nicht mit Beziehungskrach und unschönen Trennungsszenen und so rumschlagen müssen. Findet einen Weg, euer Ding zu machen, ohne dass die andren Männer was davon mitbekommen, dann kann ich damit vielleicht noch umgehen. Wenn ihr's nicht tut – nicht könnt –, dann schick ich dich Hannah zurück. Stückchenweise."

Joshuas Gesicht hatte sich verschlossen, war hart geworden. „Keine Sorge, Tucker", sagte er mit kalter Stimme, die Tucker nie zuvor von ihm gehört hatte. „Wir werden unsere *Schwulheit* nicht vor den Männern zur Schau stellen. Ich bin ja nicht dumm."

Mit einem Seufzen sagte Tucker: „Scheiße, Sohn, das ist's doch nicht, was mir Sorgen macht. Na ja, okay, doch, ist es, aber nur, weil wir hier im Westen sind, und Cowboys in der Regel nicht bereit dazu sind, in einer Pride Parade mitzumarschieren. Wahrscheinlicher ist ja, dass sie euch meiden. Ja, sicher, du hättest dir auch einen übleren Staat aussuchen können als New Mexico, aber trotzdem. Scheiße, hast du *Brokeback Mountain* nicht gesehen?"

„Natürlich habe ich das. Ich wusste nur nicht, dass du ihn auch gesehen hast."

„Bin mit einem Mädel ausgegangen, und wir haben ihn gesehen. Hat ihr gefallen."

„Es ist ein guter Film."

„Nun. Erinnerst du dich an die toten Schwulen, die sie in den Rückblenden gezeigt haben? So was passiert hier immer noch. Vielleicht nicht mehr so oft, vielleicht auch nicht in diesem Staat, oder nicht so oft wie in anderen, aber Teufel, die Sache mit diesem Jungen Matthew ist noch nicht ganz so lange her. Ich will nicht noch so eine Tragödie zu meinen Lebzeiten, Josh, und ganz besonders nicht eine, die meinen Neffen beinhaltet." Er hob seine Tasse an die Lippen und war überrascht zu sehen, dass seine Hände zitterten. „Und Eli ist ein guter Mann und verdient es nicht, verletzt zu werden. Wenn du also mit ihm nur … nur *rummachst*, lass es."

„Ich habe keine Ahnung, was ich tue." Joshuas Hände lagen rechts und links neben seiner Tasse flach auf dem Tisch. Er starrte auf sie hinunter, als enthielten sie die Antworten auf alle Fragen des Lebens. „Was nicht neu ist für mich."

„Josh."

Sein Neffe sah auf. Seine Miene war vollkommen ausdruckslos. Tucker dachte an den lebhaften, willensstarken Jungen, der er gewesen war, und ihm brach das Herz. Nicht zum ersten Mal, seit das zerstörte Wrack eines Neffen auf der Ranch angekommen war. Mit sanfter Stimme sagte er: „Seid vorsichtig, mehr will ich gar nicht. Wenn du und Eli einander glücklich macht, dann Teufel, macht einander glücklich. Aber seid vorsichtig."

„Ich weiß nicht, ob ich das kann, Uncatuck. Ich weiß nicht, wie ich ihn glücklich machen kann. Ich möchte es. Aber ich weiß nicht wie."

„Teufel, Sohn, das weiß niemand. Das müssen wir alle selbst rausfinden." Er war geradezu lächerlich glücklich über die Verwendung des Spitznamens aus Joshs Kindertagen. Er klang in seinen Ohren so viel weicher als das „Onkel Tucker" des erwachsenen Joshuas. „Ich hab auch nicht grad die beste Erfolgsbilanz was Beziehungen angeht. Aber Eli ist kein komplizierter Mann. Er mag arbeiten, essen, schlafen und, nach seinen regelmäßigen Trips nach Albuquerque zu urteilen, Sex. Er ist geduldig, und er mag dich." Tucker zuckte die Schultern. „Solang du von ihm keine Blumen oder Pralinen erwartest, solltest du kein Problem haben."

Josh lachte schnaubend. „Nein."

„Du – du bist kompliziert. Es dauert vielleicht ein Weilchen länger, bis du dir sicher bist, aber das wird schon."

„Ich bin nicht kompliziert. Ich bin nur ein verdammter Junkie, der nichts hat, außer einem netten Mann als Onkel."

„Hör auf, dich über diese eine Sache zu definieren, Josh. Du bist mehr als das. Ich denke …" Tucker hielt inne und nippte an seinem Kaffee.

„Du denkst was?"

Tucker seufzte. „Ich denke, du hast einen großen Fehler gemacht, als du beim FBI gekündigt hast."

„Ich hatte keine Wahl."

„Wie meinst du das?"

„Nach allem, was vorgefallen ist, wäre ich früher oder später ohnehin ausgemustert worden. Sie hatten bereits davon gesprochen, mich ‚vorübergehend' an einen Schreibtisch zu versetzen." Tucker hörte die Anführungszeichen in Joshs Stimme. „Und da wäre ich dann so lange sitzen geblieben, bis sie etwas anderes, noch weniger Wichtiges für mich zu tun gefunden hätten. Wer weiß. Vielleicht hätte ich als Rezeptionist geendet. Jedenfalls wäre ich nie wieder aktiv eingesetzt worden. Dafür hat das Heroin gesorgt. Teufel, sie können mich nicht mal als Zeugen verwenden. Nachdem … nachdem ich abhängig geworden bin, wusste ich, dass ich dafür sorgen musste, dass jeder Beweis wasserdicht und unabhängig verifizierbar ist. Robinson hat gesagt, sie würden mich als anonymen Informanten anführen, um mich und meine Familie zu schützen. Eine Familie, die ich nicht einmal ansatzweise verteidigen kann, da ich von Rechts wegen nicht mal mehr eine Waffe tragen darf. Nicht, dass ich das will." Joshua trank von seinem Kaffee. „Warum erzähle ich dir das überhaupt? Ich hab selbst dem Seelenklempner in der Entzugsklinik nicht so viel erzählt."

„Vielleicht, weil du langsam anfängst, dich zu entspannen?"

Joshua schnaubte. „Vielleicht."

„Ich kann's sehen. Du hast ein bisschen zugenommen. Du schleichst nicht mehr rum wie ein Geist, wie du's am Anfang getan hast, als du hergekommen bist. Du bist erst ein paar Wochen hier, aber seit du im Krankenhaus warst, siehst du besser aus. Ich glaub, das Krankenhausessen ist dir bekommen."

Diesmal war das Schnauben mehr ein Lachen. „Sarafinas Essen ist mir bekommen. Es ist zwar anders, aber es erinnert mich trotzdem an das, was Abuela gekocht hat."

„Es waren gute Leute, deine Großeltern. Ich hab sie ein paarmal in Chicago getroffen, als du und Cathy noch Babys wart. Hannah hat Glück gehabt, dass sie sie hatte."

„Ja. Ich habe viel Zeit mit ihnen verbracht, als ich noch klein war. Sie haben mich ‚José' genannt und Cathy ‚Catalina'. Mir war das egal, aber Cathy hat es wahnsinnig gemacht."

„Eigentlich hätte ‚Joshua' ja ‚Jesus' sein müssen", bemerkte Tucker.

„Ich weiß. Aber Abuelito hatte einen Bruder, der Jesus hieß, und den er nicht leiden konnte, also haben sie mich stattdessen José genannt. Mir war das wie gesagt egal. Und später war es ganz praktisch, dass ich als ‚José Rosales' auftreten konnte und die Leute sich an den Namen erinnerten. Von ‚Joshua Chastain' hatten sie noch nie etwas gehört." Joshua starrte in seinen Kaffee. „Es hätte sie umgebracht, zu wissen, dass ich in die Gang eingetreten bin, gegen die sie so angekämpft haben. Es hat ihnen das Herz gebrochen, als mein Vater beigetreten ist, und das hat ihn ja letztendlich umgebracht. Sie haben mir beigebracht, die Banden zu hassen und gegen sie zu arbeiten."

„Was du ja auch getan hast."

„Aber ich war trotzdem ein Mitglied. Ich habe trotzdem …"

„Trotzdem was?"

„Das getan, was sie mir befohlen haben."

Tucker wusste nicht, was er darauf sagen sollte. Er trank einen Schluck von seinem Kaffee und wechselte das Thema. „Haben deine Großeltern gewusst, dass du schwul bist?"

„Nein, sie sind gestorben, als ich noch in der Mittelschule war, bevor ich es selbst herausgefunden habe. Es war ganz klassisch – Abuela ist gestorben, und Abuelito ist ihr nur ein paar Wochen später gefolgt. Ich habe gehört, dass das nicht ungewöhnlich ist bei Paaren, die lange Zeit zusammen gewesen sind. Jedenfalls war Mom der Ansicht, dass es nichts mehr gab, das sie noch in Chicago festhielt, und als sie ein paar Monate später das Stellenangebot aus Cincinnati bekommen hat, sind wir umgezogen."

„Es gab mal eine TV-Serie, die in Cincinnati gespielt hat. Ziemlich lustig."

„Ja, kenne ich. Ich hab ein paar der Wiederholungen gesehen."

„Und die Bande hat nichts gewusst? Darüber, dass du schwul bist."

Joshua schüttelte den Kopf. „Kein Platz für *maricones* in Los Peligros. Allerdings war 'Chete Montenegro so ein bösartiger und aggressiver

Schwulenhasser, dass ich immer gedacht habe, dass er es sich selbst nur nicht eingestehen wollte und den Kopf tief in den Sand gesteckt hat."

„Ist er einer von denen, die du ins Gefängnis gebracht hast?"

„Nein, er wurde bei der Razzia getötet, bei dem der Großteil der Bande festgenommen wurde. Also, der drogenschmuggelnde Teil. Die Bande selbst gibt es noch und macht munter weiter und schwört, dass der Rest von ihnen keine Ahnung hatte, dass diese ‚Splittergruppe' so in den Drogenschmuggel involviert war. Als ob sie nicht auch von dem Geld profitiert hätten, das dadurch hereingekommen ist. Aber wir hatten nicht genug handfeste Beweise, um auch den Rest der Bande dingfest zu machen, also können wir sie nur weiter überwachen. Das FBI hat nicht genug Agenten, um sich um alle Banden im Land zu kümmern. Sie müssen sich die Rosinen heraussuchen."

„Und dank deines Hintergrunds haben sie's geschafft, eine der Übelsten zu Fall zu bringen. Jack Castellano hat deine Bandentattoos erkannt. Ich nehm' an, sie sind ziemlich berühmt."

„Sie sind eiskalte Mörder", sagte Joshua. Er trank seine Tasse leer und stellte sie vorsichtig wieder auf den Tisch. „Was machst du so früh schon auf den Beinen?"

„Konnte nicht mehr schlafen. Kommt schon mal vor, wenn man älter wird. Ich fand, dass es Quatsch wär', an die Decke zu starren, und dass ich genauso gut runterkommen und mich mit noch mehr liegengebliebenem Papierkram rumschlagen könnte, Sachen, mit denen du dich nicht beschäftigen musst. Nach dem Frühstück gehen wir dann wieder an die Arbeit. Ich will die Gehaltsliste durchsprechen."

„Besteht die Chance, dass ich noch ein paar Stunden Schlaf nachholen kann?"

Tuck sah auf die Küchenuhr. „Du hast fünfundvierzig Minuten, Sohn. Mach's beste draus."

Josh nickte, stand auf und stellte seine Kaffeetasse in die Spüle. Zu Tuckers Überraschung kam er anschließend zu ihm und legte ihm einen Arm um die Schultern. „Danke, Uncatuck. Für alles."

Tucker tätschelte seine Hand und sagte: „Nichts, was ich nicht für dich tun würde, Joshy. Du bist mein Junge. Schlaf gut."

„Danke, Uncatuck."

Es war still in der Küche, nachdem er gegangen war. Tucker trank seinen Kaffee aus, saß dann aber noch eine Weile nachdenklich am Küchentisch, bis Sarafina kam, um mit dem Frühstück anzufangen. Dann schüttelte er den Kopf, küsste sie auf die Wange und ging in sein Büro.

20

DER WECKER klingelte um 6:30 Uhr. Eli schlug mit geschlossenen Augen danach und traf die Snooze-Taste, dann öffnete er ein Auge und starrte auf die Zeitanzeige. Warum hatte er gedacht, er hätte den Wecker auf fünf gestellt? Normalerweise stellte er ihn auf sechs Uhr, sodass er vor dem Frühstück noch unter die Dusche konnte, und heute Morgen hatte er aus irgendeinem Grund dringend eine nötig … Oh. Richtig. Er hob den Kopf und fand die andere Seite des Bettes leer vor, Joshuas Kleidung war auch vom Boden verschwunden. Josh musste den Wecker verstellt haben.

Josh. Eli ließ seinen Kopf in die Kissen zurückfallen. Vergiss Frühstück – es gab andere Dinge, um die er sich Sorgen machen musste.

Doch sein Magen knurrte, und so stand er auf, duschte und zog sich an, dann machte er sich auf die Suche nach Futter. Als er den Hof durchquerte, kamen Dennis, Frank und Ramon aus dem Haus, und ihre Pfade kreuzten sich. „Hi, Eli", grüßte Dennis ihn. „Du bist spät dran heute Morgen. Es ist schon fast – was, sieben Uhr!" Die anderen glucksten – Eli war ein berüchtigter Frühaufsteher.

„Ja, ja, selbst ich verschlaf mal", sagte Eli mit einem lässigen Winken und ging in die Küche.

Die anderen Männer saßen noch dort. Es sah aus, als wäre Jason gerade erst angekommen, denn er war noch dabei, sich Kaffee einzugießen. Tuck blickte von seinem üblichen Platz auf und sagte kühl: „Morgen, Eli." Sein Blick begegnete Elis, und Elis Appetit verflog. *Scheiße. Er weiß Bescheid.*

Er nahm den Becher, den Jason ihm reichte, und setzte sich auf *seinen* üblichen Platz, schräg gegenüber von Tucker. Sarafina stellte einen Teller voller Frühstücksburritos und Bratkartoffeln vor ihn. „Du bist spät", sagte sie.

„Ja, ich bin spät. Himmel. Ich hab verschlafen. Das kommt vor."

„Ich habe nur eine Feststellung gemacht", sagte Sarafina. „Mir ist es egal, ob du spät bist. Ich koche noch."

„Entschuldige." Eli rieb sich über die Stirn. „Ich hab nicht gut geschlafen."

„Nicht genug Bewegung vorm Schlafengehen?", fragte Tuck unschuldig.

Eli hatte seinen Becher an die Lippen gehoben, aber noch keinen Schluck genommen, wofür er sehr dankbar war. „Mein übliches Programm", sagte er sorgfältig. „Mein Schlaf wurde nur – unterbrochen. Konnte danach nicht mehr gut einschlafen."

„Tucker konnte heute Morgen auch nicht schlafen", sagte Sarafina. „Ich bin runtergekommen und hier saß er und trank Kaffee, um halb sechs." Sie schüttelte den Kopf. „Ihr beiden trinkt zu viel Kaffee. Kein Wunder, dass ihr Probleme habt, zu schlafen."

Scheiße. Tuck musste Joshua abgefangen haben. „Ja?"

„Mhm", machte Tucker und nippte an seinem Kaffee.

Eli machte sich über seine Burritos und Bratkartoffeln her, ignorierte die Blicke, die Tucker ihm mit ziemlicher Sicherheit zuwarf, und versuchte ebenfalls zu ignorieren, dass das Essen wie Papier schmeckte. Jason und Tom schien nichts aufzufallen, aber das Schweigen kroch wie Käfer über Elis Haut.

Schließlich stand Tucker auf, brachte seinen Teller zur Spüle und sagte zu Sarafina: „Wenn Josh mit essen fertig ist, schick ihn ins Büro. Wir gehen heute die Gehaltsliste durch. Eli, nimm Spencer und Pat mit raus zum Canyon und stell sie unseren Mamas vor. Sieh zu, dass sie einen ordentlichen Schreck bekommen – die Männer, nicht die Mustangs. Die Leitstute sollte ihnen gehörig Bammel machen." Tuckers Grinsen war gemein. „Sie sind ein bisschen zu selbstgefällig, wenn du mich fragst. Sie können einen ordentlichen Schreck vertragen."

„Soll mir ein Vergnügen sein."

„Nach dem Mittagessen bekommst du Josh dann wieder." Wurde das Grinsen noch ein bisschen gemeiner? „Ich hätte gern, dass du mit ihm an seinen Reitkünsten arbeitest. Schick ihn auf den Reitplatz und prüf ihn auf Herz und Nieren. Kam er mit Avery soweit gut zurecht?"

„Ja. Es scheint, er erinnert sich an das meiste, was er übers Reiten gelernt hat."

„Gut. Dann können wir ihn vielleicht auf was Lebhafteres setzen. Ich denke, der Kastanienbraune wär' gut für ihn. Rodney hat ihm den Persilschein ausgestellt, und er scheint ein bisschen aufzuleben. Fang an, mit ihm und Josh zu arbeiten."

„Okay."

„Dann, nach dem Abendessen, denke ich, sollten du und ich uns zusammensetzen wegen … hm, lass es uns ‚Personalfragen' nennen. Okay für dich, Sohn?"

Hab ich eine Wahl? „Okay", sagte er heiser und trank einen großen Schluck von dem Orangensaft, den Sarafina gerade vor ihn gestellt hatte.

NATÜRLICH ZOG der Tag sich endlos. Die beiden neuen Schüler mit hinaus zum Canyon zu nehmen, um ihnen die Pferde dort zu zeigen, das war lustig: Die Mustangs waren ziemlich sauer und immer noch wild, selbst nach zwei Monaten in Gefangenschaft, und Mannys und Billys Besuch am Vortag hatte sich unruhig gemacht. Sie waren aggressiv und angriffslustig, und die Leitstute der Herde ging immer wieder unvermittelt auf die Besucher los. Eli wusste, dass es sich dabei lediglich um Imponiergehabe handelte, aber seine Schüler wussten das nicht, und es war schon lustig, zuzusehen, wie ihnen das Herz in die Hosen rutschte.

Dann ging es ans Erklären, wie die Ranch bei der Zähmung und dem Zureiten der Mustangs vorging, und das war weniger lustig, denn Patrick schien eine Menge ziemlich unglücklicher Vorstellungen davon zu haben und Spencer gar keine. Als Eli sie an Dennis übergab, damit sie mit ihm seine Hufschmiede besichtigen konnten, war er erschöpft, wenn auch mehr geistig als körperlich.

Er verpasste Josh beim Mittagessen, da er bedingt durch den Ritt zum Canyon spät aß, und danach drehte er seine Runde durch den Hof, um mit den Männern und den anderen Trainern zu sprechen. Er inspizierte gerade ein Fass, das vom Rost so zerfressen war, dass es aufgesprungen war, und fluchte über den Verlust des darin gelagerten Futters, als er Joshuas Stimme hörte. Sie war rau und voller Schmerz.

„Ich habe keine Ahnung, was ich tue. Ich weiß nicht, wie es funktionieren kann. Es gibt so viel, das ich ihm nicht geben kann, und wenn er wüsste – wenn er auch nur ahnte … Oh, Gott. Ich weiß nicht, was ich tun soll."

Sorgfältig drehte Eli das Fass auf die Seite, mit dem Riss nach oben, sodass nicht noch mehr Getreide auslaufen konnte, dann richtete er sich auf und staubte sich die Hände ab.

„Ich meine, verdammt. Ich kann es ihm nicht sagen. Ich kann es niemandem sagen."

Niemand antwortete. Stirnrunzelnd spähte Eli um die Tür zur Futterkammer.

Joshua stand neben einem Stapel Kisten. Die Katze saß auf der obersten Kiste und ließ sich von Josh kraulen, die Augen geschlossen, und schnurrte wie verrückt. Als Eli den Mund öffnete, um etwas zu sagen, flüsterte Joshua gebrochen: „Es bringt mich um …"

Eli machte einen großen Schritt nach hinten, zurück in die Futterkammer, und lehnte sich gegen die Wand. Scheiße. Wovon sprach Joshua da? Es war wichtig, das war klar. Vermutlich hatte es mit seinen Erfahrungen als verdeckter Ermittler zu tun. Aber was konnte denn so furchtbar sein? Er wusste ja bereits von dem Heroin – konnte es sein, dass Joshua noch fixte? Aber wenn ja, wo bekam er dann den Stoff her? Von jemandem im Krankenhaus? Das konnte Eli nicht glauben. Außerdem hatte er letzte Nacht jeden Zentimeter von Joshuas Haut erkundet, und er hatte keine frischen Einstichstellen gesehen.

Aber dann murmelte Joshua, beinahe zu leise, als dass Eli es hören konnte: „So viel Blut … Warum kann ich nicht vergessen? Warum kann ich nie vergessen?"

Scheiße. Eli machte lautlos einen Schritt hinüber zum Fass, trat gegen die metallene Seite und sagte laut: „Verdammter Mist!" Einen Augenblick später steckte Josh seinen Kopf durch die Tür und sagte: „Bist du das, Eli? Was ist los?", mit beinahe vollkommen normaler Stimme.

„Das verdammte Ding ist kaputt. Sieht aus, als wäre das Verbindungsteil durchgerostet. Die Seiten sind aus Aluminium, sie müssen irgendwas anderes benutzt haben, um die zu verbinden. Scheiße. Ich hoffe, das Getreide ist nicht hin."

„War es teuer?"

„Ja, das ist das Spezialfutter für die geretteten Tiere. So was macht mich wütend. Ich werd' mir einen anderen Lieferanten suchen müssen."

„Du solltest dich erst mal mit dem Jetzigen in Verbindung setzen", sagte Josh. „Vielleicht kannst du eine Gutschrift bekommen oder Ersatz für das verdorbene Futter. Es wäre ja teuer geworden, wenn du das nicht so frühzeitig gesehen hättest. Sie müssen bessere Materialien verwenden. Das muss man ihnen sagen, damit sie entsprechend handeln können."

„Hm", sagte Eli. „Gute Idee. Aber ich werd' trotzdem mal Ausschau nach einem anderen Lieferanten halten."

Joshua nickte. Eli schob das Fass zur Seite und ging zu Joshua. Er legte ihm eine Hand auf die Schulter und sagte leise: „Du bist okay, Josh – du musst das nur noch selbst herausfinden."

Joshua gab ein Geräusch von sich, das irgendwo zwischen einem Schniefen und einem Schnauben angesiedelt war, aber er lehnte sich gegen Elis Hand. „Danke, Boss."

„Ist die reine Wahrheit." Er küsste Joshua auf die Wange. Josh drehte sich um, schlang die Arme um Elis Taille und legte seine Wange auf Elis Schulter. „Das ist nett", sagte Eli.

„Du bist nett. Viel zu nett für jemanden wie mich."

„He. Kritisierst du meine Selektivität?"

Joshua gluckste. „Nein, ich kritisiere deine ‚Seh-lek-tivität' nicht, Boss. Nur deinen Geschmack."

„Frechdachs." Eli verpasste Joshua einen Klaps aufs Gesäß. Josh jaulte pflichtbewusst, und Eli küsste ihn, hart, dann ließ er ihn los. „Komm, ich muss mit einem Mann über ein Pferd sprechen."

Es WURDE für Elis Geschmack viel zu schnell Zeit fürs Abendessen. Er hatte am Nachmittag ein paar Stunden mit Joshua und Rory verbracht, aber sie schienen gut miteinander zurechtzukommen, und nachdem er Josh auf Herz und Nieren geprüft hatte, hatte Eli sie für zufriedenstellend erklärt.

Spencer und Patrick hatten Josh beobachtet, und Eli sprach laut genug, als er erklärte, nach welchen Kriterien sie Ross mit Reiter kombinierten, dass sie ihn hören konnten. Ausnahmsweise einmal stellten sie nicht zu viele dumme Fragen, und als er sie später abfragte, schienen sie das Wesentliche verstanden zu haben. Vielleicht waren sie doch nicht so dumm als vielmehr … langsam. Verbohrt. Ihrer vorgefassten Meinung zu sehr verhaftet. Das war bei den meisten Leuten, die Tucker als Schüler auf die Ranch gebracht hatte, das Problem – er schien in ihnen etwas zu sehen, das seine Zeit und ihr Geld wert war, aber bei den meisten von ihnen hatten sich fixe Vorstellungen eingeschliffen, die erst mal gefunden und ausgemerzt werden mussten.

Fairerweise musste Eli zugeben, dass er ein Stück weit voreingenommen war – zumindest was Spencer betraf, und das eigentlich nur aufgrund seines offensichtlichen Interesses an Joshua. Er machte dem Jungen da keinen Vorwurf.

Jetzt, wo Josh nicht mehr so hager und ausgemergelt aussah und der tote Ausdruck in seinen Augen sich immer seltener zeigte, entpuppte er sich als ein gut aussehender Mann. Und er hatte ein wirklich wunderschönes Lächeln, wenn er es denn zeigte. Er hatte noch einen langen Weg vor sich, bevor er wirklich wieder vollkommen gesund aussah, aber er hatte Farbe bekommen und war nicht mehr so kränklich-blass.

Er sprach den Gedanken laut aus, als er am Abend nach dem Essen in Tuckers Büro trat.

„Ja, er sieht schon viel besser aus", stimmte Tucker zu. „Liegt an Sarafinas Essen, nehm' ich an – danke, dass du mir geholfen hast, ihn zu füttern, während er im Krankenhaus war. Der Fraß, den sie einem da vorsetzen, ist ja nicht genießbar."

„Kein Problem." War es auch nicht gewesen. Sicher, am Anfang war es ein wenig schwierig und unangenehm gewesen. Josh hatte kein Wort gesagt, und so hatte Eli immer, wenn er ihn besucht hatte, das Essen, das Sarafina ihm mitgegeben hatte, zwischen ihnen aufgeteilt und dann pausenlos von der Ranch und den Ereignissen des Tages geschwatzt. Er hatte weder über Joshuas Wanderung durch die Wüste noch über seine Gesundheit noch über irgendein anderes persönliches Thema auch nur ein Sterbenswörtchen verloren, sondern hatte einfach immer nur von der Ranch gesprochen. Später, dachte Eli, hatte Josh sich auf seine Besuche gefreut – und auf das Essen, das er mitbrachte. Gegen Ende seines einwöchigen Krankenhausaufenthaltes ging er sogar gelegentlich auf Eli ein, während er sein mit Chilisauce getränktes Essen in sich hineinschlang. Es war zwar nur hier und da mal eine leise Frage gewesen, aber das war genug, um Eli zu zeigen, dass er zuhörte.

„Er scheint sich auch besser eingelebt zu haben."

„Ja. Wir haben drüber gesprochen, als er noch im Krankenhaus war. Ich hab ihm gesagt, er soll uns sechs Monate geben, und wenn er dann immer noch nicht bleiben will, würd ich ihm persönlich das Flugticket nach Cincinnati oder wo immer er hin will bezahlen. Aber er hat mir versprechen müssen, in der Zwischenzeit keine Dummheiten zu machen. Ich hoffe ja sehr, dass dieser Psychiater, zu dem er geht, ihn wieder in Ordnung bringen kann. Er ist ein kluger Junge und ein guter Junge, und die Männer mögen ihn alle schon. Sie haben sich wirklich Sorgen gemacht, als er verschwunden war."

„Ja." Eli wollte nie wieder etwas Ähnliches mitmachen müssen. Als sein Vater gestorben war, war es schnell gegangen, und er hatte nur eine Stunde später bereits gewusst, was geschehen war. Sicher, damit zurechtzukommen, das war nicht einfach gewesen, aber es hatte diese Ungewissheit nicht gegeben, die Joshuas Verschwinden so schwer zu ertragen gemacht hatte.

„Okay. Tür zu und setz dich, Elian. Wir müssen uns unterhalten."

Eli gehorchte, blieb aber stehen, die Arme über der Brust gekreuzt. „Wenn du mir was sagen willst, Tucker Chastain, dann sag's. Ich hab keine Lust mehr, um den heißen Brei rumzuschleichen."

„Hoh, Junge, spar' dir die harter-Kerl-Nummer. Ich schmeiß dich nicht raus, wenn's das ist, was dir Sorgen macht. Aber ich will mit dir über Josh reden. Ich hab den ganzen Tag drüber nachgedacht."

„Schau, Josh und ich sind beide erwachsene Männer. Die Sache hat unser beider Zustimmung, und keiner nutzt den anderen aus. Ich weiß, dass du dich mit meinem Schwulsein nicht ganz wohl fühlst in deiner Haut, und ich versuch, nicht damit hausieren zu gehen, und Josh will das auch nicht. Es wird also kein Rumknutschen am Essenstisch oder andere PDAs geben …"

„Was zum Teufel ist ein ‚PDA'?" wollte Tucker wissen. „Ich dachte, das sind die Dinger, die die Leute vor den Smartphones hatten."

Eli verdrehte die Augen. „Public Displays of Affection, nicht persönlicher digitaler Assistent. Öffentliche Liebesbekundungen."

„Ach, Scheiße, Sohn, solang ihr nicht in meinem Wohnzimmer vögelt, könnt ihr bekunden, soviel ihr wollt. Pass nur auf, dass die anderen Männer euch nicht sehen können, wenn du ihn küsst, das könnte sonst unschön enden."

„Das bedeutet PDA ja, Tuck."

„Oh. Ach, Kacke." Tucker warf die Hände hoch. „Ich kapier das alles nicht. Wahrscheinlich guck ich nicht genug Fernsehen."

„Mag sein."

„Was ich sagen wollte, ist, mir ist's gleich, ob du schwul bist und Josh schwul ist und ihr zwei … macht, was Schwule eben so zusammen machen, und ich will's auch wirklich nicht wissen, okay? Aber wenn du Josh nur an der Nase rumführst und er verletzt wird, dann werd' ich stinksauer, und dann *werd'* ich dich rausschmeißen, *comprendes*?"

„*Comprendo*", stimmte Eli zu.

„Ich weiß, was die Bibel dazu sagt, aber ich bin kein großartiger Kirchgänger, und nach allem, was ich so gelesen hab, steht in der Bibel eh eine ganze Menge albernes Zeug drin, über Shrimps und mehrere Ehefrauen und dass der Schoß der Frau aussieht wie ein Granatapfel. Ich mein, Teufel. Ich mag Shrimps, und ich hab noch nie bei irgendwem einen Schoß wie einen Granatapfel gesehen. Und überhaupt, mir hat immer schon eine von den Damen gereicht, mit denen ich ausgegangen bin, was soll ich da mit mehreren gleichzeitig? Also, ich seh's so, die Bibel kann nicht immer recht haben. Und wenn sie bei einigen Sachen unrecht hat, wer sagt, dass sie nicht auch dabei unrecht hat? Ich hab mal von schwulen Pinguinen gehört, und manche Rüden bespringen andere Rüden, während die Hündin danebensteht und zuguckt, na, wer bin ich denn dann, zu sagen, was natürlich ist und was nicht?"

Eli nickte und unterdrückte das Verlangen, in schallendes Gelächter auszubrechen.

„Also, was ich sagen will, ist, bis sich die Welt ändert und reaktionäre Hinterwälderrancharbeiter lernen, mit so was umzugehen, würd ich's zu schätzen wissen, wenn ihr zwei euch bedeckt haltet. Ich will nicht rausfinden müssen, dass einer von euch oder dass ihr beide hinter einem Pickup Truck die I-40 runter geschleift worden seid. Wenn ihr Frühlingsgefühle haben wollt, dann fahrt nach Albuquerque oder Roswell oder Santa Fe, wo's den Leuten egal ist."

„Kein Problem."

„Gut. So. Ich muss dich um einen Gefallen bitten."

Eli spreizte die Hände. „Frag – du weißt, dass ich nicht Nein sagen werd'."

„Du weißt, dass Josh immer Dienstags seinen Termin beim Therapeuten hat, und ich hab ihn bisher hingefahren. Problem ist, in zwei Wochen fahr ich nach El Paso zu einem Abendessen der Texas Cattlemans' Association, um da ein bisschen Werbung für uns zu machen. Also hab ich mich gefragt, ob du Josh an dem Abend nach Albuquerque fahren könntest."

„Kein Problem", sagte Eli zum dritten Mal.

„Ihr könnt fahren, wann immer ihr wollt – wenn ihr zwei essen gehen wollt oder so, dann macht früher Schluss. Soll mir recht sein. Josh kann selbst hinfahren, sicher, aber die ersten Wochen will ich, dass ihn jemand fährt, bis er sich besser auskennt. Die Praxis ist in der Nähe der Uni, und die Straßen da in der Gegend sind ziemlich verwirrend."

„Ich kenne die Gegend." Teufel, einige seiner Lieblingsbars waren in der Nähe der UNM. „Alle Straßen in Albuquerque sind verwirrend, aber er wird sich eines Tages darin schon zurechtfinden. Noch ein paar Mal hin und her, und er weiß, wo er hin muss."

„Ja. Hier ist die Adresse – ist auf der Central, östlich von der Uni."

Eli nahm den Ausdruck, den Tucker ihm reichte. Ja, er kannte die Gegend ziemlich gut. Aber irgendwie hatte er den Verdacht, dass er sich nicht an einem seiner üblichen Lieblingsorte herumtreiben würde, während er auf Josh wartete.

Irgendwie reizte ihn keiner davon mehr.

21

„BRAUCHST DU Joshua heute Morgen?"

Josh sah bei Elis Frage von seinem Frühstücksteller hoch, aber der Vorarbeiter blickte Tucker an. „Wahrscheinlich nicht. Was hast du vor?"

„Zeit, die Damen des Canyons zu besuchen. Ich dachte mir, ich nehm' Josh mit, damit er sehen kann, was genau wir da eigentlich machen. Das letzte Mal, als wir da waren, haben Manny und Billy das Sammeln erledigt, und Josh hat ein Nickerchen gemacht."

„Die Damen des Canyons? Hieß so nicht ein Song von Joni Mitchell, *Ladies of the Canyon*?", fragte Joshua.

„Sohn, du bist viel zu jung, um Joni Mitchell zu kennen", sagte Tucker.

„Joni Mitchell ist ein Genie und zeitlos. Außerdem hatte Mom das Album. Hat es rauf und runter gespielt, bis die Platte ausgeleiert war, dann hat sie es auf CD gekauft."

„Ich sprach von den Stuten in unserem Canyon", sagte Eli geduldig.

„Ich weiß." Joshua grinste ihn an. „Und ich glaube, Uncatuck kann auch mal einen Morgen ohne mich auskommen."

„Schätze schon."

Sarafina sagte: „Ich packe euch Mittagessen ein, während du die Ausrüstung holst und Joshua die Pferde sattelt."

„Schätze, wir haben unseren Marschbefehl erhalten", sagte Joshua zu Eli, der ihn lediglich anlächelte. Er schob sich den Rest seines Schinkens in den Mund, kaute, schluckte und sagte dann: „In zehn Minuten vorm Haus?"

„Hast du's eilig?", schmunzelte Eli. „Ja, zehn Minuten passt. Sattel Milagro für mich, ja? Button hat gestern auf dem linken Vorderhuf ein bisschen gelahmt. Ich vermute, sie ist auf einen Stein getreten oder so. Ich hab ihr gestern einen Wickel gemacht, aber ich will ihr lieber noch einen Tag Ruhe geben, bevor ich sie wieder beanspruche."

„In Ordnung", sagte Joshua. Er versenkte seinen Teller im Spülbecken, lächelte Sarafina an und ging hinaus zur Scheune und zu den Ställen.

Vor ein paar Tagen hatte er angefangen, Rory zu reiten. Das Pferd hatte sich schnell erholt und als lebhaftes Geschöpf mit einem ruhigen Schritt und charmanten Manieren entpuppt. Gestern war Joshua auf Rory bis zum Briefkasten und zurück geritten, mit der Katze – die Tucker „D.C." getauft hatte, nach einem Disneyfilm aus seiner Kindheit – auf Rorys Widerrist. Die Katze schien ihren Platz in der Hofkatzenhierarchie gefunden zu haben und schlief vergnügt in Rorys Box. Allerdings zog sie das Trockenfutter, das die Rancharbeiter ihr gaben, dem

Mäusefangen vor. Das war, so schien es, nur etwas, was die Katzen am unteren Ende der Rangordnung taten. Aber sie war bemerkenswert zutraulich für eine Katze.

Rory war auch ein sehr zutrauliches Pferd, und sowohl Tucker als auch Eli waren der Meinung, dass er gut zu Joshua passte, also hatte er jetzt offenbar sein eigenes Pferd, ob er es wollte oder nicht. Und dazu seine eigenen Stiefel und Handschuhe und seinen eigenen Hut, alles aus dem Laden in Miller. Er hatte Eli damit aufgezogen, sich auch ein Paar Chaps besorgen zu wollen und sie dann nur mit Stiefeln und Handschuhen und Hut zu tragen, und Elis Augen waren dunkel geworden und verhangen. Das war lustig gewesen.

Lustig. Es war seltsam, so viel zu lächeln – der Ausdruck fühlte sich eigenartig an auf einem Gesicht, das so lange ernst gewesen war. Es hatte in den letzten Jahren nicht viel Gelegenheit gegeben für Dinge, die ihn zum Lächeln brachten. Er hatte sich nie einfach zurücklehnen und entspannen können, wie seine *compadres* bei den Los Peligros es getan hatten. Er trank nicht viel, weil er immer und zu jeder Zeit einen kühlen Kopf bewahren musste, und bis 'Chete ihn in einen Junkie verwandelt hatte, hatte er von dem Zeug ebenfalls die Finger gelassen. Sein Einsatz hatte permanent auf Messers Schneide gestanden, und der kleinste Fehltritt hätte ihn zu Fall bringen können. Und dann wäre er tot und der Einsatz vergebens gewesen.

Der einzige Zeitpunkt, zu dem er sich jemals hatte entspannen können, war spät in der Nacht gewesen – oder vielmehr sehr früh am Morgen, nachdem er seinen Bericht an Robinson abgeschickt hatte, geschrieben auf dem Laptop, den er hinter einem losen Paneel in der Wand hinter seinem Bett versteckt hatte. Sein Großvater Chastain hatte ihm die Grundlagen des Schreinerhandwerks beigebracht, als er damals als Junge während der Sommerferien auf der Ranch gewesen war, und es war keine große Kunst gewesen, ein Stück aus der Sperrholzplatte auszuschneiden, um den Laptop dahinter zu verstecken. Und selbst dann, wenn einer der anderen Männer in seine Wohnung gekommen wäre und den Laptop gefunden hätte, hätte er ihnen nichts verraten: Joshua löschte jedes Mal, nachdem er einen Bericht geschickt hatte, seine komplette Historie, und bevor er den Laptop ausmachte und wieder versteckte, löschte er sie ein zweites Mal. Denn manchmal war die einzige Entspannung, die einzige Erholung, die er sich gönnte, sich bei einem Schwulenporno einen runterzuholen. Und das war ebenfalls etwas, von dem er nicht wollte, dass die anderen Peligros davon erfuhren.

Nein, es hatte eine Ausnahme gegeben. Einmal in der Woche oder so gingen seine „Freunde" in einen der Clubs, um zu tanzen und Mädels aufzureißen. Oder um abzuhängen und sich die Zeit zu vertreiben mit *bonchinchando* – tratschen. Joshua war immer mitgegangen, denn *bonchincheros* waren eine ganz ausgezeichnete Informationsquelle. Und er mochte es, zu Salsamusik und Reggaeton zu tanzen. Er mochte den Rhythmus, die Anmut der Bewegungen, die heiße, mitreißende Musik. 'Chete hatte den Club manchmal als Ausgangsbasis benutzt und betrachtete ihre

Anwesenheit von daher mit Nachsicht. Der Club lag in einer Gegend, die langsam gentrifiziert wurde, aber einstmals hatten die Latin Kings, eine der größten Banden des Landes, ihr Chicagoer Hauptquartier nur zwei Häuser weiter gehabt.

Die Kings waren aus dem *barrio* verschwunden, und nun regierten die Los Peligros dort, aber die Kings waren in der Stadt immer noch präsent, und 'Chete hatte Verbindungen zu ihnen. Natürlich hatte er das. Er hatte überall Verbindungen. Joshua rieb sich nachdenklich übers Kinn. Er hatte sich den Ziegenbart abrasiert und angefangen, seine Haare wachsen zu lassen, bevor er die Entzugsklinik verlassen hatte, und er hoffte, dass das ausreichte, dass ihn nie wieder eine von 'Chetes Verbindungen identifizieren konnte.

Rory wieherte leise, als Joshua in die Scheune kam. D.C. lag zusammengerollt in seiner Futterkrippe und schlief, wie immer. Joshua fand es unbegreiflich, dass Katzen so viel schlafen konnten und es trotzdem schafften, so muskulös und anmutig zu sein, aber Katzen waren eben ein Rätsel. D.C. öffnete ein Auge, als er den Boxenriegel öffnete, schloss es aber wieder, als ihr klar wurde, dass Joshua nichts Essbares mitgebracht hatte.

Es dauerte nur eine Minute, Rory zu satteln. Milagro, der in einer Box im Hauptstall stand, war da eine ganz andere Geschichte. Joshua hatte Milagro, einen gezähmten Mustang, nie geritten, und er ging davon aus, dass er das auch nie tun würde. Er hatte gesehen, welche Mühe die anderen Trainer mit ihm hatten – der allgemeine Konsens war, dass er nicht vermittelbar war. Es war einfach noch zu viel Hengst in ihm, selbst nach der Kastration. Er war nicht bösartig, aber temperamentvoll. Das Pferd hatte seinen eigenen Kopf; er ließ sich nicht aus der Box führen, er wollte sich nicht anbinden lassen, und aufzäumen lassen wollte er sich schon einmal gar nicht. Joshua war schweißgebadet und fluchte, als er endlich fertig war. Sobald Milagro aber einmal aufgezäumt und gesattelt war, beruhigte er sich und folgte Joshua und Rory lammfromm hinaus und durch den Hof zum Ranchhaus.

Eli kam gerade erst aus dem Haus. Er trabte die Stufen hinunter und trat zu Milagro, befestigte eines der Satteltaschensets, das er trug, an seinem Sattel, dann gab er Joshua das andere. Während Joshua es an seinem Sattel festband, prüfte Eli Milagros Sattelgurt und zog ihn nach. Joshua sah ihm neugierig zu, und Eli sagte: „Er bläht sich immer auf, wenn man ihm den Sattelgurt anlegt, und dann rutscht später der Sattel, weil der Gurt lose ist. Das machen viele Pferde – du solltest den Sattelgurt immer erst prüfen, bevor du aufsteigst, sonst machen du und der Sattel Erdkunde."

Joshua lachte. „Verstanden."

„Dein Junge hier scheint keine dieser schlechten Eigenschaften zu haben", bemerkte Eli. „Keines von den Kansas-Pferden hat schlechte Angewohnheiten. Muss sich sehr gut um sie gekümmert haben, der alte Mann, bevor er gestorben ist. Sie sind geliebt worden."

„Ja", sagte Joshua leise und fuhr mit der Hand über Rorys Hals. Der Wallach wieherte und nickte mit dem Kopf, als würde er zustimmen.

Als Josh den Kopf hob, lächelte Eli ihn an, und bei dem weichen Ausdruck in seinen Augen wurde Joshua warm, und er fühlte sich geborgen, so als ob kein Gespenst seiner Vergangenheit ihn je wieder würde verfolgen oder quälen können. Er genoss das Gefühl, wohl wissend, dass es eine Illusion war, aber er wollte es festhalten, solange er konnte. Er fühlte sich ... glücklich. In diesem Moment fühlte er sich glücklich. Und Eli ... dieser Ausdruck in seinen Augen machte ihn am allerglücklichsten.

Er erwiderte Elis Lächeln, dann wandte er sich um und stieg auf.

SIE RITTEN in geselligem Schweigen, bis sie die Bäume hinter sich gelassen hatten und die Wüste sich vor ihnen öffnete, dann lenkte Eli Milagro näher an Rory heran. Die Pferde berührten sich mit den Nüstern, dann trotteten sie bereitwillig eng nebeneinander über den Pfad. „Kein Grund zur Eile", sagte Eli. „Es ist noch früh, noch kühl genug, und wir haben den ganzen Vormittag Zeit. Wir sollten den Canyon gegen halb zehn erreichen, schätze ich. Das lässt uns genug Zeit, die Proben zu nehmen, nach der Herde zu sehen und vor dem Mittagessen ein Nickerchen zu halten."

„Ein Nickerchen?", murmelte Joshua mit verruchter Stimme.

Eli streckte eine Hand aus, ergriff Rorys Zügel und brachte ihn neben Milagro zum Stehen. „Ein Nickerchen", stimmte er zu, lehnte sich vor und fuhr zart mit seinen Lippen über Joshuas. „Oder so."

„Mmhmm", stimmte Joshua zu und legte seinen Mund auf Elis.

Eli ließ Rorys Zügel los, und Joshua spürte das abgenutzte Wildleder seines Handschuhs im Nacken, weich und warm. Ihn durchlief ein lüsterner Schauer. „Gott, ich will dich", murmelte er an Elis Lippen und legte seine Hand auf Elis Brust.

„Okay." Elis Stimme war rau. „Scheiße. Erst die Pferde, dann die Knutscherei."

Joshua lachte. „Knutscherei? Das gefällt mir. Gibt es das zum Mittagessen? Campbells Hühner-Knutsch-Suppe?"

„Bin nicht interessiert am Hühnerknutschen", sagte Eli. „Hab noch nie verstanden, wie das geht. Wollte ich auch nie. Okay. Schluss damit. Scheiße." Er übte Druck auf Joshuas Nacken aus, zog ihn für einen weiteren Kuss an sich heran, dann ließ er ihn los. „Canyon. Scheiße. Ich glaub, ich hab grad den Weg vergessen."

Joshuas Lachen hallte durch die Stille der Wüste.

RORY WAR nicht so trittsicher wie Avery. Er wählte seinen Weg den Serpentinenpfad hinunter in den Canyon mit äußerster Vorsicht und begleitete jeden Schritt mit einem leisen, nervösen Schnaufen. Milagro hatte das Problem nicht: Eli musste ihn fest im Zaum halten, sonst wäre der Mustang den ganzen Weg hinunter gerannt. Schließlich hatten sie den Grund des Canyons erreicht, und Joshua folgte Eli und Milagro über den Pfad, vorbei an dem Teich unterm Wasserfall, durch eine enge Stelle zwischen zwei Felsen und auf eine weite Wiese, die rechts und links von den roten und gelben Steinwänden des Canyons begrenzt wurde. „So groß", sagte er überrascht.

„Nicht wirklich, nicht viel mehr als etwa ein Dutzend Morgen", sagte Eli. Er blickte sich neugierig um. „Oh, da sind sie, unter den Bäumen da drüben."

„Na ja, ein Dutzend ist viel."

Eli schnaubte. „Scheiße, Josh, die Ranchgebäude allein bedecken fast fünf Morgen. Ich glaub, die Triple C hat irgendwo so um die zwölftausend Morgen, und das ist nicht sehr groß für eine Ranch. Ein Morgen klingt vielleicht für einen Stadtjungen wie dich nach viel, ist es aber nicht wirklich. Aber genug Weideland für die Viecher – und andererseits auch wieder nicht genug, dass sie abhauen könnten, wenn wir sie irgendwohin bringen wollen." Er trieb Milagro an, und sie ritten auf die Gruppe von acht oder neun Pferden zu, die im Schatten unter den Bäumen standen und mit ihren Schweifen die Fliegen vertrieben. Die Füllen standen in der Mitte der Gruppe und beobachteten ihr Herannahen mit großen, feuchten Augen.

Einige der Stuten hoben die Köpfe, als sie näherkamen, aber nur eines der Pferde bewegte sich, trat vor und zwischen sie und die Herde. Es stampfte warnend mit dem Huf und schlug mit dem Kopf. „Ist das der Leithengst?", fragte Joshua flüsternd.

Eli lachte leise. „Nee. Wir ziehen die Hengste raus, bevor wir die Pferde herbringen. Sie werden kastriert, und wir arbeiten mit ihnen zuerst, da sie die meiste Arbeit machen. Das ist Big Mama, die Leitstute. Wenn eine Herde keinen Leithengst hat, übernimmt die Stute mit dem höchsten Rang die Führung. Schon in Ordnung, Mama, wir sind nicht hier, um euch was zu tun." Seine Stimme wurde zu jenem vertrauten, beruhigenden Säuseln. „Schon okay, Mama …" Er sprach weiter, im selben, beruhigenden Tonfall, bis sie die Herde umrundet hatten.

Dann stieg Eli ab, reichte Joshua die Zügel des Mustangs und angelte sich Gummihandschuhe aus einer Satteltasche, die er sich an Stelle seiner Lederhandschuhe überstreifte. Bewaffnet mit einer Handvoll Plastikbeuteln, einer Schaufel und einem Edding, wühlte er im knöcheltiefen Gras und schaufelte Pferdemist in die Plastikbeutel, die er dann beschriftete.

Sie gingen zu einer anderen Stelle auf der Weide und wiederholten den Prozess, argwöhnisch beobachtet von Big Mama. „Wir schicken Rodney den Kot für Tests", sagte Eli, als er sich neue Beutel holte und die gefüllten in die dafür vorgesehene Tasche packte. „Wenn wir die Herde in ein paar Wochen für die Wintermonate von hier wegholen, lassen wir auch Bluttests machen. Aber ich erwarte nicht, dass wir irgendwas finden. Sie sehen allgemein recht gesund aus, und den beiden Fohlen, die diesen Sommer nach dem Roundup geboren wurden, geht's auch gut."

„Pass auf, dass du das nicht in die Tasche mit dem Mittagessen packst", sagte Joshua, der ihn beobachtete.

„Zeig deiner Großmutter, wie man Eier lutscht, *niño*", schnaubte Eli.

Als er fertig war, schwang er sich wieder auf Milo und ritt voraus auf die Felsenge zu. Die Leitstute stieß bei ihrem Rückzug einen Triumphschrei aus, und Eli lachte erneut leise. „Sie ist unberechenbar, diese Madame. Sie wird fuchsteufelswild werden, wenn wir sie für die Wintermonate auf die Ranch bringen. Das ist in der Regel ein spaßiger Roundup – sie kommen oben in der Wüste an und wissen nicht, was sie tun sollen. Meistens laufen sie nur planlos hin und her und sehen verloren aus. Sie den Pfad hochzubekommen wird nicht einfach, aber wenn wir's schaffen, Big Mama als Erste hochzubugsieren, werden die anderen ihr folgen." Er warf einen Blick zurück über die Schulter, als sie ihre Pferde im Schritt durch die Felsenge lenkten, die das Tal von der Wiese trennte. „Die beiden kleinsten Fohlen, das wird kniffelig. Ich denke, ich werd' Tucker sagen, er soll mit dem Transporter kommen für sie und ihre Mamas. Es ist zu weit für sie, um zu laufen, selbst mit drei Monaten."

„Du liebst sie wirklich, nicht wahr?"

Eli lächelte, und ein weicher, sanfter Ausdruck legte sich über sein Gesicht. „Scheiße, ja, Josh. Pferde sind die größten, dümmsten, süßesten, liebenswertesten Viecher der Welt. Sie tragen dich meilenweit, bis sie vor Erschöpfung tot umfallen. Sie kämpfen für dich, sie beschützen dich. Pferde begleiten die ganze Geschichte der Menschheit, vier-, fünftausend Jahre lang, mindestens. Teufel, erst seit den letzten hundert Jahren oder so, haben wir überhaupt eine Alternative zu ihnen, und ich würd nicht sagen, dass die eine große Verbesserung darstellt. Ja, manchmal hat man richtige Biester dabei, bei denen man sich nicht traut, ihnen den Rücken zuzuwenden, aber, verdammt, das hat man bei Menschen auch." Er klopfte Milos Hals. „Selbst Biester wie der hier – er hat mich geradewegs zu dir geführt, als du dich verlaufen hattest, als wär' er ein Hund oder so. Und im Herzen ist er gut. Das sind die meisten." Er sah zu Joshua auf, dasselbe sanfte, weiche Lächeln im Gesicht, als er hinzufügte: „Manchmal muss man hinter ihr zur Schau getragenes Verhalten schauen, um das Licht im Innern zu sehen."

„Was, wenn es da kein Licht gibt? Was, wenn es alles nur vorgetäuscht ist und es im Innern nur Dunkelheit gibt?"

Eli schüttelte den Kopf. „Es gibt immer Licht. Aber manchmal ist es verzerrt, kaputt gemacht worden. Manchmal kann es wieder heil gemacht werden. Manchmal nicht. Hängt davon ab, wie stark es zerstört worden ist."

„Was macht ihr, wenn es zu sehr zerstört worden ist, um es zu heilen?"

„Dann suchen wir nach etwas, sodass es sich lohnt, sie zu behalten. Wenn es ein Hengst ist und er mit Stuten auskommt, dann nutzen wir ihn für die Zucht. Wenn er zu wild ist für die Zucht, kastrieren wir ihn und hoffen, dass ihn das ruhiger werden lässt. Und im schlimmsten Fall – schläfern wir sie ein. Das haben wir erst zwei-, dreimal tun müssen, soweit ich mich erinnern kann, und es war immer die Schuld eines Menschen – entweder Misshandlung oder zu viel Nachgiebigkeit. Was bei Tieren so ziemlich dasselbe ist."

Er hatte, nachdem er die Proben genommen und verstaut hatte, seine Handschuhe nicht wieder angezogen, lediglich die benutzten Gummihandschuhe in die Tasche geworfen. Als er also seine Hand ausstreckte und sie um Joshuas Nacken legte, war es warme, schwielige Haut, die ihn berührte. „Ich glaube, in deinem Fall waren es etwa drei Jahre Misshandlung", murmelte er, „und das ist nicht lang genug, um dich für immer zu zerstören."

„Du weißt nicht …", begann Joshua, aber Eli unterbrach ihn.

„Nein, tu ich nicht. Ist auch egal. Ich kann das Licht sehen, *mijo,* und es ist klar und hell. Es ist nur ein bisschen schattig." Er zog Joshua für einen langen, gründlichen Kuss an sich, einen weichen und warmen und forschenden Kuss. Joshua bemerkte kaum, wie Elis andere Hand sein Hemd aufknöpfte, bis Finger über seine Brust strichen. Die Schwielen an Elis Fingern verfingen sich in den Haaren auf Joshuas Brust, aber das kaum wahrnehmbare, kurze Ziepen, wenn seine Hand weiterwanderte, bewirkte nur, Joshuas Haut zu sensibilisieren, und die Finger selbst waren fest und sanft. Joshua erschauerte leicht, dann hob er seine Hände und zog Eli den Hut vom Kopf, warf ihn beiseite und fuhr mit beiden Händen durch die zerzausten, blonden Strähnen.

Eli machte tief in der Kehle ein leises Geräusch und kniff Joshuas Brustwarzen. Joshuas Knie gaben beinahe unter ihm nach; Eli fing ihn auf, als er schwankte, taumelte, und ließ ihn langsam zu Boden sinken, folgte ihm und schlug Joshuas Hemd auf, legte seine Lippen auf Joshuas Brust, und seine Zunge huschte erst über die eine Spitze, dann über die andere. Joshua lehnte sich zurück, bis Eli zwischen seinen Oberschenkeln kniete, hob die Beine und schlang sie um die Taille des Cowboys. „Fick mich", stöhne Joshua und grub seine Finger tiefer in Elis Haare.

Eli hob den Kopf und lächelte ihn an. „Alles zu seiner Zeit, *papi chulo,* alles zu seiner Zeit."

Joshua ließ den Kopf ins Gras fallen und spürte, wie sein Hut davonrollte. Es war ihm egal. Elis Hände und Mund lenkten ihn gründlich von allen anderen Gedanken ab – Eli hatte das Sagen, und so lag Joshua still, und das durch die Blätter fallende Sonnenlicht tanzte über seine geschlossenen Lider, als Eli ohne Eile jeden Zentimeter seines Körpers erforschte. Er hob die Hüften, sodass Eli ihm Jeans und Stiefel ausziehen konnte, und als er Elis Mund auf der weichen Haut seiner Leistenbeuge spürte, stieß er einen tiefen, zufriedenen Seufzer aus.

Der sich prompt in ein lautes Keuchen und dann ein tiefes Knurren verwandelte, als Eli über seine Eichel leckte und sanft – ganz sanft – mit seinen Zähnen über den Schaft fuhr. „Oh Gott, Eli", stöhnte er. Er spürte Elis leises Lachen mehr, als dass er es hörte.

Dann war Elis Mund fort, und Joshua hob den Kopf und sah, wie er nach einer der Satteltaschen griff, in die er ihr Mittagessen gepackt hatte. Er zog eine Packung Kondome und eine kleine Tube Gleitcreme heraus und winkte damit in Joshuas Richtung. „Vorausplanung", sagte er ernst, dann zierte ein breites Grinsen sein gebräuntes Gesicht. Er schlug leicht nach Joshuas nackter Hüfte. „Umdrehen, *papi*."

„Ich weiß nicht, was ich verstörender finde", beschwerte Joshua sich, während er gehorchte, „*papi* oder *mijo*. Beides ist ziemlich seltsam." Er zog sich auf die Knie, überkreuzte die Arme auf dem Boden und legte seine Stirn darauf.

„Was hättest du lieber?", fragte Eli.

„Wie wäre es mit ‚Joshua'?"

„Joshua", sagte Eli und fuhr mit der Hand über Joshuas Gesäß. Er hatte sich bereits Gleitcreme auf die Finger gestrichen, und sie glitten widerstandslos in die Falte. „Joshua. Wunderschöner Joshua. Sexy Joshua. Kluger Joshua." Er drückte die Lippen auf den Ansatz von Joshuas Wirbelsäule. „Geliebter Joshua."

Joshua hob den Kopf, wollte „Was?" fragen, aber dann berührte Elis Zunge seinen Eingang, und alle Worte verließen ihn. Er ließ den Kopf wieder fallen, roch den schweren Geruch von Moder und Erde und das kräftigere Aroma von Gras, und gab das Denken auf, übergab sich vollends seinen Sinnen. Die Nässe von Elis Zunge, die raue Berührung seiner Hände auf Joshuas Haut, der Duft des Grases überdeckt vom beißenden Geruch der Gleitcreme, der Druck der Finger, die sich in ihn hineinschoben – und der leicht moschusartige Duft der Lusttropfen, die jedes Mal von seiner Erektion tropften, wenn Elis Finger über seine Prostata strichen.

Und dann war es Elis Schwanz, der sich langsam in ihn hineinschob, und Josh hielt für einen Moment den Atem an, bis er ganz eingedrungen war. „Okay?", fragte Eli, und Joshua nickte, hob seine Hüften Elis Stößen entgegen. Weiter sagten sie nichts, jedenfalls nicht mit Worten, aber die Laute, die Eli ausstieß, als er Joshua hart nahm, waren eine eigene Sprache.

Offenbar galt das auch für Joshua, denn als er gerade eine Hand heben wollte, um seinen Schwanz zu fassen, war Elis bereits dort, und seine Finger schlossen sich fest um ihn, streichelten und massierten und rieben, bis Joshua aufschrie und kam und sich ins Gras ergoss. Einen Moment später hörte er Elis Urschrei, spürte, wie er sich zwei, drei Mal tief in ihn hineingrub, und dann auf Joshuas Rücken zusammenbrach.

Joshua rollte sich auf die Seite, wodurch er Eli ins Gras warf, und sie lagen einen Moment Seite an Seite und versuchten, wieder zu Atem zu kommen. „Gott", brachte er endlich hervor, seine Stimme so rau, als hätte er stundenlang geschrien. „Oh Gott."

„Nein, nur ich", sagte Eli hinter ihm. Er legte einen Arm um Joshuas Hüfte. Er hatte immer noch sein Hemd an – aber Joshua stellte fest, dass er seines ebenfalls noch trug. „Darauf hab ich jetzt schon eine ganze Weile gewartet. Den ganzen Tag, um genau zu sein."

„Ich auch", murmelte Joshua. Er streckte einen Arm aus und legte seinen Kopf darauf, und der Geruch von Sperma und zerdrücktem Gras stach ihm scharf in die Nase. Eli hinter ihm rieb seine Nase über Joshuas Nacken, schnupperte an seiner Haut, und Joshua lächelte in sich hinein, als er in ruhigen, traumlosen Schlaf sank.

ER MUSSTE tief und fest geschlafen haben, denn als er etwas später wach wurde, war er hellwach und putzmunter. Eli schlief noch; er hatte sich auf den Rücken gedreht und einen Arm über die Augen gelegt. Joshua lachte leise, als er ihn ansah – die Jeans bis zu den noch immer in Stiefeln steckenden Knöcheln hinuntergezogen, und das offene Hemd entblößte seine haarlose aber muskulöse Brust. Er schien im Halbschatten beinahe golden, aber da war die Bauernbräune, die Joshua erwartet hatte: Unterhalb des Bauchnabels war er weiß wie ein Gringo. Joshua schnaubte leise. Trotz seines Geredes über die Gefährlichkeit des Sonnenlichts schien Eli zumindest einen Teil seiner Zeit in der freien Natur ohne Hemd zu verbringen.

„Ja", sagte Eli unter seinem Arm, „du hast mich erwischt. Ich bin genauso gerne braun wie jeder andere auch. Ich bin dabei nur nicht so auffällig wie die andren Jungs. Für Heteros prahlen die jedenfalls ziemlich gern mit ihren Brustmuskeln."

Joshua fuhr leicht mit einem Finger über den Bräunungsstreifen unterhalb seiner Taille. „Aber nicht ganz nackt."

Eli senkte den Arm und sah ihn finster an. „Ganz nackt? Bist du loco? Die würden mich hier teeren und federn."

„Himmel, Eli, ich glaube, zusammen haben du und mein Onkel es geschafft, mir jedes Cowboy, Hinterwäldler, Wilder-Westen-Klischee zu präsentieren, das es jemals gegeben hat. Übt ihr das?"

Eli lachte. „Nun, dein Onkel nicht – er redet einfach so, wie sie hier geredet haben, als er noch klein war. Ich – na ja, ich hab eine Weile auf einer Ferienranch gearbeitet und ein Teil der Masche war eben, dass wir Cowboys für die Besucher – wie hast du das genannt? Wilder Westen? – geredet haben. Außerdem, beim Rodeo stehen sie da auch ganz gewaltig drauf. Also hab ich's mir angewöhnt." Er fuhr mit einer Hand über Joshuas nacktes Knie. „Ich glaube ja, dass es dir gefällt."

„Tut es", sagte Joshua. Er nahm Elis Hand und hob sie an, leckte über das Handgelenk und dann in einem breiten Bogen hinauf zu seinem Ellbogen.

„Lass das", sagte Eli verlegen. „Ich bin ganz eklig und voller Gleitcreme. Und schlimmerem."

„Hier nicht", sagte Joshua, aber er ließ Elis Arm los. „Ich habe Lust, schwimmen zu gehen."

„Es ist kalt."

„Gut." Joshua stand auf, zog sich das Hemd aus und rannte in den Teich.

Himmel! Es war eiskalt, aber es fühlte sich gut an, nachdem er den ganzen Tag heiß und verschwitzt gewesen war. Er schrubbte sich mit dem eisigen Wasser ab, dann tauchte er einmal komplett unter. Als er wieder auftauchte, saß Eli am Ufer. Er hatte sich ebenfalls ausgezogen. „Kalt?", fragte er Joshua.

„Ja, aber ich bin hart im Nehmen." Aber er planschte durch das Wasser ans Ufer und setzte sich neben Eli. „Gehst du rein?"

„Glaube nicht."

„Glaube wohl", sagte Joshua und schubste ihn in den Teich. Prustend und kampfbereit tauchte Eli wieder auf. Joshua packte seinen Arm und zog ihn hoch und aus dem Wasser, bis sie einander umarmend am Ufer standen.

„Du kleiner Scheißer", murmelte Eli.

„So klein nicht – ich bin größer als du."

„Genau die richtige Größe." Eli hob die Hände und umfasste sein Gesicht, zog es zu sich hinunter und küsste ihn.

Joshua schlang die Arme um ihn und begann, eines seiner Lieblingstanzlieder, „El Amor" von Tinto el Bambino, zu summen. Es fing langsam und romantisch an, aber dann entwickelte es einen wundervoll schnellen Beat, eine Mischung aus dem Salsa und Reggaeton, zu denen er so gerne tanzte.

ELI HATTE gar nicht gewusst, dass Joshua singen konnte, aber er konnte es, und er tat es, tief und leise, während er Eli in einen engen, intimen Tanz hineinzog. Irgendetwas über Liebe, die ein Traum war, und Magie und Licht und Wasser. Joshuas Hände hielten Elis Hüften umfasst, bewegten sie im Takt mit seinen eigenen auf eine Art, die sowohl sexy als auch sinnlich war. Eli legte seine Arme um Joshuas Hals und ließ ihn eine Weile führen, aber er war noch nie ein besonders guter Tänzer gewesen, und schließlich machte er sich mit einem Lachen los und ließ sich auf den Boden fallen. „Du bist zu gut, da kann ich nicht mithalten. Wo hast du gelernt, so zu tanzen?"

„Ich bin Puerto Ricaner", erwiderte Josh, sein Körper noch in Bewegung. „Ich wurde so geboren."

Und er tanzte, aber nicht die einfachen Schritte, durch die er Eli geführt hatte. Er streckte einen Arm zur Seite aus, legte die andere Hand flach über seinen Bauch und tanzte und sang dabei laut. Er beschleunigte das Tempo, bis die Musik förmlich aus ihm herausprudelte, schnell und üppig, und sein Körper bewegte sich anmutig durch die komplexen Figuren. Eli konnte beinahe Trommeln unter seinen Worten hören.

Joshua warf Eli ein Lächeln zu, dann machte er ein paar schnelle Schritte, sodass er direkt unter dem kleinen Wasserfall tanzte, der von der Wand des Canyons fiel. Er sang etwas über Wasser, über Liebe, die wie Wasser fließt, und tanzte, als stünde seine Seele in Flammen. Er war so wunderschön, dass Eli beinahe die Tränen kamen.

Als das Lied zu Ende war, kam Josh unter dem Wasserfall hervor und hielt schnurstracks auf Eli zu, zog ihn in seine Arme und küsste ihn, leidenschaftlich und wild.

Elis schloss die Augen und fiel.

22

„Okay", sagte Eli, als er am Bordstein hielt. „Zwei Häuserblocks weiter gibt's ein Parkhaus. Da werd' ich den Wagen abstellen. Vier Häuserblocks in *die* Richtung" – er wies in die entgegengesetzte Richtung – „gibt's ein Café, und da werd' ich warten."

„Zwei Stunden lang?" Das kam Josh sehr lange vor, um Kaffee zu trinken. Onkel Tucker machte Erledigungen, während er auf Josh wartete; wie es schien, gab es immer irgendetwas, das abgeholt werden musste. Aber Eli hatte offenbar keine Erledigungen zu machen.

„Klar. Ihr Kaffee ist wirklich gut, und außerdem haben sie Zeitungen und so zum Lesen. Bin schon oft da gewesen. Lass dir Zeit und mach dir keine Sorgen um mich."

Eli schien das alles ganz entspannt zu sehen, und Joshua kam zu dem Schluss, dass er wohl wusste, was er tat. Mit einem schnellen Blick in beide Richtungen, um sicherzustellen, dass niemand sie sah, beugte er sich vor und gab Eli einen raschen Kuss. „Danke – dass du mich gefahren hast und dass du auf mich wartest. Onkel Tucker glaubt offenbar nicht, dass ich es allein geschafft hätte."

„Nun, du hättest es zweifellos bis hierher geschafft", sagte Eli, „aber dann wärst du vielleicht weiter gefahren, und wir hätten irgendwann einen Anruf aus Flagstaff oder so bekommen, weil dir das Benzingeld ausgegangen ist." Er grinste und gab Joshua einen seiner famosen, flüchtigen Küsse auf die Lippen. Josh hatte in den letzten Wochen einige davon bekommen, wann immer sie sich sicher waren, dass sie unbeobachtet waren. „Tucker zweifelt nicht an dir – er macht sich nur Sorgen, dass du dich verirrst. Und jetzt ab, sonst knutschen wir die ganzen zwei Stunden hier rum."

„Ich würde lieber knutschen", sagte Josh.

„Ich auch." Eli beugte sich vor und öffnete seine Tür. „Raus."

„Wie heißt das Café?"

„Myrtle's. Du kannst es nicht verpassen – es ist nur vier Blocks weiter. Wenn du früher fertig bist, komm vorbei, und wir holen uns noch einen Kaffee für die Rückfahrt."

„Okay." Josh stieg aus dem Truck aus und schloss die Tür. Mit einem kurzen Winken drehte er sich um und betrat das Gebäude durch die Stahl-und-Glas Türen.

Eli trank seine Tasse leer, lehnte das Angebot der Kellnerin ihm nachzuschenken ab und schaute auf die Uhr auf seinem Handy. Joshs Termin sollte bald zu Ende sein. Eli hatte die ausliegenden Zeitungen gelesen, die Zeitschriften durchgeblättert und sich mit ein paar der Stammkunden unterhalten, die er noch aus den Zeiten seiner Streifzüge durch die Bars kannte (War es wirklich erst ein paar Monate her, seit er das letzte Mal hier gewesen war? Es musste so sein, aber es kam ihm länger vor), und er war bereit, aufzubrechen. Ein kleiner Spaziergang die Central runter würde ihm guttun, und er konnte Josh entgegengehen.

Die Sonne war untergegangen, und eine angenehm kühle Brise war aufgekommen, doch der Himmel war klar. Das Ballonfestival, für das Albuquerque berühmt war, würde in der kommenden Woche stattfinden, und der Wetterbericht versprach ein schönes Wochenende. Eli fragte sich müßig, ob Joshua wohl Interesse daran hatte, sich das Festival anzusehen. Das war etwas, das er ihn fragen musste.

Die letzten Wochen waren … eigenartig gewesen. Fantastisch, aber auch eigenartig. Tucker hatte sowohl ihn als auch Josh auf Trab gehalten, um ihnen keine Zeit für Dummheiten zu lassen, und umgeben von so vielen Leuten hatten sie vorsichtig sein müssen. Dennoch hatte es vereinzelte, vorsichtige Momente gegeben, in einer Scheune oder einem Stall oder während eines der Ritte, auf denen Eli Joshua die Ranch zeigte.

Er hatte sein Versprechen gehalten und war mit Joshua zum Canyon geritten, um dort nach den Mustangs zu sehen – und die Erinnerung daran würde ihm im Gedächtnis bleiben, bis er alt und grau war: Josh, der splitterfasernackt unter dem eisigen Fall des Wassers Salsa tanzte, bis es ihm zu kalt wurde und er zu Eli kam, ihn ins Gras hinunterzog und ihn im Licht, das durch die grünen Blätter fiel, liebte.

Und dann waren da noch die Nächte. Nicht genug – Joshua fiel nach einem so vollen Arbeitstag, wie sie ihn hatten, in der Regel todmüde ins Bett, zumal seine Kondition immer noch nicht das war, was sie sein sollte. Aber die Nächte, in denen Eli Schritte auf der Veranda hörte, das leise Quietschen der Fliegentür und dann das Tappen von Joshuas Turnschuhen im Haus … Ja, diese Nächte waren all die anderen, einsamen Nächte wert. Der Ausdruck in Joshs Augen, wenn er Elis Schlafzimmer betrat, verriet Eli, was für eine Art Nacht vor ihm lag: träge und amüsiert beutete ein lang gezogenes, langsames Liebesspiel ohne Hast und Josh, der in die Kissen biss, während Eli ihn stetig, rhythmisch von hinten nahm; heiß und hungrig bedeutete einen heißen, wilden Fick, bei dem Josh seine Beine um Elis Hüften schlang und seine Hände sich um die Balken am Kopfteil von Elis Bett klammerten. Und manchmal … manchmal liebten sie sich einfach. Ruhig und schlicht und einfach.

Und dann, hinterher, nach dem langsamen Ficken und dem wilden Ficken und, manchmal, nach dem Ficken, das gar kein Ficken war – das war der beste Teil, wenn sie schweißnass und befriedigt einer den anderen abwuschen und den Rest der Nacht eng umschlungen beieinander lagen. Er vermutete, dass es ziemlich schmalzig und gefühlsduselig von ihm war, aber er hatte noch nie zuvor einen Partner gehabt – keinen richtigen jedenfalls, einen, der nicht nur ein One-Night-

Stand war und der nicht immer schon vor dem Frühstück verschwand, selbst wenn sie über Nacht in einem Hotel geblieben waren.

Nicht, dass Josh nicht auch vor dem Frühstück ging. Aber das war etwas anderes.

Er war tief in Gedanken versunken und bemerkte den Mann, der sich ihm näherte, erst, als der direkt vor ihm stand. Er blieb stehen und erwiderte das freundliche Lächeln. „Hi", sagte der Typ.

„Hi", sagte Eli. Der Typ kam ihm bekannt vor.

„Du warst eine Zeit lang oft bei Charlie's, oder? Ich habe dich schon eine Weile nicht mehr gesehen."

Charlie's war eine der schwulen Cowboybars die Straße weiter runter. Eli war oft hingegangen, aber das letzte Mal lag schon eine ganze Weile zurück. Aber vermutlich kam ihm der Typ deshalb bekannt vor. „Ja, ich arbeite ein paar Autostunden von hier entfernt, und ich komme nicht mehr so oft her wie früher."

„Ja, das dachte ich mir." Das ehrliche Lächeln auf seinem Gesicht veränderte sich nicht, aber seine Augen huschten von Elis Gesicht zu einer Stelle hinter ihm. Eli wollte sich gerade umdrehen, als ihn plötzlich ein heftiger Schlag in den Rücken traf. Seine Knie knickten ein, aber als er die Hände hochwarf, um sich an dem Typen vor ihm festzuhalten, trat der einen Schritt zurück und ließ Eli zu Boden gehen. „Schweißschwuchtel", sagte der Typ, und jeder Anschein von Freundlichkeit war aus dessen Gesicht und Stimme verschwunden.

Eine andere Stimme sagte: „Bring ihn hier rüber", und Eli spürte, wie ihn jemand am Hemdkragen packte und hochriss, ihm die Luft und damit auch die Möglichkeit zum Schreien nahm. Durch den Schlag in die Nieren war er immer noch halb gelähmt und desorientiert, aber er wehrte sich, versuchte, auf die Füße zu kommen und sich aus dem eisernen Griff um seinen Hemdkragen zu winden, versuchte … Der Baseballschläger, mit dem sie ihn in den Rücken geschlagen hatten, kam plötzlich von vorn, traf ihn mitten ins Gesicht, und dann verschlang ihn die Dunkelheit.

DIE REZEPTIONISTIN war bereits nach Hause gegangen, als Josh den Praxisraum verließ, aber McBride rief seinen Terminkalender auf seinem Laptop auf und trug ihren nächsten Termin für die kommende Woche um dieselbe Zeit ein. Josh war sich nicht sicher, ob er glücklich darüber war; jede Sitzung schien anstrengender und zermürbender zu sein als die letzte, und er fühlte sich matt und erschöpft. Er hatte nie vor, viel zu sagen, wollte den Psychiater sein Ding machen lassen, damit Joshua wusste, was er hören wollte, aber irgendwie brachte er Josh doch immer wieder zum Reden. Und dann waren plötzlich zwei Stunden um, und Josh fühlte sich nackt und ausgezogen und gehäutet und knochenlos. Aber er fühlte sich auch … erleichtert, das war das beste Wort, das er dafür fand, wie er sich fühlte. Es war, als ob ein Teil dessen, was er mit sich herumgeschleppt hatte, nicht länger

158

notwendig war. Und auch, wenn es immer noch genug Baustellen gab, hatte er doch langsam das Gefühl, als bestünde Hoffnung. Als würde es den üblen Träumen nicht gelingen, ihn hinunterzuziehen, sodass er in ihnen ertrank. Als würde er sich nie wieder so wertlos fühlen, dass er einen Spaziergang in die Wüste in Betracht zog. Als ob er vielleicht, nur vielleicht, eines Tages, eines fernen Tages, auch über den Tod des schwangeren Mädchens in dem Lagerhaus am Fluss hinwegkommen könnte. Nicht vergessen. Nicht vergeben. Aber darüber hinwegkommen.

Vielleicht.

Er verließ das Gebäude und blickte die Straße hinauf in die Richtung des Cafés, von dem Eli gesprochen hatte. Der Cowboy war weit und breit nicht zu sehen. Josh sah auf die Uhr auf seinem Handy und stellte fest, dass er bereits ein paar Minuten zu spät war. Eli hatte vermutlich seinen Kaffee noch nicht leer oder war in einen Zeitungsartikel versunken oder so. Er hatte eben sein eigenes Tempo. Joshua lächelte leise in sich hinein und machte sich auf den Weg.

Dafür, dass es eine Hauptstraße in der Nähe der Universität war, war sie ziemlich ruhig – gut beleuchtet, aber obwohl die Rushhour gerade erst vorbei war, herrschte wenig Verkehr. Joshua vermutete, dass die Straße tagsüber belebter war, aber um diese Uhrzeit waren die Läden bereits alle geschlossen, und für die Bars war es noch etwas zu früh. Und außerdem war Dienstag – kaum der beste Tag, um auszugehen und zu feiern. Aber die Restaurants, an denen er vorbeikam, waren erleuchtet, und es fuhren genügend Autos, dass er sich nicht unwohl fühlte.

Aber als er etwa die Hälfte der Strecke hinter sich gebracht hatte und Eli immer noch nicht sah, beschlich ihn langsam ein ungutes Gefühl. Nach Jahren des Dienstes bei Polizei und FBI und die meiste Zeit davon in Gefahr, hatte er gelernt, seinen Gefühlen zu vertrauen. Etwas war nicht in Ordnung.

Er fand das Café und suchte es ab, aber von Eli keine Spur. Eine der Kellnerinnen kam auf ihn zu und sagte: „Suchen Sie jemanden?"

„Ja. Cowboy, grauer Hut, blonde Haare, trägt ein blau kariertes Hemd?"

„Oh, Eli? Ja, er war hier. Marty, wann ist Eli gegangen?"

„Oh, vor knapp zehn Minuten", sagte die andere Kellnerin, die an der Kaffeemaschine stand. „Sagte, er wollte sich mit jemandem treffen. Sie haben sich gerade verpasst."

„Sieht so aus", sagte Joshua. In seinem Kopf dröhnte es, und seine Hände waren eiskalt. „Danke."

„Gern geschehen. Kommen Sie bald wieder!"

„Ja." Joshua drehte sich um und ging schnell durch die Tür und auf die Straße.

Zehn Minuten. Scheiße. Bis zu dem Gebäude, in dem die Praxis des Psychiaters lag, waren es nicht mal fünf Minuten zu Fuß. Ob er den Truck holen gegangen war? Nein, er hatte gesagt, er würde im Café auf ihn warten oder ihm entgegenkommen. Und im Café war er nicht.

Also war er irgendwo auf der Straße unterwegs. Dort würde er anfangen. Josh ging mit schnellen Schritten los, ließ seine Augen über die Straße vor ihm huschen, über die Fahrbahn, den Bürgersteig auf beiden Seiten, auf der Suche … wonach?

Danach. Joshua rannte über die Straße, wich dabei dem ein oder anderen Auto aus. Wenn er es auf dem Hinweg gesehen hätte, hätte er es als zerknüllte Zeitung abgetan, aber er wusste, was es war, das die Brise da in den Eingang des Geschäfts geweht hatte – ein Hut. Ein grauer Resistol mit einem grauen Band. Joshua hob ihn hoch, aber er erstarrte, als er die dunklen Verfärbungen an der Krempe sah. Die Straßenlaternen waren nicht hell genug, um ihnen Farbe zu verleihen, aber Joshua wusste, was es war. Er hatte es weiß Gott oft genug gesehen. Blut.

Er stand einen Moment lang still, Hut in der Hand, und versuchte, durch das Dröhnen in seinen Ohren etwas zu hören. Der Hut hatte im Eingang eines Geschäfts gelegen, das abstandsgleich von zwei Gassen oder Durchgängen oder wie sie das hier nannten, entfernt war. Eli konnte durch die Tür hineingegangen oder in einen Wagen gezogen worden sein. Oder in eine der Gassen. Aber in welche?

Die Brise – sie kam von Osten. Der Hut war hierher geweht worden. Josh wandte sich um und rannte die Straße hinauf zu der dunklen Öffnung zwischen zwei Gebäuden und stürzte hindurch.

Ein gleichmäßiges, rhythmisches, dumpfes Geräusch hallte in der Gasse wider, ein Geräusch, das viel zu vertraut war. Josh kam an einem Müllcontainer vorbei, der überquoll vor Bauschutt, und ohne nachzudenken packte er im Vorbeirennen ein langes Stück Metall. Es war zu leicht, um eine effektive Waffe zu sein, schien aber stabil genug. Hinter einer Häuserecke zeigte ihm gelbe Licht über einer Reihe von Laderampen drei Männer, die um etwas am Boden herumstanden. Einer von ihnen hatte einen Baseballschläger, und als Joshua lautlos auf sie zu rannte, sah er, wie sich der Schläger hob und fiel und wieder hob, und dunkle Streifen zogen sich über das helle Holz.

Die anderen standen daneben, sahen zu und feuerten den Mann mit rauen Flüsterstimmen an. „Noch mal, so richtig! Schweißschwuchtel!", sagte einer, und dann sauste die Metallstange durch die Luft, und der Sprecher ging unter der Wucht von Joshuas Schlag zu Boden. Josh wirbelte herum, um den Mann mit dem Schläger auszuschalten, aber der dritte Mann warf sich auf seinen Rücken und versuchte, seine Arme um Joshs Hals zu schlingen.

Dämlicher Bauerntrampel, dachte Joshua wild, warf ihn über die Schulter zu Boden und verpasste seinem Solarplexus einen schnellen Tritt, der dem Typen die Luft nahm. Der erste Mann warf sich wieder ins Getümmel; der Schlag mit der Stange hatte ihn offenbar nur vorübergehend betäubt. Er riss sie Joshua aus der Hand, aber Josh trat sie wiederum ihm aus der Hand, sodass sie mit einem Scheppern zu Boden fiel. Josh ließ diesem Tritt einen weiteren folgen, der den Mann rückwärts gegen die Betonwand der Laderampe taumeln ließ.

Der Typ mit dem Schläger ging auf ihn los, aber Josh duckte sich unter seinem wilden Schlag weg und rammte ihm seine Faust in den Magen. Er wollte gerade ein zweites Mal zuschlagen, als er ein entschieden drohendes Klicken hörte. Er *kannte* dieses Geräusch, und seine Unerwartetheit durchbrach zum ersten Mal seit sehr langer Zeit seine Konzentration.

Der Typ mit dem Schläger holte erneut aus, und Josh trat ihm das Ding aus der Hand, so wie er das mit der Stange getan hatte, aber der Typ hechtete dem Schläger hinterher. „Locker, Ben", sagte der erste Mann. „Lass ihn liegen. Ich hab das in der Hand."

So schien es für den Moment. Im Halbdunkel konnte Josh nicht erkennen, welches Fabrikat die Pistole war, aber er wusste, welche Sorte es war – die Sorte, die Menschen tötete. *Scheiße*. Er trat zurück, die Hände erhoben, und in seinem Geist ratterten die Möglichkeiten …

Der zweite Mann rappelte sich immer noch keuchend vom Boden auf und schlug Joshua ins Gesicht. Josh sah den Schlag kommen und drehte sich so, dass die Faust nur seinen Wangenknochen traf, aber er ging zu Boden, als wäre er voll getroffen worden. „Schwuchtel", sagte der Typ angewidert und spuckte ihn an.

Auf dem dunklen Boden rollte Josh sich zur Seite und zog die Beine an, als würde er sich zusammenkauern, aber er verlagerte ganz langsam sein Gewicht nach vorn auf die Fußballen. Der Mann mit der Pistole kam näher, und das blass-gelbe Licht zeigte das Grinsen in seinem breiten Gesicht. „Ja, guck sich einer das an. Sieht aus, als hätten wir zwei warme Brüder zum Preis von einem bekommen."

Josh, die Augen auf den Bewaffneten gerichtet, sah aus den Augenwinkeln, wie die anderen zwei von beiden Seiten näherkamen. „Halt die Waffe auf ihn – er ist 'ne Art Ninja oder so." Das war der Typ mit dem Baseballschläger. „Und pass auf, dass wir nicht zu laut werden, aber hey, ich werd's genießen, dieses Arschloch zu Brei zu schlagen." Er lachte. „Wenn du schreien willst, Schwuli, nur zu. Die Gebäude hier sind leer – alles schon zu für die Nacht."

„*Ich* habe euch gehört", sagte Josh und schoss hoch, geradewegs in den Mann mit der Waffe hinein, der ein kleines bisschen zu nahe gekommen war. Er trieb ihn zurück gegen die Rampe und riss ihm die Waffe aus der Hand, dann rammte er dem Mann seinen Ellbogen in die Kehle. Mit einem Gurgeln brach der Mann zusammen.

Joshua wirbelte herum und schoss dem Mann mit dem Schläger ins Knie. Der Mann schrie und fiel zu Boden. Dann wandte Joshua sich dem letzten Mann zu, der zurückwich. „Oh, nein", sagte Joshua leise. „Du bewegst deinen Hintern hübsch wieder hierher und setzt dich." Er deutete auf eine Stelle neben dem Schläger-Typ. „Genau da."

Zitternd setzte der Mann sich. „Hast du ein Handy?", fragte Joshua, mit derselben leisen Stimme. Als der Mann nickte, sagte Joshua: „Hol's raus und ruf 911 an, dann gib mir das verdammte Ding."

Der Mann gehorchte.

161

„Leg dich hin, auf den Bauch, Hände hinterm Kopf."

Joshua trat zurück, näher an Eli heran. Er konnte in dem Moment nicht an Eli denken. Nein. Er konnte *nicht* an Eli denken. Als der Ruf angenommen wurde, sagte Joshua: „Mein Name ist Joshua Chastain. Ich habe ein sich im Verlauf befindendes Hassverbrechen unterbrochen. Wir brauchen ein paar Krankenwagen in der Ladezone hinter Marino's Bakery auf der Central – die Adresse kenne ich nicht." Er behielt die Männer im Auge, während er sprach. Er wagte es nicht, einen Blick hinter sich auf Eli zu werfen. „Eine Verletzung an der Kehle, eine Schusswunde, Zustand des Opfers unbekannt. Und schicken Sie Polizei, bitte. Viel Polizei."

Langsam, die Waffe auf die Männer gerichtet, trat Joshua an Elis Seite. „Ich hoffe für euch", sagte er zu ihnen, „dass er noch am Leben ist, sonst werden wir die Krankenwagen nicht mehr brauchen." Er hockte sich ganz langsam hin und berührte Elis Hals. Seine Finger fanden Nässe, aber auch einen Puls. Schwach, kaum spürbar, aber er war da. „Eli?"

Keine Antwort. „Wichser", sagte er zu den Männern. „Er überlebt oder ihr sterbt. Und glaubt nicht, dass hinter Gittern zu stecken euch schützen wird. Ich kann euch überall erwischen, und niemand würde davon erfahren. *Pendejos* wie ihr sterben leicht. Ich hab da viel Übung. Eigentlich sollte ich euch einfach abknallen und uns allen die Mühe ersparen." Er bewegte die Waffe langsam von einer Seite zur anderen. Die Wut in ihm wurde stärker. „Es wäre ganz leicht. Ihr habt mich angegriffen. Ich hab mich nur selbst verteidigt. Hab ich erwähnt, dass ich mal beim FBI war? Sie haben mich rausgeschmissen, weil ich mit dem Abdrücken zu schnell war."

Er schlich sich an den Typen mit der gequetschten Luftröhre heran und stieß ihn mit dem Fuß, bis er sich auch auf den Bauch gerollt hatte. Dann stellte er seinen Fuß auf den Rücken des Kerls und verlagerte sein Gewicht, bis der Typ anfing zu weinen, und sagte: „Du glaubst, du bist 'n harter Typ mit 'ner Knarre? Du denkst du bist 'ne ganz harte Nummer? *Maricones* wie ihr seid meine leichteste Übung. Scheiße, nur ein bisschen mehr –" Er lehnte sich weiter vor, und der Typ schrie auf. „Ich breche dir 'n paar Rippen, die durchbohren deine Lunge, du bist tot. Ja, na so was, Officer, sieht aus, als hätt' ich ihn doch härter getroffen, als ich gedacht hab. Ups." Ein leises, kratzendes Geräusch erregte seine Aufmerksamkeit, und er drehte den Kopf zu dem Typ mit der zertrümmerten Kniescheibe, der versuchte, wegzukriechen. Er lachte, und zum ersten Mal seit Monaten hatte er das Gefühl, dass er genau da war, wo er hingehörte, zurück auf der Straße, high und kraftvoll und stark, nicht länger der verlorene, gebrochene Mann, der er war. „Geh aber nicht zu weit weg", sang er. „Vielleicht hättest du auch gern 'ne Demonstration, wofür der Schläger sonst noch so benutzt werden kann, hm? Vielleicht brauchst du was Hartes im Arsch, he, *papi chulo*? Vielleicht muss ich's ja mal bei dir machen und dir zeigen, was wahrer Schmerz ist."

„Josh …"

Josh wurde still. Die Augen auf die Männer gerichtet sagte er: „Eli?

„Nicht … Das bist nicht … nicht du." Die Stimme war schwach und nass, irgendwie. Joshs Wut ließ ihn rot sehen. Zwei Meter weiter stöhnte einer der Männer, und der Geruch von Urin war beißend in der stillen Abendluft.

„Das ist haargenau das, was ich bin", sagte Joshua barsch. „Du solltest nicht sprechen, Eli."

Eli wurde still, bis auf das schwache Blubbern seines Atems. Joshua konzentrierte sich auf das Gewicht der Waffe in seiner Hand, die Wärme, die von der Betonwand abstrahlte, das Stöhnen der zwei verletzten Männer. Den Schmerz an den Stellen, wo er getroffen worden war. Die Wut, die die Pistole in seiner Hand zittern ließ. Alles, nur nicht das zusammengeschlagene Häufchen Elend seines Partners zu seinen Füßen. Er wagte es nicht, einen Blick auf ihn zu werfen. Wagte es nicht, an ihn zu *denken*.

Er hörte schwach das Geräusch von Sirenen, die näherkamen, aber erst, als das erste Fahrzeug in die Ladezone einbog, begann er zu begreifen, dass es vorbei war. Polizisten schwärmten aus ihren Wagen, Pistolen im Anschlag. Er hob die Hände, die Pistole von einem Finger baumelnd. „Joshua Chastain", sagte er zu dem Polizisten, der auf ihn zukam. „Ehemals FBI – Agent Bill Robinson in der Niederlassung in Chicago wird für mich bürgen. Diese Männer haben Mr Kelly hier angegriffen."

„Das stimmt nicht", heulte einer der drei. „Wir haben nix Böses gemacht, als er und sein Kumpel uns angegriffen haben. Er ist 'ne Art Ninja."

Joshua schnaubte.

Die Polizisten legten ihnen allen vier Handschellen an und verfrachteten sie getrennt in Autos. Joshua hatte das erwartet. Aber sie machten auch den Weg für die Rettungssanitäter frei.

Das letzte, was Joshua sah, als das Polizeiauto aus der Ladezone fuhr, war, wie sie eine dunkle, reglose Gestalt auf eine Trage hoben. *Eli*.

23

SIE HATTEN Joshua nicht in eine Zelle gesteckt, aber nach ein paar Stunden im Verhörraum – jede Institution benutzte ihren eigenen Euphemismus, aber für Joshua war und blieb es der Verhörraum – war er begierig nach Antworten. Sie hatten ihn hereingeführt und auf Verletzungen untersucht, dann hatten sie ihn mit Handschellen an die Metallringe im Tisch gefesselt, mit gerade genug Spielraum, dass er (lauwarmes) Wasser aus einer Flasche trinken konnte, die sie ihm gebracht hatten, und ihn informiert, dass sie in ein paar Minuten wiederkommen würden, um seine Aussage aufzunehmen. Sie waren gekommen, hatten mit ausdruckslosen Mienen seiner Schilderung der Ereignisse gelauscht und waren wieder gegangen. Das war vor drei Stunden gewesen. Er hatte die Flasche leer getrunken und das Etikett abgeknibbelt, aber er war immer noch allein.

Er hatte den Verdacht, dass er beobachtet wurde – der Raum war hell erleuchtet, aber er konnte Schatten hinter dem Einwegspiegel sehen, der eine Wand bedeckte. Er fragte sich, wonach sie Ausschau hielten.

Er dachte nicht an Eli. Er *weigerte* sich, an Eli zu denken.

Aber das Erste, was aus seinem Mund kam, als die Tür aufging und zwei Anzugträger hereinkamen, war: „Wie geht es Eli? Wo ist er? Ist er okay?"

„Mr Kelly wurde ins University Medical Center gebracht. Über seinen Zustand liegen mir keine Informationen vor." Der dünne Mann lächelte leicht und schloss Joshuas Handschellen auf. „Bitte entschuldigen Sie die Verzögerung – wir haben entschieden widersprüchliche Informationen über Sie erhalten und mussten uns erst Ihre Identität bestätigen lassen."

Joshua rieb sich ein Handgelenk. „Was für widersprüchliche Informationen?"

Der stämmigere der beiden Männer machte eine Geste in seine Richtung. „Sie entsprechen der Beschreibung eines Mitglieds der Los Peligros, der per landesweitem Haftbefehl gesucht wird. Zu Ihrem Glück hat Ihr Vorgesetzter in der Niederlassung in Chicago – ein Bill Robinson? – uns ins Bild gesetzt. Ich bin Agent Weathersby, und das ist Agent Greene, von der Niederlassung in Albuquerque. Entschuldigen Sie, dass es so lange gedauert hat. Sie kennen das ja."

„Ja." Joshua rieb sich über das andere Handgelenk. „Kann ich jetzt gehen? Sie haben meine Aussage hier."

„Ja. Ihr Onkel wartet vorne am Empfang auf Sie. Sie erhalten eine Geldstrafe für das Abfeuern einer Schusswaffe, aber das ist zum Glück kaum mehr als eine Ordnungswidrigkeit, und Ihr Onkel hat das Bußgeld bereits bezahlt. Und Sie hatten recht in Ihrer Aussage – die Waffe war nicht nur von Kieczerskis Fingerabdrücken übersät, sie ist auch auf ihn zugelassen. Wir gehen davon aus, dass Sie uns gerade die Täter einer Reihe von Hassverbrechen überreicht haben, in denen die Polizei von Albuquerque schon seit einer ganzen Weile ermittelt. Es kann sein, dass sich die Staatsanwaltschaft mit Ihnen in Verbindung setzt."

„Okay." Josh stand von seinem Stuhl auf. „Kann ich gehen? Ich muss zum Krankenhaus."

„Richtig – Ihr Freund."

„Mein *Partner*."

Beide Agenten zogen die Augenbrauen hoch, und Joshua machte ihnen da keinen Vorwurf. Es hatte ihn selbst überrascht. „Oh, ja?", sagte der Dünne.

„Haben Sie ein Problem damit?"

„Wenn ich das hätte, würde mein Ehemann mir dafür einen ordentlichen Tritt in den Hintern verpassen", sagte der Dünne. Er streckte die Hand aus. „Ich bin Dave Greene, und das ist Ray Weathersby. Kein Grund für Förmlichkeit. Ihr Onkel hat unsere Visitenkarten, sollten Sie mit uns Kontakt aufnehmen wollen. Und Robinson in Chicago hat uns geraten zu versuchen, Sie dazu zu überreden, wieder in den aktiven Dienst einzutreten. Wir könnten jemanden mit Ihren Fähigkeiten gut gebrauchen."

Josh lächelte dünn und sagte: „Nein, danke. Kann ich gehen?"

Endlich ließen sie ihn gehen, folgten ihm aus dem Raum, durch die elektronischen Sicherheitstüren, die ein Wachposten von außen für sie öffnete, und den Flur hinunter zur Rezeption. Tucker saß auf einem Stuhl an der Wand; als er Joshua sah, sprang er auf die Füße und warf seine Arme um ihn. „Sohn, bist du okay?"

„Ja", erwiderte Joshua und klopfte Tucker unbeholfen und verlegen auf den Rücken. „Warum bist du hier? Du solltest bei Eli sein!"

„Du bist mein gottverdammter Neffe", sagte Tucker. „Ich musste hier sein. Außerdem haben sie mich im Krankenhaus rausgeworfen."

„Was? Warum?"

„Oh, nicht wirklich, aber sie haben Eli in den OP gebracht, und da ich kein Verwandter bin, haben sie mir eh nicht sagen wollen, wie's ihm geht."

„Mir werden sie es sagen", knurrte Joshua.

Tucker warf ihm ein Grinsen zu. „Dachte ich mir. Du hast Verbindungen." Er nickte zu den beiden Agenten, die hinter Joshua standen.

„Als Mr Kellys Partner dürften Sie keine Schwierigkeiten haben, Informationen über seinen Zustand zu erhalten, aber wenn es nötig sein sollte, sagen Sie im Krankenhaus, sie sollen mich anrufen", sagte Weathersby. „Aber das sollte eigentlich nicht notwendig sein – die Stadt ist ziemlich progressiv, was das anbelangt. Es tut mir nur leid, dass Sie Opfer einiger unserer weniger erfreulichen Bewohner geworden sind." Das Lächeln des Mannes wurde zu einem gemeinen Grinsen. „Unglücklicherweise fallen einige Hassverbrechen unter die Jurisdiktion des FBIs – all die, von denen wir das wollen. Und wenn Sie jetzt noch den Angriff auf einen Staatsbeamten hinzufügen …"

„Das bin ich nicht, nicht mehr", sagte Joshua.

„Laut Robinson wohl. Er sagt, Sie sind derzeit aus gesundheitlichen Gründen freigestellt."

„Was?"

Das Grinsen auf Greenes Gesicht glich dem auf Weathersbys. „Das FBI hat Ihre Kündigung nicht akzeptiert, Chastain. Nur für den Fall, dass Sie Ihre Meinung ändern." Er klopfte Joshua im Vorbeigehen auf die Schulter. „Wir bleiben in Verbindung."

Josh sah ihnen verdutzt hinterher. Tucker sagte: „Sie haben vorn am Empfang ein paar Formulare, die du unterschreiben musst, und dann lass uns nach Eli sehen. Und du kannst mir sagen, was zum Teufel er damit gemeint hat, als er Eli deinen Partner genannt hat."

TUCKER TELEFONIERTE gerade mit der Ranch, als Stunden später ein müde aussehender Arzt im OP-Kittel ins Wartezimmer kam. „Mr Chastain?"

„Ja?"

„Jepp?"

Der Arzt sah von einem zum anderen. „Mr Joshua Chastain."

„Der bin ich", sagte Joshua. „Wie geht es Eli?"

„Gleich hier nebenan ist ein Konferenzzimmer", sagte der Arzt. „Lassen Sie uns hinübergehen und uns einen Moment hinsetzen."

Mit schmerzhaft verkrampftem Magen folgte Joshua ihm. Tucker steckte das Handy weg und kam ebenfalls mit. Nebenan angekommen wies der Arzt auf eine Gruppe von Stühlen um einen kleinen Beistelltisch.

„Bitte, setzen Sie sich."

„Was ist los mit Eli?", fragte Joshua angespannt und ignorierte die Anweisung des Arztes.

Tucker legte eine Hand auf Joshuas Schulter. „Langsam, Sohn, lass den Mann reden."

„Danke." Der Arzt wies erneut auf die Sitzgruppe, und Joshua setzte sich, seine Aufmerksamkeit voll auf den Arzt konzentriert. „Mr Kelly befindet sich in sehr ernstem Zustand. Er hatte innere Blutungen, und wir mussten seine Milz und den Blinddarm entfernen. Einer seiner Lungenflügel wurde von einer gebrochenen Rippe durchbohrt und ist kollabiert – das haben wir gerichtet, alle Flüssigkeit abgesaugt. Seine Nieren sind schwer geprellt worden, aber wir gehen davon aus, dass das problemlos heilen wird. Natürlich müssen wir ihn aufmerksam beobachten, um sicherzustellen, dass wir nichts übersehen haben. Welcher Art Arbeit geht er nach? Er ist in sehr guter körperlicher Verfassung, trotz seiner Verletzungen. Tatsächlich mag ihm seine exzellente Kondition geholfen haben, nicht noch schwerer verletzt zu werden. Muskeln fangen Schläge besser ab als Gewebe, was dazu beigetragen haben könnte, dass schlimmere Knochenbrüche verhindert wurden."

„Er reitet, arbeitet mit Pferden." Tuckers Stimme war leise und entsetzt.

„Zum jetzigen Zeitpunkt ist es unmöglich, in der Hinsicht eine Prognose zu machen, aber außer Prellungen und Quetschungen hat er keine Verletzungen an der Wirbelsäule. Das ist schon mal gut. Sein rechtes Knie ist ausgekugelt worden, wobei ein paar Bänder gerissen sind, wofür er Physiotherapie brauchen wird, wenn er wieder reiten will. Sein linker Arm und Handgelenk sind gebrochen, die linke Schulter ebenfalls ausgekugelt, aber das haben wir alles gerichtet. Aber er wird auch dafür Physio brauchen."

„Und?", fragte Joshua, als der Mann innehielt.

„Die schwerwiegendsten Verletzungen, neben den inneren Verletzungen, sind die am Kopf. Er hat eine schwere Gehirnerschütterung und Subduralblutungen. Wir konnten einen Teil des durch die Blutung entstandenen Drucks beheben. Allerdings werden wir erst wissen, welche Schäden er davontragen wird, wenn er aufwacht. Oberflächlich hat er einen angebrochenen Wangenknochen und eine gebrochene Nase, aber die ist gerichtet worden. Auf einer Seite hat er zwei Backenzähne verloren."

„Und was heißt das?" Joshua spreizte die Hände weit. „Was passiert jetzt? Wird er wieder in Ordnung kommen?"

„Ich denke ja. Es sieht vielleicht nicht so aus, aber er hat Glück gehabt. Wir hatten diesen Herbst eine ganze Reihe von Angriffen auf Homosexuelle – er ist der vierte. Das erste Opfer ist an seinen Verletzungen gestorben. Das zweite wird in ein paar Tagen mit schweren Hirnschäden in eine Pflegeanstalt entlassen. Das dritte Opfer ist noch hier, in kritischem aber stabilem Zustand und im Koma." Der Arzt spreizte die Hände. „Gerüchten zufolge ist es Ihnen zu verdanken, dass diese Tiere, die das getan haben, in Haft sind."

„Sie glauben, dass sie es sind, ja. Kann ich ihn sehen?"

„Er ist noch nicht wieder bei Bewusstsein ..."

„Mir egal. Ich muss ihn einfach nur sehen." Joshua verabscheute das Beben in seiner Stimme.

„Nun gut. Dann folgen Sie mir."

24

DER SCHICHTWECHSEL kam und ging. Der neue Krankenpfleger kam herein und stellte sich Joshua leise vor, dann machte er sich daran, all die Dinge zu überprüfen, die die letzte Krankenschwester erst vor wenigen Minuten überprüft hatte. Joshua fragte sich, warum es ein anderer Pfleger war als der, der die letzten Nächte Dienst gehabt hatte. Dann kam ihm der Gedanke, dass es Samstag sein könnte und damit die Wochenendbelegschaft Dienst hatte. Jetzt, wo er darüber nachdachte, wurde ihm bewusst, dass auch die Tagesschwester eine andere gewesen war. Dann war es vermutlich wirklich Samstag. Er hatte den Überblick verloren, welcher Wochentag es war. Onkel Tucker hatte angeboten, sich mit ihm abzuwechseln, aber Onkel Tucker hatte eine Ranch zu führen, und außerdem war es nicht *seine* Schuld, dass Eli hier war.

Dann hatte Tucker angeboten, Joshua ein Hotelzimmer zu bezahlen, aber Joshua hatte ihn lediglich angesehen und gefragt: „Wozu?", und Tucker hatte das Thema fallengelassen. Stattdessen fuhr er jeden Tag die zwei Stunden in die Stadt, um Joshua etwas zu essen und Kleidung zum Wechseln zu bringen.

Joshua wusste nicht, was die örtlichen FBI Agenten dem Krankenhauspersonal gesagt hatten, aber als am ersten Abend eine der Schwestern versucht hatte, ihn nach Ablauf der Besuchszeiten zum Gehen aufzufordern, hatte er ihr Weathersbys Visitenkarte gegeben, und seitdem hatten sie ihn in Ruhe gelassen. In Ruhe, ja, aber nicht allein – sie hatten ihm einen Stuhl gebracht, der fast schon eine Art Sessel war, mit einem Kissen und einer leichten Decke. Joshua hatte den Stuhl neben Elis Bett gezogen, nahe genug, dass er eine Hand auf Elis Arm legen konnte, und so konnte er schlafen, wenn auch immer nur leicht, jederzeit bereit aufzuwachen, wenn Eli sich bewegte oder jemand hereinkam. Die Schwestern und Pfleger hatten dieses Arrangement allesamt missbilligend beäugt, aber keiner von ihnen hatte etwas gesagt.

Sie hatten im Lauf der ersten Nacht auch versucht, sich um Joshua zu kümmern. Anscheinend war durch den Schlag auf den Wangenknochen sein Gesicht angeschwollen und voller blauer Flecken gewesen, aber Joshua hatte sie weggewinkt. Die Verletzung war nur oberflächlich; es tat nicht einmal so sehr weh. Und wenn er jetzt im Badezimmer einen Blick in den Spiegel warf, sah er, dass der Bluterguss zu einem gelblichen Lila verblasst war. Aber es war ohnehin nicht wichtig. Er war nicht derjenige, der verletzt war.

Gegen halb zehn kam ein junger Pfleger herein, um die Beutel, die über Eli hingen, auszuwechseln. Er sah, wie Joshua ihn beobachtete, und lächelte. „Entweder ist er ein wichtiger Zeuge oder er bedeutet Ihnen sehr viel. Meine Kollegen meinten, Sie hätten seine Seite nicht ein Mal verlassen, seit er reingekommen ist."

„Und das werde ich auch nicht." Joshuas Stimme war rau und heiser, nachdem er sie so lange nicht benutzt hatte.

„Das kann ich Ihnen nicht verdenken," sagte der Junge – wie hieß er noch gleich? Ach ja, auf seinem Namensschild stand Alex. „Er sieht wirklich übel aus."

Etwas an der Art, wie er das sagte, ließ Joshua scharf aufblicken. „,Sieht aus'?"

„Ja. Ganz ernsthaft, es sieht viel schlimmer aus, als es ist. Er heilt sehr gut, unter den gegebenen Umständen." Alex runzelte die Stirn. „Hat der Arzt Sie nicht informiert?"

„Er redet, aber ich verstehe die Hälfte von dem, was er sagt, nicht. Er sagt, dass es Eli den Umständen entsprechend gut geht. Alles, was ich weiß, ist, dass er nicht aufwacht."

„Hat der Arzt Ihnen nicht gesagt, dass das Koma kontrolliert ist?"

Joshua runzelte die Stirn. „Ja, aber ich habe keine Ahnung, was das bedeutet."

„Das bedeutet, dass sie ihn mit Absicht bewusstlos halten." Alex wich zurück, einen erschrockenen Ausdruck auf dem Gesicht. Joshua realisierte, dass er aufgestanden war, die Hände zu Fäusten geballt. „Brrr …! Ich bin hier nicht der Bösewicht, Mister. Und der Arzt auch nicht. Er hat vermutlich gedacht, dass Sie wissen, was er meint, und wenn Sie keine Fragen stellen, woher soll er es dann wissen?"

„Warum würden sie so etwas tun?"

„Da gibt es viele Gründe. Und ich würde sagen, in Mr Kellys Fall *sind* es auch viele Gründe. Er hat viele Verletzungen, innere und auch am Schädel, von daher ist ihn ruhig zu stellen, einer der wichtigsten Gründe. Wenn er bei Bewusstsein wäre, würde er sich bewegen, zumal er nicht unbeträchtliche Schmerzen hat. Und er *muss* ruhig bleiben, damit sie weitere Blutungen sofort erkennen können, die stellen derzeit die größte Gefahr für ihn dar. Aber laut seiner Krankenakte sind alle Untersuchungen ohne weiteren Befund, und sie sind sich ziemlich sicher, dass er keine weiteren Überraschungen für sie parat hält."

Mit hämmerndem Herzen sank Joshua auf seinen Stuhl zurück. Eli war nicht bewusstlos. Er lag nicht im Sterben. Er entglitt Joshua nicht mit jeder Sekunde ein Stückchen mehr, so wie er gedacht hatte, so wie es sich anfühlte. Es war kontrolliert. Natürlich, künstliches Koma, das hatte er schon mal gehört. Joshua schloss die Augen.

Eine Hand legte sich über seine, die auf der Bettkante ruhte. „Sie haben Ihnen wirklich Angst gemacht, was? Es tut mir leid. Ich vermute, alle haben gedacht, Sie wüssten, was los ist."

„Ich habe keine Ahnung von Medizin." Joshuas Kehle fühlte sich wund an. „Ich gucke nicht mal Fernsehen." Er öffnete die Augen und blickte hoch in das mitfühlende Gesicht. Alex schien seine verworrenen Gedanken zu verstehen.

„Nun, bei den meisten Fernsehserien stimmt eh nur die Hälfte, wenn überhaupt," sagte Alex. Er drückte Joshuas Hand tröstlich, ehe er einen weiteren Blick in die Krankenakte warf. „Ich würde wetten, sie bringen ihn in ein, zwei Tagen wieder zu sich. Wenn Sie also zur Abwechslung mal eine Nacht wirklich richtig schlafen wollen, dann können Sie das beruhigt tun. Ich werde ein Auge auf ihn haben heute Nacht – es ist ziemlich ruhig auf der Station. Und außerdem hängt er an einer ganzen Reihe von Geräten, die wie wild losheulen werden, sollte er auch nur mit einem Muskel zucken." Alex lächelte. „Ich würde sagen, Sie können den Schlaf gut gebrauchen."

Joshua schüttelte den Kopf. „Ich kann nicht schlafen. Üble Träume."

„Möchten Sie etwas dafür haben?"

„Nein!" Er atmete tief durch, dann sagte er ruhiger: „Nein, vielen Dank. Ich brauche nichts."

Wieder der mitfühlende Gesichtsausdruck. „Kein Problem. Okay, hier sieht alles gut aus, also lasse ich Sie schlafen. Wir werden versuchen, Sie beide heute Nacht nicht zu stören."

Joshua hörte kaum, wie er den Raum verließ, registrierte es lediglich mit dem Teil seines Gehirns, der immer wach und aufmerksam war. Stattdessen beugte er sich vor und legte den Kopf auf die Bettkante, und seine Finger strichen oberhalb des Gipses über Elis Arm. „Du kommst wieder in Ordnung, Eli. Du kommst wieder in Ordnung."

Yo nunca dejaría que nadie te hiciera daño. Eli hatte versprochen, dass er es nicht zulassen würde, dass jemand Joshua wehtat. Joshua war völlig weggetreten gewesen, als er Eli das hatte sagen hören, aber jener eigenartige, seltsame Teil seines Gehirns hatte die Worte gespeichert. Er hatte gedacht, es wäre sein Großvater gewesen.

Eli hatte versprochen, auf Joshua aufzupassen. Aber Joshua hatte dabei versagt, auf Eli aufzupassen. Ihm gefror noch immer jedes Mal das Blut in den Adern, wenn er daran dachte, um wie viel schlimmer es hätte sein können, wenn er nur fünf Minuten später gekommen wäre. Er verfluchte sich regelmäßig dafür, sich beim Psychiater die paar Minuten mehr Zeit gelassen zu haben.

Oh verdammt, überhaupt zum Psychiater zu gehen, war ein kolossaler Fehler gewesen. Und das war alles nur, weil Joshua so ein *verhunzter* Komplettversager war. Er musste zum Seelenklempner, weil er die Nummer mit dem in-die-Wüste-gehen abgezogen hatte. Und das hatte er wegen seiner Scheißabhängigkeit getan. Und er war abhängig geworden, weil er dumm genug gewesen war, 'Chetes Entscheidung zu hinterfragen.

Er träumte von einem toten Mädchen, weil er seine Entscheidung nicht früher hinterfragt hatte – oder nachdrücklicher. Weil man von ihm erwartet hatte, Befehle zu befolgen. War das unsinnig? Er rieb sich mit beiden Händen über die Schläfen.

Er hatte die Männer getötet, die 'Chete ihm befohlen hatte zu töten, hatte 'Chetes Befehle befolgt. Sie waren allesamt alles andere als unschuldig gewesen, und es war einfach ein Teil seines Jobs gewesen. Und die Therapie, die er in der Entziehungsklinik gemacht hatte, hatte ihm dabei geholfen, das zu verarbeiten.

Aber das Mädchen … Das war etwas anderes …

Und Eli … Eli war auch etwas anderes. Er hätte Eli aufgrund seiner Taten beinahe verloren. Er beugte den Kopf und küsste Elis Finger, die aus dem Gips herausragten. Eli war zu gut, um seine Zeit mit Joshua zu verschwenden.

Er dachte an das, was die FBI Agenten gesagt hatten – und das nicht zum ersten Mal, seit sie es gesagt hatten. Das FBI wollte ihn zurück. Er konnte zurückgehen. Nicht nach Chicago, natürlich, aber vielleicht nach Cincinnati. Oder irgendwo anders hin. Robinson würde sich für ihn einsetzen. Er konnte wieder zurück zur Arbeit gehen, und Eli konnte zu seinem eigenen Leben zurückkehren. Ohne einen Komplettversager, der ihn mit runterzog.

Ja. Vielleicht sollte er das tun. Er würde darüber nachdenken.

Und darüber schlief er ein.

ELI TRÄUMTE.

Es war ein eigenartiger Traum, und er schien ewig anzudauern, aber es war keiner von den Träumen, die man für echt hält, bis man aufwacht. Nein, Eli wusste, dass es ein Traum war, aber er war sich nicht ganz sicher, wie er daraus erwachen sollte.

Er ritt mit seinem Dad durch eine weiße Landschaft. Es war nicht Winter, denn ihm war nicht kalt, und die Bäume hatten Blätter, aber die waren auch weiß. So ziemlich alles war weiß, außer Eli und seinem Vater und ihren Pferden. Das war der zweite Grund, warum Eli wusste, dass er träumte: Er ritt Midnight, das Pferd, das er als Kind gehabt hatte, und sein Dad ritt Pete, den er hatte erschießen müssen, nachdem er von einer Klapperschlange gebissen worden war, als Eli neun gewesen war. „Ich träume, oder?", fragte er seinen Dad.

Dad lachte. „Natürlich tust du das, Sohn. Ich bin schon seit Jahren tot."

Ein Wolpertinger hüpfte an ihnen vorbei, und sein Geweih wippte bei jedem Sprung. Eli beobachtete ihn interessiert. „Also warum bist du dann hier?"

„Teufel wenn ich das weiß."

„Sehr hilfreich."

Dad lachte erneut. „Das ist dein Traum, Sohn."

Sie zügelten die Pferde, um eine Herde weißer Büffel an ihnen vorbeidonnern zu lassen. Eli bewunderte die langen, weißen, gebogenen Stoßzähne und die filigranen Flügel. „Wusste gar nicht, dass Büffel Flügel haben."

„Man lernt jeden Tag was Neues." Das war eins der Lieblinssprichwörter seines Vaters gewesen.

171

Er hörte ein Piepsen, und eine große, rote Fliege, die vor der weißen Landschaft zu leuchten schien, schoss direkt an den Nüstern der Pferde vorbei, aber sie erschreckten sich nicht, sondern liefen einfach weiter. Die Fliege piepste sie eine Zeit lang an, dann verschwand sie. „Bin ich tot?", fragte Eli.

„Teufel wenn ich das weiß."

„Sehr hilfreich."

„Das ist dein Traum, Sohn."

„Ja, hab ich kapiert. Dad, hab ich dir eigentlich jemals gesagt, dass ich schwul bin?"

„Um Himmels willen, natürlich bist du das. Glaubst du denn, ich hätte das nicht gewusst? Du hast nie auch nur das geringste Interesse gezeigt an einem der Mädchen, die sich dir an den Hals geworfen haben. Ich hab's geschnallt, als du dreizehn warst. Aber das war okay. Du hast dich um deine Ma gekümmert und um die Kinder, und in meinen Augen macht das nach jedem Standard einen Mann aus dir. Übrigens, ich mag dein neues Herzblatt. Er ist ein bisschen gaga, aber das ist okay."

„Ich mag ihn auch." Eli fuhr mit den Fingern durch Midnights Mähne. „Ich liebe ihn, Dad."

„Das ist okay, Sohn."

Sie zügelten erneut ihre Pferde, diesmal, um die Blaskapelle der UNM vorbeimarschieren zu lassen. Sie hatten alle mehr die Statur eines Footballspielers, trugen aber die Kostüme der Dallas Cowboys Cheerleader, selbst die Kerle. Dad lachte schnaubend und stieß Eli mit dem Ellbogen an. „Der war gut", sagte er mit einem Grinsen. „Hab Dallas nie leiden können. Ich wette, dir gefällt der Anblick von den Kerlen in den engen Höschen."

„Äh ... nicht wirklich." Die kurzen Shorts sahen wirklich schrecklich aus. Sie rutschten den Jungs die Pobacken hoch, was ihre Hintern ziemlich ... albern aussehen ließ.

Dann erklang ein Schuss. Eli blickte sich wild um, aber Dad legte eine Hand auf Elis Arm und einen Finger auf seine Lippen. „Pst", sagte er. „Lass den Jungen sich drum kümmern ..."

Und dann waren sie plötzlich an einem dunklen Ort. Die Pferde waren verschwunden, und Dad und Eli saßen auf einem Heuballen und beobachteten drei Männer, die jemanden zusammenschlugen. Joshua kam angeritten, auf einem weißen Pferd und mit einem goldenen Revolver in der Hand. „Na, wenn das mal nicht was Besonderes ist," sagte Dad. „Dein ganz persönlicher Lone Ranger!"

„Himmel, Dad!"

„Ich bring euch alle um", sagte Traum-Josh, „denn das ist, was ich tue. Ich töte Bösewichte."

„Himmel, Eli. Gib dem armen Jungen wenigstens ein paar anständige Zeilen."

„Halt den Mund, Dad!"

Traum-Josh drehte sich um und schoss, aber auf Eli, nicht auf die Männer, und Flammen sprangen aus Elis Brust. Er schrie vor Schmerz auf, aber es war niemand da – er war allein an dem dunklen Ort, und sein Körper stand in Flammen.

ER BLINZELTE, und Schmirgelpapier scheuerte über seine Augäpfel. Das Neonlicht war zu grell. Er schloss die Augen wieder.

„Eli? Können Sie mich hören?"

Er wollte ja sagen, aber sein Mund war trocken und seine Kehle wund. Er versuchte, stattdessen zu nicken. Etwas Kühles, Nasses berührte seine Lippen, und er leckte sie ab, dankbar für die Flüssigkeit. „Ähn ...?"

„Sie befinden sich im Krankenhaus", sagte die Stimme wieder. Eli war sich ziemlich sicher, dass er sie nicht kannte. „Sie waren eine Weile bewusstlos. Deshalb fällt es Ihnen schwer, zu sprechen. Nicken Sie einfach, wenn die Worte noch nicht so wollen. Verstehen Sie, was ich sage?"

Nicken.

„Ist Ihr Name Elian James Kelly?"

Nicken.

„Können Sie die Augen öffnen?"

Nicken. Aber er tat es nicht. Das Licht war so grell, dass er die feinen Blutadern auf den Innenseiten seiner Lider sehen konnte.

„Oh. Ist Ihnen das Licht zu hell? Schwester, dimmen Sie die Lampen, bitte."

Das grelle Licht hinter seinen Lidern verschwand. Eli öffnete die Augen.

„Ah, das ist besser." Die Stimme gehörte einem kleinen Mann mit indischen Gesichtszügen und einem sanften Lächeln. „Es freut mich, Sie endlich kennenzulernen. Es haben sich eine Menge Leute Sorgen um Sie gemacht."

„Josh ..." Sein Mund formte das Wort, aber kein Laut kam heraus. Er leckte sich über die Lippen und versuchte es erneut. „Josh."

„Ja, Ihr Partner war die ganze Zeit über hier. Wir konnten ihn nicht dazu bringen, auch nur einen Augenblick von Ihrer Seite zu weichen." Die Stimme des Mannes war angenehm, eine Art Singsang, wie Musik. „Er wird bald wieder da sein. Wir haben ihn weggeschickt, bevor wir Sie aufgeweckt haben. Wir müssen erst ein paar Untersuchungen machen."

Sie stellten Eli eine Reihe von Fragen, dann führten sie seine Glieder durch ein paar Bewegungen, die schmerzten wie die Hölle. Er erfuhr, dass sein linker Arm und das Handgelenk gebrochen waren, und dass seine Schulter wehtat, weil sie ausgekugelt worden war, und sein Bein tat weh wegen der gerissenen Bänder, und seine Brust tat weh wegen der gebrochenen Rippen, und danach war er es leid, zu hören, was an ihm alles verletzt worden war, und er hörte nicht mehr zu. Er würde einfach Josh oder Tucker fragen – sie waren beides kluge Männer und wussten vermutlich bereits alles.

Die Ärzte sagten ihm, dass er sechs Tage lang bewusstlos gewesen war. Er wusste nicht, woher er das wusste, aber er wusste, dass er nicht in Miller im Krankenhaus war, von daher war er vermutlich nicht während der Arbeit auf der Ranch verletzt worden. Auch wenn er sich fühlte, als wäre eine Herde wilder Mustangs über ihn getrampelt. Er versuchte, sich daran zu erinnern, was er als Letztes getan hatte, und fragte sich, ob Josh letzte Woche zu seinem Termin beim Therapeuten gegangen war. Wenn es denn letzte Woche gewesen war und nicht diese Woche. Er versuchte, sich das auszurechnen, aber sein Kopf schmerzte, also ließ er es sein.

Aber als die Ärzte und Schwestern und Pfleger gegangen waren, und Joshua ins Zimmer kam, still und ernst und grau vor Erschöpfung, erinnerte Eli sich an seinen Traum, an Traum-Josh auf dem weißen Pferd und an die Männer, die jemanden zu Klump geschlagen hatten. „Hi", sagte er mit rauer Stimme.

Josh blieb einen Schritt hinter der Tür stehen und schloss für einen Moment die Augen, dann öffnete er sie und lächelte. „Hi. Wie geht's dir?"

„Ganz gut. Bisschen wund."

„Ja, das glaube ich gern." Joshua zog den Stuhl, der auf der anderen Zimmerseite stand, neben Elis Bett. Eli bemerkte, dass ein Kissen auf dem Stuhl lag und eine Decke gefaltet über der Rückenlehne hing. Joshua nahm das Kissen auf und setzte sich hin.

„Hast du hier geschlafen?", fragte Eli neugierig.

„Ja."

„Oh." Dann fiel ihm etwas ein. „*Sechs Tage* lang?"

Joshua sagte trocken: „Keine Sorge – ich habe im Badezimmer geduscht. Ich … ich wollte dich nur nicht allein lassen, falls du wach wirst und nicht weißt, wo du bist."

Eli nickte. Seine Lider wurden wieder schwer, und er schloss die Augen. „Danke."

„Gern geschehen. Eli?"

„Mm."

„Willkommen zurück."

Eli lächelte in sich hinein. Er spürte die sanfte Berührung von Joshuas Fingern auf seiner rechten Hand, der Hand mit der Kanüle, dann glitt er in den Schlaf.

25

JOSH WAR da, als Eli das nächste Mal aufwachte, und auch das Mal danach, aber nach ein paar Tagen, gerade als Eli anfing, sich wieder wie ein Mensch zu fühlen, hörte er auf, ins Krankenhaus zu kommen. Elis Ma war aus Portland gekommen, und Jake und Sam waren von wo auch immer sie gerade waren hergeflogen, nur um sicherzustellen, dass er sich auf dem Weg der Besserung befand. Es war schön, sie zu sehen, aber er vermisste Josh.

Tucker, Sarafina und die meisten der Jungs waren in die Stadt gekommen, um ihn zu sehen; ihre Besuche und die seiner Familie milderten die Langeweile zwischen mörderischer Physiotherapie und schlichtweg nervigen Untersuchungen. Die Ärzte stellten ihm immer wieder dumme Fragen wie: „Auf einer Skala von 1 bis 10, wo würden Sie die Schmerzen einordnen?" Als ob das *Sinn* machen würde. Einmal war ihm der Geduldsfaden gerissen, und er hatte gebrüllt: „Es tut scheißweh, Sie Idiot!" Dann hatte ihm das leidgetan und er hatte sich entschuldigt, aber es *hatte* scheißweh getan. Er erinnerte sich nicht einmal daran, was es gewesen war, das wehgetan hatte – es tat einfach alles weh.

Der blaue Fleck, den er auf Joshuas Wangenknochen gesehen hatte, war offenbar die einzige Verletzung, die er erlitten hatte. Das war eine Erleichterung für Eli. Er hatte ihm Angst gemacht, dieser blaue Fleck, und er hatte sich Sorgen gemacht, dass Joshua verletzt worden war.

Aber er hätte es besser wissen müssen – Josh hatte einen Hintergrund im Justizvollzugsdienst, und er hatte offenbar im Alleingang die drei Männer, die Eli angegriffen hatten, entwaffnet und festgesetzt. Woran er sich nicht wirklich erinnern konnte. Eli konnte sich an so gut wie nichts erinnern, weder an die Männer noch an die eigentlichen Geschehnisse. Aus irgendeinem Grund dachte er, dass Joshua ihm gesagt hatte, dass er viele Menschen umgebracht hätte, aber er hatte nichts dergleichen von Tucker gehört, also tat er es als Einbildung ab.

Die Männer, die Eli angegriffen hatten, schienen für eine Reihe von Attacken verantwortlich zu sein, und so war er gezwungen, diverse unangenehme Gespräche über sich ergehen zu lassen, nicht nur mit der Polizei und dem Sheriff, sondern auch mit ein paar Typen in schwarzen Anzügen, die sehr viel mehr wie FBI Agenten aussahen, als Joshua es jemals getan hatte. Sie stellten ihm alle möglichen Fragen, aber Eli erinnerte sich wirklich nicht mehr an viel. Er erinnerte sich daran, dass er das Café verlassen hatte, aber das war es auch schon. Er versuchte seinerseits, ein paar Fragen zu stellen darüber, wie Josh ihn gerettet hatte, aber sie waren sehr gut darin, direkte Antworten zu vermeiden. Er nahm an, dass das etwas war, was sie in der FBI Schule lernten – Josh konnte es auch ziemlich gut.

Als er Tucker fragte, wo Josh war, sagte Tuck nur, dass er viel im Büro der Ranch arbeitete, um Tucker Arbeit abzunehmen, damit er für Eli einspringen konnte, aber dass er ihn grüßen ließ und dass er Eli sehen würde, wenn er nach Hause kam. Tucker schien deswegen verlegen zu sein, also fragte Eli nicht noch einmal. Es hätte sogar wahr sein können.

Aber irgendwie glaubte er das nicht. Er glaubte, dass Josh ihn mied.

Was ziemlich leicht war, da Eli im Krankenhaus lag, aber verdammt noch mal. Er hatte gedacht, Josh hätte seine Scheu überwunden, aber wie es aussah, war er immer noch so schreckhaft wie ein wilder Mustang.

Jake und Sam blieben eine Weile und besuchten ihn jeden Tag, bis sie sicher waren, dass er nicht an irgendetwas sterben würde, dann mussten sie wieder zu ihren eigenen Leben zurückkehren. Eli wusste es zu schätzen, dass sie gekommen waren, und es war gut gewesen, sie wiederzusehen, aber er war nicht traurig, als sie wieder gingen. Sie hatten ihre eigenen Verpflichtungen, und das war okay. Ma beschloss zu bleiben, bis er entlassen wurde und sich zu Hause wieder eingelebt hatte, was bedeutete, dass sie dabei war, als das Krankenhaus ihn in die Reha überwies, wo er wegen seiner kaputten Knochen vier Wochen bleiben musste. Sein Arm wollte nicht so richtig, und dann hatte er Schmerzen in der Hüfte, und sie entdeckten, dass der Knochen dort ebenfalls angebrochen war. Wenn er in dem Tempo weitermachte, würde er nie wieder auf einem Pferd sitzen können. Aber die Ärzte und Therapeuten versicherten ihm, dass er wieder in Ordnung kommen würde.

Er hoffte, dass sie recht hatten. Er musste wieder reiten, wenn auch nur, um die Extrakilo, die Sarafinas eingeschmuggelte Mahlzeiten ihm beschert hatten, wieder loszuwerden. Er hatte so die Ahnung, dass das vielleicht mit ein Grund war, warum Ma bleiben wollte.

Sie hatte ihm einen – sanften – Klaps auf den Hinterkopf verpasst, als er das gesagt hatte. Aber er hatte bemerkt, dass sie es auch nicht abgestritten hatte.

Die Reha war eine Verbesserung gegenüber dem Krankenhaus – niemand schneite zu jeder Tages- und Nachtzeit herein, um ihm Blut abzunehmen oder um ihn zu wecken, damit er eine Schlaftablette nehmen konnte, und nachts machten sie das Licht aus –, aber sein Aufenthalt eröffnete Eli eine völlig neue Welt des Schmerzes. Er hatte gedacht, dass er vor dem Angriff in ziemlich guter, körperlicher Verfassung gewesen war, aber sie zwangen ihn, Muskelgruppen zu trainieren, von denen er nicht einmal gewusst hatte, dass er sie besaß, und abends, wenn er ins Bett ging, brauchte er die Schmerztabletten, die sie ihm gaben. Er hatte im Krankenhaus Morphium bekommen, aber in der Reha waren sie auf Tabletten umgestiegen (die nicht mal halb so gut halfen). Er war davon ausgegangen, dass er sie ein paar Tage lang nehmen und sie dann absetzen würde, aber sein Körper hatte da andere Vorstellungen. Ein oder zwei Mal versuchte er, ohne auszukommen, aber nach ein paar Stunden, in denen er sich hin und her gewälzt hatte, unfähig einzuschlafen, war er eingeknickt.

Die Sache war, dass es nicht nur eine Stelle war, die schmerzte – der Schmerz war überall. Sie hatten ganze Arbeit geleistet, ihn fertigzumachen, und er war nur überrascht, dass sie ihm nicht jeden einzelnen Knochen im Körper gebrochen hatten. Er nahm an, dass Josh rechtzeitig genug auf seinem weißen Ross herbeigeritten war, um ihn davor zu bewahren. (Allerdings war er sich weitestgehend sicher, dass Josh nicht wirklich auf einem Pferd herbeigeritten war, auch wenn er sich aus irgendeinem Grund daran zu erinnern schien. Aber in den Gesprächen mit dem FBI und der Polizei waren keine Pferde erwähnt worden.) Aber das machte es ihm schwer, einzuschlafen – er konnte einfach keine gute Position finden –, und das wiederum machte ihn mürrisch. Das war sonst so gar nicht seine Art, dachte er, so mürrisch und griesgrämig zu sein. Zumindest erinnerte er sich nicht daran, dass es seine Art gewesen war, aber vielleicht war sie es ja doch? Der Gedanke gefiel ihm nicht.

Vielleicht war das der Grund, warum Joshua ihn nicht besuchen kam. Vielleicht war er mürrisch und griesgrämig zu Josh gewesen, und Josh hatte das nicht gefallen. Na ja, wem würde das schon?

Er fragte Tucker hin und wieder, wie es Josh ging, und Tucker sagte nur, dass es ihm gut ging, dass sich sein Gesundheitszustand immer weiter verbesserte, dass er hart daran arbeitete, Tucks Büro zu organisieren, und dass er jeden Tag nach Elis Fortschritten fragte. Das war beruhigend. Genauso beruhigend war Tucks Bericht darüber, wie Josh mit der Polizei zusammenarbeitete, um die Männer zu überführen, die ihn angegriffen hatten – laut Tuck waren es Männer, die vorher bereits andere Schwule getötet oder zeitlebens zum Krüppel gemacht hatten. Eli hatte Glück gehabt.

Er hatte das Gefühl, dass er glücklicher sein würde, wenn Joshua da wäre, und so bat er Tucker, Joshua zu bitten, ihn besuchen zu kommen.

Schließlich tat Josh das, an einem der Abende, an denen er Physio hatte. Er kam eine halbe Stunde vor Elis Termin mit dem Therapeuten. Eli erkannte ihn kaum.

Zum einen trug er einen Anzug – keinen schwarzen wie die anderen Agenten, sondern einen grauen aus leichtem Stoff mit dunkleren Hosen und einem dunkelblauen Hemd. Er sah gut aus, und Eli sagte ihm das. Joshua sagte: „Danke" und sonst nichts.

Schließlich, nach ein paar Minuten, sagte er: „Du wolltest mich sehen?"

„Ja." Er hatte vorgehabt, Josh die Ohren lang zu ziehen, weil er einfach so verschwunden war, weil er nicht da gewesen war, als Eli ein freundliches Gesicht und eine warme Hand zum Festhalten hätte brauchen können, aber Joshua war so kalt, so abweisend in seinem schicken Anzug, dass Eli nur sagen konnte: „Ich habe dich vermisst."

Etwas flackerte in Joshs dunklen Augen, und seine Miene wurde noch kälter. „Tut mir leid."

„‚Tut mir leid?' Was zum Teufel soll das denn heißen?" Eli war erschrocken und beunruhigt über diese neue, frostige Version des Mannes, den er liebte. Wer war dieser Mann? Wo war Josh hingegangen?

„Es bedeutet, es tut mir leid. Wie in ‚Es tut mir leid, dass du verletzt wurdest. Es tut mir leid, dass du mich vermisst hast, denn dazu gibt es wirklich keinen Grund.' Ich bin bisher nicht hergekommen, weil ich es vermeiden wollte, etwas loszutreten, während du dich noch erholst. Ich will es auch immer noch nicht. Alles, was wir einander zu sagen haben, kann warten, bis du wieder zu Hause und auf den Beinen bist."

Eli kämpfte darum, sich aufrechter hinzusetzen. „Wovon zum Teufel redest du da, Josh? Was wir einander zu sagen haben? Ich war davon ausgegangen, dass die einzigen Dinge, die wir einander zu sagen hätten, sind, dass du willkommen zu Hause sagst und ich schön, wieder zu Hause zu sein. Was zum Teufel gibt es sonst zu sagen?"

Josh war so still, dass Eli, wenn er ihn nicht direkt angesehen hätte, hätte glauben können, dass er gegangen war. Schließlich sagte er: „Ja, stimmt", mit leiser, toter Stimme. „Das ist alles."

„Josh – was ist los? Warum hast du diesen Anzug an?"

Joshua sah an sich herunter, dann wieder zu Eli. „Ich hatte ein Meeting."

„Mit dem FBI über den Fall?"

„Mit dem FBI, ja."

Die Erkenntnis traf Eli wie eine langsame, kalte Welle, schlug über ihm zusammen und wirbelte ihn herum. „Du gehst zurück. Zum FBI. Du verlässt die Ranch."

„Ich denke darüber nach, ja."

„Warum, Josh? Dein Onkel braucht dich …"

„Das Büro ist durchorganisiert genug, dass Tuck mit dem fertig wird, was er dir nicht beibringen kann. Er wird mehr Zeit draußen verbringen müssen, im Ausgleich für deine Abwesenheit. Ich dachte, du könntest die Büroarbeit übernehmen …"

„Ich werd' nicht im Büro arbeiten." Die Vorstellung machte Eli gleichzeitig wütend und Angst. Den Rest seines Lebens im Haus eingesperrt sein? Auf gar keinen Fall würde er das mitmachen. „Ich werd' draußen mit den Pferden arbeiten, genau wie immer. Da werden mich auch keine verdammten gebrochenen Knochen von abhalten können. Ich bin noch kein alter Mann, du Arsch!"

Josh zuckte bei der Beleidigung nicht einmal mit der Wimper. „Wenn du Glück hast, bist du in ein paar Monaten auch wieder draußen. Wenn es soweit ist, kann Tucker jemand anderes finden, der sich um die Büroarbeit kümmert." Er zuckte mit den Schultern. „Ich bin mir sicher, du und ich und Tucker werden das besprechen, wenn du auf die Ranch zurückkommst. Wir werden dann eine Lösung finden. Kein Grund, sich jetzt schon darüber den Kopf zu zerbrechen." Er warf einen Blick auf sein Handgelenk. Er trug eine Armbanduhr. Eli konnte sich nicht daran erinnern, dass er jemals vorher eine Armbanduhr getragen hätte. „Ich muss los. Viel Erfolg beim Rest der Therapie."

„Raus hier", sagte Eli, und seine Stimme bebte vor Wut. Er konnte die Worte vor Zorn und Schmerz kaum aussprechen. „Raus. Ich will dich nicht wiedersehen. Geh zurück zu deinem Scheiß FBI, du nutzloser …" Er verstummte. Er konnte das nicht zu Josh sagen. Nicht zu Josh. Auch wenn er *rasend* war vor Wut auf ihn.

Josh lächelte ihn an, dünn und ohne Humor. „Siehst du?", sagte er leise. „Jetzt verstehst du es." Er drehte sich um und ging aus dem Zimmer.

„Josh! *Josh*!" Eli bemühte sich, aufzustehen, aber seine Beine kooperierten nicht, und er fiel zurück aufs Bett, und der Schmerz in seinem Knie schoss bis in den Fuß. „Josh!"

Aber Josh war fort und hatte Eli alleingelassen.

26

„Was zum Teufel machst du, Joshua?"

Josh sah von dem Tabellenprogramm auf, an dem er arbeitete. Die Daten reihten sich in ordentlichen Spalten, alle jeweils mit einer Summe am Ende – logisch, nüchtern, sachlich. Zahlen waren Zahlen, Fakten waren Fakten. Sie gaben nicht vor, etwas anderes zu sein. „Eine Kosten-Nutzen-Analyse für die Futtermittel, die du verwendest, im Vergleich mit ähnlichen Produkten, unter Berücksichtigung von Frachtkosten, Bestellmengen und Nachlässen. Ich sollte gleich fertig sein. Brauchst du den Computer?"

„Ich will mit dir reden." Tucker setzte sich mit einem schweren Seufzen ihm gegenüber an den Schreibtisch. „Sohn, du läufst herum wie ein Roboter, seit Eli verletzt worden ist, und du willst nicht mal mit mir reden, dabei dachte ich, wir kommen gut miteinander klar."

„Tun wir auch", sagte Joshua, ohne ihn anzusehen.

„Speicher", sagte Tucker.

„Was?"

„Speicher die Datei ab."

Joshua blinzelte ihn an, dann sah er zurück auf den Bildschirm. Was hatte Tucker vor? Er nahm die Maus und klickte auf das Speichern-Icon.

„Fertig?"

„Ja. Warum …"

Der Bildschirm wurde schwarz. Tucker warf den Stecker des Stromkabels, das er gerade aus der Wand gezogen hatte, auf den Tisch. „Du, Sohn, wirst mir jetzt sagen, was zum *Teufel* in deinem Erbsenhirn vor sich geht. Mir gefällt nämlich nicht, was ich hier vor mir sehe, und ich hoffe, dass du mir sagst, dass ich da etwas in die Situation reindeute, das nicht da ist. Weil wenn doch, dann bist du eine herbe Enttäuschung für mich, Joshua."

Joshua überkreuzte die Arme. „Was, wenn du die Situation richtig deutest?"

„Das hoffe ich ja gerade nicht."

Josh sagte nichts. Er nahm sich den Bleistift und rollte ihn zwischen seinen Fingern hin und her. „Und was denkst du?"

„Ich denke, dass mein Neffe, von dem ich immer gedacht habe, dass er ein guter Mann ist, seinen Lover abschießt, weil der verkrüppelt und für ihn die Mühe nicht mehr wert ist."

Der Schock über die Anschuldigung seines Onkels floss kalt durch Josh. Er ließ den Bleistift fallen. „Das denkst du?"

„Nun, sag du mir, was ich denken soll."

„Ich denke", sagte Joshua bitter, „dass du aufhören solltest, mich für einen guten Mann zu halten."

Sein Onkel schloss die Augen, als hätte er Schmerzen.

„Denn das bin ich nicht. Ich bin kein guter Mann. Ich war vielleicht in einem Beruf, in dem ich gute Dinge hätte tun sollen, aber ich bin so ziemlich so weit davon entfernt, ein guter Mann zu sein, wie man es nur sein kann."

„Das glaub ich nicht."

„Du willst es nicht glauben."

„Die Praxis von deinem Psychiater hat heute Morgen angerufen, sie wollten wissen, ob du einen neuen Termin ausmachen möchtest für den, den du kurzfristig abgesagt hast. Als du zu dem Meeting mit dem FBI gefahren bist, hast du gesagt, dass du nach dem Termin nach Hause kommst. Wo bist du gewesen, Joshua?"

„Ich habe eine Bezugsquelle für Heroin aufgetan und mich abgeschossen!", fauchte Joshua zurück. „Wo zum Teufel soll ich sonst gewesen sein?"

Er hatte seinen Onkel erschreckt, aber Tucker sagte beharrlich: „Ich glaub dir nicht."

„Na schön. Okay. Das habe ich nicht getan. Nicht, dass ich es nicht gewollt hätte." Joshua lehnte den Kopf zurück an die Kopfstütze des Stuhls. „Ich bin Eli besuchen gegangen, und anschließend hatte ich keinen Nerv mehr dazu, mich mit McBride herumzuschlagen. Ich bin spazieren gegangen."

„Was hat Eli gesagt?"

„Was glaubst du, was er gesagt hat? Er hat gesagt, ich solle verschwinden. Er hat gesagt, dass er mich nicht noch mal sehen will. Und er hat mich nutzlos genannt." Josh stieß ein humorloses Lachen aus. „Kluger Mann, Elian Kelly. Er weiß, was du nicht wahrhaben willst."

„Das glaub ich nicht. So was hätte Eli nie zu dir gesagt. Er … Ich glaub, er liebt dich, Josh. Du solltest sein Gesicht sehen, wenn er nach dir fragt."

„Er wird nicht länger nach mir fragen." Josh fühlte eine Art makabre Befriedigung bei dem Gedanken.

„Was ist, wenn er nächste Woche nach Hause kommt?", fragte Tucker.

Joshua zuckte die Schultern, aber er fühlte sich alles andere als unbekümmert. „Was du willst. Wenn du möchtest, bin ich vorher weg."

„Weg wohin? Himmel, Joshua, das hier ist dein *Zuhause*."

„Er war vor mir hier zu Hause. Frag ihn, was er will, und ich werde mich daran halten." Joshua legte den Bleistift ab. „Wenn er nichts dagegen hat, bleibe ich zumindest solange, bis er sich wieder eingelebt hat. Ich gehe ihm einfach so gut wie möglich aus dem Weg. Ich habe ihm bereits vorgeschlagen, dass er die Buchführung übernimmt, während er sich erholt. Ich denke, er kann es lange genug mit mir aushalten, dass ich es ihm beibringe. Aber ich warne dich, er hat kein Interesse daran, das für immer zu machen. Du wirst vermutlich jemanden einstellen müssen für die Buchführung, zumindest in Teilzeit …"

„Himmel, Josh. Was zum Teufel ist los mit dir? Wo denkst du gehst du hin?"

„Die hiesige Niederlassung des FBIs hat mich gebeten, mich dauerhaft nach Albuquerque versetzen zu lassen. Anscheinend haben sie die Wahrheit gesagt, was meine Kündigung angeht – Bill Robinson hat mich aus gesundheitlichen Gründen freigestellt und mein Kündigungsschreiben nicht an die Zentrale weitergeleitet. Von daher bin ich theoretisch gesehen immer noch ein Agent."

„Du hast gesagt, du wolltest nicht mehr zurückgehen."

„Ich habe meine Meinung geändert."

„Warum?"

Weil ich gefährlich bin und unzuverlässig, dachte Joshua verzweifelt. *Weil ich meinen Partner in eine lebensbedrohliche Situation gebracht habe und ihn nicht vor eine Bande Schlägertypen beschützen konnte. Weil ich als Zivilist ein Komplettversager bin.* Aber er sagte nichts. Konnte nichts sagen. Nicht einmal, dass er aufgrund seiner Sucht zu einem Analysten zurückgestuft worden war, bis er viele Jahre Therapie hinter sich gebracht hatte. Er würde lediglich das Büro hier gegen eines in der Stadt eintauschen, aber in der Stadt konnte er wenigstens die Wüste weder sehen noch hören noch riechen. In einem Büro in der Stadt würde er wenigstens nicht sehen, wie sein Partner Schmerzen litt, frustriert von seiner Unfähigkeit, die Dinge zu tun, die er liebte. In der Stadt konnte er vielleicht wenigstens seine *Schuld* vergessen.

Schuldgefühle. Er sollte sich inzwischen an sie gewöhnt haben.

Er sprach nichts davon laut aus. Stattdessen sagte er: „Sie haben mir ein sehr gutes Angebot gemacht." Als Tucker nicht antwortete, blickte er auf und ihm in die Augen. Statt des Ärgers oder der Frustration, die er zu sehen erwartet hatte, sah er Spekulation. Als er sprach, war Tuckers Stimme nachdenklich.

„Ich verstehe. Ein gutes Angebot. Ja, ich verstehe. Wann fängst du an?"

„Ich weiß noch nicht. Sie arbeiten immer noch die Einzelheiten aus."

Tucker nickte und beugte sich vor, um den Computer wieder einzustöpseln. Joshua sagte: „Du weißt, dass du dir deinen Computer auf diese Weise komplett kaputt machen kannst."

„Ich weiß." Tucker lächelte ihn selbstzufrieden an. „Es war nur der Bildschirm." Dann stand er auf und schlenderte aus dem Büro.

Joshua sah ihm hinterher, dann stellte er den Bildschirm wieder an. Er starrte auf die Tabelle, die immer noch aufgerufen war, und stützte das Kinn in die Hand. Was hatte sein Onkel vor? Und war das überhaupt wichtig? Er war sich nicht sicher, ob er sich Sorgen machen sollte oder nicht.

Er schüttelte den Kopf. Das war albern. Natürlich musste er sich keine Sorgen machen. Was konnte Tucker schon tun? Joshua hatte sich große Mühe gegeben, alle Illusionen, die Eli sich vielleicht über sie und ihre Beziehung gemacht hatte, zu zerstören. Es hatte wehgetan – *Gott, es hatte so wehgetan* –, aber es war notwendig gewesen. Für Elis Sicherheit und für Joshuas geistige Gesundheit.

Eli dort im Krankenbett liegen zu sehen, hatte Joshua beinahe wahnsinnig gemacht. Selbst, nachdem sie Eli aus dem künstlichen Koma aufgeweckt hatten, hatte er geduldig dort gesessen und auf die Momente gewartet, in denen Eli wach war. Und in diesen Momenten hatte er in Elis Augen die Schmerzen lesen können, unter denen er litt, sodass es beinahe eine Erleichterung gewesen war, wenn die Schmerzmittel ihn wieder einschlafen ließen.

Und wenn Joshua selbst schlief, dann nur, um den Traum wieder zu träumen, nur war es diesmal Eli, der auf dem ölverschmierten Boden lag.

Vermutlich machte ihn das zu einem Feigling, aber er konnte es nicht ertragen, Eli Schmerzen leiden zu sehen. Dies, die Schuldgefühle und die Erkenntnis, dass er in keinster Weise gut genug war für eine Beziehung mit *irgendjemandem*, hatten es ihm leicht gemacht, die Entscheidung zu treffen, die er treffen musste. Hatten es ihm leicht gemacht, zum FBI zu gehen und ihr Angebot anzunehmen. Hatten es ihm leicht gemacht, Pläne zu schmieden für ein danach. Nach einer Wohnung oder einem Haus Ausschau zu halten, wo er wohnen konnte, nachdem er die Ranch verlassen hatte. Wie er vor all diesen Monaten seine Karriere verlassen hatte.

Aber wie es aussah, war seine Karriere nicht zufrieden gewesen, ihn gehen zu lassen. Zu dumm, dass Eli das nicht auch so sehen würde. Nicht, dass Josh das wollte.

Josh fuhr den Computer herunter und verließ das Büro. Die Küche war leer, aber in der großen Thermoskanne auf der Anrichte war noch Kaffee, und so goss er sich eine Tasse ein. In der Glasdose waren Cookies, aber er hatte dieser Tage keinen großen Appetit auf Süßigkeiten, obwohl er bei allen Mahlzeiten gut aß. Er fragte sich, wo Sarafina war, dann fiel ihm ein, dass sie heute an der Reihe war, Eli das Mittagessen zu bringen. Sie war überzeugt davon, dass niemand Klinikessen zu sich nehmen und dabei gesund werden konnte.

An einem der Küchenschränke hing ein Kalender; er schlenderte hinüber und warf einen Blick darauf. Elis Heimkehr war für nächsten Dienstag eingetragen. Dienstag. Gut – er konnte seinen Termin beim Therapeuten als Entschuldigung anführen, nicht zu Hause zu sein, wenn Eli ankam. Wobei er ihm vermutlich nicht ewig aus dem Weg gehen konnte. Scheiße. Er *wollte* ihm gar nicht aus dem Weg gehen. Er wollte rüber in sein kleines Häuschen gehen und seinen Weg zurück in Elis Bett finden. Aber er konnte nicht. Das war vorbei. Aus, Ende. Eli konnte nun jemand anderes finden, der sein Bett mit ihm teilte. Vielleicht würde unter den neuen Schülern, die in ein paar Wochen eintreffen würden, wieder ein schwuler Mann sein, älter als der verzogene, kleine Spencer, der im Moment noch auf der Ranch war und der einfach nicht *aufhören* wollte, Joshua anzubaggern. Vermutlich war es egal, ob er mit Spencer schlief oder nicht. Es war ja nicht so, als würde er Eli betrügen.

Aber er tat es nicht. Denn es zu tun, würde sich so *anfühlen*, als würde er Eli betrügen.

Weil es egal war, dass Eli ihn nicht mehr lieben konnte. Er liebte Eli. Würde ihn bis ans Ende seines Lebens lieben.

Und das war der wahre Grund, warum er nicht bleiben konnte.

27

„Bist du soweit, mein Schatz?"

Eli sah zu seiner Mutter hoch und lächelte. „So bereit, wie ich's sein kann, schätze ich."

Sie lächelte und hielt seine Hand, während ein Pfleger den Rollstuhl brachte – mehr, weil sie den Kontakt brauchte, als dass er es nötig gehabt hätte, vermutete Eli. Er hätte es auch auf seinen eigenen zwei Beinen durch die Türen der Klinik geschafft, aber aus Gründen der Sicherheit und des Haftungsausschlusses musste er bis zur Tür im Rollstuhl gefahren werden. Dabei war er inzwischen schon wieder recht gut darin, auf seinen eigenen zwei Beinen zu laufen, auch wenn er dabei noch einen Stock benutzen musste. Aber seine Mutter machte sich Sorgen um ihn, was ja irgendwie auch ganz nett war. Sie hatten in den letzten Wochen viel miteinander gesprochen, und sie hatte ihm erzählt, von der Zeit, als er noch ein Kind gewesen und sein Vater gestorben war, und dass sie nicht gewollt hatte, dass er die Schule abbrach, dass sie aber nicht gewusst hatte, was sie sonst hatte tun sollen. Sie hatte davon gesprochen, was für Sorgen sie sich um ihn gemacht hatte, während er beim Rodeo gewesen war, und wie froh und erleichtert sie gewesen war, als er die Stelle bei Tucker Chastain angenommen hatte. Sie hatte vor, noch etwa eine Woche zu bleiben, bis er sich wieder auf der Triple C eingelebt hatte. Ihr neuer Mann Doug war im Lauf des vergangenen Monats immer wieder mal für einen kurzen Besuch hergekommen, aber Eli vermutete, dass er ganz froh sein würde, wenn sie wieder zu Hause war.

Er für seinen Teil freute sich darauf, wieder zu Hause zu sein – zu Hause in seinem kleinen Häuschen, auf der Ranch mit seinen Pferden und seinen Freunden, in der vertrauten Umgebung mit all ihren vertrauten Geräuschen und Gerüchen. Und mit Joshua. Er musste herausfinden, was mit Joshua los war. Ungeachtet der Art, wie sie sich beim letzten Mal getrennt hatten, vermisste er ihn. Brauchte er ihn.

Wann immer er Tucker oder Sarafina nach Josh fragte, schüttelte Tucker nur den Kopf und sagte: „Närrischer Junge", und Sarafina wurde ganz untypisch ernst und sagte: „Er ist ein sehr, sehr trauriger Mann. Er tut mir so leid." Warum, das sagte sie nicht, sondern tätschelte Eli lediglich tröstend die Hand und drängte ihn, sich darüber nicht den Kopf zu zerbrechen, bis es ihm nicht wieder besser ging.

Aber verdammt noch mal, er war *verletzt*, nicht *krank*. Er vermutete, dass sie ihm gewisse Dinge verheimlichten. Aber als er Ramon nach Joshua fragte (ganz vorsichtig, um den Jungen nicht zu outen), sagte Ray nur, dass er die meiste Zeit im Büro arbeitete und ansonsten für sich blieb. Ray schien der Ansicht, dass das an sich zwar eigenartig, für Josh aber ganz normal war, also hakte Eli nicht weiter nach.

Die Fahrt nach Hause war lang, und als sie endlich in den Hof der Ranch fuhren, tat Eli alles weh. Er rutschte langsam von dem Beifahrersitz in Tuckers Truck und hielt sich an der Tür fest, während er vorsichtig die Füße auf den Boden stellte. „Alles in Ordnung?", fragte Tucker besorgt. „Meinst du nicht, du solltest auf Hilfe warten?"

„Mir geht's gut", knurrte Eli. „Nur ein bisschen steif. Bin's nicht gewöhnt, so lang im Auto zu sitzen."

Ma parkte ihren Mietwagen direkt hinter Tuckers Truck und war eine Millisekunde später an seiner Seite, aber er schüttelte mit einem schwachen Lächeln den Kopf. „Mir geht's gut, Ma."

„Möchtest du direkt nach Hause?", fragte sie und nahm seinen gesunden Arm. „Sarafina sagte, dass sie Abendessen für dich fertig hat, wenn du reinkommen möchtest, aber ich kann dir auch etwas bringen, wenn du lieber nach Hause willst."

„Nein." Er schüttelte sanft ihre Hand ab, sodass er den Stock annehmen konnte, den Tucker ihm aus dem Wageninneren reichte, dann humpelte er, schwer aufs Geländer gestützt, die Stufen zur Veranda hinauf. Oben angekommen machte er eine kurze Pause, dann ging er ins Haus und ließ sich willkommen heißen.

JOSHUA WAR natürlich nicht da. Tucker bemerkte, wie Eli sich umsah, und sagte halblaut: „Er hat heute seinen Termin beim Psychiater. Er meinte, ihr seht euch dann morgen."

So. Ja, richtig. Eli war nicht darauf vorbereitet, wie weh das tat – dass Josh keine Lust hatte, da zu sein, wenn er nach Hause kam. Trotz der Szene in der Reha konnte Eli immer noch nicht glauben, dass Josh einfach so verschwinden würde.

Aber dann, warum auch nicht? Sie waren ja nur für ein paar Wochen zusammen gewesen. Und es war auch nicht so, als ob Eli für die nächsten Wochen körperlich in der Lage sein würde, Liebe zu machen. Vermutlich hatte Joshua sich umgehört und jene Schwulenbars gefunden, die Eli einmal frequentiert hatte. Und das tat am meisten weh.

Er blieb so lange er konnte bei seiner spontanen Willkommensparty. Viele der Rancharbeiter hatten ihre Frauen oder Freundinnen mitgebracht, und die Party ergoss sich von dem großen Hauptraum an der Vorderseite des Hauses bis in den Innenhof, den Tucker mit bunten Lichterketten dekoriert hatte. Er hatte zur Feier des Tages sogar den Springbrunnen eingeschaltet und die schmiedeeisernen Gartenmöbel herausgeholt. Ma und Sarafina, mit der Ma sich auf Anhieb gut verstanden hatte, eilten mit Tabletts herum, obwohl Tucker ihnen immer wieder sagte, sie sollten sich hinsetzen und sich amüsieren. Irgendwann blaffte Sarafina ihn an: „Verdammt noch mal, wir amüsieren uns, Tucker!", und alles brach in

Gelächter aus. Tucker sagte nichts weiter, aber kurz darauf sah Eli, wie er Dennis ein Tablett mit Hors d'oeuvres in die Hand drückte und sich selbst auch eines nahm.

Wenig später war Eli allerdings am Ende seiner Kräfte angelangt und stand, den Stock in der Hand, beiläufig auf und schlenderte ins Haus zurück, so als ob er nur auf dem Weg zur Toilette wäre. Stattdessen aber schlüpfte er durch die Küchentür hinaus und über den Hof zu seinem Häuschen.

Es WAR schon nach zwei Uhr morgens, als Josh zurück auf die Ranch kam. Er hatte die Praxis des Psychiaters wie üblich so gegen neun verlassen – die Sitzung war frustrierend und sinnlos gewesen, wie alle in den letzten Wochen –, und war anschließend in einer der Bars in der Gegend einen trinken gegangen. Nun, das war der hauptsächliche Grund gewesen, aber er hatte auch die Gesichter der Leute beobachten wollen. Er fragte sich, ob es wirklich nur diese drei gewesen waren, die hinter den früheren Angriffen auf Homosexuelle gestanden hatten. Eli erinnerte sich nur vage an den Angriff, aber er erinnerte sich daran, einen der Männer bereits vorher einmal in einer der Schwulenbars gesehen zu haben, in der er oft gewesen war.

Joshs finstere Miene und seine abweisende Körperhaltung sorgten dafür, dass ihn niemand ansprach, aber hier und da fing er dennoch einen interessierten Blick auf. Damals, vor seinem Einsatz, hätte er das Angebot dieser Blicke für schnellen, kompromisslosen Sex angenommen, aber er war schon so lange mit niemandem außer Eli mehr zusammen gewesen, dass es sich eigenartig und falsch anfühlte, interessiert zu erscheinen. Außerdem wollte er Eli nach wie vor. Nicht nur körperlich, sondern auch mental, seelisch. Er wollte, dass die Dinge wieder so waren wie vor dem Angriff, Elis sanftes, langsames Liebesspiel ein Kontrast zu Joshs fordernder Art. Er wollte Eli beobachten, wie er mit den Pferden arbeitete, oder mit ihm durch die Wüste reiten, wo Eli ihm Orte und Dinge und Lebewesen zeigte, die Josh noch nie zuvor gesehen hatte. Er wollte zurück in den Canyon und unterm Wasserfall tanzen, während Eli ihn lachend beobachtete. Er wollte … verdammt. Er wollte Eli.

Nach zwei Bier, aber lange bevor der Alkohol ihn fahruntüchtig gemacht hätte, verließ er die Bar und fuhr eine Weile durch die Gegend. Es gab nur zwei Autobahnen, die durch Albuquerque führten, eine in Nord-Süd Richtung, die andere in Ost-West Richtung, und er fuhr eine Weile lang hin und her und im Kreis, dann erkundete er die Straßen der Stadt. Er parkte vor der San Felipe de Neri und ging über den kleinen Platz, der im Herzen der Altstadt von Albuquerque lag, aber in den Schatten dort standen Menschen, und er wusste, dass es nur zu leicht sein würde, an Stoff zu kommen, und er wollte nicht in Versuchung geführt werden. So ging er zurück zu Sarafinas Forester und fuhr durch die Straßen der Altstadt, bevor er wieder auf die 40 zurückkehrte und nach Hause fuhr.

Als er ankam, war die Party vorbei und das Haus dunkel und still. Der Mond stand hoch am Himmel, beinahe voll, und erleuchtete den Hof und die Korrals und die Ranchgebäude mit seinem blass-weißen Licht. Er parkte den Forester und ging über den Hof zu einem der Paddocks, lehnte sich an den Zaun und schaute nach Osten hinaus in die Wüste. Dort draußen, drei Stunden Flug und einen verdammt weiten Weg von hier entfernt, gingen die Jungs von Los Peligros ihren üblichen Geschäften nach. Joshua machte sich keine Illusionen darüber, dass sie die Bande zerschlagen hatten: Sie hatten lediglich den inneren Kern, der das Drogengeschäft betrieben hatte, zerschlagen. Die Banden waren wie Unkraut: Wenn man sie an einer Stelle ausriss, kamen sie an anderer Stelle wieder hervor. Er verstand den Reiz, den sie ausübten, besonders in Gegenden, in denen es so wenig Hoffnung gab und wo sich alle mit denselben Problemen herumschlugen. Die Banden waren eine Möglichkeit, Verbundenheit zu spüren, sie gaben einem das Gefühl von Rückhalt, wenn die Gesellschaft und der Stadtrat und das Leben einen im Stich ließen. Sie waren wie Familie, wenn die eigene Familie nur aus Forderungen und Armut und Hoffnungslosigkeit bestand. Sie gaben einem das Gefühl von Würde, wenn es einem an anderer Stelle genommen worden war, an einem Ort, wo sie allen genommen worden war, wo Respekt ein Traum war und der eigene Ruf alles, was einem blieb. Solange es Armut gab, solange würde es auch die Banden geben, und Joshua akzeptierte das. Er hatte beide Seiten gesehen. Er hatte gesehen, wie Männer lernten aufrecht zu stehen, wie sie einen Platz unter Ihresgleichen fanden. Sie war gefährlich, diese Mentalität, aber sie gab diesen Männern das Gefühl von Zugehörigkeit. Das Gefühl, etwas zu sein.

Doch auch sie hatte Forderungen, Forderungen an all jene, die sich in ihr verstrickt hatten. Die anderen Banden waren nicht – konnten nicht – so gut sein wie die eigene, denn Selbstachtung war abhängig von Status und Ruf der eigenen Bande. Man musste die beste sein. Und wenn man herausgefordert wurde, ob selbst oder die Bande, dann musste der Herausforderer ausgeschaltet werden, und zwar schnell, bevor andere auf die Idee kamen, es ebenfalls zu versuchen. *Honor sobre todo.* Ehre über alles.

Und wenn die Ehre verlangte, dass ein Mann durch die eigene Hand starb – dann tötete man für die Bande, und das machte die Sache okay.

Es war nicht okay, aber Joshua war es gelungen, alle Morde, an denen er beteiligt gewesen war, rational zu begründen. Diese Mitglieder der anderen Banden, die er getötet hatte, waren Verbrecher und Mörder gewesen, und wenn er als Agent in derselben Position gewesen wäre, dann hätte er auch genau dasselbe getan. Die Vergeltungsmorde – auch dafür hatte es Gründe gegeben, und im Grunde genommen waren sie lediglich Gerechtigkeit. Das hatte Joshua sich die ersten Male gesagt. Danach war es kein Problem mehr gewesen. Er war eine Tötungsmaschine geworden, ein Werkzeug in der Hand 'Chete Montenegros, und die Tode waren ohne Bedeutung gewesen. Er hatte sie alle wegerklärt. Alle bis auf einen.

Mit dem Psychiater über die anderen zu sprechen, war einfach gewesen. Er hatte sie alle in der Therapie aufgearbeitet, die er während der Entziehungskur gemacht hatte, und er hatte seinen Frieden mit ihnen und mit der Wahl, vor der er gestanden hatte, gemacht. Er war davon ausgegangen, dass da noch mehr kommen würde, wenn er mit McBride über die Morde sprach, aber der Psychiater hatte nur wissen wollten, was Joshua diesbezüglich fühlte. Als Joshua „Nichts" sagte, hatte er sich eine Notiz gemacht und war zu einem anderen Thema übergegangen. Und in letzter Zeit … in letzter Zeit hatte Joshua gar nicht mehr reden wollen. Die meisten ihrer Sitzungen verliefen in komplettem Schweigen, mit nur dem leisen Summen der Klimaanlage im Hintergrund. Er fragte sich, warum er überhaupt noch hinging. Aber er ging.

Eines Tages, das wusste er, würde die Sprache auf das Mädchen kommen, und er wusste nicht, was er dann tun würde.

Hinter ihm erklang ein schwaches Geräusch – keine Schritte, eher eine Art Schlurfen. Joshuas Finger schlossen sich fester um die Zaunlatte. „Willkommen zu Hause", sagte er über seine Schulter hinweg. „Du solltest im Bett sein und schlafen."

„Ich bin nicht müde", sagte Eli. Er humpelte zum Zaun und lehnte sich neben Joshua. „Könnte dasselbe auch zu dir sagen."

Joshua zuckte die Schultern.

„Eine angenehme Nacht."

Joshua antwortete nicht, schaute lediglich hinaus in die Wüste. Eli versuchte es nicht weiter, lehnte sich lediglich neben ihn an den Zaun, die Arme auf der obersten Latte gefaltet. Auf dem Gips, der den gebrochenen Arm umschloss, schien die halbe Einwohnerzahl Albuquerques unterschrieben zu haben. „Macht man das noch?", fragte Josh schließlich mit einer Geste auf den Gips.

„Sieht so aus", sagte Eli. „War nicht meine Idee."

Mehr Schweigen. Schließlich sagte Joshua: „Ich denke, ich gehe jetzt ins Bett."

„Sarafina sagt, dass du wieder Albträume hast."

Joshua erstarrte in der Bewegung. „Sarafina sollte sich verflucht noch mal um ihren eigenen Kram kümmern", fauchte er.

„*Mijo*", sagte Eli sanft, „hast du's denn noch nicht kapiert – wenn Tuck der Daddy für diese Ranch ist, dann ist Sarafina die Ma. Und das bedeutet, dass sie sich um jede Seele auf dieser Ranch Sorgen macht."

„So wie du." Joshua versuchte, seine Stimme neutral klingen zu lassen, aber selbst er konnte die Bitterkeit darin hören.

„So wie ich", stimmte Eli zu. „Aber für mich ist's hauptsächlich beruflich. Das ist mein Job. Aber für Tuck und Sara … Scheiße. Er sollte sie einfach heiraten und es offiziell machen."

„Warum tut er das nicht?" Joshua wusste nicht, wo die Frage herkam – er hatte vorgehabt, nur knapp zu nicken und dann ins Haus zu gehen, aber aus irgendeinem Grund tat er das nicht.

Den Grund lieferte Elis warmes, leises Lachen. Gott, wie konnte er überhaupt nur darüber nachdenken, ihn zu verlassen? Der Mann musste Schmerzen haben, und trotzdem kam er hier heraus, um mit Joshua zu reden, konnte trotzdem eine Unterhaltung führen, konnte lachen wie über einen Scherz. Er war so viel mehr ein Mann, als Joshua es jemals sein würde. „Na ja, zum einen, weil sie sagt, dass sie gern bezahlt wird, und dass er von ihr erwarten wird, dass sie umsonst arbeitet, wenn sie ihn heiratet. Außerdem ist sie ja bereits verheiratet."

„Stimmt, ich erinnere mich."

„Ich glaub nicht, dass sie ihn besonders gut leiden kann – eine arrangierte Ehe, vermute ich. Sie sagt, dass sie sich scheiden lassen wird, wenn sie einen anderen heiraten will, aber dass sie im Moment keine Lust auf den ganzen Aufwand hat." Eli seufzte. „Ist mir ja vollkommen unverständlich, aber die Leute sind eben verschieden, und jeder hat so seine Art."

Joshua gab einen zustimmenden Laut von sich und wandte sich ab, um zu gehen, aber Eli streckte seine gesunde Hand aus und legte sie auf Joshuas Arm. „Was aber nicht heißt, dass Leute mit verschiedener Art keinen gemeinsamen Nenner finden können, Josh. Und ich glaub nicht, dass du im Moment sehr viel glücklicher bist als ich."

Joshua schloss vor Schmerz die Augen. Eli würde es ihm nicht leicht machen. Eli fuhr fort: „Ich weiß nicht, was in deinem Kopf vorgegangen ist, als du neulich aus meinem Zimmer marschiert bist, aber ich bin mir ziemlich sicher, dass es nicht das ist, wonach's aussieht."

„Und wonach sah es aus?"

„Als wär' ich nicht mehr gut genug für dich. Aber ich denke, dass ich's bin, auch wenn du einen Uniabschluss hast und auf der FBI Schule warst und so, also kann's das nicht gewesen sein. Ich denk, da geht in deinem Kopf was anderes vor sich, etwas, das so vielleicht nicht ganz richtig ist. Und ich will wissen, was das ist, damit ich dir den Gedanken austreiben kann."

„Womit? Deinem kaputten Arm? Oder vielleicht willst du mich auf deinem lahmen Bein verfolgen?" Joshua schüttelte seine Hand ab.

„Das ist es, was an dir knabbert? Dass ich so kaputt bin?" Eli schüttelte den Kopf. „Sohn, ich hab schon viel Schlimmeres durchgemacht. Rodeo –"

„Das ist aber nicht beim Scheißrodeo passiert", fauchte Joshua. „Du bist zusammengeschlagen worden, weil du schwul bist!"

„Und was, du fühlst dich *schuldig* deswegen? Verdammte Scheiße, das ist es, oder?" Als Elis Hand diesmal vorschnellte, schloss sie sich um Joshuas Kiefer und zwang Joshua, Eli in die Augen zu blicken. Er war vielleicht verletzt, aber er war immer noch genauso stark wie vorher. „Blitzmeldung, Sohn: Ich bin schon lange schwul. Fakt ist, ich war zur falschen Zeit am falschen Ort –"

189

„Und das *ist* meine Schuld! Du warst da, weil du auf mich gewartet hast!"

Eli schüttelte Joshuas Kiefer, sanft aber nachdrücklich. „Ich bin schon oft da gewesen, Josh. Ein paar von den Bars, in die ich zum Aufreißen gegangen bin, sind nicht weit weg. Es hätte jederzeit passieren können, an jedem Wochenende, an dem ich da gewesen bin. Der Unterschied dieses Mal war, dass ein paar Arschlöcher beschlossen haben, die Welt genau an dem Tag von mir zu befreien, an dem *du* da warst. Und das hat den entscheidenden Unterschied gemacht, denn du hast sie aufgehalten. Du hast mir das Leben gerettet, Josh. Weil du da warst." Der Griff wurde sanfter, wurde eine Liebkosung. „Du hast mir das Leben gerettet."

Es war nicht leicht, etwas zu sagen, aber Joshua schaffte es: „Du hast meins gerettet."

Eli schmunzelte. „Ja, aber da warst du nicht sehr glücklich drüber, oder?"

„Damals nicht, nein." Joshua hob eine Hand und löste sanft Elis Griff, nahm Elis Hand und hielt sie in seiner. „Eli – die Frage war nie, ob du gut genug bist für mich. Andersrum wird ein Schuh daraus. Ich werde niemals gut genug für dich sein. Wir müssen die Sache jetzt beenden. Ich bin nicht gut für dich. Ich hätte niemals herkommen sollen. Ich *gehöre hier nicht hin.*"

„Wovon redest du da? Du gehörst hier mehr hin als jeder andere – du bist Tucks Neffe. Deine Großeltern haben diese Ranch gebaut. Sie liegt dir im Blut."

„Es liegt mir nichts *im* Blut – es klebt alles an meinen Händen." Joshua ließ Elis Hand fallen und lehnte sich rückwärts an den Zaun. „Ich habe in den letzten Wochen viel Zeit gehabt, um nachzudenken, und ich glaube, ich muss zurückgehen zum FBI. Es gibt Dinge, die ich tun muss, die ich *wiedergutmachen* muss. Sühne leisten gewissermaßen. Ich muss dorthin zurück, wo ich Gutes bewirken und meine Schuld begleichen kann …"

„Du meinst wegen der Menschen, die du während deiner Mission getötet hast?"

Joshua stockte der Atem. „Du *weißt* davon?"

„Nur das, was ich gehört hab. Über Blut, das an deinen Händen klebt." Elis Stimme war sanft. „Du hast vorher schon mal was in die Richtung gesagt, als du nicht wusstest, dass ich dich hören konnte. Zu der Katze. Etwas über so viel Blut und warum du nicht vergessen kannst."

Er starrte in Elis Gesicht, milde und blass im Mondlicht, und hatte das Gefühl, sich übergeben zu müssen. „Du hast das gehört?"

„Jepp. Zuerst hab ich gedacht, du sprichst davon, wieder auf Heroin zu sein. Dann hast du angefangen, von Blut zu reden."

„Es ist nicht sehr höflich, jemanden zu belauschen, der mit sich selbst redet."

„Du warst in meiner Scheune."

Joshua atmete tief ein, dann sagte er: „Während der drei Jahre meines Einsatzes, war ich indirekt oder direkt beteiligt am Tod von sieben … nein, acht Menschen, einschließlich des Anführers der Bande, der während der Razzia erschossen wurde."

„Indirekt heißt, du wusstest, was Sache ist?"

„Ja.

„Direkt heißt, du hast abgedrückt."

„Ja."

Eli pfiff leise. „Das scheint mir eine schwere Bürde zu sein, die du da tragen musst, *mijo*. Es tut mir leid, das zu hören."

„Und das ist der Grund, warum wir so nicht weitermachen können. Ich kann dich nicht bitten, die Last mitzutragen. Mit mir." Joshua rieb sich mit beiden Händen übers Gesicht und war überrascht, zu spüren, dass seine Wangen nass waren. „Verdammt."

„Trauerst du um sie?"

„Was?"

„Trauerst du um sie? Weil's mir sehr danach aussieht, als ob du's tun würdest."

Joshua schüttelte den Kopf. „Das war nur das, was ich tun musste. Es war größtenteils gerechtfertigt – sie waren selbst Mörder, eh schon vom Tod gezeichnet, und wenn ich's nicht getan hätte, dann vermutlich ein anderer, entweder eine andere Bande oder Polizisten oder sonst wer. Und es waren keine guten Jungs, sie waren nicht unschuldig – jeder von ihnen hatte genauso Blut an den Händen kleben. Ich habe versucht, es als Hinrichtung anzusehen. Ich musste es irgendwie vor mir selbst rechtfertigen – ich bin permanent von Montenegro und seinen Männern überwacht worden, weil ich zwar der Sohn meines Vaters war, für sie aber trotzdem ein Fremder. Sie haben mich beobachtet. Ich musste tun, was sie mir gesagt haben, sonst hätte ich meinen Einsatz gefährdet. Und ich *musste* ihn zu Ende bringen. Ich musste den Schmugglerring zerschlagen. Also war es gerechtfertigt."

„Aber hast du *getrauert*."

„*Verdammt, ja, ich habe getrauert!*" Joshua zog schmerzhaft den Atem ein. „Gott, ich sehe immer noch ihre Gesichter, jedes einzelne! Ich höre immer noch das Geräusch des Schusses, das Geräusch des Einschlags, das Geräusch des Körpers, der auf dem Boden aufschlägt. Die Schreie und die Sirenen. Ich sehe den Schock auf ihren Gesichtern. Als sie mich angefixt haben, war das eine verdammte Erleichterung, denn solange ich zugedröhnt war, musste ich nicht *fühlen*. Ich musste nicht denken. Ich musste mich nicht *erinnern*." Er versuchte, das Zittern in seiner Stimme zu unterdrücken. „Ein Mal, noch relativ zu Anfang, nach dem zweiten oder dritten Mord … Ich bin an einer katholischen Kirche vorbeigekommen und bin reingegangen und habe eine Kerze für ihre Seelen angezündet. Ich bin nicht katholisch, Mom ist nicht religiös, aber meine Großeltern waren es, und sie haben mich und Cathy manchmal mit zur Messe genommen. Von daher kannte ich die Kerzen und die Gebete. Ich habe für sie gebetet. Und ich habe für mich gebetet, dafür, dass ich, auch wenn ich das noch oft würde machen müssen, nicht in die Hölle kommen würde. Oder jedenfalls nicht nur deswegen. Dass ich diesen *verdammten* Einsatz überstehen würde. Und dann kam Lina." Er verstummte, entsetzt darüber, dass ihm das herausgerutscht war.

Aber Eli hatte es natürlich gehört. „Wer ist Lina?"

„Ein Mädchen."

Es herrschte Schweigen im Mondlicht, dann erklang Elis Stimme. „*Scheiße.*" Und einen Moment später: „War das bevor oder nachdem du abhängig geworden bist?"

„Vorher."

„*Scheiße.*"

„Ja", sagte Joshua bitter. „Kann die Schuld nicht mal auf den Stoff schieben."

Eli antwortete nicht. Joshua riskierte einen Blick auf ihn; er starrte ins Nichts, die Zähne zusammengebissen. *Das war's dann,* dachte er erschöpft. *Daran hätte ich schon eher denken sollen.* Aber er sagte nichts weiter, sondern ging einfach, zurück zu seinem einsamen, schlaflosen Bett, und ließ Eli allein im Mondlicht stehen.

28

„Bɪsт ᴅᴜ dir sicher?"

Tucker lehnte am Türrahmen von Joshuas Schlafzimmer im ersten Stock, in das er gezogen war, als Elis Mutter Rachel gekommen war, damit sie das Gästezimmer im Erdgeschoss haben konnte. Tucker dachte bei sich, dass Joshua offenbar schon vor Wochen geplant hatte, abzuhauen – so wie es aussah, hatte er nach dem Umzug nur das Nötigste ausgepackt. Tucker war ihm direkt nach dem Frühstück nach oben gefolgt, da er sich nicht vor den Männern und ihrem Gast streiten wollte, und das einzige, das Josh noch einzupacken hatte, war der Plastikbeutel mit dem Zip-Verschluss, den er statt eines Kulturbeutels benutzte. „Ich kapier's nicht, Sohn. Du hast selbst gesagt, dass du erst in ein paar Wochen wieder beim FBI anfangen wirst, wenn sie den ganzen Papierkram fertig haben. Und ich weiß ganz sicher, dass du noch keine Wohnung gefunden hast. Was zum Teufel ist los?"

„Hotel", sagte Joshua knapp. „Das FBI zahlt."

„Ja, aber, Scheiße, Josh, was soll der Unsinn? Du kannst doch hier bleiben. Es wirft dich doch niemand raus."

„Du hast mir einmal gesagt, dass du keine Beziehungskräche und unschöne Trennungsszenen auf deiner Ranch willst, und dass du mich stückchenweise nach Hause zu meiner Mutter schicken würdest, sollte ich Ärger machen. Ich erspare dir lediglich die Mühe." Er kramte in seiner Reisetasche herum und fand einen Zettel, den er Tucker gab. „Das ist meine E-Mail Adresse. Du hast meine Handynummer. Wenn du Probleme hast mit den Büchern oder mit einem der Programme, ruf mich an oder schick mir eine Mail, und ich gehe es Schritt für Schritt mit dir durch. Aber es ist alles ziemlich gut durchorganisiert – du solltest pro Tag nicht länger als eine Stunde brauchen, um alles auf dem aktuellsten Stand zu halten. Denk nur daran, die Rechnungen einzutragen, sobald sie ankommen, das Programm erinnert dich dann automatisch, wenn du sie bezahlen musst. Ich bin sicher, Eli kann dir dabei helfen, auch wenn er sich darüber beschwert."

„Eli. Das ist alles nur wegen Eli."

„Natürlich."

„Er liebt dich …"

„Nein. Liebte. Vergangenheit. Das ist vorbei, Uncatuck. Glaub's mir. Er wird erleichtert sein, wenn er mich endlich von hinten sieht." Er schloss die Reisetasche und sah Tucker an, dem bei dem elenden Ausdruck in Joshuas Augen fast die Tränen kamen. Tuck wusste nicht, was schlimmer war, dieses Elend oder der tote

Ausdruck, der in Joshs Augen gelegen hatte, als er auf die Ranch gekommen war. „Es ist wirklich besser so. Danke, dass du mir Tonio leihst."

„Na, ich werd' dich ja wohl kaum zu Fuß nach Albuquerque laufen lassen."

„Er könnte mich aber auch einfach nach Miller fahren, und ich nehme von da aus den Bus."

„Nix da. So weiß ich wenigstens, wo du hingehst, und dass du nicht wieder einen Abstecher in die Wüste machst."

„Du bist immer noch wütend darüber."

„Da kannst du Gift drauf nehmen! Ich bin über eine ganze Menge Dinge wütend, Sohn!" Er sah, wie Joshua zusammenzuckte, und senkte seine Stimme. „Entschuldige, Sohn."

„Nein, ich sollte nicht so ein verdammter Schlappschwanz sein. Ich hatte mal Mumm in den Knochen. Aber jetzt nicht mehr."

„Wohl wahr."

Joshua erstarrte und sah ihn an. „Was?"

„Wohl wahr, du hast keinen Mumm mehr. Wenn du noch welchen hättest, würdest du hier bleiben und die Sache mit Eli klären."

„Es gibt nichts, das geklärt werden müsste. Glaub mir – Eli wird mehr als nur erleichtert sein, wenn er mich von hinten sieht. Frag ihn." Josh sah nicht einmal beleidigt oder wütend aus, nur müde.

„Weißt du, ich hab ja gedacht, dass es nur so eine Masche wär', als du angefangen hast, davon zu reden, zum FBI zurückzugehen. Dass du's machst, um Elis Aufmerksamkeit wiederzubekommen. Dass ihr euch verkracht hättet, und dass du eben versuchst, Spielchen zu spielen. Aber das war's nicht, oder? Du hast es die ganze Zeit absolut ernst gemeint."

„Todernst." Josh lächelte jenes dünne Lächeln, das Tucker nicht zu deuten wusste. Er erinnerte sich daran, wie Eli Josh einmal mit den misshandelten Pferden verglichen hatte, die sie rehabilitierten, aber kein Pferd war je so stur und so schwierig gewesen wie Joshua. „Ich spiele keine Spielchen, Uncatuck." Er warf sich die Reisetasche über die Schulter, nahm seinen Rucksack und verließ das Zimmer.

Tucker folgte ihm die Treppe hinunter und nach draußen, wo Tonio neben dem Silverado wartete. Josh warf beide Taschen auf die Ladefläche des Trucks, dann wandte er sich um und streckte Tucker die Hand hin. „Danke für alles", sagte er steif.

„Ach, Scheiße", sagte Tucker, zog ihn in die Arme und umarmte ihn fest. Einen Augenblick später legten sich Joshs Arme um ihn und erwiderten die Umarmung, hielten ihn so fest umklammert, als wäre er Joshs Rettungsleine in einem Sturm. Nur einen Moment lang, dann ließ er los, machte einen Schritt zurück und stieg in den Wagen, ohne sich noch einmal umzusehen.

Tucker sah dem Truck hinterher, dann warf er Eli, der auf der Veranda saß, einen Blick zu. „Auf dich bin ich auch sauer", sagte er gereizt. „Wie kannst du ihn einfach so gehenlassen?"

„Ah, Tuck?"

„Was?"

„Du solltest vielleicht ein bisschen leiser sprechen." Eli machte mit einer Hand eine Geste, und Tuck drehte sich um. Ray, Manny, Billy, Chico und Fred – alle Rancharbeiter, die auf der Ranch lebten – standen nicht weit von ihnen entfernt und sahen interessiert zu.

„Oh, mach dir unsretwegen keine Sorgen", sagte Fred heiter. „Wir haben schon vor *Wochen* gerafft, dass ihr zwei den horizontalen Mambo tanzt. Scheiße, Eli, ist ja nicht so, dass keiner von uns nicht gewusst hätte, dass du schwul bist. In den Nachrichten haben sie den Angriff auf dich ein Hassverbrechen gegen Homosexuelle genannt. Das ist ziemlich eindeutig, würd ich sagen."

„Und ihr habt kein Problem damit?", fragte Tucker neugierig.

„Naja, wir finden's alle ziemlich eklig", sagte Chico, „aber hej, du hast nie einen von uns angebaggert, also ist's okay. Manny hat Josh mal gesehen, wie er nachts in dein Haus rein ist, und so haben wir's rausgefunden. Wir haben's gewusst, bevor's in den Nachrichten gekommen ist. Außerdem gibt's nicht so viele Frauen in Miller, und auf die Art bleiben mehr für uns."

Manny kratzte sich am Kinn. „Ein, zwei Leute in Miller haben was gesagt, aber die waren mehr neugierig und wollten auf den Busch klopfen. Wir haben denen einfach gesagt, du bist zur falschen Zeit am falschen Ort gewesen. Du hast auf Josh gewartet. Alles gut." Er wedelte mit der Hand. „Aber verschon uns bloß mit den Einzelheiten, *comprendes*?"

„*Comprendo*", stimmte Eli zu, aber dann wurde seine Miene ausdruckslos. „Spielt auch keine Rolle mehr. Es ist vorbei."

„Na ja, solang du jetzt nicht im Schlafhaus Ersatz suchst", sagte Manny. Chico verpasste ihm einen Schlag auf den Hinterkopf. „Au, was denn?"

„Die haben Schluss gemacht, du dummer Sack! Sei gefälligst nett."

„Geht zurück an die Arbeit", sagte Tucker müde. „Ich bin den ganzen Quatsch leid. Eli, komm rein, ich zeig dir, wie man mit dem Computer umgeht. Da du meinen Büroangestellten verjagt hast, darfst du jetzt für ihn einspringen."

„Ich hab ihn nicht verjagt. Er ist von sich aus gegangen."

„Halt den Mund." Tucker stampfte die Stufen hinauf und ins Büro und schaltete den Computer mit mehr Kraft an als nötig. Eine Minute später humpelte Eli herein. „Setz dich."

Eli gehorchte und stellte seinen Stock beiseite. Tucker beugte sich über ihn und begann, ihm das Rechnungsprogramm zu erklären.

Eine knappe Stunde später hätte er Eli mit Freuden den Hals umdrehen können. „Gottverdammt, Eli, weißt du denn verdammt noch eins nicht, wie man mit so einem verfluchten Scheißding umgeht? Grundgütiger, du bist doch erst dreiunddreißig – werden heutzutage nicht alle Kids mit dem Scheiß groß?"

„Ich kann mich nicht erinnern, dich je schon mal in einem einzigen Satz so oft fluchen gehört zu haben, Tuck", sagte Eli. „Um deine Frage zu beantworten, nein, die Minischule mit dem einen Klassenzimmer, in die ich gegangen bin, hatte keinen Computer, und ich hab die Highschool abgebrochen, bevor sie's mir beibringen konnten. Ich hab den Abschluss auch ohne Computer nachgemacht, und meine Kurse in Viehwirtschaft waren überwiegend praktisch. Beim Rodeo braucht man auch keine Computer, und seit ich hier bin, hast du dich um das alles gekümmert. Ich kann Sachen googeln und eine E-Mail beantworten, und dieser Tage *bekomme* ich nicht mal E-Mails. Wenn jemand mit mir reden will, ruft er an oder schickt mir eine SMS. Fazit ist: Nein, ich kann nicht mit so einem Ding umgehen."

„Scheiße." Tucker ließ sich in einen der Stühle fallen und rieb sich die Stirn. „Verdammt, ich wünschte, Josh wär' nicht einfach so auf und davon. Was zum Teufel hast du zu ihm gesagt?"

„Nichts." Aber Elis Gesicht war hart geworden, verschlossen, und Tucker wusste, dass etwas vorgefallen war.

„Komm schon, spuck's aus."

Zur Antwort drehte Eli sich wieder zum Computer. „Wo wir grad von googeln sprechen – ich bin letzte Nacht reingekommen, um was nachzuschlagen", sagte er. „Okay, heute Morgen. So gegen vier. Konnte nicht schlafen." Er tippte etwas mit einer Hand ein, dann klickte er ein paarmal mit der Maus. „Hier. Lies dir das mal durch."

Tucker stand auf und kam um den Schreibtisch herum, um einen Blick auf den Artikel zu werfen, den Eli aufgerufen hatte. Es ging um einen Mord vor ein paar Jahren in einem Lagerhaus in Chicago. Die Frau, eine Lina Santiago, war im fünften Monat schwanger gewesen. Ihr Bild in dem Artikel sah aus wie ein Highschoolfoto: lachendes Gesicht, seidige dunkle Haare, leuchtende Augen. „Du glaubst, das war *Josh*?"

„Das hat er *gesagt*. Eine Frau, Tuck. Er hat eine *schwangere Frau* getötet." Eli rieb sich mit der gesunden Hand übers Gesicht. „Ich kann nicht ... das kann ich nicht rechtfertigen. Er hat Männer getötet, weil er's tun musste, nehm' ich an, wie ein Soldat oder so, aber das war eine Frau ... und ein *Baby*. Ich weiß nicht, wie ich damit umgehen soll. Ob ich das kann."

Schweigend las Tucker den Artikel.

Eli fuhr fort: „Ich mein, es ist vermutlich sexistisch oder so, aber eine Frau, das ist viel schlimmer, weißt du? Und das ... Himmel, Tucker, wenn sie im fünften Monat war, dann konnte man es schon sehen. Er kann sie nicht getötet haben, ohne es zu wissen."

„Das Heroin ..."

„Es war vorher."

„Scheiße."

„Genau."

„Ich kann das nicht glauben."

„Er hat das gesagt."

„Ja", sagte Tucker schwer. „Das hab ich verstanden." Er richtete sich auf. „Na. Das erklärt, warum er gegangen ist. Vermutlich denkt er, dass es jetzt, wo du's weißt, keinen Grund mehr für ihn gibt, hier zu bleiben."

„Tucker." In seiner Stimme lag tiefer Schmerz.

„Ja", sagte Tucker. Er legte seine Hand auf Elis Schulter. „Ja."

29

„ICH HABE die Ranch verlassen."

„Oh? Wann war das?"

„Mittwoch."

McBride zog die Augenbrauen hoch. „Ich wusste, dass Sie das vorhatten, aber ist Eli nicht am Dienstag nach Hause gekommen?"

„Ja. Das war der Auslöser. Er kennt jetzt die Wahrheit über mich und wird nichts mehr mit mir zu tun haben wollen. Ich bin davon ausgegangen, dass es besser wäre, mich dünne zu machen." Joshua streckte die Beine vor sich aus und betrachtete die Spitzen seiner Stiefel. Seit wann waren Cowboystiefel so viel bequemer als Turnschuhe? „Ich habe mit Greene gesprochen, und er sagte, das FBI würde für eine Woche Aufenthalt im Hotel aufkommen, genau so, als ob ich in einem anderen Bundesstaat im Einsatz wäre. Da ich offiziell noch bei der Niederlassung in Chicago arbeite, bin ich, theoretisch gesehen, in einem anderen Bundesstaat im Einsatz."

„Wie gefällt es Ihnen, im Hotel zu wohnen?"

Joshua zuckte mit den Schultern. „Es ist ruhig. Langweilig. Als ich in der Entziehungsklinik war, haben sie uns vor der Langeweile gewarnt und gesagt, dass Langeweile ein größeres Risiko für einen Rückfall darstellt als Erschöpfung oder Stress."

„Machen Sie sich Sorgen darüber, rückfällig zu werden?"

„Jede verdammte Sekunde." Joshua sortierte seine verworrenen Gedankengänge, dann fuhr er fort: „Auf der Ranch habe ich das nicht, nicht so sehr. Die paar Wochen, die ich mit Eli zusammen war … ich habe nicht mal ans Heroin gedacht. Aber jetzt? Ja. Ich mache mir Sorgen. Ich bin gelangweilt und einsam, und ich habe die Lohnnachzahlung bekommen aus der Zeit, als ich im Einsatz war, und das Geld sitzt auf dem Konto und wartet nur darauf, ausgegeben zu werden. Und alle Städte sind gleich – ich weiß genau, wo ich hingehen muss, um an Stoff zu kommen."

Der Psychiater nickte lediglich.

Joshua fuhr fort: „Ich war während der Entziehungskur in Therapie, wissen Sie. Jeden Tag, manchmal sogar mehrmals. Einzelgespräche, Gruppensitzungen, ganz egal. Wir haben endlos über den Scheiß gesprochen."

„Haben Sie das Gefühl, dass Ihnen die Therapie geholfen hat?"

„Ja, doch. Sie hat mir jedenfalls geholfen, damit klarzukommen, Menschen getötet zu haben. Einer der Gründe, warum ich beim FBI gekündigt habe, war, dass ich den Gedanken nicht ertragen konnte, ein weiteres Leben zu beenden. Ich konnte nicht dorthin zurück, ich konnte nicht wieder Polizist werden, ich konnte nicht ...“ Er hielt inne, atmete tief durch, um das Zittern in seiner Stimme in den Griff zu bekommen. „Ich habe nie etwas anderes gewollt, als im Rechtsvollzug zu arbeiten, und drei Jahre lang stand alles, was ich getan habe, in direktem Gegensatz zu meinen Überzeugungen, meiner Ausbildung, meiner Ethik. Ich habe mich selbst in jemand anderen verwandelt, in jemanden, den ich nicht mochte, den ich nicht respektiert habe. Ich weiß nicht, wie ich das durchgestanden habe, warum ich nicht untergegangen bin, aber ich bin es nicht. Jeden Abend, wenn ich zu der Absteige, die meine Wohnung war, zurückgekommen bin, habe ich Bericht erstattet. Jeden Abend habe ich, bevor ich meinen Laptop wieder in seinem Versteck untergebracht habe, meine Browser Historie gelöscht und alle Ordner und einfach alles, das mich hätte verraten können, als Agenten oder als schwulen Mann. Während meine *compadres* nach Hause gegangen sind, um sich nach einem weiteren Tag, an dem sie jedes einzelne Gesetz dieses Landes gebrochen haben, auszuschlafen, bin ich nach Hause gegangen und habe mit dem Runterladen angefangen.“ Er schnaubte. „Der einzige Sex, den ich hatte, war mit Pornoseiten, und selbst dann habe ich die Browser Historie gelöscht. Mein Desktophintergrund und der Bildschirmschoner waren Tittenbilder, für den Fall, dass doch jemand herausfand, wo ich den Computer versteckt hatte. Es war eine beschissene Art zu leben.

'Chete dachte, ich würde auf Lina Santiago stehen. Natürlich habe ich das nicht, aber ich mochte sie. Sie war einer seiner Kuriere, aber sie war in ein Mitglied einer anderen Bande verliebt, so richtig wie in *West Side Story*. Das war der Vater ihres Babys. 'Chete hat das rausgefunden und hat mir aufgetragen, sie zu bespitzeln. Ich habe herausgefunden, dass sie Geld unterschlagen und es ihrem Geliebten gegeben hat – sie wollten das Geld nehmen und abhauen. Aber sie waren nicht schnell genug.“

Er rieb sich das Gesicht. „Ich habe mich mit den anderen abgefunden, habe meinen Frieden damit gemacht, aber ich werde mir Lina nie vergeben.“

„Was ist mit ihrem Geliebten passiert?“

„Was wohl? Er ist auf 'Chete losgegangen. Ich hab ihn auch erschossen.“

„Träumen Sie noch?“

Joshua runzelte die Stirn. „Was?“

„Träumen Sie noch? Sie haben gesagt, dass sie ein paarmal schlecht geträumt haben, während Eli im Krankenhaus war, aber seitdem haben Sie das nicht mehr erwähnt.“

„Hin und wieder.“ Joshua bemerkte, dass er im Stuhl zusammengesunken war, und setzte sich bewusst aufrecht hin. Zusammensinken, sich zusammenkrümmen, das war etwas, das er im Entzug oft getan hatte, und der Physiotherapeut dort hatte ihm erklärt, dass es nicht gesund war, weder körperlich noch geistig. Er signalisierte sich damit selbst, klein zu sein, sowie die Notwendigkeit, sich zu verstecken, zu verschwinden. „Ja, ich träume noch. Wenn ich erst wieder zurück bei der Arbeit bin, wird es besser werden. Während ich auf der Ranch gearbeitet habe, habe ich fast nie geträumt."

„Während Sie gearbeitet haben?"

„Ja."

„Das war dieselbe Zeit, die Sie auch mit Eli zusammen waren?"

„Ja. Ja, nehme ich an. Okay, können wir nicht über Eli sprechen?"

„Natürlich", sagte der Psychiater. „Wir können sprechen, worüber Sie wollen."

„Die Sache ist, ich und Eli, es ist aus. Es ist vorbei. Ich kann ihn nicht länger Teil von mir sein lassen. Ich muss ihn gehen lassen."

Der Psychiater nickte.

„Es ist egal, wie sehr ich ihn vermisse. Wie sehr ich die Ranch vermisse, wissen Sie? Weil es vorbei ist. Er ist Teil der Ranch, und ich bin es nicht."

„Wären Sie es gerne?"

„Was?"

„Ein Teil der Ranch?"

Joshua starrte ihn an, und zu seinem Entsetzen spürte er Tränen auf seinem Gesicht. „Nein", log er und wischte sich mit dem Ärmel über die Augen. „Nein. Das will ich nicht. Ich bin nicht für die Ranch gemacht. Ich bin dafür gemacht, beim FBI zu sein. Ich kann da von Nutzen sein. Ja, ich werde vermutlich nie wieder mehr sein als ein Analyst, aber das ist okay – ich bin nicht sicher, ob ich noch mal aktiv in den Einsatz wollen würde. Mir geht's gut. Es wird alles gut."

Schweigend schob der Psychiater ihm die Box mit den Kleenex hin.

„Das ist so verflucht *bescheuert*! Ich habe drei Jahre lang in der Hölle gelebt und nicht ein Mal geweint. Warum zum Teufel breche ich *jetzt* zusammen?"

„Weil Sie es können?", sagte McBride. „Weil Sie jetzt sicher sind und es sich erlauben können, loszulassen?"

Joshua schlang die Arme um seinen Kopf, krümmte sich in seinem Stuhl zusammen und weinte.

30

DIE LUFT unten am Fluss war kühl und duftete stark nach Pinien und Gras. Joshua wurde langsamer und trottete gleichmäßig weiter über den Paseo del Bosque Trail. Agent Greene hatte ihm diese Strecke entlang des Rio Grande gezeigt; sie folgte dem Fluss auf beinahe seinem gesamten Lauf durch die Stadt und war einer der beliebtesten Orte der Einwohner Albuquerques, um der Hitze zu entfliehen. Aber zu dieser späten Stunde lag die Strecke beinahe verlassen da, nur ein paar Radfahrer und Jogger wie er trotzten der Kühle der Wüstennacht. Die 18 Grad Tageshöchsttemperatur hatten den Sonnenuntergang nicht überdauert. Joshua vermutete, dass es inzwischen nicht mal mehr 12 Grad waren.

Trotz der Dunkelheit am Fluss, und obwohl die Bäume ihr buntes Herbstlaub beinahe vollends verloren hatten, konnte man die Sterne hier nicht so gut sehen wie auf der Ranch, dachte Joshua. Das Licht der Stadt ließ sie verblassen, genauso, wie die Gerüche von Autoabgasen und Beton den Duft wachsender Dinge überdeckten. Es war eigenartig, wie sehr Joshua sich in der kurzen Zeit, die er auf der Ranch gewesen war, an diesen Duft gewöhnt hatte.

Eine Bank lockte ihn, und er joggte darauf zu, ließ sich mit einem Seufzen der Erleichterung darauf fallen, zog sich die Ohrhörer aus den Ohren und stellte Daddy Yankees neuste Single aus. Er war nur ein paar Meilen gelaufen, aber das war mehr, als er zu schaffen erwartet hatte, nachdem er so lange nicht mehr gejoggt war. Lange Zeit war das Laufen eine seiner Methoden gewesen, um Dampf abzulassen und sich abzureagieren; selbst während er in Darwin Park gelebt hatte, war er gelaufen. Bis zu seiner Sucht. Danach … war es nicht mehr so einfach gewesen. Und seit der Entziehungskur hatten seine Energiereserven dafür nie ausgereicht.

Aber auf der Ranch hatte er viel Bewegung gehabt, war geritten und hatte geholfen, wo er konnte, und er nahm an, dass ihm das geholfen hatte, Kraft und Energie wiederzugewinnen. Oder zumindest genug, um ein paar Meilen zu joggen. Vielleicht würde er heute Nacht schlafen können. Er hatte in letzter Zeit nicht viel Erfolg damit. Träume von der Vergangenheit verfolgten ihn, natürlich, wie sie es schon seit Monaten taten, aber in letzter Zeit waren neue Träume dazugekommen, Träume von Eli; zusammengeschlagen und schwer verletzt in der Ladezone, Körper und Gesicht wie erstarrt, während er am Zaun lehnte in jener Nacht, in der er erfuhr, wer Joshua wirklich war. Und dann schlimmere – Träume, in denen sich alte Schrecken mit neuen mischten, in denen Eli tot auf dem Boden des Lagerhauses lag, oder Träume von Eli, zusammengeschlagen und verletzt unter den Bäumen des Canyons, wo sie sich geliebt und wo Joshua für ihn getanzt hatte. 'Chete war auch da gewesen, und der Wasserfall war rot gewesen vor Blut.

Es war jetzt beinahe drei Wochen her, seit er die Ranch verlassen hatte. Das FBI hatte eine billige, kleine Wohnung für ihn gefunden, nicht weit von ihrer Niederlassung entfernt, sodass er zu Fuß hingehen konnte. Er arbeitete noch nicht wieder Vollzeit, aber er war für eine Reihe Aufnahmegespräche dort gewesen, und um an den kleineren Projekten zu arbeiten, die sie ihm gegeben hatten. Es war alles Arbeit als Analyst, alles am Computer. Nicht die spannendste Tätigkeit, aber eine, die wie maßgeschneidert zu sein schien für seine eigenartigen Fähigkeiten – er hatte bereits einige Dinge entdeckt, die andere Analysten übersehen hatten, weil sein verflixtes Gehirn Kleinigkeiten und Belanglosigkeiten hortete wie ein Geizhals sein Gold. Der Leiter der Niederlassung in Albuquerque hatte ihn gestern in sein Büro gerufen und ihn dafür gelobt, einige winzige Details entdeckt zu haben, die eine ins Stocken geratene Ermittlung in eine neue, vielversprechendere Richtung gewiesen hatten.

Und dann hatte Vasquez die geplanten Ermittlungen gegen das Quintana Kartell erwähnt, eine weitere Scheißkooperation mit der Drogenbehörde, und Joshua angewiesen, sich an der vorbereitenden Recherche zu beteiligen.

Joshua hatte beinahe seine Zunge verschluckt. Das Quintana Kartell war kein mexikanischer Ring – sie saßen in der Karibik und schmuggelten Kokain aus Venezuela und Heroin aus Afghanistan nach Kuba und von dort aus den Mississippi hinauf. Er wusste das, weil es das Quintana Kartell gewesen war, das 'Chete Montenegro besessen hatte – und infolgedessen auch Joshua. Joshuas Arbeit in Chicago hatte dazu beigetragen, ihren Drogenring dort zu zerschlagen und ihnen den Zugang zum oberen mittleren Westen abzuschneiden. Jetzt schienen sie stattdessen in den Südwesten expandieren zu wollen.

Er hatte den ganzen Tag damit verbracht, sich durch Berichte zu graben und sie durchzusortieren, auf der Suche nach Mustern, Beweisen, Zeugenaussagen, Gerüchten, allem, das ihm dabei helfen konnte, sich ein Bild von den neuen Unternehmungen des Kartells zu machen. Er kannte ihren Modus Operandi zur Genüge: Beziehungen zu einer der existierenden Banden herstellen, deren skrupelloseste Mitglieder als ihre Handlanger vor Ort rekrutieren und erst dann das Netzwerk aufbauen. Die Quintaneros, wie sie sich selbst nannten, waren sorgfältige Geschäftsleute; sie schufen sich erst eine solide Basis, auf der sie aufbauen konnten, und sorgten für alle Eventualitäten vor. Das war es, was es in Chicago so schwer gemacht hatte, sie zu Fall zu bringen.

Der Tag war ein absoluter Albtraum gewesen. Einige der Berichte, die er gelesen hatte, waren Joshuas eigene gewesen, geschrieben in den frühen Morgenstunden in der Dunkelheit seiner Wohnung, in seinen Computer gehämmert, während er die Gespräche, die Befehle, die Details aus seinem Gedächtnis herunterlud – und, hier und da, die Fotos, die er heimlich mit seinem Smartphone geschossen hatte. Sie zu sehen, gedruckt auf Papier oder als PDF, rief ihm diesen Albtraum nur allzu lebhaft wieder ins Gedächtnis. Er erinnerte sich daran, diese Berichte geschrieben zu haben, erinnerte sich an jeden einzelnen, erinnerte sich an seine Stimmung, was er an dem Tag getan hatte, an seine Reaktionen. Erinnerte sich an den Schmerz und an das Gefühl des Getrenntseins von der Realität, das ihm der Stoff gegeben hatte.

Jedes Wort, das er las, schubste ihn einen Schritt weiter zurück zu dem Joshua, der er gewesen war, und hinterließ den Joshua, der er jetzt war, erschüttert, schockiert, aus der Bahn geworfen.

Der Fluss rauschte, und Joshua vergrub den Kopf in den Händen, rieb sich mit den Handballen die Augen, als könnte er so die Dinge auslöschen, die er gesehen hatte.

„Hey, alles klar bei dir, Alter?"

Er hob den Kopf und sah einen dürren, jungen Mann vor sich stehen, der zum Schutz gegen die Kühle der Nacht in ein Kapuzen-Shirt gehüllt war. Er stand genau zwischen Joshua und den Lichtern, die sich im Fluss spiegelten, nicht mehr als eine schwarze Silhouette. Joshua spannte sich an und warf schnelle Seitenblicke nach rechts und links, aber es war niemand da außer ihnen.

„Hey", sagte der junge Mann erneut und hob die Hände, zeigte seine leeren Handflächen. „Ich hab nicht vor, dich zu überfallen, Kumpel. War nur 'ne Frage. Du siehst 'n bisschen depri aus."

„Nur müde, aber danke", sagte Joshua.

Uneingeladen ließ sich der junge Mann ein Stück von Joshua entfernt auf die Bank fallen. „Das kenn' ich", sagte er. „Muss 'n echt langer Tag gewesen sein, wenn du so spät noch Joggen gehst. Ich bin kein so großer Fan vom Joggen – viel zu anstrengend, wenn du mich fragst." Er rutschte hin und her, sein Knie wippte unruhig auf und ab, und im vom Fluss reflektierten Licht konnte Joshua sein Gesicht sehen: schmal, ein leichter Bartflaum, die Augen unruhig und nervös, und der hervorstehende Adamsapfel hüpfte auf und ab, als er schluckte.

„Nervös?", fragte Joshua träge.

„Nee, nur drauf, weißte?" Er grinste Joshua an.

Zwei Jogger liefen auf dem Pfad hinter ihnen vorbei. Sie unterhielten sich mit leisen, atemlosen Stimmen, aber der Junge reagierte nicht, von daher nahm Joshua an, dass er tatsächlich nur high war und nicht nervös oder ängstlich. „Ich bin Joshua." Er streckte eine Hand aus.

„Tony." Sie gaben sich die Hand, dann schob der junge Mann seine Kapuze zurück. „Scheiße, ist das kalt."

Joshua war es angenehm kühl vorgekommen, aber er hatte ja auch die letzte halbe Stunde damit verbracht, ordentlich ins Schwitzen zu kommen. Wenn er noch ein bisschen länger still auf der Bank saß, würde die Novemberkälte vermutlich auch zu ihm durchdringen. Andererseits, er hatte schon viele junge Menschen wie diesen Jungen hier gesehen, und ihnen war immer kalt. Das ließ ihn Tony eingehender studieren.

Der junge Mann sagte: „Wo kommst du her? Du klingst nicht wie von hier."

„Osten. Meine Familie lebt dort."

„Cool." Tonys Kopf wippte mehrfach rasch auf und ab. Ja, dachte Joshua. „Drauf" musste so viel bedeuten wie „high", oder zumindest etwas Ähnliches. Nicht aufgeregt, nicht nervös. Der Junge war zugedröhnt bis zum Gehtnichtmehr. Er sah sich um, als würde er auf jemanden warten, aber er blickte nicht in die Richtung des Pfades.

„Wartest du auf jemanden?"

„Äh … Ja. 'n Freund, weißte."

Und ich sitze auf der Bank, die euer Treffpunkt ist. Für dich und deine Bezugsquelle.

Der Gedanke ließ einen leichten Schauer Joshuas Rücken hinunterrieseln. Irgendwo in seinem Stammhirn sprang José Rosales aufgeregt auf und ab und jubelte: *Endlich, endlich, wir können uns wieder gut fühlen. Endlich, endlich, süße Wonne, süße Seligkeit.*

Auf der Ranch hatte Joshua gesehen, wie Pferde absichtlich zucken konnten, mit winzigen Muskeln unter der Haut, die das Fell darüber in Bewegung setzten, um Fliegen zu verscheuchen, oder einfach, um Spannung auszugleichen. Er fühlte sich, als würde seine Haut in dem Moment genau dasselbe tun: ein Zucken, wie um die obersten Schichten in Bewegung zu versetzen und ihn wieder zu dem Joshua zu machen, der er gewesen war. Er ballte die Faust um die Kordel seiner Ohrhörer.

Uns gut fühlen? Ja, für ein paar Stunden schläfriger Trägheit – denen dann so viel mehr Stunden voller Schmerz und Depression folgten. *Seligkeit?* Er presste die Fäuste in seine Oberschenkel unterhalb des Saums seiner kurzen Laufhose und zwang sich dazu, sich an die Qualen des Entzugs zu erinnern, an die Qualen, die er jeden Tag ausgestanden hatte, während er darauf wartete, dass 'Chete ihm seine Dosis gab. Er hatte José in einem Zustand permanenter Anspannung gehalten, hatte ihn angetrieben, wie er auch die anderen Junkies antrieb, gab ihnen die Droge erst dann, wenn sie die Aufgaben erledigt hatten, die er ihnen aufgetragen hatte. Er hatte ihnen gesagt, dass er das nur deshalb so machte, weil er um ihre Sicherheit besorgt war, aber die Wahrheit war, dass es ihm einen Kick gab, die Männer zu kontrollieren, die ihn ohne mit der Wimper zu zucken töten konnten, denselben Kick, wie das Heroin seinen Junkies gab.

Joshua würde sich nie wieder so kontrollieren lassen. Von niemandem. Von nichts. Er zog langsam, tief, den Atem durch die Nase ein und spürte, wie José in seinem Kopf zusammenschrumpfte. Spürte, wie er starb.

Ihm war nach Weinen zumute.

„Alter?"

Er öffnete die Augen. Er musste sie sehr fest zusammengepresst haben, denn sie taten weh. „Ja?"

„Ähm, ich warte hier quasi auf jemanden … Hey, warte, wennste nicht so gut drauf bist, vielleicht kann er dir ja helfen? Damit? Er kennt da so Leute."

Ich wette, das tut er. Die Sache ist – das tue ich auch …

„Vielleicht", sagte Joshua. Er lehnte sich zurück gegen die Bank und streckte einen Arm entlang der Rückenlehne aus. Die Los Peligros Tätowierung war kaum mehr als ein Schatten, aber unter dem Saum des T-Shirts schaute genug hervor, dass jemand, der mit dem Motiv vertraut war, sie erkennen würde. „Was dagegen, wenn ich bleibe?"

„Nö, kein Problem. Oh, da isser ja."

Ein weiterer junger Mann kam näher, in Kapuzen-Shirt wie Tony, aber er hatte die Kapuze hochgezogen. Seine Hände steckten in den Taschen. „Hey", sagte er zu Tony, dann warf er Joshua einen misstrauischen Blick zu.

„Hey, Creed. Das ist Joshua."

Creed nickte wachsam, dann fiel sein Blick auf Joshuas Tätowierung. Für einen Moment wurden seine Augen groß, dann schwand ein Teil der Anspannung aus seinem Gesicht. „Hey, Mann. Was kann ich tun für dich?"

„Heute nichts, Mann. Alles gut", sagte Joshua lässig. Er zog die Finger der auf der Rückenlehne liegenden Hand ein, spürte das Kratzen des Holzes unter seinen Fingernägeln, ließ alle Anspannung aus seinem Körper und in das Holz strömen. „War nur 'ne Runde Laufen und 'ne Runde quatschen mit meinem Kumpel Tony hier."

Der Typ entspannte sich weiter. „Mega. Was dagegen, wenn Tony und ich das Geschäftliche abwickeln?"

„Nur zu. Guter Stoff?"

„Scheiße, ja." Der Dealer grinste von einem Ohr zum anderen. „Der beste."

„Ich hab gehört", Joshua senkte die Stimme zu einem vertraulichen Murmeln, „dass es eine neue Quelle gibt in der Stadt. Davon gehört?"

„Ja. Was meinste, wo ich das H her hab? Primo, Alter. Direkt aus 'm Mittleren Osten." Er hielt einen wiederverschließbaren Plastikbeutel hoch. Selbst im schwachen Licht konnte Joshua sehen, dass der Inhalt eine sanfte, helle Farbe hatte. „Nicht so 'n schwarzer Stoff. Sieht gut aus, was?"

Gut. Oh, Gott, es sah gut aus. Ein Teil von Joshua gierte danach, aber er unterdrückte diesen Teil, stieß ihn zurück in das schwarze Loch, aus dem er gekrochen war, und nickte lediglich. „Cool."

„Biste sicher, dass du nicht doch was willst? Neukunde, ich mach dir 'n Deal."

„Nee, kein Bares dabei. Außerdem bin ich mehr so der Gelegenheitstyp. Und dafür hab ich genug zu Hause. Aber hier, Vorschlag – ich schmeiß dieses Wochenende eine Party. Was hältst du davon, wenn wir uns Freitag hier treffen, selbe Zeit? Ich werde hier sein."

„Allein, richtig?" Creed sah sich um. „Ich mach nicht so gern so weit im Voraus Pläne, aber ich sag dir was – du kommst, und wenn's bei mir passt … komm ich auch. Okay?"

„Okay." Joshua machte eine knappe Geste mit der Hand als Zeichen, dass er sein Geschäft mit Tony abwickeln sollte, und wandte sich wieder dem Fluss zu. Tony stand auf und ging zusammen mit Creed ein paar Schritte hinunter zum

Fluss, und sie sprachen mit leisen Stimmen miteinander; Joshua vermutete, dass sie annahmen, sie würden so leise sprechen, dass man sie nicht hören konnte. Aber ein leichter Wind strich über das Wasser und trug ihm ihre Stimmen zu.

Es war nichts Wichtiges oder allzu Überraschendes, was sie sagten, nur die Absprache, dass Tony am Freitag auch kommen und die Augen offenhalten würde. Joshua hatte nichts weniger erwartet und reagierte in keinster Weise, sondern hörte einfach nur zu, was sie zu sagen hatten. Als sie fertig waren, drückte Tony sich mit einem „Wir sehen uns, Alter" und einem Grinsen an der Bank vorbei. Creed blieb einen Moment stehen, dann sagte er zu Joshua: „Freitag, dann. Bring Bares – ich akzeptier' nichts andres. Keinen Tausch, keinen Gefallen, nix. Nur Bares."

„Ich bin ja nicht dumm, *cholu*."

Joshuas knappe Antwort schien Creed zu beruhigen; mit einem Nicken in Joshuas Richtung ging er den leichten Hang zum Fluss hinunter und verschwand zwischen den Bäumen. Joshua beobachtete ihn, dann stand er auf, machte ein paar Dehnübungen und lief langsam und gemächlich wieder los.

Der Dealer folgte ihm eine Zeit lang. Joshua lief mit Absicht langsam, sodass er Schritt halten konnte, aber nach ein paar Blocks bog er ab. Joshua lief noch eine halbe Stunde, dann wandte er seine Schritte wieder in die Richtung des Parkplatzes, auf dem sein Auto stand.

31

BUTTON TRAT unruhig unter Eli hin und her, tänzelte seitwärts über den Sand des Reitplatzes. „Komm schon, Eli", rief Tucker von der Zaunlatte, auf der er saß. „Du bist zu steif. Du machst das Pferd irre."

„Weiß ich", murmelte Eli grimmig und streckte sein Bein wieder aus, spürte das Ziehen des angespannten Muskels. Er setzte sich im Sattel zurück, und Button entspannte sich.

„Besser", sagte Tuck ein paar Minuten später, als Eli Button zum Zaun brachte und abstieg. „Wie fühlst du dich?"

„Als ob sie mich eine Woche lang am Bein aufgehängt hätten."

„Du bist nicht aus der Form, wenn dir das ein Trost ist. Und nachdem du wieder richtig im Sattel gesessen hast, sah's gut aus. Was sagt die Physiotherapeutin?"

„Dass Reiten die Muskeln zusammenzieht und dass ich öfter in die Klinik ins Schwimmbecken soll, um sie wieder zu dehnen. Als ob ich Zeit hätte, alle naselang nach Miller zu fahren. Außerdem geh ich nicht gern Schwimmen."

„Du gehst sehr gern Schwimmen, wenn's heiß ist."

„Ja, aber's ist nicht mehr heiß. Es ist bald Thanksgiving, Tucker. Die letzten paar Wochen war's verdammt kalt." Ehrlich gesagt war es immer noch kalt – gerade mal zehn, zwölf Grad – und das, obwohl es Nachmittag war.

„Kann man gut bei schlafen, bei so einem Wetter." Tucker legte den Kopf schief und sah Eli an, aber der zuckte nur mit den Schultern. Tucker wusste, dass er Schlafprobleme hatte, und er wusste auch, warum. Aber er sagte nichts weiter, sondern fuhr fort: „Schätze, wir sollten uns zum Canyon aufmachen und die Damen reinholen, bevor's anfängt zu schneien."

„Hätten wir schon vor zwei Wochen machen sollen."

„Nun, vor zwei Wochen hab ich noch gehofft, dass Joshua seine verflixte Meinung ändert und uns hilft. Es hätte ihm gefallen, beim Roundup mitzumachen, denke ich. Aber ich kann nicht länger warten. Ich werd' dann morgen ein paar der Jungs mitnehmen und sie reinbringen. Willst du im Transporter für die Fohlen mitfahren? Dennis fährt."

„Sicher. Glaube kaum, dass ich schon so weite Strecken reiten kann." Eli bewegte die Finger der verletzten Hand, ballte sie zur Faust und öffnete sie wieder. Den Gips war er inzwischen los, aber er trug immer noch eine Schiene für das gebrochene Handgelenk. „Ich werd' tun, was ich kann."

„Weiß ich zu schätzen."

Eli nickte und humpelte in die Scheune, Button am Zügel mit sich führend. Die Physio half seinem Bein, aber jedes Mal, wenn er es angestrengt hatte, schmerzte es, und die Schmerzen strahlten von der Hüfte bis in seine Zehen. Gehen half, aber nichtsdestotrotz wartete im Gefrierfach ein Kühlakku auf ihn.

Er war schon früher verletzt worden, während der Jahre beim Rodeo und auch während seiner Zeit hier, aber nie so schwer wie jetzt. Manchmal schien es ihm, als bestünde er nur noch aus Schmerzen. Aber sie wurden besser, die Schmerzen in seinem Körper.

Der Schmerz in seinem Herzen? Der würde wohl bleiben, da ging er von aus.

Er band Button an und striegelte sie, obwohl das Pferd nicht mehr getan hatte, als ein paar Mal um den Reitplatz zu laufen. Aber der beständige, gleichmäßige Rhythmus des Striegels in seiner Hand war tröstlich, und es war etwas, das er tun konnte, ohne dabei nachzudenken. Und dem Pferd tat es auch nicht weh. Buttons Kopf sank schläfrig tiefer und tiefer, als Eli mit dem Striegel über ihr Widerrist fuhr.

Sein Handy brummte, und in seiner Hast, es aus der Tasche zu ziehen, ließ er den Striegel fallen. Er musste im Lauf der letzten drei Wochen wohl ein dutzend SMS geschickt und Nachrichten auf seine Mailbox gesprochen haben, ohne je eine Antwort zu bekommen, aber die Hoffnung starb bekanntlich zuletzt. Die Enttäuschung, als er sah, dass es Jack Castellanos Nummer war, nicht Joshs, war wie ein körperlicher Schlag, und für einen Moment war er versucht, nicht dran zu gehen. Aber dann tat er es doch. „Kelly", sagte er knapp.

„Hi, Eli. Jack. Wie geht's?"

„Soweit ganz gut. Was gibt's?"

„Ich wollte fragen, ob du Freitagabend schon etwas vorhast. Ich wollte den neuen Laden in Old Town ausprobieren, und gegen etwas Gesellschaft hätte ich nichts einzuwenden."

Eli wusste nicht, was er sagen sollte. Ja, er und Jack hatten hier und da mal eine Nacht miteinander verbracht, aber keiner von ihnen hatte mehr gewollt als eine schnelle Nummer. Aber das hier klang wie eine Verabredung oder so. „Bittest du mich um ein Date, Jack?"

Der Arzt lachte. „Sieht so aus. Interessiert?"

„Ich weiß nicht … Ich bin mir nicht sicher, ob ich der Typ dafür bin, Jack."

„Unverbindlich, Eli. Um ehrlich zu sein, ich bin gerade wieder Single, und ich habe sonst niemanden, mit dem ich hingehen mag. Wenn du willst, ist es nur ein Abendessen unter Freunden. Du kannst mir von der Physio erzählen und wie es damit läuft. Ich habe immer vor, dich abzufangen, wenn du in Miller bist, aber dann kommt doch immer wieder irgendetwas dazwischen. Kein Stress."

„Ja, okay", sagte Eli. Er hob den Striegel auf und hängte ihn an den Nagel neben Buttons Boxentür. „Wann am Freitag?"

„Komm um fünf zum Krankenhaus, ich reserviere den Tisch für sieben. Passt das?"

„Klar."

Nachdem er aufgelegt hatte, band er Button los, stellte sie in ihre Box und wanderte dann ein kleines Stück hinter seinem Häuschen zu der Stelle, wo der dritte der Bäche, die die Ranch bewässerten, in einem kleinen, von Bäumen beschatteten Weiher endete. Die Blätter der Pappeln, die ihn umgaben, fielen bereits von den Ästen und schwammen auf der Oberfläche des Weihers, wurden von der kleinen Stromschnelle dort, wo sich der Bach in den Weiher ergoss, herumgewirbelt. In ein paar Wochen würde sich der erste Frost um die Ufer legen; noch ein paar Wochen weiter und der Weiher würde bis zum Frühjahr gefroren sein. Er hatte vorgehabt, Josh eines Tages herzubringen, aber er war nie dazu gekommen, und jetzt war Eli dankbar dafür. Dies war einer der wenigen von Elis Lieblingsplätzen, mit dem keine Erinnerung an Josh verbunden war.

Eli setzte sich, den Rücken an einen der Bäume gelehnt, und beobachtete die wirbelnden Blätter. Sein Bein schmerzte, aber das war nichts Neues. Was ihn überraschte, war, dass sein Herz schmerzte, als ob das Gespräch mit Jack die Naht einer heilenden Wunde aufgerissen hätte.

Die Sache war die, er glaubte nicht, dass diese Wunde dabei war, zu heilen. Er vermisste Josh immer noch – vielleicht sogar mehr. Nicht nur den Sex, auch wenn der gut gewesen war. Aber die Gespräche. Die Ausritte, bei denen sie manchmal in vollkommenem Schweigen nebeneinander hergeritten waren, einem Schweigen, das nicht unbehaglich oder unangenehm gewesen war, sondern beruhigend. Den Kameradschaftsgeist der gemeinsamen Arbeit und der Stunden, in denen er Joshua geholfen hatte, seine halb vergessenen Reitkenntnisse aufzufrischen. Die Verbundenheit jener Momente, wenn Joshua, an den Zaun gelehnt, Eli dabei beobachtete, wie er mit einem Neuankömmling arbeitete, oder wenn sie Seite an Seite auf der obersten Zaunlatte hockten und Tucker dabei zusahen, wie er einer wilden Kreatur sanftere Manieren abschmeichelte. In den wenigen, kurzen Wochen, die sie zusammen gewesen waren, war Josh ein Teil der Melodie der Ranch geworden, gehörte ebenso dazu wie das Klimpern von Zaumzeug oder das Knarzen von Leder oder der Wind in den Bäumen oder das Murmeln des Wassers.

Tag für Tag hatte Eli das ignorieren können, während er arbeitete – und obwohl er sich noch schonen sollte, arbeitete er so hart er konnte, bis er abends ins Bett fiel und in einen erschöpften, wenn auch unruhigen Schlaf sank.

War er bereit, das hinter sich zu lassen? War Jack der richtige, um sich – wie nannte man das? – darüber hinwegzutrösten? Er mochte Jack, immer schon. Aber Jack sah ihn nicht mit dunklen Augen voller Traurigkeit an, lächelte ihn nicht mit jenem schwer fassbaren, zögerlichen Lächeln an, das Eli das Herz zusammenpresste.

Hatte nie unter einem eisigen Wasserfall getanzt, diese dunklen Augen auf Eli gerichtet. Hatte sich nie in Elis Bett zusammengerollt, den Kopf auf Elis Brust gebettet, als wäre Eli stark genug, jemanden zu verteidigen, der seine eigene Stärke wieder und wieder unter Beweis gestellt hatte.

Ja, Joshua hatte eine Frau getötet. Er hatte Eli gesagt, dass er die anderen Morde verarbeitet hatte, dass er damit ins Reine gekommen war, aber Eli hatte Zeit gehabt, über die ganze Sache nachzudenken, und er wusste, er *wusste* einfach, dass Josh über das Mädchen nicht hinweg war. Dass er nie über sie hinweg sein würde. Eli wusste nicht, warum er es getan hatte, aber einer Sache war er sich absolut sicher: Es war nicht Joshs Entscheidung gewesen. Er hatte das Mädchen nicht töten *wollen*. Die Tat verfolgte ihn. Sie war es, die jene endlosen Albträume verursachte, die Josh gehabt hatte – denn seitdem er es herausgefunden hatte, bescherte sie auch Eli Albträume.

Es hatte nicht lange gedauert, bis Eli auf den Trichter gekommen war, dass es Joshuas Schuldgefühle und seine Trauer waren, die ihn so zerbrechlich machten. Vielleicht waren sie der Grund gewesen, warum er heroinsüchtig geworden war – vielleicht hatte ihm die Droge geholfen, nichts mehr zu fühlen. Er erinnerte sich an seine eigenen Schuldgefühle, seine eigene Trauer, als er ein verletztes Pferd hatte erschießen müssen. Erinnerte sich an die Albträume, den Selbsthass – und dabei war das lediglich ein Gnadenakt gegenüber einem dummen Tier gewesen. Um wie viel schlimmer musste es für Josh gewesen sein, der in einer Situation gewesen war, in der er dies einem anderen Menschen hatte antun müssen – und zwar nicht aus Gnade, sondern aufgrund der Grausamkeit eines anderen Mannes?

Und er hatte sich von ihm abgewandt. Hatte ihn zurückgewiesen.

Eli vergrub sein Gesicht in den Händen.

„Guter Ort zum Nachdenken", sagte Tucker sanft. Eli hob den Kopf und sah ihn ein paar Schritte entfernt auf einem Baumstumpf sitzen. „Guter Ort auch zum Reden, wenn dir danach ist."

„Nur Nachdenken."

„Mphm", sagte Tucker.

Sie saßen eine Zeit lang schweigend da, jeder in seinen eigenen Gedanken versunken. Dann streckte Tucker seine Beine aus und sagte: „Weißt du, die Ranch hieß ursprünglich nicht Triple C. Mein Großvater hat sie umbenannt, nachdem er sie dem Mann abgekauft hatte, der hier Pleite gegangen ist. Ist damals in den 30ern häufiger vorgekommen – der Preis für Rindfleisch war extrem niedrig. Viele Rinderfarmen haben schließen müssen, und die Gegend hier ist eh nicht die Beste für Mastrinder. Ursprünglich hieß die Ranch Triple Creek Ranch, weil die drei Bäche hier so wichtig sind. Sie machen diesen Flecken Erde überhaupt erst bewohnbar. Nachdem Großvater die Ranch gekauft hatte, hat er sie vergrößert, sie entlang des Rio Galiano ausgedehnt, bis zu dem Stück Waldland, das dem Bundesstaat gehört, und das nur, damit er Kontrolle über das Wasser hatte." Er grinste. „Der Canyon war da nur ein unerwarteter Bonus – er wusste gar nicht, dass es den gab. Aber er ist dem Galiano stromaufwärts gefolgt, hat die Stelle gefunden, wo er sich das erste Mal teilt, und ist dann dem Seitenarm gefolgt, und so hat er ihn gefunden, den Canyon. Das bestgehütete Geheimnis in New Mexico, möcht' ich wetten."

„Es ist ein schöner Ort." Eli schloss die Augen, erinnerte sich an Joshua unter dem Wasserfall.

„Wasser hat ihn erschaffen. Wasser hat auch die Ranch erschaffen. Ohne Wasser wären wir alle nicht hier."

„Jepp."

„Aber's war nicht nur das Wasser."

„Wie meinst du das?"

Tucker streckte sich erneut. „Man braucht mehr als Wasser und ein Stück Land, um eine Ranch wie die Triple C zu erschaffen, Eli. Man braucht Hoffnung und Vertrauen und Mut und Liebe. Großvater ist ein großes Risiko eingegangen, Land wie das hier zu kaufen, um Pferde zu züchten, mitten im Nirgendwo, und das zu einer Zeit, als Pferde langsam anfingen, von Autos und der Eisenbahn verdrängt zu werden. Aber er hat an seinen Traum geglaubt, und Großmama hat an ihn geglaubt. Dasselbe mit meinen Eltern. Ich will hier jetzt nicht schnulzig werden oder so, aber ich bin der Ansicht, dass an jemanden zu glauben, einen großen Teil von Liebe ausmacht. Weißt du, an etwas außerhalb von dir selbst zu glauben."

„Geht es um Josh?"

„Natürlich geht's um Josh. Du bist die letzten paar Wochen rumgelaufen wie ein Zombie. Ich mein, okay, vielleicht quatsche ich auch dummes Zeug, aber mir scheint's, dass zusammengeschlagen worden zu sein nicht alles ist, das dir Schmerzen bereitet. Dass das, was dir wirklich wehtut, nicht die Knochen sind."

„Verdammt, Tucker." Eli vergrub sein Gesicht wieder in seinen Händen.

„Sohn, es ist doch nichts Verkehrtes dran, es zuzugeben, wenn man nach jemandem verrückt ist. Ich kenn' das, weiß Gott, nur zu gut."

Das ließ Elis Kopf hochfahren. „Was? Du?"

„Was, glaubst du denn, ich bin aus Stein, Sohn? Ich hab Gefühle wie jeder andere auch. Aber in meinem Fall bringt's nichts, drüber zu sprechen. Die Dame, an der mir liegt, ist nicht frei." Tucker zuckte mit den Schultern. „Ich bin eh zu alt für den ganzen Kram, Romantik und Liebesgeschichten und so. Aber du – du bist noch jung. Du hast noch genug Zeit, Fehler zu machen. Nur glaub ich nicht, dass das hier einer ist."

„Ich weiß nicht, was ich tun soll."

„Hast du mal versucht, ihn anzurufen?"

„Er geht nicht dran. Ich habe ihm SMS geschickt, E-Mails – nichts. Also hab ich aufgehört."

„Verflucht närrischer Junge", sagte Tucker, und Eli wusste, dass damit nicht er gemeint war. „Mir antwortet er flott genug. Wann hast du ihm das letzte Mal eine SMS geschickt?"

„Vor einer Woche."

„Was hast du gesagt?"

„Ich hab ihn nur gebeten, mich anzurufen. Und gesagt, dass ich mit ihm reden will."

„Na, das ist direkt genug. Verflucht närrischer Junge."

„Hast du seine Adresse? Ich schätze, der nächste Schritt ist, vor seiner Tür auf ihn zu warten."

Tucker sagte: „Er war in einem Hotel untergebracht, aber jetzt hat er eine Wohnung. Die Adresse hab ich noch nicht. Sobald ich sie hab, geb' ich sie dir. Ich weiß nicht, was ich sonst tun soll, außer ihn zusammenzustauchen, wenn ich ihn das nächste Mal sehe. Soll ich?"

„Nein." Eli schüttelte den Kopf. „Das ist eine Sache zwischen mir und Josh. Er war nicht besonders nett, nachdem du ihn dazu gebracht hast, mich in der Reha zu besuchen."

„Er war ja auch damals schon im Rückzug, quasi." Tucker stand auf und klopfte sich die Sitzfläche ab. „Gleich Zeit fürs Abendessen. Wir sollten besser reingehen, bevor Sarafina die Suchhunde ausschickt. Und wo ich grad davon spreche, wenn wir vom Canyon zurück sind und die Stuten untergebracht haben, werd' ich nach Miller fahren. Einer von Pacos Coonhounds hat einen Wurf Junge, und ich dachte mir, ich hol uns zwei davon für die Ranch."

„Gute Idee", sagte Eli. Er stand ebenfalls auf, ein wenig ungelenker und steifer als Tucker, aber er hatte ja auch länger auf dem Boden gesessen. „Schätze, ich sollte mich vorm Essen kurz frisch machen."

„Schätze, das solltest du." Tucker legte eine Hand auf Elis Schulter. „Gib Josh noch nicht auf, Sohn. Mein Gefühl sagt mir, dass wir ihn noch nicht zum letzten Mal gesehen haben. Ich bin ja der Meinung, dass er nichts weiter von dir braucht, als dass du ihn so annimmst, wie er ist, mit all seinen Fehlern und Macken."

„Macken sind ja eher dein Spezialgebiet", sagte Eli.

Tucker verpasste ihm einen leichten Schlag auf den Hinterkopf. „Du weißt, was ich meine. Ich seh dich beim Abendessen."

32

DER LEITER der FBI-Niederlassung in Albuquerque, Vasquez, überflog gerade Joshuas Bericht, als Joshua eintrat. Er blickte auf, lächelte kurz und bedeutete Joshua mit einer Geste, sich hinzusetzen, während er die losen Blätter wieder in den Hefter einsortierte. „Sie haben einen höchst interessanten Vorschlag eingereicht, Mr Chastain."

„Es macht Sinn." Joshua spreizte die Hände. „Ich habe den Hintergrund, die Erfahrung und einen Namen. Alles was wir tun müssen, ist, eine Geschichte zu erfinden, die erklärt, wieso ich hier bin, statt in Ohio im Gefängnis zu sitzen, und ich versichere Ihnen, wir haben einen Fuß in der Tür. Ja, es wird vermutlich ein paar Wochen dauern, bis sie mich akzeptieren, aber damit kann ich umgehen."

„Ich will nicht leugnen, dass wir jemanden mit Ihren … Talenten in der Quintana Organisation gut gebrauchen könnten. Ihre Arbeit mit Los Peligros in Chicago war beispielhaft, gewissermaßen. Ich gebe zu, dass meine erste Reaktion war, Ihrem Vorschlag zuzustimmen, aber …"

Joshua ballte die Fäuste um die Enden der Armlehnen. „Sie glauben nicht, dass ich es packen kann", sagte er knapp.

„Nein. Nachdem ich Ihren Bericht gelesen habe, habe ich Bill Robinson in Chicago kontaktiert. Er hat Sie uns überschwänglich empfohlen, aber er hat auch einige Dinge erwähnt, auf die sowohl Ihr Therapeut hier als auch die Ärzte in der Entziehungsklinik hingewiesen haben."

„Mein Therapeut?"

„Ja. Anders als in großen Städten wie Chicago, ist unser Budget hier nicht groß genug, um einen internen Psychologen zu bezahlen, und so arbeiten wir mit zivilen Experten zusammen, die dieselbe Sicherheitsprüfung durchlaufen haben wie jeder andere Angestellte des FBI auch. Ihr Dr. McBride ist einer davon. Sie haben uns die Ermächtigung erteilt, ihn zu kontaktieren, was ich heute Nachmittag getan habe. Sein Bericht stimmt mit Ihrer Krankenakte aus der Entziehungsklinik überein. Die Tatsache, dass Sie immer noch unter Albträumen leiden und dass weitere emotionale Komplikationen resultierend aus Ihrem letzten Einsatz bestehen, macht Sie für diesen Einsatz ungeeignet." Der Mann lächelte kläglich. „Ich bin nicht gerne der Überbringer der schlechten Nachricht. Ich weiß, dass Sie von diesem Projekt begeistert waren, aber ich kann es nicht riskieren."

„Mir geht es gut. Es ist nicht so, als ob ich zwangsläufig wieder heroinsüchtig werden würde. Und selbst, wenn ich einen Rückfall erleiden würde, denke ich, dass ich bewiesen habe, dass das meiner Arbeit keinen Abbruch tut." Joshua spürte, wie sich in seinem Nacken Schweißtropfen bildeten. „Dieser Einsatz wäre der Beweis, dass ich immer noch ein guter Agent bin, dass das FBI sich auf mich verlassen kann …"

„Das FBI verlässt sich auf Sie, Joshua, und wird dies auch in Zukunft tun. Sie sind ein ausgezeichneter Analyst. Aber Fakt ist, dass Sie noch nicht wieder für einen aktiven Einsatz bereit sind. Ihre PTBS ist ungelöst. Ihre Heroinsucht ist weniger als ein Jahr her, und Sie haben zugegeben, dass Sie immer noch Verlangen nach dem Rauschgift verspüren. Sie haben Albträume. Sie leiden unter schweren Schuldgefühlen bezüglich des Mordes an dem Santiago Mädchen. Ihre körperliche Gesundheit hat sich weit verbessert, aber Ihre Reaktionszeiten in einigen der Tests sind noch nicht wieder auf dem Level wie vor Ihrem Einsatz in Chicago. Und ich werde Sie nicht in eine Situation bringen, in der Ihre Gesundheit – sei es körperlich oder geistig – für die Operation von Nachteil ist. Andere Agenten werden auf Sie angewiesen sein. Glauben Sie wirklich, dass Sie der einzige Betroffene wären, sollten Sie scheitern?"

Vasquez beugte sich vor, legte die Fingerspitzen aneinander. „Ich bin nicht der Meinung, dass Sie das FBI für Ihren Suizid benutzen sollten, Joshua, und wenn ich Sie in Ihrem gegenwärtigen Zustand aussende, dann würde es genau darauf hinauslaufen. Sie sind weder geistig noch körperlich in der Verfassung, einen Einsatz wie den in Chicago zu bewältigen. Der einzige Grund, warum Robinson Sie nicht schon Monate vor dem Ende zurückgerufen hat, war der, dass Sie so tief eingebettet waren. Es gab andere Agenten, deren Sicherheit von Ihnen abhing, und Sie sind mit der Situation klargekommen. Aber er hat mir gegenüber heute Nachmittag zugegeben, dass er nicht erwartet hat, dass Sie es lebendig überstehen würden."

Joshua fühlte sich wie betäubt. Er starrte den anderen Mann an, aber er sah Bill Robinson vor sich, das Gesicht weiß und angespannt, als er Joshua in Handschellen aus der Polizeiwache führte, in die man ihn gebracht hatte. Robinson hatte sich erst wieder entspannt, als sie im Auto saßen und losgefahren waren; dann hatte er gute fünfzehn Minuten lang zitternd dagesessen. Und erst danach war er in der Lage gewesen, mit Joshua zu sprechen und ihm zu erklären, wo sie hinfuhren. „Hat er nicht." Es war keine Frage.

„Nein. Und er war ziemlich erschüttert bei dem Gedanken, dass Sie wieder in eine ähnliche Situation gelangen könnten. Wir sind keine Feiglinge, Joshua. Wir setzen unsere Leute Gefahren aus – das gehört dazu. Aber wir sind immer, *immer* darauf bedacht, es auf eine Art und Weise zu tun, die zum bestmöglichen Ergebnis führt, und zwar so, dass soweit als möglich der Zweck die Mittel heiligt. Ja, es wäre hilfreich, jemanden in der Position zu haben, die Sie uns vorschlagen. Aber Sie sind nicht die richtige Person. Jetzt nicht. Vielleicht nie mehr, aber definitiv nicht jetzt."

„Und was passiert jetzt?"

„Wir brauchen Sie immer noch als Analysten. Wenn Sie das Gefühl haben, dass Sie nicht mit uns arbeiten können, dann ist das Ihre Entscheidung. Ich weiß, dass Sie nicht sehr begeistert davon sind, am Schreibtisch zu arbeiten, aber da können Sie meiner Meinung nach die besten Resultate erzielen. Ihr Einsatz in Chicago war ein großartiger Erfolg, daran besteht kein Zweifel. Aber es sind Menschen gestorben, die nicht hätten sterben sollen, und was der Einsatz Ihnen angetan hat …" Vasquez schüttelte den Kopf. „Ich weiß nicht, was ich dazu sagen soll. Ich spreche hier nicht als Leiter einer FBI Niederlassung, ich spreche als Mensch. Ich möchte, dass Sie als Analyst bleiben. Aber Sie sollten wissen, dass ich Sie für die absehbare Zukunft nicht ins Feld schicken werde. Die Entscheidung liegt bei Ihnen."

Joshua ließ die Worte einsinken und versuchte, herauszufinden, was er fühlte, aber Vasquez war noch nicht fertig. Als er weitersprach, war seine Stimme hart und streng. „Die andere Sache, die Bill Robinson erwähnt und die Dr. McBride bestätigt hat, ist, dass Sie ein eigenständiger Denker sind. Das ist gut – aber sollten Sie auch nur auf den *Gedanken* kommen, die Sache selbst in die Hand zu nehmen, werde ich Ihnen persönlich in den Hintern treten. Sie werden sich nicht in diese Operation einmischen, in keinster Weise, solange *ich* Ihnen nicht den Befehl dazu gebe, und dann auch nur in dem Umfang, wie es meinem Befehl entspricht. *Comprendéis, muchacho?*"

„*Comprendo*", bestätigte Joshua.

Es war nicht so, als ob er nicht darüber nachgedacht hätte. Selbst während Vasquez gesprochen hatte, war er im Geiste seine Möglichkeiten durchgegangen. Aber der Tonfall, mit dem Vasquez diese Aussage machte, hatte in ihm eine Saite zum Klingen gebracht, und er zögerte, fragte sich, warum die Stimme so vertraut geklungen hatte …

Und dann erinnerte er sich an Elis Stimme, genauso hart und streng, wie Vasquez' es gewesen war – „*Gehe niemals von mir weg, wenn ich noch nicht fertig bin mit dir, Josh.* " – und ihm wurde klar, dass er genau das wollte. Er brauchte diese Strenge. Brauchte das Gefühl, dass jemand auf ihn acht gab. Jemand, bei dem er sich darauf verlassen konnte, dass er ihn im Zaum halten würde, wenn er das brauchte. Vasquez war nur sein Chef. Aber Eli …

Eli war sein *alles.*

„Wir werden dies nicht außer Acht lassen." Vasquez legte seine Hand auf die Aktenmappe, die Joshua ihm gebracht hatte. „Die Informationen sind gut, und wir werden sie benutzen. Und auch alles andere, das Sie uns geben können. Wir schätzen Ihre Kompetenz nicht gering, Joshua. Sie sind ein wertvolles Mitglied unseres Teams. Aber wie alle von uns haben Sie Ihre Grenzen."

„Ja, Sir."

„Gehen Sie wieder an die Arbeit, Joshua. Und denken Sie darüber nach, was Sie sich von Ihrer Arbeit hier erhoffen, in Ordnung?"

„Sir." Joshua nickte und stand auf.

Er hatte eine Menge, über das er nachdenken musste.

33

SELBST MIT der Schiene am linken Arm gelang es Eli, eines der Fohlen mit dem Lasso einzufangen, als es aus dem Canyon herausgestürmt kam. Jesse schlang ein zweites Lasso um eines der Hinterbeine des Fohlens, und gemeinsam verfrachteten sie es in den Anhänger. Ramon und Dennis erwischten das zweite Fohlen. Sie taten Eli leid – sie hatten offensichtlich panische Angst, und ihre jämmerlichen Schreie waren herzzerreißend. Aber das brachte ihre Mamas in die Nähe des Anhängers, sodass sie, als Dennis ganz langsam losfuhr, Schritt halten konnten, und der Rest der Herde folgte ihnen. Alles, was die Cowboys tun mussten, war, hinter und neben den Stuten her zu reiten und sie davon abzuhalten, auszuscheren.

Eli fuhr mit Dennis im Truck. Er war auf dem Weg der Besserung, aber sein Bein machte ihm noch immer Probleme, wenn er zu lange im Sattel saß. Er konnte sich schwarz darüber ärgern, aber die Physiotherapeutin hatte ihm versichert, dass, wenn er die Übungen, die sie ihm gezeigt hatte, regelmäßig machte, die Schmerzen nachlassen würden.

„Alles gut bei dir?", fragte Dennis.

„Jepp."

„Tuck sagte, dass du vielleicht Probleme damit haben könntest, so lange im Wagen zu sitzen."

„Tuck ist ein altes Weib. Sicher, die Sache wär' für uns beide sehr viel angenehmer, wenn er die Stoßdämpfer in dem Teil reparieren lassen würde."

Dennis lachte. „Ja, absolut. Sie sind vorgemerkt – bisher war's nur noch nicht schlimm genug, sich Sorgen drum zu machen." Nach ein paar Minuten relativer Stille – die Fohlen wieherten immer noch, und ihre Mütter antworteten ihnen ängstlich – fügte er hinzu: „Hast du dieser Tage noch Kontakt zu Tucks Neffen?"

„Nein", sagte Eli kurz angebunden.

Klugerweise sagte Dennis nichts darauf. Eli wandte den Blick wieder aus dem Fenster, beobachtete im Außenspiegel die Reiter, die den Stuten folgten.

Darum sah er auch als Erster, wie Tucker, der neben dem Transporter her geritten war, plötzlich im Sattel zusammensackte. „Stopp!", bellte er Dennis an und war aus dem Truck, bevor der angehalten hatte. Er rannte zu Tuck, der sein Pferd gezügelt hatte, und ergriff den Arm des Ranchers. „Tuck!"

„Ich bin okay", sagte Tuck durch zusammengebissene Zähne; seine freie Hand umklammerte das Sattelhorn. „Mir war nur ein bisschen komisch für einen Moment."

„Du bist käseweiß. Scheiße, Tucker, hast du einen Herzinfarkt?"

„Nein, nein. Ich glaub, ich hab heute Morgen was gegessen, das mir nicht bekommen ist."

„Du hast dasselbe gegessen wie sonst auch immer."

„Vielleicht die Hitze."

„So heiß ist es auch nicht."

„Himmel Herrgott, Eli, du würdest noch mit dem Teufel diskutieren, wenn du die Gelegenheit dazu hättest. Ich fühl mich einfach nicht ganz gut, okay? Keine Diskussion. Ich hab keine Schmerzen in der Brust, ich hab keine Schmerzen im Arm, mir ist nur schlecht. Vielleicht bekomm' ich eine Grippe."

„Steig in den Truck. Du fährst mit Dennis. Ich reite Mary Sue. Wir haben schon mehr als die Hälfte des Weges zur Ranch hinter uns."

„Ich kann reiten …"

„Du fällst fast vom Pferd, Tucker!"

„Himmel, bist du ein Diktator. Kein Wunder, dass Josh davongelaufen ist."

Eli sah mit großen Augen zu seinem Boss hinauf, geschockt von der Bemerkung. War es das gewesen? War er so diktatorisch und herrschsüchtig, so starrsinnig und rechthaberisch gewesen, dass Josh das Gefühl gehabt hatte, fliehen zu müssen? Etwas in seinem Gesichtsausdruck musste zu Tuck durchgedrungen sein, denn trotz seiner Beschwerden sagte er schnell: „Scheiße, Junge, das hab ich nicht gemeint. Ich hab keine Ahnung, was in seinem Kopf vorgegangen ist. Scheiße. Tut mir leid." Er beugte sich vor und rutschte vom Pferd. „Hier. Brauchst du Hilfe beim Aufsteigen?"

„Der Tag, an dem ich Hilfe brauche, um auf ein Pferd zu kommen, ist der Tag, an dem du mich in den Ruhestand versetzt. Steig in den verdammten Wagen, Tucker." Eli schwang sich in den Sattel und ritt hinter ihm her, als Tucker mit unsicheren Schritten zum Truck ging und einstieg. Durch das offene Fenster sagte Eli zu Dennis: „Stell die Klimaanlage an und fahr so schnell es die Stoßdämpfer zulassen. Wir kommen schon mit."

„Was ist los?", fragte Dennis besorgt.

„Tuck geht's nicht gut, ich glaube, er hatte einen –"

„Ich hab keinen Herzinfarkt!", brüllte Tucker.

„WIR NENNEN das einen Nicht-ST-Hebungsinfarkt", sagte Jack.

Tucker drehte sich um und sah Eli wütend an. „Ich *hab* dir *gesagt*, dass ich keinen Herzinfarkt hab."

„Genau genommen", Jacks Stimme war belustigt, „hast du genau das gehabt. Einen sehr leichten, was dein Glück war. Wir werden trotzdem noch einige Untersuchungen machen müssen, aber die Tatsache, dass auf dem EKG keine Beeinträchtigungen zu sehen sind, ist ein gutes Zeichen."

„Woher weißt du dann, dass es so ein nicht hebendes Dingsbums war?"

217

„Nicht-ST-Hebungsinfarkt. Es gibt bestimmte Stoffe, die als Nachweis für diesen Typ Infarkt gelten, die bei einer Blutuntersuchung nachgewiesen werden können, und genau die haben wir bei dir gefunden. Wir werden ein Echokardiogramm machen – eine Ultraschalluntersuchung deines Herzens –, und das sollte uns Auskunft darüber geben, wo die Beeinträchtigung ist und wie stark sie ist. Aber die Tatsache, dass du dich so kurz nach dem Anfall schon wieder besser fühlst, sagt mir, dass die Beeinträchtigung vermutlich minimal sein wird. Was nicht bedeutet", Jack sah Tucker streng an, „dass *du* so glimpflich davonkommst."

Tucker zupfte gereizt an dem Krankenhaushemd herum, das er trug. „Ja, ja. Wie bald kann ich hier raus?"

„Wahrscheinlich erst morgen. Wir müssen noch ein paar Untersuchungen machen, und ich möchte dich zur Überwachung hierbehalten, um sicher zu stellen, dass du nicht vorhast, noch einen zu haben." Jack sah Eli an. „Wie hast du es überhaupt geschafft, diesen sturen Bock ins Krankenhaus zu bringen?"

„Er hat gemogelt."

Eli grinste. „Bin vorgeritten und hab Sarafina Bescheid gesagt. Als Dennis mit Tuck im Wagen ankam, hatte sie den Forester schon laufen. Tuck hatte keine Chance. Ich bin ihr mit meinem Wagen gefolgt."

„Sie hat den ganzen Weg in die Stadt nur gemeckert", murmelte Tucker.

„Ist sie noch hier?"

„Nein, nachdem sie Tuck zu den Untersuchungen mitgenommen und ihr versichert haben, dass er nicht sofort sterben würde, ist sie zur Ranch zurückgefahren. Sie kann nicht gut warten, unsere Sara, also hat sie mir aufgetragen, hier zu bleiben, und gesagt, dass sie nach Hause fahren und den Männern sagen würde, was los ist. Schätze, sie hat vor zu backen – das tut sie immer, wenn sie beunruhigt oder ärgerlich ist."

„Nun, angesichts der Tatsache, dass du von jetzt an auf deine Ernährung wirst achten müssen, ist es schade, dass Sarafina schon weg ist. Sie wird neu kochen lernen müssen."

„Mit meiner Ernährung ist alles in Ordnung."

„Er isst jeden Morgen Eier und Speck zum Frühstück."

„Verräter!"

Jack verdrehte die Augen. „Nun, *das* wird sich ändern müssen."

Die Krankenschwester kam herein, begleitet von einem muskelbepackten Krankenpfleger. „Sie erwarten ihn im Ultraschall", sagte sie zu Jack. Jack nickte und drängte Eli aus dem Zimmer, um Platz zu machen für Tuckers Krankenbett. Tucker warf Eli einen finsteren Blick zu, als er an ihm vorbeigeschoben wurde.

Eli grinste ihn lediglich an, aber kaum war das Krankenbett den Flur hinunter verschwunden, da sackte er gegen die Wand und rieb sich müde übers Gesicht. „Ist er wirklich in Ordnung?", fragte er Jack.

„Nun, er ist in guter körperlicher Verfassung, hat viel Bewegung und kein Diabetes oder dergleichen, und wenn er seine Ernährung anpasst und Stress meidet, dann ja. Ein gewisser Risikofaktor wird bleiben, sicher, aber er hat viele Punkte auf seiner Seite. Raucht er noch?"

„Nein. Er hat aufgehört, als Sarafina mit Jesse als Baby zurückgekommen ist – sagte, er wollte dem Baby nicht die Lungen kaputt machen."

„Dann ist das ein weiterer Punkt zu seinen Gunsten. Hat er in letzter Zeit unter Stress gelitten?"

„Ja. Teilweise ist das meine Schuld – weil ich so verletzt worden bin …"

„Ja, weil du dich mit Absicht hast zusammenschlagen lassen. Weiter."

„Und er macht sich Sorgen wegen Joshua. Ich weiß, dass er mit der Bank im Gespräch ist wegen des Kredits, um den Rest der Rocking J auch zu kaufen. Geld stresst ihn immer."

„Hm. Nun, er soll es ruhig angehen lassen mit derlei Dingen. Ich dachte, Joshua sollte ihm bei dem geschäftlichen Teil helfen."

„Er hat die Ranch vor ein paar Wochen verlassen. Tuck sagt, er ist wieder beim FBI."

Etwas an seiner Stimme oder seinen Worten erregte Jacks Aufmerksamkeit. „‚Tuck sagt'?", wiederholte Jack. „Du weißt es nicht?"

Eli schüttelte den Kopf. „Er beantwortet weder meine SMS noch meine E-Mails, und ans Handy geht er auch nicht", gab er zu. „Ich denke … verdammt, ich hab aufgegeben. Wenn er mit mir reden will, er hat meine Nummer."

„Ah", sagte Jack. „Deshalb hast du meine Einladung zum Abendessen angenommen."

„Nein, ich … Scheiße. Ja. Vermutlich. Ich meine … verdammt, Jack. Ich mag dich. Es ist nur …"

„Joshua. Ja", sagte Jack kläglich. „Es war mir aufgefallen, als er hier im Krankenhaus war." Er legte eine Hand auf Elis Schulter und sah ihn eindringlich an. „Sag mir nur eins, Eli – wenn es mit Joshua wirklich nicht funktioniert, gibt es dann eine Chance für mich?"

Eli seufzte und bedeckte Jacks Hand mit seiner. „Ich weiß nicht", sagte er. „Ich weiß einfach nicht."

„SIE HABEN ihn in die Kardiologie verlegt", sagte die Frau am Empfang, „aber laut Computer ist er beim Ultraschall. Wenn Sie in Mr Chastains Zimmer warten wollen, es ist Nummer 457. Doktor Castellano ist mit rauf in die kardiologische Intensivstation gegangen, um mit dem behandelnden Arzt zu sprechen, und ich kann nicht sehen, dass er sich wieder in der Notaufnahme eingeloggt hat, von daher nehme ich an, dass Sie ihn oben noch antreffen können. Die Aufzüge für diese Etage sind direkt hier um die Ecke."

„Danke", sagte Joshua knapp und schaffte es nur mit Mühe, nicht zu den Aufzügen zu rennen. Er war außer sich und schwebte in tausend Ängsten, seit

Sarafina ihn angerufen hatte, um ihm zu sagen, dass Tucker im Krankenhaus war, und die zweistündige Fahrt von Albuquerque hierher war die Hölle gewesen.

Er war im Büro gewesen, in Gedanken noch ganz bei dem Gespräch mit Vasquez, und wäre beinahe nicht ans Handy gegangen. Er hatte zuerst aufs Display geschaut, natürlich halb in der Erwartung, Elis Nummer zu sehen – obwohl Eli seit gut einer Woche nicht mehr versucht hatte, ihn anzurufen – und war überrascht gewesen, die Festnetznummer der Ranch zu sehen. Sein Onkel rief ihn immer von seinem Handy aus an. Als Sarafina sich mit einem kurz angebundenen „Hallo" gemeldet hatte, war ihm das Herz in die Hosen gerutscht; als sie ihm gesagt hatte, dass sein Onkel mit Verdacht auf Herzinfarkt im Krankenhaus war, schien Joshuas eigenes Herz stillzustehen.

Vasquez hatte ihm bereitwillig gestattet, zu gehen; hatte ihm genau genommen sogar befohlen, sich ein paar Tage freizunehmen, sodass er sich um die Angelegenheit kümmern konnte, und auch, um darüber nachzudenken, was er eigentlich wollte. Joshua hatte ihn kaum gehört. Er war sich sicher, dass er auf dem Weg hierher mindestens einmal die Schallmauer durchbrochen hatte, aber die Straße war ihm dennoch unendlich lang vorgekommen.

So lang wie diese Aufzugfahrt.

Endlich ertönte das Signal, das die Ankunft auf der vierten Etage verkündete, und die Türen gingen auf. Joshua fand das Hinweisschild, das ihm sagte, in welcher Richtung Zimmer 457 war, und machte sich auf den Weg.

Er bog um eine Ecke und blieb stehen.

Eli lehnte ein paar Schritte entfernt an der Wand, die Augen geschlossen. Jack Castellano stand für Joshuas Geschmack viel zu nahe neben ihm, eine Hand auf Elis Schulter. Elis Hand bedeckte Jacks. „Ich weiß einfach nicht", sagte Eli mit heiserer Stimme.

„Eli", begann Jack, dann schien er Joshua aus dem Augenwinkel heraus zu bemerken. Er lächelte Joshua schief an. „Joshua ist hier."

Elis Kopf fuhr herum, und die Erleichterung und Freude auf seinem Gesicht ließen Joshuas Herz erneut stillstehen. „Oh, Gott sei Dank", sagte er und schüttelte Jacks Hand ab, stolperte auf Joshua zu und umarmte ihn fest. Joshua sah verwirrt zu Jack, aber Jack lächelte nur und schüttelte den Kopf. „Ihrem Onkel geht es gut", sagte der Arzt. „Ich glaube, Eli ist einfach ein wenig überstrapaziert."

Aber Joshua hörte nicht mehr zu. Er legte die Arme um Eli, spürte die festen, vertrauten Muskeln in seinem Rücken, senkte den Kopf und legte seine Wange auf Elis Schulter.

Gott, es fühlte sich so gut an. Wie nach einer unendlich langen Wanderung wieder im eigenen Bett zu liegen.

Joshua murmelte an Elis Ohr: „Du hast seine Hand gehalten."

Eli stieß ein raues Lachen aus, das mehr als nur ein bisschen feucht klang. „Ich hab versucht, sie loszumachen."

Jack lachte, dann sagte er: „Ich gehe wieder runter in die Notaufnahme. Rufen Sie mich an, wenn Sie Fragen haben, Joshua."

„Ja", sagte Joshua und atmete Elis Duft tief ein. „Sicher."

Sie hielten einander eine Zeit lang umschlungen, hielten sich gegenseitig auf den Beinen, dann hob Eli den Kopf und umfasste Joshuas Gesicht mit beiden Händen. Die Schiene an seiner linken Hand stieß gegen Joshuas Kiefer. „Warum bist du nie ans Handy gegangen oder hast meine SMS beantwortet, du elender kleiner Dreckskerl?"

„Ich weiß nicht. Warte. Doch. Ich weiß." Joshua schloss die Augen. „Ich hatte Angst. Ich hatte Angst, du würdest etwas sagen, das mich dazu bringen würde, zurückzukommen. Ich habe die SMS alle gelöscht, ohne sie zu lesen, und die E-Mails sind auch alle noch ungelesen im Posteingang. Ich konnte nicht … Ich hätte nicht Nein sagen können, wenn du mich darum gebeten hättest, also habe ich dir die Möglichkeit dazu erst gar nicht gegeben."

„Ich bitte dich jetzt. Ich möchte, dass du nach Hause kommst, Joshua. Du hättest nie weggehen sollen."

„Weil es meine Schuld ist, dass Uncatuck hier ist."

„Nein, du verflucht närrischer Junge, weil die Ranch ohne dich nicht dieselbe ist. Weil *ich* ohne dich nicht derselbe bin. Verdammt, Josh – ich liebe dich. Ich liebe dich und möchte, dass du bei mir bleibst. Es ist mir egal, dass du das Mädchen umgebracht hast – ich weiß, dass du in einer untragbaren Situation warst …"

„Ich …"

„Nein, warte. Lass mich ausreden. Ich muss das sagen." Eli atmete tief durch. „Ich weiß, dass du es tun musstest, und wenn ich nicht so geschockt gewesen wäre, als du's mir gesagt hast, dann hätte ich es besser gewusst, als schlecht von dir zu denken. Nein, sei still, ich bin noch nicht fertig. Lass mich ausreden. Als du im September hergekommen bist, hast du mich an eins der geretteten Pferde erinnert –"

„Ich habe ausgesehen wie ein Pferd?"

„– und da wusste ich, dass du ziemlich üble Dinge mitgemacht hast. Aber dann ist es dir so schnell so viel besser gegangen, dass ich das wohl komplett vergessen habe, schätze ich, und als du diese Bombe hast platzen lassen, hab ich falsch reagiert. Aber Fakt ist, du hast getan, was du tun musstest, für das, was du getan hast, und es ist furchtbar und eine Tragödie, dass sie so zwischen die Fronten geraten ist, aber ich *kenne dich*. Ich weiß, dass du so was nie tun würdest, wenn du's nicht absolut tun müsstest, wenn sie dir keine andere Wahl gelassen hätten. Himmel, *mijo*, ich liebe dich. Ich hätte nicht so über dich urteilen sollen – das hast du nicht verdient. Und es tut mir leid. Ich brauche dich einfach wieder hier, bei mir, als Teil meines Lebens. Ich wäre zu dir gekommen, wenn ich auch nur die geringste Ahnung gehabt hätte, wo du wohnst, aber du hast ihm nie deine Adresse gegeben. Ich musste warten, bis du mir antwortest, und *du hast mir nicht geantwortet*." Der Satz war wie ein Aufschrei des Schmerzes. „Gott, *mijo*. Du hast mir nicht geantwortet, und ich musste es dir sagen. Ich war drauf und dran, das verdammte FBI in Albuquerque zu suchen und mich in ihre Lobby zu setzen und einfach zu *warten*, bis du kommst. Ich hatte es vor zu tun, wenn wir vom Roundup zurück waren. Wollte einfach reinmarschieren und in ihrer Lobby warten, bis du durch die Tür kommst, und dich dort festnageln."

„Es ist gut, dass du das nicht getan hast", sagte Joshua ernst. „Diese Stühle sind verflucht unbequem."

Eli blinzelte ihn an. Joshua ließ ein sanftes Lächeln um seine Mundwinkel ziehen, und er küsste Eli, nur eine leichte, kurze Berührung seiner Lippen. Dann sagte er: „Ich habe sie nicht getötet."

Eli sah verdutzt in Joshuas Gesicht, dann sagte er: „Wie war das?"

„Ich sagte, ich habe sie nicht getötet. Ich habe sie im Stich gelassen, ich habe zugelassen, dass sie stirbt, aber ich habe Lina Santiago nicht erschossen. Das hat ein anderer von 'Chete Montenegros Gorillas getan, ein Typ namens Roberto Matamoros."

„Ich kapier's nicht. Was – warum hat es dich dann so mitgenommen?"

Joshua hob seine Hände und zog Elis sanft von seinem Gesicht weg. „Ich habe es nicht verhindert. Sie war eine Frau, sie war schwanger, und vielleicht hätte ich es verhindern können, hätte sie retten können. Aber ich habe es nicht. Ich hatte nicht den Mut, es zu versuchen. Ich habe nur daran gedacht, dass, wenn ich getötet werden würde, der Einsatz fehlgeschlagen wäre. Ich hätte achtzehn Monate verdeckter Ermittlungen verschwendet. Ich habe bis zum letzten Augenblick gehofft, dass 'Chete es nicht bis zum Ende durchzieht, dass jemand anderes ihn aufhalten würde … Verdammt, Eli. Ich war so ein *Feigling*."

„Aber du bist gegangen. Deswegen. Du bist weggegangen. Du hast mich verlassen. Warum hast du mir nicht einfach die Wahrheit gesagt? Guter Gott, Josh, du hast mich deswegen *verlassen* – und es *stimmte* nicht mal?"

„Ich habe dich nicht deswegen verlassen. Ich habe dich verlassen, bin gegangen, wegen dem, was es aus mir gemacht hat. Ich bin …" Joshua schluckte, versuchte, die Worte an dem riesigen Klumpen in seiner Kehle vorbei zu drücken. „Ich bin ein Junkie, Eli, und ein Feigling, und auch wenn die Leute, die ich getötet habe, es vermutlich verdient hatten, war es trotzdem ich, der sie getötet hat. Du – du bist ein verfluchter Heiliger, weißt du das? Du bist so verdammt *gut*. Du verdienst es nicht, dir so was wie mich aufzuhalsen."

Es hätte ihn nicht überraschen sollen, aber er war dennoch überrascht, als Eli seinen Nacken packte und ihn fest schüttelte. „Du verflucht närrischer *Idiot*!", fauchte er. „Ich bin ein erwachsener Mann, und ich weiß verdammt noch mal sehr wohl, was ich verdient habe und was nicht. Himmel, Josh – du brauchst einen verfluchten *Hüter*. Und ich bin genau der richtige Mann für diesen Job. Also entscheide dich jetzt sofort, ob du dem Besten, das dir je passiert ist, den Rücken kehren willst, oder ob du bleiben wirst, wo du verflucht noch mal hingehörst – bei *mir*."

„Keine Frage", sagte Joshua und senkte den Kopf, bis er die Stirn auf Elis Schulter legen konnte.

Elis Hand strich über Joshuas Hinterkopf. „Ich versuch grad rauszufinden, auf welchem Planeten du offenbar glaubst zu leben, auf dem ich ein Heiliger bin. Ich bin kein Heiliger, Junge. Ich bin nur klug genug, meine Grenzen zu kennen. Und zu wissen, was ich will. Und was ich will, bist du." Er vergrub seine Finger in Joshuas Haar und zog seinen Kopf zurück, sodass er ihm in die Augen schauen musste. „Du gehörst mir, Joshua Chastain. Ich glaube, das habe ich dir schon mal gesagt, aber du hast nicht zugehört. Also hör jetzt genau zu. Was immer du tust, wo immer du hingehst, erinnere dich daran. Du bist mein."

„Ja", sagte Joshua, und in der einen Silbe spürte er all die Sicherheit und die Zufriedenheit, nach der er sich so lange gesehnt hatte.

Eli küsste ihn, zuerst sanft, dann mit einem wachsenden Hunger, der Joshua gleichzeitig erregte und beruhigte. Joshuas Faust ballte sich in Elis Hemd, und er hörte das leise Knack, als ein Druckknopf aufsprang. Mit einem Knurren tief in der Kehle zog er fester und wurde mit einer Öffnung belohnt, die groß genug war, dass er seine Hand hineinschieben und Elis Unterhemd hochziehen konnte. „Himmel, *mijo*", stöhnte Eli und hob den Kopf. Seine Lippen waren von Joshuas Küssen geschwollen, und seine Augen brannten. „Wir sind mitten auf dem Flur ..."

„Wo ist Tucks Zimmer?"

„Hier ..."

Joshua packte Elis Hand und zog ihn in das Zimmer hinein, schloss die Tür und drängte Eli dagegen, dann lehnte er sich vor und küsste ihn erneut. Einen Augenblick später hob er den Kopf, aber nur, um Eli Hemd und Unterhemd über den Kopf zu ziehen, dann verschmolzen ihre Lippen erneut und er ließ seine Hände über Elis Bauch zu seiner Gürtelschnalle gleiten.

„Brr, langsam", sagte Eli. „Moment."

„Was?", keuchte Joshua. Elis Hände legten sich über seine, hielten sie still.

„Das ..." Eli lächelte. „Das ist gut. Aber *so*." Er riss Joshua mit einem Ruck herum und stieß ihn gegen die Tür, drängte sich an ihn und schob ein Knie zwischen Joshuas Beine und legte eine Hand um Joshuas Nacken. „Ich warte schon eine ganze Weile darauf, dass du wieder zur Vernunft kommst, und ich bin fertig mit Warten, *comprendes, chico*? Also ..." Er packte die Aufschläge von Joshuas Anzugjacke und zog sie ihm über die Schultern, fesselte so effektiv seine Arme. Dann tat er das Gleiche mit Joshuas weißem Hemd, sodass die Knöpfe durchs ganze Zimmer flogen. „Als du in Miller aus dem Bus gestiegen bist", sagte er mit tiefer Stimme, deren Glut Joshua erschauern ließ, „hab ich erwartet, dass du aussiehst wie ein FBI Agent aus dem Fernsehen, Anzug und alles, Sonnenbrille, ein richtiger Man in Black. Aber weißt du was? Ich glaub, so gefällst du mir am besten." Er fuhr mit der Hand über Joshuas Brust, dann lehnte er sich vor und flüsterte: „Zerrauft, benommen und geil auf mich. Gefällt dir das, Josh?"

„Ja", flüsterte Joshua zurück.

„Gut." Eli öffnete seine Gürtelschnalle und die Knöpfe und den Reißverschluss an Joshuas schwarzer Hose, dann drehte er ihn um, sodass er mit dem Gesicht zur Tür stand, zog Joshua die Hose bis zu den Knien herunter und befreite ihn von Jackett und Hemd. „Beug dich vor für mich", murmelte er, und Joshua gehorchte, stützte sich mit seinen befreiten Händen an der Krankenzimmertür ab.

Es war kühl im Zimmer, und ein leichter Luftzug strich über Joshuas nackten Hintern. „Eli?", sagte er rau.

„Ganz ruhig", sagte Eli mit einem leisen Lachen, dann umfassten seine Hände Joshuas Pobacken, strichen über die Haut, glitten tiefer; ein Hauch des Geruchs von Gleitcreme stieg Joshua in die Nase. Elis Mund berührte ihn, warm und zärtlich, in der Kurve über seinem Gesäß. „Du brauchst noch ein Tattoo", sagte er, und die Worte vibrierten auf Joshuas Haut.

„Ja?"

„Oh ja. Genau hier. Eins von diesen Arschgeweihen. Mit dem Schriftzug: Eigentum von Eli Kelly." Seine Zunge glitt zwischen Joshuas Gesäßbacken, und dann tiefer, reizte Joshuas Öffnung. Joshua stöhnte und lehnte sich gegen die Tür und erlaubte es sich, sich zu entspannen. „Genau so", sagte Eli zustimmend, und Joshua spürte, wie seine Finger ihn streichelten, über ihn glitten und in ihn hinein.

Joshua seufzte und erbebte vor Wonne. Als er das stumpfere, schwerere Gewicht von Elis Schwanz spürte, verlagerte er erneut das Gewicht, spreizte die Beine so gut er es mit dem Knäuel Stoff um seine Knie konnte. Eli drang mit einem festen, gleichmäßigen, unaufhaltsamen Stoß ein, und als seine Hüfte gegen Joshs Hintern drückte, stieß er einen langen, tiefen Seufzer der Zufriedenheit aus, den Joshua erwiderte.

Eli drückte einen Kuss auf Joshuas Schulter, dann begann er, sich zu bewegen.

Joshua kreuzte die Arme, stützte sie gegen die Tür und legte seine Stirn darauf. Elis Hände glitten von seinen Hüften zu seiner Taille, um ihn herum, eine Hand strich über seine Brust, die andere glitt hinunter und umfasste Joshuas Schwanz. Eli flüsterte in Joshuas Ohr: „Verlass mich nicht, Joshua." Seine Stimme brach.

Joshua löste eine Hand und legte sie auf Elis auf seiner Brust, drückte sie fest gegen sein Herz. „Nie wieder", sagte er. „Nie wieder. Wenn ich dein bin, Elian Kelly, dann bist du genauso sehr mein."

„Ich hatte einfach Angst, dass du mich in der Stadt vergessen würdest, dass du wieder der werden würdest, der du gewesen bist, und mich ganz vergisst."

Joshua stieß ein raues Lachen aus. „Weißt du es denn nicht? Ich vergesse nie etwas." Seine Stimme wurde weicher. „Und am allerwenigsten dich."

„HIER DRINNEN stinkt's."

Eli lachte, während er Joshua sein Hemd hinhielt. „Tja, was soll ich sagen. Bist du okay?"

„Prima. Ich glaub es nicht, dass du Gleitcreme und Kondome in der Tasche hattest. Hattest du Pläne für Castellano?" Joshua schlüpfte in sein Hemd, dann stellte er fest, dass es keine Knöpfe mehr hatte. Er zuckte mit den Schultern, zog sich das Jackett darüber und knöpfte es über der Brust zu.

„Nee. Ich hatte die noch in der Tasche von vor zwei Monaten. Ich hatte die Jacke hier an, als wir zum Canyon geritten sind."

Joshua warf ihm einen Blick zu und entdeckte ein sentimentales Lächeln auf Elis Gesicht. „Kommt mir länger vor als zwei Monate."

„Mphm." Eli öffnete die Tür und spähte in den Flur hinaus, dann stieß er die Tür weit auf, um das Zimmer zu lüften. Joshua störte der Geruch von Sperma nicht, aber jeder, der das Zimmer betrat, würde sofort wissen, was sie dort getrieben hatten. Das Zimmer hatte ein eigenes Bad, und so hatten sie sich waschen können, aber der Geruch war noch nicht ganz verflogen. „Gott, ich bin Krankenhäuser leid", sagte Eli. „Erst du, dann ich, jetzt Tuck. Ich dachte, nachdem ich vom Rodeo weg war, würd ich nie wieder eins von innen sehen."

„Na, hoffentlich war das jetzt das letzte Mal."

„Aller guten Dinge sind drei, wie man so sagt."

Joshua ließ sich in den Stuhl fallen, der neben dem Bett stand. „Weißt du, wenn sie Tuck in eins von diesen provisorischen Zimmern in der Notaufnahme gesteckt hätten, dann wäre das hier nicht passiert."

Eli grinste. „Aber sicher wär's das. Wär' nur ein bisschen kniffliger gewesen, aber das ist auch schon alles."

„Sagt der Typ, der Sorge hatte, es in einer Scheune zu tun, weil er nicht wollte, dass jemand davon erfährt."

„Ja, also, was das angeht. Es scheint, als hätten sie's eh alle gewusst."

„Und sie hatten da alle kein Problem mit?"

„Na ja, soweit ein Haufen hinterwäldlerischer Machocowboys damit eben kein Problem haben kann. Also, zumindest die auf der Ranch lebenden Männer und die Trainer. Keine Ahnung, wie die Jungs, die aus Miller kommen, das sehen. Aber jeder weiß von Jack Castellano, und er hat noch nie ein Problem gehabt." Eli lehnte sich an die Tür, verschränkte die Arme vor der Brust. „Aber es ist gut, dass dein Onkel heftig die Werbetrommel gerührt hat für das Krankenhaus, als sie expandieren wollten. Sie werden ihn hier bevorzugt behandeln."

„Er kommt wieder in Ordnung, oder, Eli? Castellano hat das gesagt, aber ..."

„Ihm geht's gut. Der Herzinfarkt war nicht mal auf diesem EKG Dingsbums zu sehen – sie wissen nur, dass da was war, weil die Blutuntersuchung was ergeben hat. Tuck wird auf seine Ernährung achten müssen und so, aber ihm geht's gut. Was ist mir dir?"

Joshua atmete tief durch. Er hatte das Gefühl, als würde der Knoten seiner Eingeweide sich langsam, langsam entwirren, als würden sie endlich wieder an der richtigen Stelle ihre richtige Form annehmen, als wäre endlich alles wieder da, wo es hingehörte. „Was soll mit mir sein?"

„Geht's dir gut?"

Er sah zu Eli auf. „Ja", sagte er schließlich. „Ja, mir geht's gut."

EPILOG

„WAS ZUM Teufel ist das?"

Sarafina sah vom Herd auf und zu Tucker hinüber. „Haferbrei."

„*Haferbrei*? Wo ist mein Frühstück?"

„Das *ist* dein Frühstück. Von jetzt an bis zum Ende aller Zeiten. Sei still und iss."

Joshua lachte über seinen Onkel. Tucker war gestern Abend nach zwei Tagen Krankenhaus und gefühlt einem Dutzend verschiedener Tests und Untersuchungen nach Hause gekommen. Sein Kardiologe – Joshua war hocherfreut gewesen zu erfahren, dass Castellano nur der Arzt in der Notaufnahme gewesen war, und dass nicht er sich von nun an um Tucker kümmern würde – hatte Joshua und Tucker versichert, dass Tucker keine weiteren Probleme zu erwarten hatte, wenn er einige Veränderungen in seinem Lebensstil vornahm, allem voran bei seiner Ernährung. Er hatte mit Sarafina direkt gesprochen und sich lange mit ihr unterhalten. Natürlich war Tucker überglücklich gewesen, als der Arzt ihm gesagt hatte, dass er draußen arbeiten musste, anstatt eingepfercht in einem Büro zu sitzen: Er hatte Joshua einen so triumphierenden Blick zugeworfen, dass Joshua angefangen hatte, zu lachen. Aber so wie es aussah, würde er über die Umstellung seiner Ernährung weniger glücklich sein.

Dann kam Sarafina herüber und stellte eine Schüssel mit einem gräulich-weißen Brei vor ihn und sagte: „*Alle* essen jetzt gesund, damit Tucker sich nicht schlecht fühlt."

Die um den Tisch versammelten Rancharbeiter stöhnten im Chor. Eli, der gerade in die Küche kam, schlug seinen Hut gegen seinen Oberschenkel. „Was zum Teufel ist los?"

„Sarafina hat beschlossen, dass, wenn Tuck gesund essen muss, wir alle gesund essen müssen", sagte Dennis mit einem entschieden angewiderten Gesichtsausdruck. „Also bekommen wir Haferbrei. Zum *Frühstück*!"

„Wie soll 'n Mann denn arbeiten mit nichts als Grütze im Bauch?", beschwerte Ramon sich.

„Haferbrei, nicht Grütze. Grütze ist nicht gut für dich. Das weiß ich. Haferbrei ist besser."

„Frau", sagte Tucker unheilverheißend, „ich kann dir kündigen, das weißt du."

„Ja, das weiß ich. Deshalb habe ich beschlossen, dich zu heiraten", sagte Sarafina seelenruhig. „Dann kannst du mich nicht feuern, und ich kann weiter ein

Auge auf dich haben. Aber du wirst mich weiter bezahlen. Ich habe einen Sohn, den ich zur Universität schicken muss."

In der Küche wurde es totenstill, alle Augen waren auf Tucker gerichtet. Er blinzelte, schluckte und sagte: „Aber du bist immer noch verheiratet."

Sie machte eine wegwerfende Geste mit der Hand. „Ich lasse mich scheiden von ihm. Ich habe ihn eh nie besonders gemocht, und außerdem trinkt er. Deshalb lebe ich hier und nicht dort." Sie lächelte ihn an und fügte hinzu: „Außerdem. Du liebst mich. Ich weiß das schon sehr lange. Ich habe darauf gewartet, dass du es auch weißt, aber du brauchst zu lange. Ich bin geduldig, aber das ist lächerlich, Tucker."

„Sara …"

„Du wirst die Ranch trotzdem Joshua vermachen. Weder Jesse noch ich wollen sie."

„Wollen was?", fragte Jesse, der sich an Elis erstarrter Gestalt vorbeischob. „Die Ranch."

„Wieso sollte ich überhaupt auf den Gedanken kommen?"

„Weil deine Ma grad gesagt hat, dass sie Tucker heiraten wird."

„Oh", sagte Jesse und öffnete den Küchenschrank. „Wird auch Zeit."

Tucker sagte zu Sarafina: „Bist du sicher, dass du mich heiraten willst?"

„Wer soll dich sonst nehmen?"

„Gutes Argument. Josh, hör auf zu lachen. Eli, du hörst dich an wie eine Hyäne. Herrgott und Theodore Roosevelt."

Das brachte nur den Rest von ihnen ebenfalls zum Lachen. Joshua sah durch die Lachtränen, die ihm über die Wangen liefen, zu, wie Tuck aufstand, seine Hände in die Hüften stemmte und Sarafina anfunkelte. Sie imitierte seine Körperhaltung und funkelte zurück. Einen Augenblick später fing er ebenfalls an zu lachen.

Jesse verdrehte die Augen und machte die Schranktür zu. „Ihr seid alle verrückt. Ihr könnt nicht ernsthaft erwarten, dass ich einen Freund in dieses verrückte Haus mitbringe."

Joshua blinzelte. Tucker sah völlig fassungslos aus. Sarafina reagierte überhaupt nicht.

Eli hob eine Hand, um sein Grinsen zu verbergen. Einen *Freund*?

ROWAN SPEEDWELL, eine reuelose Biblioholikerin, verbringt die eine Hälfte ihrer Zeit damit, so zu tun, als wäre sie eine Bibliothekarin, die andere Hälfte damit, so zu tun, als wäre sie eine Datenbankmanagerin, die andere Hälfte damit, so zu tun, als wäre sie eine aragonische Edelfrau aus dem fünfzehnten Jahrhundert, die andere Hälfte … Moment mal … hmm. Nun, sie tut jedenfalls nicht so, als wäre sie gut in Mathe. Aber sie ist gut im so-tun-als-ob.

In ihrer üppigen (hah!) Freizeit handarbeitet, kalligraphiert und illuminiert sie und stellt Schmuck her. Sie hat ihren Master in Geschichte an der University of Chicago gemacht, ist ein Mitglied der Society for Creative Anachronism und lebt in einem Vorort von Chicago, zusammen mit der obligatorischen Dichterkatze und viel zu vielen Büchern.

Auf der Suche nach Zach

Rowan Speedwell

Fünf Jahre lang war Zach Tyler, Sohn eines der reichsten Software - Mogulen der Welt, als Geisel gefangen, gefoltert und missbraucht worden. Als er endlich aus dem venezolanischen Dschungel befreit wird, ist er physisch und psychisch zerrüttet. Doch langsam beginnt er das Leben aufzubauen, das er hätte haben sollen, wenn ihn nicht ein unschuldiger Kuss in diese Hölle geschickt hätte.

Sein bester Freund aus der Kindheit, David, hat diese Jahre mit überwältigenden Schuldgefühlen und Trauer verbracht. Jede Beziehung die David einging fiel auseinander, wegen seiner Gefühle für einen Jungen, von dem er glaubte, dass er tot sei. Als Zach gerettet wird, ist David überglücklich – und dann am Boden zerstört, als Zach ihn zurückweist.

Zwei Jahre später kehrt David nach Hause zurück, und er und Zach müssen sich mit der Kluft zwischen ihnen auseinander setzen, mit dem, was sie füreinander empfinden und dem, was ihnen die Zukunft bieten könnte. Aber Zach hat Geheimnisse, und eines von denen könnte sehr wohl ihre zerbrechliche Liebe zerstören.

www.dreamspinner-de.com

Von ROWAN SPEEDWELL

Auf der Suche nach Zach
Liebe, die wie Wasser fließt

Veröffentlicht von DREAMSPINNER PRESS
www.dreamspinner-de.com

Verfügbar von Dreamspinner Press

ZAHRA OWENS

Moon *and* Stars
Ein Wiedersehen
mit Cooper

www.dreamspinner-de.com

Noch mehr Gay
Romanzen mit Stil
finden Sie unter....

www.dreamspinner-de.com

www.ingramcontent.com/pod-product-compliance
Lightning Source LLC
Chambersburg PA
CBHW022112240626
47153CB00007B/2338

9781635335088